Markku Ropponen
Tote Finnen tanzen keinen Tango

W0407276

PIPER

Zu diesem Buch

Kuhala soll mal wieder schnüffeln: Der Anwalt Eero Jokela bittet ihn, seine Frau Helena zu finden, die seit kurzer Zeit verschwunden ist. Er befürchtet, sie könnte sich bei einem ihrer Liebhaber befinden. Kuhala macht sich auf die Spurensuche und rekonstruiert den letzten bekannten Weg der passionierten Kanutin. Unglücklicherweise findet er nur die Leiche der Frau, und aus der Vermisstensache wird ein Mordfall, den es aufzuklären gilt. Die erste Fährte führt zu Kai Vikman, einem ehemaligen Berufssoldaten, der eine Affäre mit der Toten hatte. Doch dieser ist verschwunden. In der verlassenen Wohnung findet Kuhala allerdings ein Versteck mit Fotos, aus Vikmans Soldatenzeit, die diesen als Kriegsverbrecher entlarven. Hat auch Helena Jokinen die Fotos zufällig gefunden und musste dies mit dem Leben bezahlen? »Amüsant von der ersten bis zur letzten Zeile – großartig. Leichte Lektüre auf höchstem Niveau.« (Meier – Das Stadtmagazin über »Ein beschissenes Sortiment an Schwierigkeiten«)

Markku Ropponen, geboren 1955, gehört mit seinem Witz und seiner Erzählfreude zu den renommiertesten Krimiautoren Finnlands. Er hat zahlreiche Romane und Novellen geschrieben und wurde für den besten Kriminalroman des Jahres ausgezeichnet. 1995 erhielt er den Kulturpreis seiner Heimatstadt Jyväskylä, wo er mit seiner Frau und seinen zwei Söhnen lebt.

Markku Ropponen

Tote Finnen tanzen keinen Tango

Kriminalroman

Aus dem Finnischen von
Stefan Moster

Piper München Zürich

Mehr über unsere Autoren und Bücher:
www.piper.de

Von Markku Ropponen liegen bei Piper vor:
Reusenkadaver und andere Unannehmlichkeiten
Ein beschissenes Sortiment an Schwierigkeiten
Tote Finnen tanzen keinen Tango

Die Übersetzung wurde von FILI, Finnish Literature Information Centre, gefördert.

FILI
FINNISH LITERATURE EXCHANGE

MIX
Papier aus verantwortungsvollen Quellen
FSC® C014496
FSC
www.fsc.org

Deutsche Erstausgabe
August 2012

Titel der finnischen Originalausgabe:
»Linnut vaikenevat, Kuhala«, Tammi, Helsinki

Umschlaggestaltung: Cornelia Niere, München
Umschlagmotiv: Pär Bäckstrand/gallerystock
Satz: Kösel, Krugzell
Gesetzt aus der Garamond
Papier: Munken Print von Arctiv Paper Munkedals AB, Schweden
Druck und Bindung: GGP Media GmbH, Pößneck
Printed in Germany ISBN 978-3-492-27443-2

EINS

I

7. Juni Kriminalhauptmeister Sakari Antikainen hatte an der hinteren Wand seiner Garage einen Ganzkörperspiegel aufgehängt. Sobald er das Tor aufschob und Licht machte, konnte er einen Blick auf sein Spiegelbild werfen, was seinem Selbstbewusstsein verblüffend viel Pep und dem beginnenden Tag Schwung verlieh. Man konnte dieses Ritual von wenigen Sekunden vielleicht als Eitelkeit bezeichnen, weil Antikainen sich bereits im Zuge seiner Morgentoilette aus verschiedenen Entfernungen im Bad- wie auch im Flurspiegel betrachtet hatte, aber er nahm damit ja niemandem etwas weg.

Der leichte Wind am frühen Morgen kitzelte im kurz geschorenen Nacken. Antikainen ging an seinem Dienst-Passat entlang auf den Spiegel zu. An den Seitenwänden hingen Werkzeug und Winterreifen sowie ein Kalender, auf dem sich eine Vollblutbrünette auf der Motorhaube eines Sportwagens rekelte und auf das Spinnennetz starrte, das über Antikainen im Luftstrom zitterte.

Antikainen lächelte. Der Spiegel war ein Erbstück seines Onkels und hatte die Form einer Sanduhr, oben und unten breit, in der Taille schmal. Einmal war eine Salve Regalbodenhalter auf den unteren Rand der Kristallfläche geprasselt, weil Antikainen aus Versehen mit der Polierscheibe, die dreitausend Umdrehungen pro Minute schaffte, in deren Nähe gekommen war. Das Geräusch hatte an eine automatische Waffe erinnert, aber der

Spiegel hatte es ausgehalten, sah man von einem kleinen Sprung am unteren Rand ab.

Antikainen war nicht schlank in der Taille, sondern ordentlich übergewichtig. Er selbst hatte das Gefühl, sich in der Form seines Lebens zu befinden, weshalb er den guten Ratschlägen kein Gehör schenkte, die ihm empfahlen, den Petersilienzweig ernst zu nehmen, der in der Polizeikantine als lästerliches Blumengebinde am Rand seines Bauernfrühstücks oder Jägerschnitzels niedergelegt wurde.

Gewicht erhöhte die Glaubwürdigkeit. Er hatte nie Not gelitten und führte selbst bei vorsichtiger Rechnung seit fast dreißig Jahren ein Leben von bester Qualität. Dass die Beförderungswege auf seiner Dienstlaufbahn verstopft waren, weil man ihn mit Alkohol am Steuer erwischt hatte, wurmte ihn nicht allzu sehr.

Er wusste um den Ruf, den er in lokalen Kreisen hatte, dank seiner beruflichen Kompetenz und seines mit sprühendem Humor gesegneten Charakters, dem es, wenn nötig, aber auch nicht an Härte fehlte. Seine heimlichen Vorbilder, an denen er immer wieder seinen Spaß hatte, waren die dickbäuchigen Einsatzleiter in den amerikanischen Polizeiserien, die in Krisensituationen mit schlechter Körperhaltung Befehle erteilten und sich dabei so sparsam brüsteten, dass es einen nicht ankotzte. Jene Männer waren durch die Schule des Lebens gegangen und scheuten auch nicht davor zurück, in dunklen Hinterzimmern einem Gegner die Fresse zu polieren. Zwar fand Antikainen die Welt der Filme ein bisschen kindisch, trotzdem hoben sich seine Mundwinkel bisweilen, wenn er der Züchtigung eines Halunken zusah.

An diesem Morgen trug Antikainen eine dunkelblaue

Hose mit gut gebügelten Falten und ein Sommerhemd aus modernem, atmendem Material, dessen Muster schwer zu benennen war, in seiner metallischen Maskulinität aber das Auge erfreute. Er spannte den Bizeps an und fletschte die Zähne. Dann nahm er den Spiegel von der Wand und stellte ihn auf den Boden. Das Geheimfach hinter den zwei losen Backsteinen war vielleicht nicht der bestmögliche Aufbewahrungsort, aber wer sollte schon in seiner Garage herumschnüffeln? Er schob die Hand in die Öffnung und zog die Ökostofftasche eines Supermarktes heraus. Die fest in Folie eingewickelte vierhundertfünfzig Gramm schwere Wurst lag gut in der Hand. Sie fühlte sich nach sechzigtausend Euro an, was umgerechnet in alte Finnmark so verdammt viel war, dass man einen feuchten Mund bekam.

Ein Lächeln erhellte Antikainens Gesicht. Er verstaute das Paket in einer doppelten Plastiktüte und schob es unter den Vordersitz seines Dienstwagens.

Die Dächer von Jyväskylä strahlten in der Morgensonne. Der Stundenzeiger an der Uhr auf der Westseite des Stadtwaldbergs hatte dem Wochenendgewitter nicht standgehalten und zeigte noch immer die bleichen frühen Morgenstunden an. Antikainen hielt den Ellenbogen aus dem Fenster und fragte sich, wann sie den Zeiger wohl zurechtrücken würden. Die Kasper bei den Stadtwerken würden erst wach werden, wenn die Zeitung die ersten Leserbriefe zu dem Thema druckte, und ihre Schlamperei damit begründen, sie hätten die Ersatzteile von der anderen Seite des Planeten bestellen müssen.

Er fuhr mit sechzig über eine Bremsschwelle. Der Schlag brachte den Motorraum zum Scheppern und sorgte für einen schneidenden Schmerz im Lendenwirbelbereich. Antikainen schnallte sich nie an. In einer Notsituation konnte es fatal sein, wenn man zuerst den Gurt auffummeln musste. Er schnallte sich aber auch in der Freizeit nicht an, denn wer sagte, dass es nicht auch da zu Notsituationen kommen konnte? Das war Logik zum Dollarkurs, und wenn Sakari Antikainen sie mit seinem streitsüchtigen Bass verkündete, hatten die wenigsten seiner Kollegen Lust, ihm zu widersprechen.

In der Grünanlage Puistotori fiel das Licht, gefiltert von den Birken, in Streifen auf den ziegelroten Tennisplatz. Dort hoppelte ein Veteran mit dürren Beinen dem Ball hinterher. Die Alkoholiker, die sich als Publikum auf einer Bank am Spielfeldrand niedergelassen hatten, grölten ihre Schmähungen und griffen nach den ersten vom Morgentau gekühlten Flaschen im Doppelsixpack.

Nach all den Jahren konnte Antikainen das Trinken und Schweinigeln in der Öffentlichkeit immer schlechter ertragen. Ginge es nach ihm, sollte man den ganzen Abschaum internieren und zum Zapfensammeln in die Wildnis schicken. Oder Beeren und Pilze suchen lassen, die angeblich in den Wäldern verfaulten. Das endlose Verständnis für die Penner führte zu nichts, das hatte Antikainen in seiner Laufbahn zur Genüge mit angesehen. Die Suffköpfe nutzten das Wohlwollen der Gesellschaft aus, wie sie nur konnten.

Plötzlich flaute seine Stimmung ab, und das Lächeln, das der so vielversprechend begonnene Morgen ausgelöst hatte, versteinerte. Dabei war noch keine Viertelstunde vergangen, seit er sich in Bewegung gesetzt hatte, und stand nicht etwa ein einträgliches Manöver bevor, leichtes Geld?

In einer Zeitschrift, die seine Frau favorisierte, hatte er gelesen, dass plötzliche und unerklärliche Gefühlsschwankungen bei Männern mit dem Alter und den damit verbundenen launischen hormonalen Prozessen zu tun haben. Man brauche sich darüber keine übertriebenen Sorgen zu machen, es schade jedoch durchaus nicht, das eine oder andere Medikament auszuprobieren. Die Wechseljahre des Mannes. Wie lautete der Fachbegriff noch schnell? Andro… Andreo…

Bei ordentlicher Genervtheit half eine Medikation mit klarem Alkohol. Das war ehrlich und finnisch, und wenn man sich dieser Kur in maßvollen Abständen aussetzte, wirkte sie wie ein Schuss von der blauen Linie in den Torwinkel.

Seine Frau sollte aufhören, teure Zeitschriften zu abonnieren, und er, Antikainen, sollte aufhören, Säufer anzustarren.

An der Ampel am alten Friedhof stand eine Frau nach Antikainens Geschmack. So viel zur sinkenden Stimmung. Stöckelschuhe, enges Kleid, wiegendes Fleisch, vorne straff und hinten straff. Antikainen bremste und schob die Sonnenbrille auf die Stirn. Dann lächelte er. Die Frau warf ihm einen Blick zu, allerdings mit einer Eisschicht auf dem Gesicht. Eventuell war sie auch hinter der Stirn straff, doch wer ist heutzutage schon vollkommen?

Antikainen gab jedoch nicht so schnell auf, sondern steckte den Kopf aus dem Fenster und ließ einen Pfiff los, der die Lippen kitzelte und nach einem Vogeljungen klang: Er war ein Mann der alten Schule und glaubte an das Flirtsortiment der alten Schule. Die Frau überquerte eine Handbreit vor der Motorhaube des Passat die Straße.

Der Tanzrhythmus ihrer Schritte ließ den Kriminalhauptmeister nach Luft schnappen, das hypnotische Blinken ihres Fußkettchens weitete seine Pupillen.

Er hörte es hinter sich hupen, worauf er den Kopf betont langsam einzog, bevor er anfuhr. So lange wie möglich verfolgte er mit ölig glänzenden Augen die Vibration des sich entfernenden Hinterns und zog dabei eine nervöse Schlange von fünf Autos hinter sich her. Die Uhr auf dem Armaturenbrett zeigte 07:39.

Er musste zugeben, dass solche Frauen für einen wie ihn unerreichbar waren. Trotzdem lohnte sich jeder Versuch, denn das Spiel hielt den Mann munter, und warum sollte er sich nicht mit dem Bargeld behelfen, das er in Bälde bekommen würde? Zwar ließ sich ein Polizist besser nicht im eigenen Land mit Huren erwischen, aber ein Zweitagestrip nach Tallinn könnte das Problem lösen. Antikainen spürte die aufkommende Hitze in seinen Lenden. Er blickte in den Rückspiegel und richtete seinen Scheitel.

Wenig später parkte er vor dem Campingplatz und beobachtete für die Dauer einer Zigarette die Frühaufsteher, die vor ihren Wohnwagen die Kaffeekochgerätschaften aufbauten. Niemand schaute in seine Richtung, niemand interessierte sich für ein Zivilfahrzeug der Polizei. Der junge Mann mit der Mütze, der im Rezeptionshäuschen saß, wies dem Fahrer einer riesigen Gelände-Wohnwagen-Kombination mit Handzeichen den Weg, im Stacheldraht auf der Einzäunung hing ein vom Sturm abgerissener Lärchenzweig wie der Flügel eines prähistorischen Vogels.

Antikainen holte das Bündel unter dem Sitz hervor und schob den Plastiktütengriff übers Handgelenk. Er zermalmte die Zigarettenkippe auf dem Asphalt und griff sich mit derart männlicher Gebärde in den Schritt, dass es mehr als drei Viertel seiner Kapazität an Selbstbewusstsein in Anspruch nahm.

2

7. Juni Mit einem Pfefferminzbonbon vertrieb Antikainen den Zigarettengeschmack und überquerte die Saarijärventie. Durch die Unterführung eilte er zu dem wenig benutzten Fußgänger- und Radweg und blickte hinter sich, bevor er den Weg betrat, der zum Ufer des Alajärvisees führte. Der Fußweg von bislang zweihundert Metern hatte ihm den Schweiß auf die Stirn getrieben, aber ein Teil der Schweißbildung ging wahrscheinlich auf das Konto des bevorstehenden Treffens. Trotz allen Eifers und obwohl er so rücksichtsvoll wie eine Herde Nashörner war, wusste Antikainen, dass er sein Polizistenamt samt regelmäßigem Einkommen nicht gefährden wollte, ebenso wenig wie das vor einigen Jahren abbezahlte Eigenheim, in dem man so schön auf der Couch liegen, Bier trinken und Eishockey gucken konnte.

Und der Mann, den alle nur den Gefräßigen nannten, war als Geschäftspartner genauso zuverlässig, wie man es von einem mit Ach und Krach über die Runden kommenden Kleinkriminellen und Teilzeitspitzel der Polizei erwarten konnte.

In der Ferne rauschte der Verkehr auf der Fernstraße 4. Das Gelände verbreiterte sich zu einer dicht bewachsenen

Halbinsel. Rechts und links des Weges verrieten Lagerspuren, dass sich doch hin und wieder jemand hierher verirrte, auch wenn die Ecke noch nicht von Bauunternehmern aufgespürt worden war. Wie oft war Antikainen an ähnlichen Tatorten gewesen, um eine irrsinnige Bluttat mit fünfzig Messerstichen aufzuklären, die einem bloßen Wortgefecht entsprungen war.

Er bog Zweige zur Seite und achtete darauf, sich die Hose nicht schmutzig zu machen. Seine geflochtenen Mokassins knatschten unschön im nassen Lehm der Wegsenken. Der Hagelschauer in der Wutphase des Wochenendgewitters schien das zarte Laubwerk der Bodenvegetation zerhäckselt zu haben, weshalb es nun in Form von Schleim von den Socken aufgesaugt wurde.

Antikainen ging um zwei große Steine herum und merkte, dass er das Bündel in der Plastiktüte fester umklammert hielt, als nötig gewesen wäre. So leicht würde er es nicht hergeben. Die richtige Dosis an Präzision und Härte würde den Gefräßigen alle Zicken vergessen lassen, falls er solche im Schilde führte.

Antikainen spitzte die Ohren. Plötzlich bildeten sich zwei Sorgenfurchen rechts und links der Nase. Die eine deshalb, weil der Gefräßige nirgendwo zu sehen war, die andere, weil sich ein Kajak dem Ufer näherte. Es war grün, am Bug konnte man eine Buchstaben-Ziffern-Kombination erkennen.

Ein Paddelboot hatte ihm gerade noch gefehlt.

Er sah auf die Uhr und verzog sich in den Schutz des Weidengebüschs, auch wenn er nun mitten im unangenehmen Matsch stehen musste. Die Gegend war günstig für die ersten Stechmücken des Sommers, und tatsächlich fingen sie auch schon an, ihn zu piesacken. Die vereinbarte Zeit war seit fünf Minuten um – nein, seit sieben –, und ein dürrer Kleingauner wie der Gefräßige konnte es sich eigentlich nicht leisten, zu spät zu kommen.

Antikainen ging in die Hocke. Die Haltung war unbequem, Weidenzweige stachen ihn, wo das nach oben gerutschte Hemd den Rücken entblößte. Er spielte mit dem Gedanken, seine Dienstmarke zu Hand zu nehmen, beschloss aber, noch abzuwarten.

Das Kajak fuhr mit hohlem Plastikkrachen aufs Ufer. Am Bug stand das Kennzeichen 5BC77.

Antikainen wurde rot und fragte sich, was es für einen Sinn haben sollte, an einer Stelle an Land zu gehen, die nur aus Dickicht besteht und sich lediglich für Verabredungen heimlicher Liebespaare eignet – oder für Begegnungen, die aus anderen Gründen kein Tageslicht vertragen können. Er drückte die Plastiktüte an die Brust und versuchte den Gefräßigen zu erspähen.

Der Paddler trug eng anliegende schwarze Shorts, ein rotes Sporthemd mit kurzen Ärmeln und eine schnittige Sonnenbrille. Er hatte den Kopf kahl geschoren und wirkte kräftig. Aus einem bestimmten Winkel betrachtet kam er Antikainen bekannt vor, aber er konnte sich nicht richtig konzentrieren. Seine ganze Energie wurde davon beansprucht, sich in der Hocke zu halten, und außerdem tat ihm das eine Knie weh.

Der Paddler schien es nicht eilig zu haben. Antikainen war genervt. Die abstoßende Kriminellenerscheinung des Gefräßigen war nirgendwo zu sehen, und das würde den Kerl teuer zu stehen kommen. Antikainen verlagerte das Gewicht aufs andere Knie und wäre dabei fast auf dem

Hintern gelandet. Er schwor, den Gefräßigen an den Eiern aufzuhängen, sobald er ihm begegnete. Dann kam er auf den Gedanken, dass der Gefräßige den Paddler vielleicht auch gesehen hatte und sich irgendwo in der Nähe versteckt hielt.

Über die Blätter des Paddels liefen rote Querstreifen. Der Paddler lehnte es an eine Birke, drehte sich um und sah auf die Uhr. Was für ein Pech, wenn der Mann zur selben Zeit am selben Ort auch eine Verabredung hätte! Er schien nicht die geringste Absicht zu haben, sich gleich wieder zu entfernen, und sein Verhalten schien genau von der Sorte zu sein, die all die Schwierigkeiten anzog, mit denen sich Antikainen in seiner Laufbahn beschäftigen musste. Man sah das einfach, und auch diesmal war mit keiner Ausnahme zu rechnen. Sollte jemand an einem genauen Ranking der Sterblichen interessiert sein, wäre Antikainen gerne behilflich.

Er stieg aus der Schlammpfütze und trat steif und gereizt auf den Pfad. Es pochte im Knie, und in den Mokassins stand das Wasser.

»Was tun Sie hier?«

Er suchte nach seinen Zigaretten, wobei er sich Mühe gab, das Zittern der Hände unter Kontrolle zu halten. Dann sah er den anderen durch die Flamme des Feuerzeugs hindurch mit einem Blick an, der schon so manchen Gewohnheitskriminellen dazu gebracht hatte, mitten im elektrisch geladenen Dialog des Vernehmungsraums nervös auf seinem Stuhl hin und her zu rutschen.

Der Paddler sagte nichts. Womöglich konnte er Antikainens Blick aus der Ferne nicht erkennen, oder er tat so als ob, weil er sich zu viel auf sich einbildete. Sein Oberkörper war in Adonisform getrimmt und bildete zusammen mit der Glatze und dem Ohrring ein trendiges Gesamtpaket, aber das schreckte Antikainen nicht ab und konnte ihn auch nicht bluffen. Er nahm mitten auf dem Weg breitbeinig Haltung an und wusste, dass er mit seinen hundertzwanzig Kilo und seiner Dienstmarke unschlagbar war.

Normale Menschen haben Angst vor der Polizei. Unnormale Menschen ebenfalls. Und die übrigen, die keiner der beiden Kategorien angehörten, fielen vor einem Polizisten wie Antikainen in sich zusammen.

»Sie haben anscheinend nicht gehört, was ich gesagt habe. Hier geht eine polizeiliche Maßnahme vonstatten. Verschwinden Sie!«

»Bist du Antikainen?«

Der Paddler nahm die Sonnenbrille nicht ab. Seine Arme hingen entspannt herunter, die Erwähnung der Polizei war ihm einerlei.

Antikainen registrierte ein erstes Aufzucken von Unsicherheit in seinem Inneren. Er legte das Päckchen zwischen den Beinen ab und sog an seiner Zigarette. »Ich glaube nicht, dass wir uns gegenseitig vorstellen müssen. Sie haben zwei Minuten Zeit, um von hier zur Hölle zu paddeln. Das ist doppelt so viel, wie ich normalerweise zugestehe, aber bei Ihnen scheint außer im Gehör auch im Verstand was nicht zu stimmen.«

Die Sonne schien zwischen zwei Birkenwipfeln hindurch direkt auf Antikainens Gesicht. Es war rot und nicht annähernd so überzeugend wie seine Worte. Das Schlimmste war, dass er das selbst ahnte.

Der Paddler machte einen Schritt auf den Pfad zu. Das

Päckchen zwischen Antikainens Füßen sah nicht wie ein Proviantpaket aus, und was hatte einer wie er auch allein im Wald verloren?

»Für Widerstand gegen die Amtsgewalt bekommt man eine Bewährungsstrafe. Das ist meine letzte Warnung.«

Antikainen schämte sich für seine piepsige Stimme. Im Lauf der Jahre hatte er sein Gedächtnis mit Tausenden und Abertausenden Fotos geschult, aber den Paddler konnte er niemandem zuordnen. Er schnappte sich die Plastiktüte. Er vermisste seine Dienstwaffe ebenso wie seine Autorität, die im Weidengestrüpp zerbröckelt war.

Vielleicht gehörte der Paddler zur internen Ermittlungsabteilung und war ein verkleideter Streber von der Zentralkripo, eine dieser verdammten Landplagen. Und das an diesem schönen Sommertag, der so ertragreich werden sollte.

»Und bist du's? Kriminalhauptmeister Sakari Antikainen?«

Der junge Mann hatte die gleichmäßige, sanfte Stimme eines Gutenachtgeschichtenvorlesers, angereichert mit einer Prise Amüsement, als wunderte er sich darüber, dass Antikainen Mühe hatte, eine so simple Frage zu beantworten. »Irgendwie habe ich das Gefühl, dass wir uns schon mal begegnet sind.«

Antikainen wischte sich über die Stirn und suchte nach einem Ausweg.

»Was hast du da für ein Päckchen?«

Der Paddler stand nur noch eine Armlänge entfernt. Irgendwo rauschte ein Lkw mit Anhänger vorbei, und als das Geräusch abklang und es still wurde, begriff Antikainen, dass er nicht überlegen war, sondern gefährdet.

Er spürte es. Nur wenige Male in seiner Laufbahn hatte er das gespürt und es dann jedes Mal geschafft, zu entkommen und Hilfe zu holen. Aber auf wessen Hilfe hätte er sich jetzt stützen sollen, mit seinem Geschäft, das kein Tageslicht vertrug? Und wo zum Teufel steckte der Gefräßige?

Der Paddler biss die Kiefer aufeinander und überlegte laut, wie lange er seine so kindisch einfache Frage noch stellen müsse, bis er eine Antwort bekomme. Er nahm die Sonnenbrille ab, blickte zur Seite und dann wieder auf Antikainen. In seinem Blick lag so viel Fähigkeit zur Empathie wie bei einem Henker in Festanstellung. »Gib es mir, das Päckchen!«

An einem Eckzahn des Paddlers blitzte ein Brilli auf. Dass erwachsene Menschen sich zu solchen Perversionen herablassen – das ging Antikainen nicht in den Kopf. Er versuchte den Mann zu identifizieren, aber vergebens. Der See glitzerte, von einem Haus am anderen Ufer stieg Rauch auf.

Er machte auf dem unebenen Pfad zwei Schritte zurück und raffte gerade mal so viel Restmut zusammen, dass er sich wenigstens an einer Art Widerstand versuchte. »Ich sage gar nichts. Ich bin Polizist im Dienst, und wenn Sie nicht Ihre Identität unter Beweis stellen, machen Sie sich noch mehr strafbar.«

»Du kannst mit meinen Personalien sowieso nichts anfangen.«

Der Paddler lächelte, ließ plötzlich seine Hand auf das Päckchen zuschnellen, stoppte sie aber auf halbem Weg und lachte über Antikainens Schreck. Dieser spürte, wie ihm der Schweiß von der Nackenkuhle aus den Rücken herablief. Er versuchte, seine Gedanken zusammenzuhalten, und sehnte sich nach der Überlegenheit zurück, die er beim Blick durch die Feuerzeugflamme noch zu haben geglaubt hatte. Doch er war nur zu einem Fluch fähig. »Scheiße!«

»Selber Scheiße. Das Päckchen!«

Der Paddler schnippte mit den Fingern. Er genoss die Situation, und auch wenn er lässig aussah, witterte Antikainen, dass der Mann die ganze Zeit die Umgebung im Auge behielt. Über die Armmuskeln liefen sichtbare Adern, die Finger schnippten erneut. Antikainen glaubte, dass er den Paddler mit einem richtigen Treffer k. o. schlagen konnte, aber er wusste auch, dass er dafür nicht schnell genug war.

Er war nicht schnell genug, um die Initiative zu ergreifen, und nicht schnell genug, um die Initiative des anderen abzuwehren. Der Faustschlag traf ihn mitten auf die Stirn und brachte ihn zum Schwanken.

Auf dem Gesicht des Paddlers war kein spezifischer Ausdruck zu erkennen, und wenn doch, dann einer von der Sorte, die Antikainen bei Psychopathen gesehen hatte. Er biss sich auf die Unterlippe, machtlose Wut und Angst trübten sein Gesichtsfeld.

»Du hast zwanzig Sekunden Zeit, mir das Päckchen zu geben. Das sind zehn mehr als sonst, weil du ein übergewichtiger Polizist bist, der mehr versucht, als bei der vorhandenen Begabung sinnvoll ist.«

Das Paddel, das am Baum lehnte, geriet ins Kippen. Antikainen sah, wie es ins Gras fiel, dabei schwankte er zwischen der Demütigung durch den Schlag und so vielen anderen Gefühlen hin und her, dass er lediglich fähig war, den Mund aufzusperren, als hinge der Unterkiefer nur dank der Muskeln an Ort und Stelle.

Das Geräusch des fallenden Paddels veranlasste den Paddler, zur Seite zu blicken. Antikainen setzte sofort zur Flucht an, stolperte aber über eine Wurzel, worauf ihm das Päckchen aus der Hand rutschte und er selbst mit dem ganzen Gewicht seines Rumpfes zu Boden stürzte. Die linke Hand geriet dabei unter den Körper, was das Handgelenk nicht aushielt.

Antikainen zappelte und fluchte. Er hatte am Morgen sein Seitensprungrasierwasser aufgelegt, seiner Frau einen Guten Morgen zugebrummt, anstatt sie wie sonst anzuschweigen, hatte im Garten auf der Schaukel eine geraucht, bevor er in die Garage gegangen war, und das alles nur zu Ehren dieses Tages, der mit so großartigen Vorzeichen gesegnet gewesen war. Und jetzt war alles verloren. Mit gebrochener Speiche kroch er auf allen vieren den Pfad entlang und gurgelte Schleim aus seiner Raucherlunge. Das Päckchen lag in unerreichbarer Entfernung. »Ruf ein Auto, einen Krankenwagen, verdammt! Mein Arm ist kaputt, es tut höllisch weh. Hat der Gefräßige dich geschickt? Was ist mit ihm? Hat er sich so früh am Tag schon zugeschüttet? Ich brauche Hilfe.«

Der Paddler trat Antikainen gegen den Oberschenkel und holte sich das Päckchen. Dann beugte er sich über den Kriminalhauptmeister und lächelte in sich hinein, während er die Plastiktüte betastete. »Wolltest du dir mit dem Geld einen Kamin aus Schiefer kaufen? Oder das Dach erneuern lassen?«

»Leck mich am Arsch … ruf einen Krankenwagen!«

Der Paddler zog Antikainen an der Backe und verpasste

ihm eine schwindelerregende Ohrfeige. »Oder wolltest du das Geld Zinsen tragen lassen, um deine Polizistenrente ein bisschen aufzubessern?«

»Red keinen Mist … wenn du kein Telefon hast, mein Handy steckt hier in der Seitentasche.«

Natürlich hatte sich Antikainen über die verschiedenen Verwendungsmöglichkeiten für das Geld Gedanken gemacht, angefangen mit drei Monaten unbezahltem Urlaub über einen BMW-Kombi bis hin zu männlichem Halligalli in einer norddeutschen Großstadt oder einem Ausflug im Boss-Anzug zu den Remmidemmi-Etablissements in Tallinn unter dem Thema »Goodbye Alltagssorgen und zwei Ladungen Schampus an den Whirlpool, bitte!«. Andererseits musste er vorsichtig sein und durfte nicht zu sehr angeben.

Aber warum nur lag er jetzt wie ein überfahrener Hund im Dreck? »Scheiße, jetzt weiß ich, wer du bist, ich hab dich irgendwann für sechs Monate hinter Gitter gebracht … vor zwei Jahren … ruf jetzt endlich einen Krankenwagen! Du kannst das Paket behalten, wir werden uns schon einig …«

Der Paddler stand auf und sah sich um. Er legte das Päckchen vor Antikainen hin und zwang ihn, sich auf den Bauch zu legen. Die Sonne stand bereits hoch und strahlte durchs zarte Blattgrün, ihr Licht ließ die Glassplitter auf einem Baumstumpf wie Diamanten funkeln. Der Paddler setzte sich mit gespreizten Beinen auf Antikainens breiten Rücken und legte ihm die Hände um den Hals. Er trug Handschuhe. Das Knacken brachte die Vögel zum Schweigen.

3

8. Juni Die gut gepflegten Reihen der Gedenksteine und Grabhügel reichten in frühsommerlich zartem Grün und bunter Blütenfülle bis an den Waldrand, wo eine Planierraupe einsatzbereit in der Mittagshitze vibrierte, vermutlich weil der Friedhof mehr Platz brauchte.

Kuhala und der Krematoriumsbetreiber Fyrabuske saßen im Büro der Firma, das nicht viel größer war als eine Baustellenbaracke. Neben den Büromöbeln und der EDV-Anlage gab es dort eine Kaffee- und Gedenkecke, wo ein großes Poster mit einer Kaninchenfamilie an der Wand hing. Durchs Fenster blickte man auf die Wände des Krematoriums. Der Schornstein qualmte. Der Spatzenschwarm, der sich im Blattwerk der Kletterpflanze an der Fassade tummelte, schien kein Bewusstsein dafür zu besitzen, um was für eine Art von Gebäude es sich handelte, aber warum sollte sich das von Gott geschaffene Kleingeflügel auch über solche Dinge den Kopf zerbrechen, dachte Kuhala.

Fyrabuske sprach mit einer zu seinem Beruf passenden gesenkten und etwas feierlichen Stimme und erbot sich, die Gedenkrede zu übernehmen. Er trug ein weißes Sommerhemd, weiße Shorts, schwarze Socken und Sandalen. Auf dem Tisch lag eine Art Tropenhelm, auf der Gürtelschnalle schimmerte das Relief eines religiösen Motivs, das Kuhala jedoch nicht genau erkennen konnte. Hätte zu Fyrabuskes Ausrüstung noch eine kompakte Peitsche gehört, hätte er zweifelsfrei an einen Entdeckungsreisenden des 19. Jahrhunderts am Äquator erinnert.

Das Angebot mit der Gedenkrede lehnte Kuhala ab,

obwohl Fyrabuske große Lust hatte, einige seiner Top-Ten-Verse vorzulesen.

»Vielleicht fällt mir selbst was ein«, sagte Kuhala.

»Ganz wie Sie möchten.«

Fyrabuske warf sein Gedichtheft in die Schreibtischschublade und starrte eine Weile auf seine behaarten Beine, als hätten ihn nicht nur Zweifel an seiner Nekrologkollektion, sondern auch an seiner Geschäftsidee, an seinem ganzen elenden Dasein im Schatten des Krematoriums befallen. Er seufzte, streckte den Rücken durch und zeigte Kuhala den Friedhofsplan. »Vom Brunnen aus die fünfte Reihe. Sie können es nicht verfehlen.«

»Danke.«

Fyrabuske schickte sich an, die Rechnung zu schreiben. Bei dieser Arbeit war er fix, er musste eigentlich gar nichts zu Papier bringen, denn der Laserdrucker spuckte innerhalb von einer Sekunde ein Formular aus, das Kuhala bloß noch zu unterschreiben brauchte. »Das macht dann siebzig Euro. Ich nehme es gern in bar, aber Karte geht auch.«

Kuhala zückte das Geld. Im Preis waren die Einäscherung und die Grabstelle einschließlich eines Jahrs Pflege enthalten.

Sie gingen von der Bürobaracke zum Krematorium. Fyrabuske schritt vorneweg, den Blick auf den groben Kies gerichtet. Kuhala erinnerte sich, in der Zeitung gelesen zu haben, dass bei dem Kleintierkrematoriumsbetreiber anfangs nicht alles vollkommen glattgelaufen war, denn die erste Verbrennung hatte das gesamte Krematorium in Schutt und Asche gelegt. Allerdings hatte er außer der Zahlung von der Versicherung eine sogenannte doppelte regionale Starthilfe erhalten und dazu noch etwas von der

Europäischen Union aus dem Topf für Innovation und Schadensreserven im Rahmen der Randgebietszusatzförderung, weil solche neuartigen Unternehmensformen behördlicherseits gewürdigt wurden.

Die Tür miaute, dann miaute die Ofenklappe. Kuhala fragte sich, ob die Fördermittel nicht für ein Fläschchen Schmieröl gereicht hatten.

Er wurde jedoch sogleich ernst, als Fyrabuske die Überreste der Geckos, die in zwei Fingerhüte passten, mit einem tortenhebergroßen Schürhaken in die Urne schob, die Kuhala auf dem Flohmarkt erstanden und selbst mit den Namen seiner kleinen Freunde versehen hatte: Inkeri und Hytönen.

Das Holzdöschen war von Haus aus keine spezielle Geckourne, sondern sah eher nach einer Schnitzerarbeit aus dem Schützengraben während eines Stellungskrieges aus. Es hatte einen Euro gekostet, ein dunkles Ornament zierte die gelackte Oberfläche. Der Rindenknopf auf dem Deckel war im Gebrauch rissig geworden.

Im Krematorium roch es leicht verbrannt. Im Hintergrund hörte man einen Orgelchoral von Buxtehude. Kuhala schloss den Deckel, Fyrabuske hängte den Schürhaken an ein Gestell neben dem Ofen, wo Aschenschaufeln in allen Größen hingen. Er fragte Kuhala, ob dieser klarkäme, und bot noch einmal an, ihn zu begleiten, sei es aus Dienstbereitschaft oder weil er dann eine zusätzliche Rechnung aus seinem Drucker zaubern konnte.

»Ich glaube, ich schaffe das mit eigenen Kräften«, erklärte Kuhala.

»Ich biete Ihnen anschließend gern eine Tasse Kaffee im Büro an. Ist inklusive. Nehmen Sie sich da drüben eine

Hacke, dann bekommen Sie die Urne schneller in die Erde.«

An der Wand neben der Tür des Krematoriums hing eine Darstellung des Vögel fütternden heiligen Franz von Assisi.

Kuhala machte sich auf den Weg zur angegebenen Stelle. Er zuckte kurz zusammen, als sich Fyrabuske dazu hinreißen ließ, die Krematoriumsglocken zu läuten, auch wenn auf der Hand lag, dass er dafür lediglich den Choral von Buxtehude gegen eine Klangeffekt-CD mit Glockengeläut ausgetauscht hatte. Warm umwehte der Sommerwind Kuhalas Stirn und wirbelte dünnen Oberflächenstaub von den frischen Gräbern auf. Kuhala trauerte wirklich, denn er hatte sich in den dahinrasenden Jahren daran gewöhnt, dass die Geckos im Wartezimmer seiner Privatdetektei im Terrarium hockten und mit strengen Mienen seinen Selbstgesprächen lauschten, in die er vor allem dann verfiel, wenn er etwas getrunken hatte.

Die Geckos waren pflegeleichte und in ihrer Ernsthaftigkeit äußerst sympathische Tiere gewesen. Am 31. Mai hatten beide plötzlich eine mysteriöse Viruserkrankung bekommen und waren innerhalb einer halben Stunde vom Stängel gefallen. Zuerst Hytönen und dann Inkeri. Die Tragödie fiel auf ein Wochenende, weshalb er nichts mehr tun konnte. Oder hätte er die Kleinen zu dem Tierarzt fahren sollen, der Wochenendbereitschaft hatte – im fünfzig Kilometer entfernten Hankasalmi?

Kuhala harkte die Erde etwas auf und setzte behutsam die Urne in die Mulde. So, Freunde, dachte er wehmütig bei sich, als er die Urne mit Erde überdeckte, ruht in Frieden. Ich habe keine Ahnung, ob es für solche wie euch einen Himmel gibt; allerdings weiß ich auch nicht, ob auf solche wie mich einer wartet.

Eine alte Frau stand in stillem Gedenken vor einem monumentalen Grabstein. In den Granit war eingraviert: »Mamis Hese, jetzt hast du es gut«. Dazu die nötigen Jahreszahlen. Auf dem Medaillon, das über der Inschrift in den Stein eingelassen war, konnte man das Bild eines Esels erkennen. Kuhala glaubte sich zu täuschen, mochte aber auch nicht umkehren, um das Ganze aus der Nähe zu betrachten.

Er trank in der Bürobaracke eine Tasse Instantkaffee und aß dazu einen Schokoladenkeks. Fyrabuske sprach schön über Tiere und erzählte, dass er sogar die Fachmesse in Moskau besucht habe. Dort habe ein Kollege behauptet, die Neureichen würden heutzutage verlangen, dass die Asche ihrer Pudel zu Diamanten gepresst werde. »Um jeden Preis. Ich weiß nicht, wie das geht, ich glaube nicht, dass man aus Pudelasche so leicht Diamanten herstellen kann.«

Kuhala nickte. Dann fing das Faxgerät an zu singen. Erst draußen kam Kuhala darauf, was ihn beim Kaffeetrinken unterschwellig gestört hatte: Fyrabuske bot seinen Kunden Schokoladenkekse mit Tiermotiven an.

Kuhala fuhr in der Mittagshitze zu seiner Detektei in der Vaasankatu, den Kopf voller unsortierter Gedanken über die Vergänglichkeit aller Dinge. Als er bereits mehr als zehn Paradoxien des Daseins abgeklappert hatte, musste er aufhören, damit nicht alle Kraft aus den Fingern am Lenkrad schwand. Die Uhr am Stadtwald war stehen geblieben, aber nicht die Zeit, und jeder Verkehrsteilnehmer fuhr in all seiner lächerlichen Hast doch nur dem Vergessen entgegen. Mit jedem einzelnen Herzschlag.

Das Terrarium sah traurig aus. Kuhala seufzte und trottete weiter ins Büro. Dort goss er sich einen Schluck Haddington House ein und nahm die Ibanez Lone Star von der Wand, die Westerngitarre, die er sich im Frühjahr bei einer Versteigerung im Pfandleihhaus zugelegt hatte. Die leichten Griffe gingen schon, jetzt war es an der Zeit, Mollakkorde zu üben.

Das Spielen wurde vom klingelnden Telefon unterbrochen. Kuhala richtete seinen fast hundert Kilo schweren Körper auf und legte die Gitarre aufs Ahornparkett. Wehmütig schaute er auf den Whisky im Glas. »Kuhala.«

»Privatdetektiv Kuhala?«

»Ja.«

»Mein Name ist Eero Jokela ... ich habe das Gefühl ...«

»Ja?«

»... dass meine Frau verschwunden ist. Nein, raten Sie mir jetzt nicht, mich an die Polizei zu wenden.«

Ein solcher Ratschlag gehörte ganz und gar nicht automatisch zu Kuhalas Gepflogenheiten, denn er wilderte, um am Leben zu bleiben, im gleichen Revier wie die Polizei. Er hörte an der Stimme, dass dem Mann angst und bange war und dass er vielleicht auch Scheu hatte; eventuell hatte er vor dem Griff zum Telefon einen schweren inneren Kampf ausfechten müssen.

Jokela nannte seine Adresse. Kuhala schrieb sie auf und goss den Whisky in die Flasche zurück. Kein einziger Tropfen ging daneben.

4

8. Juni Eero Jokela wohnte in einer zweigeschossigen Reihenhauswohnung von hundertfünfzig Quadratmetern im Stadtteil Viitaniemi, direkt am Tuomiojärvisee. Das war die teuerste Gegend in Jyväskylä, aber auch kein Wunder, denn Kuhala erinnerte sich, dass der Mann in der Kauppakatu die teuerste und erfolgreichste Anwaltskanzlei von Jyväskylä betrieb.

Diese Konstellation war nicht unbedingt schlecht, auch wenn Kuhala auf dem Weg über das Vorgartenpflaster den blassen Neid dessen spürte, der ein dünnes Portemonnaie spazieren trug. Er könnte versuchen, für diesen Auftrag eine anständige Rechnung zu schreiben – seit Langem mal wieder. Boshaft guckende Keramikgnome begleiteten seine schweren Schritte unter den Leuchten mit den Kupferhauben, in einem herzförmigen Springbrunnen reckte sich ein Marmoramor mit offenem Mund dem Sommerhimmel entgegen, als würde er jeden Moment die erste Backenladung Wasser ausspucken.

Jokela öffnete die Tür, als Kuhala gerade versuchte, das Baujahr des Jaguars zu schätzen, der in der offenen Garage funkelte. Der Mann war über sechzig, hatte sich aber in Form gehalten. Das Grau seiner Schläfen harmonierte mit dem Blaugrau seiner Augen, die Krawatte harmonierte mit beidem, und die trockene Festigkeit des Händedrucks harmonierte mit all den herkömmlichen Vorstellungen, die Kuhala von dieser Berühmtheit der örtlichen Anwaltsbranche hatte. Jokela nahm einen der Spitzenplätze in der Einkommenssteuerstatistik der Stadt ein und pflegte Rechtsfälle an sich zu ziehen, die ein Medienecho fanden.

Er musterte Kuhala so schamlos, als wäre er im Begriff, ein Pferd zu kaufen, so als beurteilte er den Eindruck mit der Erfahrung von Jahrzehnten. Bei näherer Betrachtung schwelte in Jokelas Blick eine zornige Glut, die gar nicht mehr erlöschen wollte, und die Musterung an der Haustür zog sich weiter in die Länge, als es Kuhala lieb war. Sofort stand fest, dass man Jokela nicht mit einer großartigen Rechnung kommen konnte, jedenfalls nicht ohne Resultat.

»Kommen Sie rein!«

Jokela führte Kuhala ins Wohnzimmer im ersten Stock. Durchs Panoramafenster ging der Blick direkt auf den See, der in der Sonne glitzerte, da der leichte Wind unablässig die Wasseroberfläche sträubte. Der Raum war mit dickflorigen Wandtextilien, Edelholzkommoden und einer Ledercouch ausgestattet, für deren Transport man einen Kran benötigt hätte.

»Setzen Sie sich!«

Der Mann gab seine Kommandos im Offiziersstil. Er roch nach einem Hundertfünfzig-Euro-Rasierwasser, die graue Tolle war so in die Stirn geföhnt, wie der Friseur es empfohlen hatte.

Kuhala lupfte seine Hose an den kurvenreichen Bügelfalten und ließ sich in einem patinierten Ledersessel nieder, von dem aus man wahlweise die Landschaft draußen oder den silbern eingerahmten Mannerheim auf dem Regal betrachten konnte. Der Marschall wurde von seinem eigenen berühmten Großfinnland-Tagesbefehl vom 11. Juni 1941 und einem kriegerischen Truppenverbandswimpel flankiert, wodurch sich das kleine Arrangement zu einem leicht überkommenen Hausaltar aufschwang.

Es schien, als hätte Jokela nicht die geringste Absicht, seine Grundwerte von den Nichtigkeiten der Gegenwart ansäuern zu lassen.

Er brachte noch einmal seine am Telefon geäußerte Sorge zum Ausdruck und zeigte Kuhala ein Foto, das eine attraktive Frau um die vierzig zeigte. Die hohen Wangenknochen, die vollen Lippen und die warmen, leicht südländisch anmutenden Augen bildeten einen Gesamteindruck, bei dem auch manch einer weiche Knie bekommen hätte, der wesentlich jünger war als Jokela. Lockiges, aber kurz geschnittenes Haar umrahmte das Gesicht der Frau, das Foto war eventuell im Garten des Hauses aufgenommen worden.

Jokela gab Kuhala das Bild nicht, sondern hielt es ihm in einiger Entfernung hin, als befürchtete er, der andere Mann könnte es durch seine Berührung beschmutzen. Die Frau hieß Helena. Kuhala blickte auf, um zu signalisieren, dass sich ihre Züge bereits in sein geschultes Detektivsgedächtnis eingeprägt hatten. Das durchs große Fenster einfallende Licht betonte Jokelas stählerne Blässe zusätzlich.

»Wann ist Ihre Frau verschwunden?«

»Vorgestern, am Sonntag.«

»Dann ist es vielleicht noch nicht sonderlich besorgniserregend.«

»Vielleicht darf ich selbst entscheiden, was hier besorgniserregend ist und was nicht.«

»Selbstverständlich.«

Kuhala verbarg sein Grinsen. Der Anwalt war kein Schönredner und versuchte jedenfalls nicht, zum Vergnügen die Atmosphäre mit dem Zucker der Schmeichelei zu versüßen. Er stellte das Foto seiner Frau auf den Mahagonitisch und trat ans Fenster. Er sagte, an derselben Stelle habe er auch am Sonntagabend um halb sechs gestanden, bevor er kurz in sein Büro gefahren war. »Meine Frau paddelt. Sie arbeitet nicht. Sie ist von Beruf Biologin, hat hier aber keine passende Stelle gefunden. Eine Laufbahn als Lehrerin interessiert sie nicht besonders, und da sie nicht aus finanziellen Gründen arbeiten muss, ist sie zu Hause.«

Jokela stellte sich auf die Fußballen und blickte auf die Uhr. Unten klingelte ein Telefon.

»Ich habe sie mit dem Fernglas beobachtet. Sie hatte eine Schwimmweste an. Dort drüben vom Wasserwerk aus ist sie der Uferlinie gefolgt bis zum Campingplatz. Ein sportlicher Mensch.«

Jokela hatte hinter dem Vorhang ein Fernglas für Profis hervorgezaubert und illustrierte seine Schilderung, indem er nun mit optischer Unterstützung auf den See hinausschaute.

»Ich glaube, dass es wieder losgeht.«

»Verzeihung?«

»Helena betrügt mich.«

»Tatsächlich? Woher wissen Sie das? Ist sie denn gar nicht verschwunden?«

Jokela bedeutete Kuhala ans Fenster zu kommen. Mit seinem Fernglas und seinen Gesten sah er aus wie ein Binnenschiffkapitän. Womöglich fanden sich hinter dem Vorhang weitere Requisiten: Sailor-Mütze und Nebelhorn. »Schauen Sie mal in die Richtung dort, ein Stück links an der Hauswirtschaftsschule vorbei. Sie sehen bestimmt das gelbe Backsteinhaus.«

Als Rentner – und debil – würde Jokela einer von denen

sein, die bei der Notrufzentrale anriefen und die Beobachtung von U-Booten meldeten.

Kuhala spähte verdutzt in die Richtung, die Jokela ihm wies, und spürte dabei dessen Hand auf der Schulter. Er sah das Haus. Es stand auf einem teuren Grundstück, der Rasen war mindestens ebenso grün wie in Jokelas Garten. Was wurden in diesen Luxushütten für Dramen aufgeführt? Er hatte Ehebruchaufträge bis zum Abwinken angenommen, aber jetzt begegnete ihm zum ersten Mal ein Fall, bei dem das fremde Bett per Kajak angesteuert wurde.

Kuhala gab das Fernglas zurück. Das Telefon im Erdgeschoss erwachte erneut. »Warum gehen Sie nicht ran? Es könnte Ihre Frau sein.«

Jokela richtete seine Krawatte. Sein stählerner Blick bekam Risse, und plötzlich ließ er die Schultern fallen, als wüsste er nicht, ob er zum Telefon eilen oder seine tastenden Sätze präzisieren sollte.

Schon diese Momente bewiesen, dass der Rechtsanwalt seine Frau liebte. Er verschwand nach unten. Kuhala registrierte auf den Tischen und im Regal weitere Fotografien, die lachende und wohl situierte Menschen in aufsehenerregenden Interieurs oder vor ausländischen Urlaubslandschaften zeigten. Er kannte niemanden vom Sehen. Auch Kinder waren vertreten, in denen er allerdings weder die Züge von Eero noch von Helena Jokela wiederfand.

Der Anwalt kam zurück. Dem Gesichtsausdruck nach war es nicht seine Frau gewesen. Kuhala wollte genauere Angaben zu der Fernglasbeobachtung von eben. »Wer wohnt in dem Haus? Wenn Ihre Frau Sie betrügt, ist das für mich nicht dasselbe, wie wenn sie verschwunden wäre.«

»Sie ist nie über Nacht geblieben. Der Mann, der in dem Haus wohnt, ist eine Art Consult, er lebt allein und ist viel unterwegs. Laut den Informationen, die ich erhalten habe, agierte er während der Kosovo-Krise als bezahlter Soldat in den Reihen eines berüchtigten mazedonischen Rabauken. Ich weiß nicht, wie Helena ihn kennengelernt hat, vielleicht im Zusammenhang mit dieser verfluchten Paddelei. Und ich will auch von niemandem einen entsprechenden Hinweis hören. Es ist so verdammt heikel und peinlich. Da muss nur ein Gerücht in Umlauf kommen, dann war es das.«

Kuhala fragte nicht, was es dann gewesen wäre, vermutete aber, dass sich Jokela nicht nur um seine Ehe, sondern auch um das Ansehen seiner Kanzlei sorgte.

»Der Mann heißt Kai Vikman. Ich bin ihm nie begegnet, aber so viel weiß ich. Ich will, dass Sie hingehen und nachsehen, ob meine Frau dort ist. Sie müssen sich vergewissern. Ich bezahle Sie nach Ihren Tarifen. Kommen Sie morgen um dreizehn Uhr in meine Kanzlei. Bis dahin werden Sie doch wohl etwas herausgefunden haben?«

Jokelas Händedruck war nun eine Spur feucht und hatte nicht annähernd so viel Pep wie bei der Begrüßung. Vielleicht hatte er Kuhala nicht alles über den Ehefrauenräuber vom anderen Ufer erzählt, womöglich machte ihn Vikmans Söldnerruf vorsichtig. Dennoch schien er es für eine Selbstverständlichkeit zu halten, dass Kuhala am nächsten Tag nichts anderes vorhatte, ja dass der Auftrag schlagartig Schluss machte mit der muffigen Beschaulichkeit der Privatdetektei.

Kuhala bat um ein Foto von Helena Jokela. »Am liebsten ein gerade erst aufgenommenes.«

Nachdem er widerwillig ein solches ausgehändigt hatte, begleitete Jokela den Detektiv zur Tür und blinzelte ins blendende Licht. »Das Kajak ist grün, und auf dem Bug steht 5BC77. Es unterscheidet sich so gut wie nicht von dem Modell, mit dem Kolehmainen Gold gewonnen hat. Ich habe es für einen hohen Preis bei einer Versteigerung der Seerettungsgesellschaft Porkkala erworben. Weshalb ich nichts dagegen habe, wenn Sie mir auch das Kajak zurückbringen.«

Jokela machte diese Bemerkung ohne jede Ironie. Ehefrau und Kajak gehörten zwar in unterschiedliche Schubladen, aber als versierter Paragrafenleser und Mann, der es mit dem Euro genau nahm, wollte er seinen Verhandlungspartner an jeden einzelnen Aspekt erinnern, aus dem sich der Gesamtkomplex zusammensetzte.

Dann ging die Haustür zu. Die Sonne spielte im Chrom der Frontmaske des Jaguars, was Kuhala zwang, sich abzuwenden und den Weg zum Parkplatz des nahe gelegenen Altersheims anzusteuern, wo er seinen Wagen abgestellt hatte. Es war ein Corolla, bei einer Lagerräumung eines örtlichen Autohändlers zum Schockpreis erstanden. Um ihn zu charakterisieren, genügte Kuhala nach mehreren unangenehmen Überraschungen eine einzige Vokabel: schrottreif.

Für den Preis des Corolla bekäme man nicht mal einen Schmutzfänger aus Gummi für den Jaguar.

Hinter dem Heckenzaun des Altersheims rückte eine Rollatorarmada an. Ein Windstoß vom See kämmte den frischen Rasen, und von einer Baustelle wurde rühriges Hämmern herübergetragen.

Kuhala sog die Sommerdüfte ein. Er sehnte sich nach

Urlaub und Müßiggang, vor allem aber sehnte er sich nach seiner Geliebten, der in Vantaa tätigen Kriminalkommissarin Annukka Maaheimo. Ihre letzte Begegnung lag erst anderthalb Wochen zurück, aber es kam ihm wie Jahre vor. Annukka schmeckte nach Apfel und Honig, ihre Seufzer beim Sex brachten Kuhala dazu, die Zehen zu krümmen und abzuheben.

Der Corolla gab keinen Mucks von sich. Der erste Greis der Rollatorexpedition kam heran und beugte sich neugierig zum Seitenfenster hinab.

5

8. Juni Der Nachbar, der vor dem Tor die Straße kehrte, hob seine Mütze genau in dem Moment, in dem Kuhala wieder zu Jokelas Haus kam und an ihm vorbeigehen wollte. »Ich hab Ihr Gesicht in der Zeitung gesehen. Sie sind der Privatdetektiv, der den Mord an dem Goldschmied aufgeklärt hat. Neue interessante Fälle? Hat Ihre Firma nicht auch mal Reklame gemacht?«

Der Mann blockierte Kuhala mit seinem abgenutzten Besen den Weg und musterte ihn unter dem Mützenschild herauf. Das Licht ließ sein rotes Gesicht kurz aufstrahlen. In den Augen schwelte Wissensdurst, aber auch das Selbstwertgefühl einer höheren sozialen Schicht. Die Nase war das gleiche hervorspringende Modell, wie es die englischen Könige Karl I. und Karl II. im 17. Jahrhundert getragen hatten.

Kuhala blieb stehen, um nicht über den Besen zu stolpern. Es stimmte, dass er das besagte Verbrechen aufgeklärt und dass im Frühling in der Gratiszeitung eine bescheidene Anzeige seiner Firma erschienen war. Dennoch fühlte er sich nicht geschmeichelt, sondern behelligt.

Dass der Corolla den Geist aufgegeben hatte, ärgerte ihn, und es sah aus, als verließ Rechtsanwalt Jokela gerade im hellgelben Sakko das Haus.

»Haben Sie beruflich mit Jokela zu tun? Dann seien Sie vorsichtig. Ich wohne nebenan. Ich glaube, Jokela schlägt seine Frau. Misshandelt sie. Das geht schon lange so.«

»Ich …«

»Aber wie soll man sich als Nachbar da einmischen? Jokela würde mir sofort Schwierigkeiten machen. Der kennt das Gesetzbuch.«

Kuhala schob den Besen zur Seite und nickte. Die Nachricht löste nicht die geringste moralische Entrüstung in ihm aus, denn bei dem Bekenntnis des Besenmannes nach nur einer Minute Bekanntschaft handelte es sich wahrscheinlich um den letzten Versuch, im Nachbarschaftsstreit Punkte zu sammeln.

Er erwischte Jokela gerade noch am Jackensaum, als dieser seinen Aktenkoffer auf der Rückbank des Jaguars verstaut hatte und sich ans Steuer setzte.

»Es sind ein paar Probleme aufgetreten. Mein Auto ist kaputt, weshalb ich Kai Vikman heute nicht mehr besuchen kann.«

»Nehmen Sie das Boot. Dann haben Sie auch ein bisschen Bewegung. Ist doch schön, bei dem Wetter zu rudern.«

»Ich habe kein Boot.«

»Aber ich.«

Jokela stieg wieder aus und löste einen rot markierten Schlüssel vom Bund. »Das hellblaue Fiberglasboot zwischen den zwei Birken. Auf der Seite steht ›Helena‹. Es liegt noch auf dem Kopf, aber Sie können es leicht umdrehen. Wiegt nicht mehr als sechzig Kilo. Die Ruder sind an der Rückwand der Garage, und den Zapfen finden Sie da drüben. Ist die Jungfernfahrt in diesem Sommer. Rudern ist eine gute Form der Bewegung, außerdem ist es verboten, mit dem Motorboot auf dem See zu fahren.«

Jokela lächelte nicht einmal zu seiner Stellungnahme.

Wenig später ging Kuhala mit den Rudern auf der Schulter und dem Zapfen in der Gesäßtasche zum Ufer hinunter, leicht irritiert, denn eigentlich war es seine Absicht gewesen, sich von Jokela zum anderen Ufer fahren zu lassen.

Er fand das Fiberglasboot leicht und stand dann eine Weile am Ufer, als versuchte er sich mit dem Gedanken anzufreunden, dass so eine Bootsfahrt wenigstens einmal in der Karriere eines Privatdetektivs dazugehörte. Auf die Rechnung könnte er einen Zuschlag für schwere körperliche Anstrengung setzen, auch wenn das ruhige Wasser und der blaue Himmel nicht gerade auf große Anstrengung hindeuteten.

Er kippte das Boot auf dem Gras um, schlug den Zapfen ein und befeuchtete die Dollen, bevor er die Ruder einsetzte. Jokelas Nachbar stützte sich im Garten auf seinen Besen und sah zu, wie Kuhala ablegte.

Zum Teufel, das Wetter war großartig und er wurde auch noch bezahlt! Kuhala rief Annukka Maaheimo an und spürte ein warmes Zucken in der Brust, als er ihre Stimme hörte.

»Maaheimo.«

»Hast du zu tun, Liebling?«

»Eine Besprechung. Wir kriegen die Analyse einer alten DNA-Probe rein. Kann sein, dass sich ein mehr als zehn Jahre alter Fall klärt.«

»Ich liebe dich.«

»Ich dich auch.«

»Wann sehen wir uns?«

»Eine Woche vor Mittsommer. Haben wir das nicht so ausgemacht, mein Ottolein? Du wolltest uns irgendwo in der Nähe von Jyväskylä ein Sommerhäuschen mieten. Das solltest du allmählich mal in Angriff nehmen. Von wo … ich komme schon, ja, ja, ich bin gleich da … von wo rufst du an?«

»Von der offenen See. Hörst du nicht das Schreien der Möwen?«

»Hast du was getrunken?«

»Zuletzt deinen Schweiß, Baby.«

Man hörte ein gedämpftes Lachen. »Ich muss los, Schatz. Kuss. Wir sehen uns!«

Kuhala schloss die Augen und öffnete sie wieder, als gerade ein Wasserschwall vom Ruderblatt in allen Regenbogenfarben leuchtete. Das musste ein gutes Omen sein. O Mann, wie sehr er Annukka liebte!

Sie hatten sich vor Jahren in einem Vernehmungsraum im Präsidium von Jyväskylä kennengelernt, unter eher unerotischen Vorzeichen, aber dann hatten die Konjunkturkurven des Lebens sie doch zusammengeführt.

Während des Telefonats hatte sich der Bug des Boots in Richtung Wasserwerk gedreht. Kuhala korrigierte den Kurs. Er knöpfte das Hemd auf und warf dabei einen besorgten Blick auf seinen Körper, der in der Wintersaison aus dem Leim gegangen war. Blass war er auch, aber wie beruhigend hatte sich Annukkas Hand auf der Haut angefühlt. Außerdem wurde er bald fünfzig und schaffte es einfach nicht mehr, sich so regelmäßig fit zu halten, wie er es sich vornahm. Vor allem mit dem Joggen lief es schlecht, aber immerhin schlug er gelegentlich auf den Sandsack ein. Und sah sich nicht jeder irgendwann beim Betrachten seines Fettanteils mit der unwiderruflichen Wahrheit konfrontiert, aufgegeben zu haben? Warum sollte das bei ihm anders sein?

Vom Badestrand her hörte man das Jauchzen der Kinder, die Sommerferien hatten, ein einzelner Angler trieb mit seinem Boot gemächlich an den Flachstellen entlang, mit krummen Schultern und in Gedanken versunken wie ein Kutscher in einem russischen Klassiker. Es würde nicht mehr lange dauern, bis alle Seeufer zugebaut wären; nur das war die richtige Entwicklung, und alle, die dagegen ankämpften, waren Spinner, deren Realitätssinn im Bann vergangener Jahrhunderte hinterherschleifte. In der regionalen Zeitung Nummer eins wurde in diesem Tenor über das Thema debattiert, aber Kuhala, der auf dem Land aufgewachsen war, unter rauschenden Fichten, wusste, auf welcher Seite er stand.

Mit kräftigen Zügen kam er vorwärts. Die fernen Stadtgeräusche wurden vom Bellen der Hunde im Tierheim begleitet. Bunt gekleidete Jogger und Nordic Walker bevölkerten die Wege. Kuhala ging bei der Hauswirtschaftsschule an Land. Es war niemand zu sehen, auch hier schien das Schuljahr zu Ende gegangen zu sein. Der Wind hatte auf dem Steg eine Pikkoloflasche umgekippt, am Dachrand des kleinen Saunahäuschens hing ein Bikinioberteil. Der christlich-keusche Geist der ehemaligen Bäuerinnen-Lehranstalt hatte sich offenbar überlebt.

Ein undurchdringlicher Heckenzaun fasste das Grundstück des ehemaligen Söldners Vikman ein. Weder am Steg noch sonst wo am Ufer sah man das von Jokela beschriebene Kajak. Das Haus war kastenförmig, hatte ein schwarzes Dach und erinnerte mit seinen kleinen abweisenden Fenstern mindestens ebenso sehr an einen Bunker wie an ein Eigenheim.

Kuhala wollte nicht durchs Wasser aufs Grundstück waten, weshalb er an der Hecke entlang zur Straße ging und zum Tor hinein, dessen Schmiedeeisen Teufelsköpfe zierten, die den Besucher angrinsten, als wollten sie seinen Sinn für Humor auf die Probe stellen. Kuhala hatte davon genug für den Hausgebrauch, und die geschmiedeten Dummschädel munterten ihn bloß auf.

Er verlangsamte die Schritte, weil bedauerlich oft in solchen Situationen ein Wachhund um die Ecke geschossen kam. Diesmal passierte jedoch nichts dergleichen. Vikmans Grundstück war verwuchert. Vor einer Schuppenbaracke, die abseits des Haupthauses stand, lagen zwei Autowracks und sonstiger Metallschrott herum, wie bei einem verrückten Erfinder. Eine von Treffern zerfressene Wurfscheibe und ein Zementsack, der im Freien überwintert hatte und von einem Spatenblatt aufgebrochen worden war, kündeten von einem Junggesellenhaushalt, in dem nicht sonderlich viel Wert auf schöne Details gelegt wurde und der einen deutlichen Kontrast zur guten alten Ordnungsliebe bei Jokelas bildete. Womöglich war Helena Jokela hier auf der Suche nach ein paar Ecken und Kanten in ihrem Leben.

Kuhala blickte auf den See und konnte am stadtseitigen Ufer das Reihenendhaus des Rechtsanwalts erkennen.

Als er sich umdrehte, fiel sein Blick auf einen gut vierzigjährigen Mann, der nichts als abgeschnittene Jeans trug und seine Kiefer zu einem Gähnen aufriss, als wäre er gerade aufgewacht. Er war gebräunt, kräftig gebaut und fast so groß wie Kuhala. Die dunklen Augen verliehen dem symmetrischen Weiberheldengesicht eine Portion Schicksalsschwere, die sportlichen Betätigungen in der Jugend sah man dem Körper noch an, auch wenn sich im Hüftbereich bereits Angriffsflächen bildeten.

»Was haben Sie hier verloren, Mann?«

Die Stimme klang gut gelaunt und angstfrei. Kuhala grinste und nannte Namen und Beruf. Das beeindruckte den anderen kein bisschen.

»Sind Sie Kai Vikman?«

»Ja. Haben meine Nachbarn genug davon, Beschwerden über meinen Garten ans Ordnungsamt zu schicken, und sich an einen richtigen Privatdetektiv gewandt? Möchte ja gerne sehen, was Sie hier ausrichten wollen«, meinte Vikman. Er warf seine Worte wie eine Herausforderung hin, und es schien, als würde er sich an der Erkenntnis freuen, dass Kuhala keinerlei Befugnisse auf dem Grundstück hatte. Die Vögel wisperten in den Bäumen, eine kampflustige Katze belauerte Kuhala hinter einer Schubkarre.

»Ich bin nicht auf Gärten spezialisiert. Ich suche eine Frau namens Helena Jokela. Mein Auftraggeber befürchtet, sie könne verschwunden sein, und zuletzt wurde sie in einem Paddelboot auf dieser Seite des Sees gesehen. In einem grünen Kajak mit dem Kennzeichen 5BC77.«

»Entschuldigung, wer ist verschwunden?«

Kuhala zeigte ihm das Foto. Vikman schaute es sich an und wurde kurz ernst, aber Kuhala konnte seine Miene nicht deuten. Der Mann hatte das Bluffen beim Pokern auf dem Balkan gelernt und zuckte nicht so leicht zusammen. Er sagte, so eine Frau habe er noch nie gesehen und wunderte sich, dass Kuhala seine Zeit bei ihm vergeude. »Wie hieß sie noch?«

»Helena Jokela.«

»Total fremd.«

Er gab Kuhala das Foto zurück. Vikman war ein hinterhältiger Gauner und verarschte die Leute bloß aus Spaß mehr, als andere es insgesamt taten. Hinter seiner anstrengenden guten Laune war allerdings eine gereizte Nebenlinie zu erahnen.

»Wie wär's, wenn ich jetzt einfach weiter faulenze. Viel Glück beim Suchen.«

»Ihr Liegestuhl scheint in Richtung See zu stehen, vielleicht haben Sie ja doch was gesehen. Von hier aus kann man nicht alle Einzelheiten erkennen, aber auf dem Kajak steht tatsächlich B5C77 … und Sie haben ein Fernglas unterm Stuhl liegen! Vorgestern Abend zwischen sechs und sieben ist das Kajak hier am Ufer vorbeigekommen. Ich wette, Sie halten gerne mal nach straffen Paddlerinnen Ausschau.«

Das Lächeln auf Vikmans Gesicht erlosch, ebenso der amüsierte Ausdruck in den Augen, womit der letzte Rest Gastfreundschaft vernichtet war. Er musterte Kuhala, als hätte der ihm Milzbrand als Gastgeschenk mitgebracht, sein Atem beschleunigte sich. Während der fünf Sekunden Schweigen sah Kuhala sich schon mit dem anderen auf dem Boden wälzen, sich gegenseitig würgend und dann ins Wasser rollend, wo sie sich mit viel Gespritze Schwinger verabreichten.

»Jetzt reicht's«, sagte Vikman.

»Nur nicht nervös werden. Ich klappere alle Grundstücke hier ab und stelle Fragen. Für mich ist das eine ziemlich anstrengende Feldforschung. Sie sind der Erste, und wenn Sie schon gleich einschnappen, frage ich mich, wie das weitergehen soll.«

Kuhala grinste erneut und zuckte mit den Schultern. »Andererseits könnte ich es auch kurz machen und Ihnen verraten, warum ich gerade bei Ihnen anfange. Helena Jokela ist die Frau von Rechtsanwalt Eero Jokela, und Eero Jokela wiederum vermutet, dass Sie und seine Frau ein kleines Techtelmechtel haben. Die Jokelas wohnen auf der anderen Seeseite, man kommt mit dem Kajak hierher. Ziemlich sportliches Arrangement. Ich bin übrigens auch auf dem Wasserweg gekommen, mit dem Ruderboot. Und Sie leugnen, die Frau auch nur gesehen zu haben. Wollen Sie das Foto noch einmal sehen?«

Vikman schüttelte den Kopf und versuchte Zeit zu gewinnen, indem er eine Ameise verscheuchte, die durch seine Beinbehaarung flitzte. »Ich hab keine Ahnung von irgendwelchen Jokelas und grünen Kajaks. Sinnlos, mich so was zu fragen. Ich geb mich nicht mit den Weibern von anderen Kerlen ab, bis jetzt hab ich auf dem freien Markt Muschis genug gekriegt.«

Er entfernte sich einige Schritte, drehte sich aber bald um und deutete mit dem Finger auf Kuhala. »Wenn du nicht abhaust, solange das Wetter noch gut ist, brauchst du dich nachher nicht zu beschweren.«

Der Stilwechsel machte Kuhala so sprachlos, dass er erst recht nicht nachgeben wollte. Schmunzelnd stand er auf Vikmans Hofpflaster. »Jokela hat mir ein bisschen was über Ihre Vergangenheit erzählt.«

»Ich hab dich gewarnt …«

Kuhala machte keinerlei Anstalten, zurückzuweichen, obwohl Vikman inzwischen einen halben Meter vor ihm stand und zum Schlag ausholte. Flucht wäre die falsche Taktik gewesen, und jetzt konnte er endlich mal die Ausweichbewegung von dem Mohammed-Ali-Video testen, die er am Sandsack trainiert hatte, mit Seitenblick auf das Video in Zeitlupe.

Der Entschluss barg sein Risiko, weil ein ehemaliger Söldner unter Umständen widerwärtige Tricks auf Lager hatte. Der Schlag kam zischend, mit schwindelerregender Kraft, und nahm eine lehrbuchhafte Bahn, doch die Ausführung war zu steif, weshalb Kuhala leicht ausweichen konnte. Er hob seine Deckung. Der zweite Versuch kam nicht, und es wäre ja auch nichts unschicklicher gewesen als ein Faustkampf zweier erwachsener Männer mitten an einem schönen Sommertag.

Vikman schien seine im Sonnenbad erschlafften Energievorräte verschwendet zu haben und badete nun in Schweiß. Die Wut in seinen Augen erlosch. Was auf den ersten Blick nach Frauenheld mit Schalk in den Augen ausgesehen hatte, war in Wahrheit ein Nervenbündel.

Kuhala entspannte sich und überlegte, ob Vikman womöglich Bewährung hatte, mit der es auf einen Schlag vorbei gewesen wäre, wenn sein Hieb gesessen hätte.

»Die Frau war hier.«

»Helena Jokela?«

»Ja, die.«

»Und?«

»Wir haben uns nach langer Zeit wiedergesehen und … na ja, nichts ist wahrer als die Tatsache, dass sie in einem Zustand, wie er besser nicht sein kann, von hier mit ihrem Kajak weggefahren ist.«

»Direkt nach Hause?«

»Nee, Richtung Campingplatz. Helena hat gemeint, sie kennt nichts Besseres, als in Ruhe zu paddeln und dabei nachzudenken. Sie kann ihren Alten nicht ertragen, aber das müssen die unter sich ausmachen. Und unser Verhältnis war … ist, na ja, es ist jetzt okay, und von Heiraten war bis jetzt noch nicht die Rede.«

»Wann ist sie hier weggefahren?«

»Wann war das … so um acht, neun am Abend.«

Vikman starrte ungläubig auf seine Linke, als hätte die sich von allein zum Schlag entschlossen gehabt, dann richtete er den Blick wieder auf Kuhala. »Ertrunken ist Helena nicht. Sie hatte eine Schwimmweste, und sie kann schwimmen. Und windstill war es auch. Wo ist sie hin?«

Sie gingen zum Ufer. Die nachlassende Aggression hatte Vikman gesprächig und kooperationsbereit gemacht. Er bückte sich, um sich das Gesicht zu waschen. Die Narbe an der Schulter war fünfzehn Zentimeter lang und mehrere Jahre alt.

Der Mann stand auf und spuckte Wasser aus. »Da drüben führt der Fluss zum Alvajärvisee, wo eine Lehrerin wohnt, die Helena kennt. Vielleicht ist sie dahin, vielleicht kann sie nicht mehr nach Hause. Hey, das von eben, das tut mir leid. Können wir das vergessen? Ich hab wahrscheinlich ein bisschen zu viel in der Sonne gelegen in den letzten Tagen, vielleicht auch ein paar Bier zu viel gehabt.«

Immerhin reichte er nicht die Hand zur Versöhnung, aber Kuhala sagte, er sei bereit, es zu vergessen. »In meinem Beruf gewöhnt man sich an alles. Man hat schon versucht, mich zu erschießen, mich zu erwürgen und wer weiß was sonst noch alles, aber ich nehme noch immer Klienten in Empfang.«

6

8. Juni Auf dem Campingplatzgrün blakten die Grills vor den Wohnmobilen. Ein Flugechsendrachen war an einem Ast hängen geblieben und glotzte, wie zum Zeichen dafür, dass der Sommer begonnen hatte. Vorerst wagten es nur wenige, schwimmen zu gehen, aber am Strandabschnitt jenseits des zerrissenen Volleyballnetzes hatte eine Sandburgschau Volk um sich versammelt. Am Wassersaum war außerdem eine ebenfalls aus Sand geformte weibliche Figur zu erkennen, an der Wellen und Sommerhitze nagten.

Kuhala ruderte am Winterbadesteg vorbei und legte sich Formulierungen für seine nächste Zeitungsannonce zurecht. Sie könnte durchaus die Erwähnung enthalten, dass er unter anderem auf Einsätze spezialisiert war, die mit dem Ruderboot erledigt werden mussten. Er zog Jokelas Boot an Land. Eine fette Möwe brütete auf einer Boje über ihrer nächsten Maßnahme und erschrak vom

Poltern der Ruder derart, dass sie Kuhala gegenüber den Schnabel aufsperrte.

Er überquerte den Sand und den Weg und steuerte den Paddelbootverleih an. Dort saß ein Mann auf den Stufen vor dem gelb gestrichenen Holzhäuschen und wartete rauchend auf Kundschaft. An der Wand standen der Name des Unternehmens und die Preise. Auf kleineren Sperrholztafeln wurden Paddelkurse nebst Tarifen offeriert. Rechts und links waren Kajaks in einem Farbspektrum gestapelt, das vermuten ließ, dass auch für den anspruchsvollen Geschmack etwas dabei war.

Kuhala nickte dem Mann zu. Die Geruchsmischung aus Zigarettenrauch, Bootsteer und sonnengewärmter Erde erinnerte Kuhala an seine Kindheit am Ufer des Havujärvi. Und an die verfluchte Tatsache, dass die Jahre vergingen.

»Die Hauptsaison scheint erst noch zu kommen, wie?«

»Bald werden sie mir die Dinger aus den Händen reißen.«

»Tastet man sich eigentlich schon im ersten Kurs an die Eskimorolle heran?«

Der Mann aschte zwischen seine Sandalen und schickte einen nachdenklichen Speichelklumpen hinterher. Dann schaute er Kuhala abschätzig an und setzte die Sonnenbrille ab, wie zum Hinweis, dass Kuhalas Scherzzwang nicht nur dürftig war, sondern sich zu einer veritablen Schattenseite seines Berufs zu entwickeln drohte. »Das wird erst nach der Anmeldung verraten.«

Der Mann war knapp über dreißig, wenn überhaupt, kräftig gebaut und braun gebrannt. Wie schafften es eigentlich alle diese Leute, so schnell braun zu werden, wo doch erst seit einer Woche Hochdruck herrschte?

»Das mit den Kursen überleg ich mir noch. Ich bin Privatdetektiv Kuhala und suche nach einer Frau, die vermisst gemeldet wurde. Zuletzt ist sie auf dieser Seite des Sees in ihrem Kajak gesehen worden. Vorgestern Abend. Das Kajak gehört ihr, aber ich denke mir, Ihnen würde schon von Berufs wegen eine einzelne Paddlerin auffallen. Es dürfte so acht Uhr gewesen sein, vielleicht auch schon gegen halb neun.«

Der Mann hatte aufgehört, Kuhala anzustarren. Er zielte mit dem Zigarettenstummel nach einer Blechdose. Der Versuch misslang. »Wir machen um acht zu.«

»Danach ist doch sicher noch einiges zu tun. Werden die Kajaks nicht reingeholt?«

»Sorry.«

Kuhala beschrieb Helena Jokela und das Kajak. Der weiter glimmende Zigarettenstummel sengte das Moos neben der Treppe an. Der Mann erstickte den Brand mit einer Sandale und steckte sich eine neue Zigarette an, wobei die Anspannung seines Profils hinter dem Qualm verschwand, der ihm aus den Nasenlöchern quoll. »Die Leute haben massenhaft eigene Kajaks. Ständig fahren welche hier rum, ich beachte die überhaupt nicht.«

Kuhala warf einen Blick auf den See. Er sah kein einziges Kajak, sagte es aber nicht laut.

»Außerdem war gestern um die Zeit beim Grillhäuschen da drüben was los. Sie haben sogar den Krankenwagen gerufen. Einer hat seine Cabanossi in den falschen Hals gekriegt, oder so. Wie das halt so geht, wenn die Typen besoffen sind. Jeden Sommer das Gleiche.«

Die Stacheldrahttätowierung am Oberarm lebte im Takt der Muskeln, die Haltung und der gleichgültige Ton des Mannes machten Kuhala begreiflich, dass er auch hier nicht erwünscht war. Er nahm es nicht persönlich, denn er kannte das. Außerdem sensibilisierte etwas an dem Mann, der da auf der Treppe saß, seine beruflichen Instinkte.

Ein weißer Volvo der 80er-Baureihe kam angefahren. Ein kleiner, dicklicher Mann stieg dampfend aus, die Tür knallte zu. Irgendwo ärgerte sich erneut eine Möwe.

»Alles in Ordnung?«, fragte der Ankömmling.

»Ja, ja«, erwiderte der Mann auf der Treppe.

»Ich glaub, ich hab schon mal gesagt, du sollst nur zu bestimmten Zeiten rauchen. Und jetzt ist keine bestimmte Zeit. Wollen Sie ein Kajak mieten?«, wandte sich der Dicke an Kuhala. »Und sich für einen Kurs anmelden? Es gibt welche für Anfänger, Freizeitpaddler und Fortgeschrittene.«

Er war eindeutig der Chef. An seiner Sommermütze hatte sich die Anstecknadel in Form einer Bake gelöst und war kurz vorm Herunterfallen, aber Kuhala erdreistete sich nicht, darauf hinzuweisen, sondern erklärte, er werde zu gegebener Zeit darüber nachdenken, ein Kajak zu mieten.

»Ich hab da drüben ein normales Ruderboot liegen. Sobald ich mir über dessen Verhalten im Klaren bin, mache ich mir über ein Kajak Gedanken.«

Über das teigige, geschlechtslose Gesicht des Eigentümers huschte ein Schatten der Enttäuschung. Er lupfte seine marineblauen Hosen und folgte Kuhala, denn auch seine Firma lebte nicht bloß vom Sonnenschein. Der Eifer des Dicken und seine Art, sich in die Rauchgewohnheiten eines erwachsenen Mannes einzumischen, waren amüsant. Die Möwe hopste auf der Boje hin und her.

Kuhala schob Jokelas Boot ins Wasser. Dabei spürte er,

wie die Hand des kleinen Mannes seinen Rücken streifte. »Sie haben doch keinen Grund, sich über den Kameraden da drüben zu beschweren?«

»Nein. Wieso?«

»Er hat erst Mitte Mai angefangen. Und ist nicht gerade ein Musterbürger. Vorbestraft. Bei mir macht er ein Arbeitspraktikum, kriegt seinen Lohn vom Staat. Ich bin da ganz klar ein Risiko eingegangen, aber man muss so einem ja eine Chance geben.«

Der Kajakverleihbesitzer achtete darauf, sich nicht die Stoffschuhe nass zu machen, und senkte die Stimme, als wäre er von seiner eigenen wohltätigen Geste gerührt. »Er ist vielleicht nicht gerade ideal in Sachen Kundendienst, aber er gibt sich immerhin Mühe. Ich versuche, ihm das Elementarste in den Sturschädel zu hämmern, aber das geht nicht von jetzt auf gleich. Sagen Sie nur, wenn etwas schiefgegangen ist. Das lässt sich beheben.«

Kuhala schaute den Kajakunternehmer an, begnügte sich aber mit einem Lächeln. Der Mann war ein Risiko eingegangen, für das er nichts bezahlen musste, und so etwas war immer verlockend. Dass er mit seinen kleinlichen Bemerkungen übers Rauchen vor den Ohren fremder Leute noch mehr riskierte, war Bestandteil der Unternehmenskultur und ging Kuhala nichts an. Vielleicht hätte es geholfen, die Dose für die Zigarettenstummel etwas außer Sichtweite zu rücken.

Aus der Ferne wurde eine Art Seufzer der Enttäuschung, aber auch Gelächter herübergeweht, weil die Sandburg zusammenbrach, als sie gerade die Scheitelhöhe erreicht hatte. Kuhala und der Kajakunternehmer drehten sich in die Richtung um, aus der die Stimmen kamen.

»Ich suche nach einer Frau. Es kann sein, dass sie vorgestern Abend hier vorbeigepaddelt ist, aber nicht mit Gerät aus Ihrem Verleih. Ich bin Privatdetektiv. Was mich aber nicht daran hindert, eines Tages ein Kajak bei Ihnen zu mieten.«

Der Mann rieb sich die Stirn, eine Uferwelle wollte die ins Wasser gefallene Anstecknadel in die Tiefe ziehen, aber Kuhala war schneller. »Stecken Sie sie besser fest. Damit keiner drauftritt und sich ein böses Loch in der Fußsohle zuzieht.«

Der Mann blieb am Ufer stehen und sah zu, wie der Detektiv davonruderte. Während der ersten Züge kam Kuhala auf den Gedanken, dass der Kajakunternehmer bloß die Kleider zu wechseln bräuchte, um als Patachon in Pat und Patachon durchzugehen. Diese Beobachtung war keineswegs spöttischer Natur, denn die Ähnlichkeit war verblüffend.

Kuhala versuchte sich an den Namen des Schauspielers zu erinnern, der den Patachon verkörperte, kam aber ebenso wenig darauf wie auf den Titel auch nur eines Films des Komikerduos. Dann versuchte er sich zu erinnern, ob der Kajakunternehmer den Namen seines Angestellten erwähnt hatte. Nein, hatte er nicht.

Pat und Patachon auf Kajaksafari.

7

8. Juni Kuhala drehte das Boot in Richtung der Bucht, von der aus der Löylyjokifluss zum Alvajärvisee führte. Die Sonne stand hoch, der nervöse Puls des Verkehrs auf der Saarijärventie und der Fernstraße 4 störten die Mittagsidylle mit den plätschernden kleinen Wellen am Bootsbug.

Nach dem reichlichen Schmelzwasser und den ergiebigen Regenfällen im Frühling strömte der Fluss nun kräftig dahin. Aus dem Schaum, der den Uferwall säumte, ragten Flaschenhälse und sonstiger menschlicher Krempel. Das schmale Flussbett erinnerte an die Wildwasserbahnen in Vergnügungsparks, und es musste allerhand unterquert werden: zuerst die Fußgängerbrücke, dann die Saarijärventie und schließlich die Fernstraße 4. Als Kuhala durch die enge Rinne unter der Fußgängerbrücke glitt, wurde es kühl, und es roch muffig. Er musste den Kopf einziehen und die Ruder einholen. Eine Bisamratte, die sich die schattige Ecke als Revier ausgesucht hatte, fungierte als Schleusenwärter und schwamm voran, als wollte sie den Weg zeigen.

Irgendein Schlauberger hatte einen schweren Einkaufswagen übers Brückengeländer geworfen, der dann mitten im Flug an einem Betoneisen hängen geblieben war. Kuhala konnte ihm nur mit viel Glück ausweichen. Die Einkäufe im Wagen hatten sich zu einem Klumpen verdichtet, aus der eine dunkle Brühe rann und den die Spatzen emsig umflatterten.

Der Anblick war unwirklich. Kuhala hütete sich davor, mit den Rudern anzuschlagen, als er auf die Tunnelröhre unter der Fernstraße 4 zusteuerte, da bemerkte er das Kajak. Es war zwischen das wuchernde Unkraut auf dem befestigten Uferwall geschoben worden, und da es grün war, hatte Kuhala es allein dem Zufall zu verdanken, dass sein Blick darauf fiel. Er riss sofort sein Boot herum. Die Uferbefestigung war zum Teil abgebröckelt, der Wall führte zur Straße hinauf. Die Abgase brannten in Kuhalas Kehle, weiter oben trotzten tapfere Birken dem Smog von Jyväskylä.

Kuhala spürte, wie sich sein Herzschlag beschleunigte, als er das Kajak umdrehte, sodass die Sitzöffnung zum Vorschein kam. Auf dem Bug stand das Kennzeichen, das Jokela genannt hatte.

Die Brücke erdröhnte unter dem Gewicht eines schweren Fahrzeugs, die Bisamratte hatte am Ufer gegenüber den Betonwall erklommen, sie schien an jedwedes Scheppern und Reifenbrummen gewöhnt zu sein, nicht jedoch daran, dass Kuhala sich das Recht herausnahm, in ihrem Revier an Land zu gehen.

Sie brachte ihre Missbilligung zum Ausdruck, indem sie ihren Rücken am Beton rieb.

Etwas weiter oben fand Kuhala das durchgebrochene Paddel, rührte es aber nicht an, weil er befürchtete, Spuren zu zerstören. Über die Paddelblätter liefen rote Streifen, und wer auch immer damit herumgefuhrwerkt hatte, der hatte es hastig und überstürzt getan. Kajak und Paddel waren nicht versteckt worden – vielleicht in dem Glauben, dass jemand, der den Fluss entlangkam, keine Zeit hatte, sich umzusehen, sondern vollkommen damit beschäftigt war, nicht gegen die Betonkonstruktionen zu stoßen.

Von Helena Jokela entdeckte Kuhala keine Spur. Auch

wenn die urbanen Legenden immer wieder von Menschen erzählten, die vom Müllwegbringen nicht mehr zurückkamen, fiel es Kuhala schwer, sich vorzustellen, dass die Frau so viel Mühe auf sich genommen haben sollte, um auf der Fernstraße 4 in Richtung Norden davonzukommen.

Die Bisamratte tauchte, der Gitterschatten des knarrenden Einkaufswagens fiel auf den Brückenkasten. Kuhala zitterte vor Kälte und spielte mit dem Gedanken, das Kajak ins Schlepptau zu nehmen. Hatte der Rechtsanwalt nicht versprochen, auch für das Sportgerät zu bezahlen?

Er ging die Böschung zum Ruderboot hinunter. Das Fiberglas kratzte auf dem scharfen Rand der Uferbefestigung, eine primitive Comicfigur, die auf den Beton gemalt war, spuckte einen Text aus, der nicht zu verstehen war.

Wieder erdröhnte die Brücke. Die Akustik im Tunnel verzerrte das Geräusch, es klang, als wäre in der Ferne mit einer Kanone geschossen worden. Kuhala stieg ins Boot und musste eine Zeit lang balancieren, bis er den Weg zur Ducht gefunden hatte. Wie, um Himmels willen, sollte er das Kajak transportieren? Er blickte noch einmal nach oben und erschrak heftig.

An der Stelle, wo die Brücke auf den betonierten Uferwall traf, hing eine Hand von einer schmalen Plattform herab.

8

8. Juni Die Leute, die sich vor der Absperrung der Tatortermittler versammelt hatten, beobachteten das Vorgehen der Polizei in immer massiverer Front, sodass sie nach und nach auf der Straße eine Fahrspur blockierten. Es kam zum Stau, man hörte ohrenbetäubende Hupserien und Flüche.

Sobald die Gerätschaften zum Fotografieren des Fundorts von Helena Jokela aus dem Wagen der Technik geladen und zusammengesetzt wurden, richteten einige Zuschauer verstohlen ihren Hemdkragen oder strichen sich die Haare glatt, als wollten sie einen guten Eindruck auf den Bilddokumenten hinterlassen.

Wo kamen die alle her? Aus den umliegenden Gärten, vom Badestrand, von der anderen Seeseite, aus der Innenstadt, vom Einkaufen im Supermarkt, von unter der Erde? Jemand äußerte die Vermutung, da sei der Penner aus dem Fluss gezogen worden, der im Winter verschollen war, aber reichlich Unterstützung fand auch die Theorie von einem unglücklichen Kind, das sich von seinem Hüter losgerissen habe, bis einige schließlich bereit waren, ihr Geld darauf zu setzen, dass es sich bei Kuhala, der die Uferböschung hinaufstolperte, um einen schon seit Monaten gejagten Ausbrecher handelte.

»Gehen wir zum Wagen«, sagte Kriminalkommissar Nevakivi zu Kuhala.

Inzwischen hatte die Neugier solche Ausmaße angenommen, dass sich von beiden Seen her Boote und Kajaks näherten und über kurz oder lang den gesamten Wasserverkehr lahmlegen würden. Ein Schlauchbootfahrer diskutierte mit der Polizei über seine Rechte und untermalte seine Stellungnahme mit rhythmischen Ruderschlägen auf die Wasseroberfläche. Der Mann war betrunken und wurde erst recht animiert, als er begriff, wie viele Leute sich vor Ort versammelt hatten. Mit der ulkigen Nasalstimme eines Wanderpredigers tönte er, er sei ein vollwertiges Mitglied der demokratischen Gesellschaft und halte freies Geleit für sein Grundrecht. Der Polizist, der ihm am nächsten stand, befahl ihm, still zu sein.

War seit der Ankunft der ersten Streife überhaupt mehr als eine halbe Stunde vergangen?

Kuhala stieg in Nevakivis Mondeo ein, der auf einem Rad- und Fußweg parkte. Seit der letzten Begegnung mit dem Kommissar hatte dieser ein paar Kilo zugelegt und durch die Arbeit einige Sorgenfalten bekommen, aber Kuhala konnte sich nicht genau erinnern, wie viel Zeit seitdem vergangen war.

In Jyväskylä ging es den Leuten schlecht, das war erforscht worden, kein Wunder, dass auch im Gesicht eines Polizisten die Furchen tiefer wurden. Wer sich hier in den frühen Morgenstunden von der Kneipe auf den Heimweg machte, bekam leichter eine Faust ab als in jeder anderen finnischen Stadt, die Mischkonsumenten irrlichterten im Kontinentalstil durch die Gegend, und an allen Ecken und Enden loderte die häusliche Gewalt auf.

Nevakivi sah Kuhala an, als versuchte er herauszufinden, was dieser dachte, bevor er von Amts wegen und unter Mobilisierung aller Kräfte danach stöbern musste. Er legte den Rückwärtsgang ein, kam aber nicht vom Fleck, bis er das Blaulicht einschaltete. »Gleich rufe ich einen Wasserwerfer. Ist ja die Hölle hier.«

Kuhala verbarg das Zittern seiner Schultern. Er spürte die Kühle unter der Brücke in den Muskeln. Der Leichenfund nagte mehr an ihm, als es nach dem entspannten Rudern angemessen war. Mit wenigen Sprüngen war er zu Helena Jokela hinaufgestiegen und hatte sofort erkannt, dass Erste Hilfe nichts mehr nützte. Der unnatürlich auf der Seite hängende Kopf, die zahlreichen Stichwunden im Brustbereich und die Schrammen im Gesicht hatten so furchterregend ausgesehen, dass nicht viel gefehlt hätte, und Kuhala wäre ins Wasser getaumelt.

Nevakivi schwieg bis zur nächsten Ampel. Erst dort stellte er das Blaulicht aus. Nebenan drängten Leute aus der Kirche. »Jetzt kann der eine oder andere wieder seinen Urlaub aufschieben, bis der Spielverlauf geklärt ist.«

Er trommelte aufs Lenkrad und erinnerte Kuhala daran, dass der Fall eine ernste Wendung genommen hatte, die mit der Kompetenz eines Privatdetektivs nicht mehr zu bewältigen war. »Du hast bestimmt beispielhafte Arbeit geleistet, weil du die Frau beim ersten Versuch gefunden hast. Und getan, was dein Auftraggeber verlangt hat. Jetzt kannst du dich wieder deiner anderen Arbeit widmen. Das ist übrigens keine Bitte. Nicht mal ein Ratschlag, sondern ein Befehl.«

»Ist Eero Jokela schon benachrichtigt worden?«

»Mach dir darüber keine Gedanken. Ich werde eine exakte Aussage von dir aufnehmen, du darfst mir alles erzählen, von dem Moment an, als Jokela dich angerufen hat. Das Ganze wird genau nach dem Schema ablaufen, das dir von früher her ja noch bekannt sein dürfte. Das heißt, dass du unsere Hauptinformationsquelle bist und wir uns jedes Mal an dich wenden werden, wenn Anlass dazu besteht.«

»Aber der Hauptverdächtige bin ich doch wohl nicht?«

»Du brauchst hier gar nicht auf witzig zu machen.«

Kuhala unterdrückte die Bemerkung, bei Nevakivi sei es schwieriger als bei jedem anderen Menschen, den er kannte, Witze zu machen. Immerhin war der Mann seit der ersten Begegnung so viel weicher geworden, dass er Kuhala duzte.

Der Kommissar fühlte sich seiner Sache verpflichtet, in seiner verhärteten Energie gab es keinen Platz für unnützes Gerede. Manch einer hätte ihn um seinen Intelligenzquotienten beneidet, auch um seine Körperfettprozente – trotz der paar Kilo zu viel – oder um jede andere messbare Eigenschaft, und es war nicht schwer, sich vorzustellen, dass er wie kein Zweiter das Fresko seines illusionslosen Weltbilds mit meterlangen Schrauben hinter der Stirn fixiert hatte.

Nevakivi war der Topmann des Jyväskyläer Präsidiums in der Urhonkatu, seinen Namen nannte die Zeitung in jeder auch nur einigermaßen bedeutsamen Polizeimeldung.

In seinem Büro wies er Kuhala einen Stuhl und rief einen Kollegen hinzu, bevor er das Aufnahmegerät einschaltete und Datum und Uhrzeit aufsagte. Der Polizeihauptmeister saß neben der Tür und mischte sich kein einziges Mal in den Wortwechsel ein.

Die in der Mitte gescheitelten blonden Haare und der gefügige Blick ließen Kuhala vermuten, dass der Polizeihauptmeister so lange als Kiebitz und Kaffeeholer zu fungieren hatte, wie es Nevakivi gefiel. Im Präsidium schien die Hierarchie noch immer so ungeniert zutage zu liegen wie in Kuhalas Polizistenjahren.

Er war sich nicht mehr über alle Einzelheiten der Ermittlungsbestimmungen im Klaren, aber ein wenig wunderte er sich schon über Nevakivis Taktik. Bisweilen kam es ihm so vor, als sei er doch der Hauptverdächtige, und die Bootsfahrt musste er bis auf jeden einzelnen Ruderschlag schildern.

Dennoch behielt sich Kuhala das Recht vor, die Besuche bei Vikman und beim Kajakverleih unerwähnt zu lassen, denn er besaß einen gewissen Berufsstolz und wollte nicht gleich alles ausplaudern. Das durfte die Polizei selbst herausfinden, schließlich wurde sie dafür bezahlt. Auch die Misshandlungsgerüchte aus dem Mund des Besen schwingenden Nachbarn behielt er für sich.

Nevakivi ahnte wohl den Handlungsverlauf, bekam ihn aber nirgendwo richtig zu fassen. Die Unsicherheit des Kommissars konnte man an den kleinen Ungeduldsdissonanzen in den Randbereichen seiner Stimme hören. Dies zu registrieren entspannte Kuhala.

»Ich kapiere nicht, wieso du direkt Kurs auf den Alvajärvisee genommen hast. Auf dem Tuomiojärvisee hätte es doch noch genug abzuklappern gegeben. Mit dem Ruderboot.«

Kuhala nahm das eine Bein vom anderen und legte die Handflächen auf die Oberschenkel. Er gönnte Nevakivi und dem links im Hintergrund sitzenden Polizeihauptmeister ein wohldosiertes Lächeln, ließ den Blick über die Gegenstände im Büro schweifen und zog seine Vorführung noch eine Weile in die Länge, bevor er die lächelnde Miene vom Gesicht wischte. Ein Lächeln war vielleicht ohnehin nicht angebracht, immerhin ging es um ein brutales Gewaltverbrechen. »Ich bin, ehrlich gesagt, gar nicht davon ausgegangen, etwas zu finden. Aber schau mal, Jokela hat seine Frau zuletzt mit dem Fernglas in der Nähe des Flusses gesehen. Und als ich dort hingerudert war, dachte ich einfach, ich wechsle mal den See.«

»Du hast im und am Tuomiojärvi also mit niemandem geredet?«

»Nein.«

»Und du hast die Frau zuvor in keinerlei Zusammenhang gesehen?«

»Ich hatte nur das Foto, das ich euch ausgehändigt habe. Das muss übrigens an Jokela zurückgegeben werden, ich habe keine Quittung dafür bekommen.«

»War auf der Brücke oder im Gelände jemand zu sehen, als du mit deinem Boot näher kamst?«

»Nein.«

»Da musst du einen ganz schönen Instinkt haben, dass du das Kajak an einer so schwierigen Stelle entdeckt hast.«

Kuhala erinnerte Nevakivi daran, in welcher Angelegenheit er auf dem See unterwegs gewesen war, auch wenn er zugeben musste, den Fund eher per Zufall als durch Instinkt gemacht zu haben. »Man muss die Augen offen halten. Das gilt bestimmt auch für euch hier. Wäre es besser gewesen, wenn ich Helena Jokela nicht gefunden hätte?«

»Wir kümmern uns um die Fragen, und du antwortest.«

Na also, dachte Kuhala. Vielleicht ärgerte sich Nevakivi, weil er seinen Urlaub verschieben und seiner Frau mitteilen musste, dass die Reise in den Süden ausfiel. In dem Mann der Pflichten konnten sich durchaus auch menschliche Züge verbergen. Der Frühling hatte die Kräfte des Kriminalkommissars aufgezehrt.

Nevakivi fragte mindestens zwei Mal, wie lange Kuhala unter der Brücke zugange gewesen war, bevor er die Polizei verständigt hatte. Vor allem nachdem er die Leiche entdeckt hatte. Als ehemaliger Polizist wisse er doch sicher, dass jeder Schritt am Tatort entscheidende Spuren verwischen konnte, und falls er irrtümlich zugunsten seiner Detektei herumgesucht habe, wäre es das Beste, auf der Stelle damit herauszurücken.

Der Kaffee aus dem Pappbecher schmeckte dünn. Der als Vernehmungszeuge anwesende Polizist war ausdruckslos geworden und wich Kuhalas Blicken aus, das schadenfrohe Insiderlachen auf dem Gang wurde von einer zuschlagenden Tür abgeschnitten.

Kuhala sagte, er sei von dem Fund so erschüttert gewesen, dass er gar nicht auf die Idee gekommen wäre, seiner Firma Meriten zu erwerben. »Ich habe euch sofort verständigt. Und gleich danach den Krankenwagen, obwohl kaum noch was zu machen war. Ihr könnt das anhand meiner Telefondaten überprüfen.«

Er hatte keine Lust, sich von den halb übelnehmerischen Anspielungen des Kommissars provozieren zu lassen, die nur verrieten, dass Nevakivi die schärfste Klinge abhanden gekommen war. Bildete sich der Mann wirklich ein, Kuhala hätte am Tatort Zigarettenstummel eingesammelt und mithilfe seines Krimikoffers Gipsabgüsse von Fußspuren genommen?

Nevakivi beugte sich nach vorne und schaute Kuhala an, als hielte er ihn von vornherein für einen Lügner, weil jeder, der auf dieser Seite des Tisches saß, einer war, aber auch der begabteste Lügner stolperte einmal über seine Worte. So war es noch jedes Mal gewesen, und Nevakivi hatte die Nerven, um in Schmutzhaufen herumzustochern.

Er schaltete das Aufnahmegerät aus. »Du kannst gehen. Bleib aber in der Gegend, du wirst noch gebraucht.«

Kuhala stand auf und ging ohne ein weiteres Wort. Er war müde und hatte Hunger, das Bild von Helena Jokelas ramponiertem Gesicht ließ ihm keine Ruhe und brachte ihn nicht gerade in gute Stimmung. Ihr Genick war gebrochen, und jemand hatte sie wie eine Puppe über den Beton geschleift.

Auf dem Gang herrschte unheilvolle Stille. Kuhala war sich sicher, jeden Moment auf Kriminalhauptmeister Sakari Antikainen zu stoßen, der die Gabe hatte, immer dann aufzutauchen, wenn man ihn am wenigsten gebrauchen konnte. Kuhala wusste noch, wo Antikainens Tür war, und erwog in deren Nähe bereits eine Beschleunigungsmaßnahme, konnte seine Waden aber nicht zu einem Spurt überreden.

Es wäre ohnehin sinnlos gewesen. Antikainens Tür stand einen Spaltbreit offen, die Jalousien waren heruntergelassen, das übliche laute Lachen drang nicht auf den Flur.

9

9. Juni Die von den Meteorologen in Aussicht gestellte Wetterfront hatte in der Nacht Position über Jyväskylä bezogen und versprengte jetzt Nieselregen, die zottigen Bäuche der Wolken hingen tief. Kuhala linste aufs Thermometer und gähnte. Die Autoschlange erstreckte sich, so weit das Auge reichte, einige Fußgänger auf dem Zebrastreifen schienen in der schäbigen Werktagmorgenstimmung versunken zu sein und sich damit abgefunden zu haben, dass die zurückliegenden drei Sonnentage die letzten dieses Sommers gewesen waren.

Kuhala bemühte sich vergebens, sich an seinen Traum zu erinnern, und versetzte dem Sandsack auf dem Weg zur Küche einen Hieb. Anschließend setzte er Wasser für Kaffee und Brei auf. Bald darauf hörte man aus Maschine und Topf Geräusche, die das Leben aufrechterhielten.

In der Zeitung wurde in der Breite mehrerer Spalten über die Tragödie Helena Jokela berichtet. Die Frau wurde nicht mit Namen genannt, die Menschenmenge auf dem Foto hätte ebenso gut das Publikum an einer Rallyestrecke sein können. Noch bevor er die Hälfte gelesen hatte, bekam Kuhala genug von der schrägen Dramatik des Textes und den knapp zehn Sachfehlern. Man fragte sich, welchem Zweck solche Artikel dienten. Waren sie reine Unterhaltung, oder verbarg sich dahinter der Genuss der Leser, auch diesmal wieder mit heiler Haut davongekommen zu sein, obwohl die Bluttat in der Nähe stattgefunden hatte?

Der Rest der Seite war mit Reklame für Naturheilmittel und einem Reportagemosaik über die nächtlichen Untaten randalierender Kleinrabauken gefüllt.

Kuhala trank den schwarzen Kaffee und bekam vom Koffein so viel Schwung, dass er zum Sandsack ging und diesem zehn Minuten lang eine schweißtreibende Serie verpasste. Zum Schluss absolvierte er mitten im Zimmer verschiedene Rumpfbeugen und öffnete die Balkontür. Bevor er unter die Dusche schlurfte, stand er noch eine Weile vorm Ganzkörperspiegel und begutachtete seinen schweren Körper, fasziniert von der Jahr für Jahr zunehmenden Gewissheit, dass man gegen das Altern verdammt noch mal nichts tun könne. Die Erde zog alles an, die Gravitation sorgte für schlaffe Haut.

Das Trauerspiel vom Vortag ging ihm in Form von einzelnen richtungslosen Bildern durch den Kopf. Nevakivi hatte ihm verboten, sich mit dem Fall zu befassen, aber für dieses Verbot gab es keine gesetzliche Grundlage. Der Kommissar versuchte, sein Revier zu schützen, und hatte garantiert nicht die Fälle vergessen, die Kuhala vor ihm gelöst hatte.

Nach Brei und Roggenbrot spülte Kuhala ab und saugte fünfzehn Minuten lang auf die Schnelle Staub. Drei Rechnungen, die durch den Briefschlitz segelten, unterbrachen die Maßnahme kurz, obwohl er sie nicht zu öffnen wagte. Er zog seine helle Sonderangebotshose, die grüne Jeansjacke und die braunen Wildledersandalen an. Bald müsste er entscheiden, ob er sie zum Schuster bringen oder in den Müll werfen würde: Bei der einen war die Schnalle kurz davor, sich zu lösen, bei der anderen klaffte in der Sohle ein Schlitz wie nach einem Messerhieb.

An der Fußgängerampel überlegte er, ob der aggressive Kai Vikman so wütend auf Helena Jokela geworden sein könnte, dass er sie umgebracht hatte. In der Vorstellung steckte nicht allzu viel Vernunft, auch wenn man einer Person, die in den Gräueln des Kosovo pervertiert worden war, alles zutrauen konnte. Kuhala erinnerte sich an Vikmans wilden Blick vor dem Schlag und konnte es sich nicht verkneifen, noch einmal an seine eigene geschmeidige Ali-Ausweichbewegung zurückzudenken. Am wenigsten Sinn ergab der Fundort von Leiche und Kajak. Vikman kannte die Uferzonen und hätte daher ein besseres Versteck gefunden.

Im Fotogeschäft waren so früh am Morgen keine weiteren Kunden. Kuhala grüßte und fragte, ob das Bild von den Geckos schon fertig sei. Der Ladeninhaber nickte und erklärte, er habe einen Rahmen gewählt, der nicht ganz dem versprochenen entspreche. »Ich hatte keinen mehr davon auf Lager.«

»Der hier ist in Ordnung.«

Die entschlafenen Inkeri und Hytönen starrten Kuhala von ihrem Ast aus irgendwie vertrauensvoll an, als wollten sie zum Ausdruck bringen, dass der Grenzübertritt in die ewigen Beißschreckenjagdgründe gar nicht mal so übel gewesen sei. Er zahlte und sagte, er hänge das Bild an einem Ehrenplatz in seinem Büro auf. Der Ladenbesitzer musterte Kuhala stumm und gab ihm das Wechselgeld. Er hatte die Geckostudie selbst ein Jahr zuvor in seinem Studio aufgenommen. Kuhala hatte die Tiere samt Terrarium angeschleppt und gesagt, es sei zwecklos, Inkeri und Hytönen zum Lächeln aufzufordern. Soweit er wisse, habe noch niemand einen lächelnden Gecko zu Gesicht bekommen.

In der Kauppakatu stellte sich Kuhala unter einer Markise vor dem Regen unter und wischte die Tropfen vom Glas des Bilderrahmens. Sein Auto stand noch immer vor dem Altersheim auf dem Parkplatz und musste abgeschleppt und repariert werden, und all das zu organisieren war ihm schon deshalb zuwider, weil die Rechnung höher ausfallen würde als der Wert des Autos.

Die neben ihm schlotternde alte Frau wickelte sich in eine Einwegregenjacke zu einem Euro und warf einen ekeldurchsetzten Blick auf das von Kuhala liebkoste Foto.

»Ich schaffe es einfach nicht, meine Frauen zu halten. Aber Geckos gehen auch. Ich hab selbstklebende Fotos im Portemonnaie, wollen Sie eins?«, gab Kuhala von sich.

Die Jacke der Alten riss, sie war auf dem besten Weg, sich damit zu erhängen, und Kuhala floh in Richtung Zentrum, ohne sich noch einmal umzublicken. Sein Handy klingelte.

Er meldete sich und hätte Eero Jokelas Stimme fast nicht erkannt. Sie war ausdruckslos und setzte nach Kuhalas Beileidsbekundung so lange aus, dass man glauben konnte, die Verbindung sei unterbrochen.

»Ich will, dass Sie den Mörder fassen«, wurde schließlich am anderen Ende der Leitung gesagt.

»Schaffen Sie es, in mein Büro in die Vaasankatu zu kommen? Ich bin aber sicher, dass die Polizei ihr Bestes tun wird.«

»Die Polizei? Hören Sie, ich kenne die Vorgehensweise der Polizei in dieser Stadt zur Genüge.«

In Jokelas Stimme kam kurz etwas Biss auf, der aber gleich wieder nachließ. Er zählte keine Einzelheiten über das Vorgehen der Polizei auf, aber es roch ziemlich danach, dass er die Behörde nicht sonderlich mochte. »Die Mistkerle haben mir nicht mal mein Boot zurückgebracht. Ist es irgendwo vergessen worden?«

Kuhala sagte, er habe es unter der Brücke am Ufer zurückgelassen. Er erinnerte daran, dass er als Erster am Tatort gewesen sei und die Polizei ihn daher gründlich habe befragen wollen und ihn sogar mit dem Auto ins Präsidium gefahren habe.

Man hörte Jokela Atem holen. Dann erklärte er, er wolle alles von Kuhalas Suche hören und werde seinerseits jedwede berufliche Kompetenz in die Waagschale legen, damit Kai Vikman der Arsch versengt werde. »Waren Sie bei ihm? Ich weiß Dinge über den Mann, die kein Tageslicht vertragen.«

Fragte sich nur, was es noch zu suchen gab, wenn Jokela den Mörder bereits kannte.

»Kommen Sie heute Nachmittag zu mir. Ich stehe gerade in der Kauppakatu im Regen und will hier nicht alles erklären. Natürlich tue ich, was ich kann. Kommen Sie einfach vorbei«, sagte Kuhala beruhigend.

Sie vereinbarten eine Uhrzeit. Kuhala brachte noch einmal sein Beileid zum Ausdruck und legte auf, bevor Jokela auf neue Geheimnisse anspielen konnte. Die Trauer hatte ihn nicht gerade gebrochen, falls sein Übereifer kein Zeichen dafür war. Viele waren noch Wochen nach dem Tod eines engen Angehörigen wie gelähmt. Eero Jokela konnte man das nicht vorwerfen.

Vom Kletterast im leeren Terrarium kamen keine wichtigtuerischen Echsenblicke mehr, und das betrübte Kuhala. Er fand nicht gleich einen passenden Platz für das Foto, probierte es sogar im Terrarium aus und lehnte es schließlich an den Computerbildschirm.

Er nahm die Gitarre, legte die Füße auf den Tisch und sang das Stück »Rain«, das durch José Feliciano bekannt geworden war. Der Akkordwechsel gehörte zu den leichtesten überhaupt, Kuhalas Singstimme war beim Morgenspaziergang aufgegangen und klang heiser: »And with every drop of rain, I can hear you call …«

»Schöne Melodie.«

Das Foto kippte auf den Schreibtisch. Kuhala schwenkte die Beine auf den Boden und legte die Gitarre aus der Hand, der letzte verklingende Mollakkord brachte das Spinnennetz an der Decke träumerisch zum Schaukeln. Der Ankömmling und Kuhala starrten einander an, dann schauten sie auf die Spinne und schließlich wieder auf einander.

Aufgrund seiner Größe fehlte dem Mann nicht viel bis zu einer Laune der Natur. Kuhala hatte ihn nie zuvor gesehen. Selbst ein Zweimeterhüne hätte ihn von schräg unten ansehen müssen, aber in all den Jahren hatte er sich an staunende Mitbürger gewöhnt. Im Hintergrund hörte man den Regen auf den wilden Wein vor der Eingangstür tropfen.

Der Mann trug einen hellen Sommeranzug und einen cremegelben Hut, der durch den Regen dunkel gestreift war. Er nahm den Hut ab und verneigte sich, sein urtümlicher Schädelknochen und das besonnene Lächeln ließen ihn wie einen wohlwollenden Koloss aus einem Stummfilm aussehen, aber vermutlich hätte er auch diese Bemerkung geschluckt, wenn Kuhala sie laut ausgesprochen hätte.

Der Mann hielt einen Aktenkoffer in der Hand und stellte sich mit dem Namen Perttu Kane vor.

Immerhin nicht Morgan oder Citizen, dachte Kuhala. Der Mann sprach seine Anteilnahme aus. Kuhala war verblüfft und fragte vorsichtig, ob eventuell ein Missverständnis vorliege.

»Sie haben einen Verlust erlitten.«

»Was für einen Verlust?«, fragte Kuhala und stellte das Geckobild wieder auf. »Setzen Sie sich! Auf Anhieb sehe ich mich mit keinen anderen Verlusten konfrontiert als mit den rentablen Aufträgen, die mir durch die Lappen gehen, während wir Unsinn reden.«

Zusammen nahmen die beiden Männer so viel Platz im Büro ein, dass dieses an ein Spielhäuschen für Kinder erinnerte. Perttu Kane sagte, er repräsentiere eine Firma namens Petstone, und legte seine Hände übereinander in den Schoß. Sie waren so groß, dass es vermutlich auf der ganzen Welt keine passenden Handschuhe dafür gab. Als ihm das klar wurde, wagte es Kuhala nicht mehr, auch nur einen Blick auf die Füße des Mannes zu werfen. Er sah sich die Visitenkarte an, auf der neben Name und Kontaktdaten ein Maiglöckchen und ein Tier, das wie ein kleiner Hund aussah, abgebildet waren.

»Ihre kleinen Freunde haben den ewigen Frieden gefunden. Laut den Informationen, die ich erhalten habe, fehlt auf ihrem Grab noch ein Gedenkstein.«

Kuhala machte den Mund auf, Kane seinen Aktenkoffer. Kurz darauf lag eine Broschüre mit Grabsteinen für Haustiere aufgefächert auf dem Tisch. Dann glitten die Blicke beider Männer auf das Porträt von Inkeri und Hytönen.

»Wo haben Sie Ihre Informationen her?«

»Wir reagieren schnell. Nehmen Sie es mir nicht übel, aber ich möchte den Namen meines Kooperationspartners lieber nicht nennen.«

»Sind Sie ein Subunternehmer des Krematoriumbetreibers Fyrabuske?«

Perttu Kane senkte den Blick und hob eine Hand zur Beschwichtigung. Seine Ausdrucksweise und seine Augenringe weckten bei Kuhala eine diffuse Sympathie. Man sah dem Mann an, dass er einen harten Job hatte und auch an diesem Tag schon lange mit seinen Prospekten unterwegs gewesen war, ohne eine Pause einzulegen.

»Dieses Modell hier ist sehr beliebt. Granit aus Haapavesi, sehr hübsch. Für Geckos ebenso geeignet wie für Kleinnager oder Kanarienvögel. Überhaupt für kleine Freunde. Der Preis liegt bei sechshundert Euro. In unserem Frühsommerangebot ist aber eine vergoldete Gravur im Umfang von fünf Wörtern inklusive. Der Stein wiegt acht Kilo, also in etwa so viel wie eine Stoßkugel für Männer. Nach oben hin sind wir flexibel, was die Anzahl der Wörter betrifft.«

Konsterniert starrte Kuhala auf das Haapavesi-Modell, dann richtete er langsam den Blick auf Kane, dem es nur mit Mühe gelang, die von allen Seiten in ihn einströmende Verzweiflung abzuwehren. Der Hut, den er auf dem Tisch abgelegt hatte, warf einen Schatten von der Größe eines Zeltes an die Wand, sein kartenstocklanger Finger tastete sich zum nächsten Grabstein vor.

»Ich nehme den billigsten«, sagte Kuhala.

»Das wäre dieser Gedenkstein hier für zweihundertzwanzig.«

»Ziemlich nobler Preis für einen Steinbrocken, den ich mir selbst im Gelände holen könnte. Aber von mir aus. Die Namen sind dann sicher mit drin. Inkeri und Hytönen. Der eine hieß nämlich Inkeri und der andere Hytönen.«

Der Stuhl unter Kane knarrte, er drohte aus dem Leim zu gehen. Das Bestellformular, das der Mann zur Hand nahm, bestand aus drei Blättern und nahezu dreißig Kundenzufriedenheitsfragen. Viele davon blieben Kuhala unklar: Warum, um Himmels willen, interessierte sich ein Unternehmen, das mit Grabsteinen für Haustiere handelte, für das Volumen der Kühltruhe im Haushalt des Kunden? Und warum musste man die Fragen jetzt schon beantworten, da der Kunde noch gar nicht wusste, ob er zufrieden war oder nicht?

Er traute sich jedoch nicht, sich bei Kane danach zu erkundigen, denn er befürchtete, dieser könnte die Erklärung so in die Länge ziehen, dass die hellen Stunden des Tages dafür nicht ausreichten.

»So. Und hier dann noch die Unterschrift«, sagte Kuhala und schob die Unterlagen zu dem Vertreter hinüber, der während des Ausfüllens in Gedanken versunken auf seinem Stuhl gehockt hatte.

Nun verstaute der Mann das Formular im Aktenkoffer und sammelte seine Knochen ein – noch nie hatte dieser Ausspruch besser gepasst. Er atmete schwer und schaffte es nur mit großer Anstrengung, sein Gesicht zu einem Lächeln zu knautschen. »Einen schönen Tag noch. Die Lieferzeit beträgt zwei Wochen. Ich habe zu sagen vergessen, dass die Namen Ihrer kleinen Freunde in ein poliertes Granitschild eingraviert werden, welches dann mit einer weit entwickelten Methode in den eigentlichen Stein eingelassen wird.«

»Das freut mich«, sagte Kuhala. »Darf ich Ihnen vielleicht einen Whisky anbieten? Sie sehen so aus, als könnten Sie einen gebrauchen.«

»Tut mir leid. Ich bin mit dem Wagen da.«

»Bei Ihrer Größe merkt man von einem Drink doch nichts«, meinte Kuhala.

»Sie haben recht. Ich könnte mir durchaus einen genehmigen. Aber nur einen.«

Nach gut einer Stunde hatten sie den Haddington House um drei gastronomische Rationen pro Mann dezimiert, sich das Du angeboten und so bequeme Sitzpositionen eingenommen, wie es auf dem engen Raum möglich war. Kuhala öffnete das Oberlicht. Der Regen hämmerte aufs Blech und traf ihn mit ein paar erfrischenden Spritzern im Nacken.

Beide Männer gaben zu, in seltenen Berufen zu agieren. Der schüchtern lächelnde Kane war erst anderthalb Jahre in seiner Branche tätig. Er stammte von der Küste, aus einer Windkraftregion, wie er es definierte. »Ich habe schon alles versucht, aber es hat bis jetzt noch nichts geklappt. Nach der Schule rissen sich die Basketballtrainer um mich, und ich schaffte es bis dicht an die erste Liga heran, aber ich hätte an Gewicht zulegen müssen, und das gelang mir nicht.«

Er trank sein Glas aus und erzählte, die fette Diät von damals löse noch immer Übelkeit bei ihm aus: Tortilla mit fetter Wurst, Pizza mit Speck und Schimmelkäse, Schinkenauflauf, Pfannkuchen mit Sirup und Sahne.

»Es gab eine Phase, da dachte ich daran, in meine Heimat zurückzukehren und Windkraftwerk zu werden. Einfach zwischen anderen Masten auf einer Felseninsel stehen und die Arme schwenken. Wäre keinem aufgefallen. Aber jetzt habe ich dieses Grabsteingeschäft. Du bist seit über einer Woche der Erste, der etwas bestellt. Zwei unsichere

Fälle haben auf meine Kontaktaufnahme noch nicht reagiert.«

Kurz bevor es Mittag schlug, dachte Kane noch an die Bestellung eines anderthalb Tonnen schweren Obeliskgedenksteins für einen Traberkönig zurück, der ihm durch die Lappen gegangen war. »Da wäre ein hübsches Sümmchen für mich rausgesprungen, aber am Tag der Unterschrift nahm der Besitzer des Tieres Abstand. So ist das. Danke, der Whisky war gut.«

Kuhala brachte Kane zur Tür und warnte ihn davor, Haddington House zu seiner Stammmarke zu machen. »Ich habe in ausländischen Zeitschriften Tests gesehen, in denen er keinen einzigen Stern bekommen hat. Es hieß, er eigne sich am besten als Mittel gegen Hühneraugen bei Yetis.«

»Warum trinkst du ihn dann?«

»Steckt in dir nicht auch ein kleiner Masochist?«

Perttu Kane stieß mit dem Kopf gegen den Türrahmen. Man hörte das Geckobild auf dem Schreibtisch erneut umfallen. »Ich sage Bescheid, wenn der Stein fertig ist.«

»So machen wir es.«

Kane durchquerte das Wartezimmer mit einem einzigen dreieinhalb Meter langen Schritt und fragte, ob er das Auto bis zum nächsten Morgen auf dem Gästeparkplatz stehen lassen könne. Er sagte, er übernachte bei einem fernen Verwandten in Korkeakoski, der lange Fußweg dorthin werde auf angenehme Weise für einen klaren Kopf sorgen. »Nicht dass ich vorhätte, schon schlafen zu gehen, aber in die ein oder andere Kneipe vielleicht noch.«

Kuhala erfrischte sein Gesicht mit kaltem Wasser und schraubte gerade die Whiskyflasche zu, als Eero Jokela hereingestürmt kam.

10

9. Juni Jokelas halbstündiger Monolog war mit Trauer und Bitterkeit gepfeffert und erstreckte sich von Jahre zurückliegenden Erinnerungen bis zu den Worten, die am Sonntagnachmittag gefallen waren, bevor seine Frau mit dem Kajak vom Ufer ablegte. Für Jokela war es die zweite und am Anfang auch eine glückliche Ehe gewesen, aber irgendwann waren auch ihm die Mittel zur Aufrechterhaltung des Glücks ausgegangen. Die Arbeit wurde mehr, die Fälle wurden komplizierter, die Frau, die immerhin einen Studienabschluss hatte, gab sich nicht mehr damit zufrieden, daheim die Möbel zu polieren.

»Offen gesagt, ist Helena in den letzten Jahren allem hinterhergelaufen, was Hosen anhatte. Irgendwie wusste ich, dass es schlecht enden würde.«

»Wieso das? Doch sicher nicht so schlecht?«

»Man ahnt so etwas. Helena war kein einfacher Mensch. Na, wer ist das schon, aber wenn sie gereizt war, zog man besser den Kopf ein.«

Kuhala war überrascht von dem Bekenntnischarakter des ungefragt dargebotenen Redeschwalls. Jokela war eigentlich nicht der redselige Typ, doch der Vorfall hatte ihn aus dem Gleichgewicht gebracht. Beim Reden traten ihm Schaumblasen aus den Mundwinkeln, der leicht verzögerte Blick und die etwas breiige Artikulation mochten ein Indiz für beruhigende Medikamente sein.

Kuhala wagte es nicht, einen Whisky anzubieten. Er nickte ernst mit dem Kopf und hoffte, die mit Grabsteinvertreter Kane genossene Ration werde bald im Kopf verdunsten. Überstürztes Vormittagstrinken gehörte wahrlich nicht zu Kuhalas Lebensgewohnheiten, im Gegenteil, er hatte bereits darüber nachgedacht, ganz auf Alkohol zu verzichten.

Wie edel wäre es doch, wenn man sagen könnte, man gehöre der Bande der Vollabstinenzler an, die von zehn Prozent aller Männer mittleren Alters repräsentiert wurde. Und wie ehrlich wäre es erst, sich einzugestehen, dass es sich nicht lohnte, Zeit für Hirngespinste zu verschwenden.

Er berichtete Jokela von seinem Ruderbootausflug. Das Gesicht des Mannes versteinerte, als die Stelle mit dem ehemaligen Söldner Vikman kam, obwohl Kuhala es für klüger hielt, sowohl Vikmans Drohungen als auch das Eingeständnis, Damenbesuch gehabt zu haben, für sich zu behalten. In seinem Zustand wäre der Witwer sofort zu Vikman gefahren und hätte ihn erschossen.

Als Kuhala seine Geschichte mit der Erwähnung des Wortwechsels mit Nevakivi beendete, richtete sich Jokela aus seiner gekrümmten Haltung auf und räusperte sich. »Sind Sie derzeit mit mehreren Fällen beschäftigt?«

»Nein, nicht im großen Stil«, antwortete Kuhala.

»Ich möchte, dass Sie die Wahrheit über Kai Vikman herausfinden, und ich möchte, dass Sie dabei Ihre gesamte Kompetenz einsetzen. Ich zahle, was Sie verlangen. Brauchen Sie einen Vorschuss?«

Jokelas Hand bewegte sich zur Tasche mit dem Portemonnaie. Das war übereifrig und schlechtes Timing. Kuhala rutschte unruhig auf seinem Stuhl hin und her und stieß gegen den Resonanzboden der Gitarre. Dafür, dass er gerade erst Witwer geworden war, benahm sich Jokela irritierend, und das ließ Kuhala auf der Hut sein. Er nannte nicht seine Tarife, versprach im Grunde nicht einmal, den Fall zu übernehmen, erklärte sich aber bereit, sich ein Bild zu machen und die potenziellen Möglichkeiten aufzuschlüsseln. »Ich werde Ihnen in zwei Tagen mitteilen, ob eine Spur vorliegt, die ich mit meinen Ressourcen verfolgen kann. Es verhält sich nämlich so, dass ich neben der Polizei von Jyväskylä und der örtlichen Abteilung der Zentralkripo nur ein Kleinunternehmer bin und …«

»Aufschneiderei kann man Ihnen nicht vorwerfen«, unterbrach ihn Jokela.

»Was ich sagen will, ist, dass ich mich ganz alleine durch das ganze Spielfeld wühlen muss, während die Polizei für jeden Teilbereich ihre Leute hat. Und wenn ich einen von denen über die Klinge springen lasse, kriege ich sofort die rote Karte.«

Kuhala entschuldigte sich nicht für die Fußballterminologie, erinnerte aber noch einmal daran, dass die Polizei inzwischen vermutlich sämtliche Anlieger in der Saarijärventie aufgesucht hatte, zumindest die mit Seegrundstück. »Auch Vikman werden sie bereits befragt haben. Das wissen Sie so gut wie ich, Sie kennen die Branche ja auch.«

»Der Mann schreckt vor der Polizei nicht zurück.«

»Vielleicht ist Erschrecken auch nicht die beste Art, sich ihm zu nähern.«

»Setzen Sie Vikman unter Druck. Sie erhalten von mir jede Unterstützung.«

»In dem Fall würde ich Sie bitten, einen Abschleppwagen für meinen Corolla zu organisieren. Der steht immer noch in Ihrer Nähe auf dem Parkplatz des Altersheims. Rot und alt. Eine Werkstatt würde auch nicht schaden, ich glaube, es hat die Batterie erwischt. Natürlich kann ich auch die Abschleppfirma anrufen, aber was die Kosten betrifft …«

Jokela bat um das Kennzeichen des Corolla und rief seine Sekretärin an. Anschließend klappte er sein Handy zu und steckte es in die Innentasche seiner Jacke. Sein zwanghaftes Verhalten kippte schließlich um, als er auf das Thema Beerdigung zu sprechen kam – da zitterte seine Stimme, und er brachte den Satz nicht zu Ende.

Das Schluchzen schüttelte seinen ganzen Oberkörper, und aus dem Mund kamen prustende Geräusche. Kuhala reichte ihm ein Taschentuch.

»Wie habe ich diese Frau geliebt!«, sagte Jokela, machte sich dann aber auf den Weg, bevor Kuhala ein Wort des Trostes aussprechen, geschweige denn auf die Möglichkeit hinweisen konnte, dass unter Umständen ein Mietwagen zu den laufenden Kosten zählte, bis der Corolla repariert war.

Kuhala schob die Broschüre und das Bestellformular für den Geckograbstein in die Schreibtischschublade, trank Instantkaffee, aß ein Hörnchen und stand eine Weile am Oberlicht, in dem vergeblichen Versuch, aus Jokelas Griff nach dem Portemonnaie und dem Heulanfall etwas herauszulesen, was sich nicht mit Trauer erklären ließ.

Nach einiger Zeit zog er seinen alten blauen Regenumhang über und ging zum Fahrradständer im Hof, um das alte Monarch-Rad seines Sohnes Tatu aufzupumpen.

Tatu brauchte es nicht mehr. Er studierte so viele verschiedene Fächer an der humanistischen Fakultät der Helsinkier Universität, dass Kuhala längst nicht mehr mitkam. Vater und Sohn schickten sich gegenseitig SMS – der Vater dem Sohn auch Geld, sofern seine Möglichkeiten es ihm erlaubten – und telefonierten auch schon mal, aber seit der letzten Begegnung waren schon fast vier Monate vergangen.

Tatus Mutter Leena hatte im Mai wieder geheiratet, aber das war für Kuhala ein so heikles Thema, dass er sich weigerte, daran zu denken, und unbewusst hoffte, dem jungen Paar nicht versehentlich über den Weg zu laufen. Einmal hatte er Leenas neuem Mann in der Kantine des Zentralkrankenhauses die Hand gegeben, weil er nicht rechtzeitig hatte flüchten können, aber es war ihm gelungen, diesen Vorfall so weit zu verdrängen, dass er sich nicht einmal genau daran erinnerte, wie der Mann ausgesehen hatte.

Er wusste auch nicht, wo Leena hingezogen war, vermutlich an den Stadtrand, in eine neue Siedlung.

Eines wusste er allerdings: Es würden Jahre vergehen, bis die Wunde der Scheidung bei ihm vernarbt wäre.

»Bist du Polizist?«

»Nein. Wieso?«

»Meine Mama sagt, du bist in der Zeitung gewesen, weil du Gauner geschnappt hast.«

Der kleine Junge wischte sich mit dem Ärmel die Nase und sah Kuhala unter seiner Kapuze heraus mit ernsten Augen an. Auf dem Ball, den er sich unter den Arm geklemmt hatte, tanzte eine verblasste Giraffenherde, die Schnürsenkel seiner Turnschuhe waren offen.

»Vielleicht hat sich deine Mutter ein bisschen geirrt und in der Zeitung jemanden gesehen, der so ähnlich aussieht. Ich bin Privatdetektiv. Und ich heiße Otto.«

Das lange, komplizierte Wort brachte den Jungen dazu, den Kopf schief zu legen. Ein Bügel seiner Brille war mit

Klebeband repariert worden. Er wiederholte Kuhalas Berufsbezeichnung halblaut und nachdenklich und auch ein wenig verlegen. »Spielen wir?«

»Okay. Warte, ich schraube noch die Ventilkappe fest.«

Der Mund des Jungen bildete auch dieses neue, fremde Wort nach.

Dann ließ er den Ball fallen und schoss ihn Kuhala ins Gesicht. Dabei löste sich der Turnschuh und schepperte gegen das Fahrradschutzblech, der Junge landete mit dem Po auf dem nassen Gras und bohrte ernst in der Nase, wobei er auf den große Zeh schaute, der aus seinem Strumpf lugte. »Wir sind gerade erst hergezogen.«

»Das dachte ich mir schon, weil ich dich noch nie gesehen habe.«

Kuhala erinnerte sich, vor Jahren schon mal so einen Volltreffer eingesteckt zu haben, allerdings von Tatu. Sentimental durch dieses Déjà-vu wischte er sich den Schmutz von der Stirn. »Wie wäre es, wenn ich dir helfe, die Schuhe zu binden? Dann können wir kurz Elfmeterschießen machen. Wenn das Wetter besser ist, spielen wir ein bisschen länger. Wie heißt du denn?«

»Kaarlo.«

»Du wirst später bestimmt mal ein guter Spieler, wo du jetzt schon so einen Schuss hast.«

»Genau. Bist du ein guter Privatertiv?«

11

9. Juni Das Lokal »Zum Haudegen«, das zur Belebung der eingeschlafenen Restaurantszene in der Oberstadt eröffnet worden war, wurde von dem ehemaligen Mittelgewichtler Maxim Kuukunen betrieben, der schon mal für Olympia trainiert und später auch bei Kämpfen ohne Trikot sein Glück versucht hatte. Es befand sich in Räumlichkeiten, in denen mal ein Friseur, ein Reformhaus und wer weiß noch was untergebracht gewesen waren, und bot außer einer vielfältigen Wein- und Bierauswahl auch Speisen, deren ernährungswissenschaftliche Ideologie aus dem mitteleuropäischen Bratwurstgürtel stammte und über deren gesundheitliche Beeinträchtigungen ganze Datenbanken gefüllt waren.

Kuhalas Lieblingsgericht war die Pfanne à la Max, die sich aus Bratkartoffeln, Champignons, Rindfleischstreifen und einem Spiegelei zusammensetzte, aber er wagte es nicht allzu oft, eine Portion davon zu essen, weil ihn der Zustand danach beängstigend dicht ans Koma führte. Trotzdem hatte er den »Haudegen« zur Stammkneipe auserkoren, nachdem er lange nach einer solchen gesucht hatte.

Kuukunen hatte in seiner Zeit als Berufsboxer den Künstlernamen »Der Hammer aus Posio« getragen, nach dem Ort seiner Herkunft, aber nachdem er in London auf die Linke des Ranglistenfünften Shannon »Last prayer« Broom getroffen war, hatte er sich nach einem anderen Beruf umsehen müssen. Seit fünfzehn Jahren lebte er in Jyväskylä und hatte sich sein Brot in so vielen verschiedenen Branchen verdient, dass ihn jeder Einwohner der

Stadt kannte. Auf dieser Basis war es leicht, eine treue Stammkundschaft zusammenzubekommen.

Max kam aus dem Hinterzimmer an den Tresen. Er war einen Kopf kleiner als Kuhala und entsprach vom Aussehen her durchaus der Vorstellung von einem ehemaligen Boxer: platte Nase, genähte Augenbrauen und leicht gebeugte, auf lebenslangen Schlagabtausch eingestellte Haltung. »Grüß dich, Kuhala. Kommst aus dem Regen. Willst du was zum Aufwärmen?«

»Ich glaube, mir genügt ein Orangensaft. Wie steht's mit der Freischankgenehmigung?«

»Wenn ich das wüsste. Verstaubt wahrscheinlich auf irgendeinem Stapel in irgendeinem Ausschuss. Aber wer will schon im Freien sitzen, wenn kein gescheiter Sommer herrscht?«

Abgesehen von zwei vor sich hin starrenden Schluckspechten war der Laden leer, als Blickfang der maskulinkargen Dekoration prangten Aufnahmen mit Posen aus den aktiven Jahren im Ring. Kuhala beugte sich näher zu dem Wirt heran und fragte, ob dieser schon einmal von einem gewissen Kai Vikman gehört habe.

»Ich bilde mir ein, ihn schon einmal hier gesehen zu haben. Irgendwann im Frühjahr.«

»Der Söldner?«

Kuukunen nickte. Er ließ die Kasse klingeln und gab das Wechselgeld zurück. Draußen rauschte heulend ein Feuerwehrauto auf dem Weg in die Unterstadt vorbei, die Leute erstarrten, verzaubert von dem Lärm.

»Ehrlich gesagt halte ich Vikman nicht gerade für einen Wunschgast, aber im Moment ist mir jedes Geld recht.«

Kuukunen wischte mit dem Sämischlappen über den

Tresen, das geizige Licht des Regentages verlieh seinem gebrochenen Profil einen bläulichen Schimmer. Er war kein Schwätzer und hätte unter normalen Umständen nichts über einen seiner Gäste ausgeplaudert, aber irgendwie hatte sich zwischen ihm und Kuhala ein Vertrauensverhältnis entwickelt. Dem es auch nicht schadete, dass Kuhala sich gelegentlich Tipps geben ließ, wie er mehr Pep in sein Fitnessboxen bekäme.

»Vikman dürfte zuletzt vor zwei Wochen hier gewesen sein. Er hatte einen Trupp Bewunderer dabei, von denen er Huldigungen entgegengenommen hat. Ich will ja nichts sagen, aber er regt sich für meinen Geschmack ein bisschen zu leicht auf, wenn du weißt, was ich meine. Ungefähr nach dem fünften Glas muss man hingehen und ihn beruhigen. Und wenn man seine Vergangenheit kennt, sieht man, dass er Lust hätte, sein Glück zu versuchen. Dann brennen so richtig die Augen bei dem Kerl.«

Kuhala nickte. Er hatte den Zwischenfall bei Vikman noch in frischer Erinnerung, aber das sagte er Kuukunen nicht. Dieser war ernst geworden und blickte auf die verregnete Straße. Er bräuchte nur einmal zuzuschlagen, und mit der Kneipe wäre es aus.

»Du weißt nicht zufällig, wovon Vikman lebt?«

»Von gelegentlichen Jobs im Sicherheitsservice. Und von den Frauen.«

»Tatsächlich?«

»Man muss zugeben, dass er mit seiner Visage die Frauen leichter rumkriegt als ich mit meiner. Oder du mit deiner. Woher das Interesse?«

Kuhala sagte, er ermittle in einem Fall, an dem Vikman unter Umständen beteiligt sei. »Ich stehe noch ganz am

Anfang und weiß nur, dass der Mann auf einem beachtlichen Seegrundstück am Tuomiojärvi wohnt. Das ist alles.«

Er trank seinen Saft und kaufte sich noch eine Schachtel extra starker Pastillen. »Danke für die Information.«

Kuukunen hob die Hand, im Radio lief Miles Davis' legendäres Stück »Kind of Blue«.

Kuhala rollte mit wehendem Regenumhang zur Puistokatu hinunter und wartete an der Ampel auf Grün. Auf der anderen Straßenseite hing dieselbe akustische Gitarre im Schaufenster des Musikgeschäfts, die er dort schon einmal ausprobiert hatte. Es war das Volksmodell von Martin und hatte traumhaft geklungen, jedoch ein bisschen zu viel gekostet.

Am parkseitigen Straßenrand sägte ein Einsatztrupp einen Ast von einer alten Lärche, die Schildmütze im Fahrerhaus des dazugehörigen Kleinlasters starrte ausdruckslos auf die vom Regen gepeitschte Windschutzscheibe. Kuhala kam nur knapp auf dem Gehweg an dem Fahrzeug vorbei. Plötzlich gab es ein lautes Krachen, das den Verkehrslärm übertönte, dann einen Aufprall, gefolgt von einem Fluch, weil der Ast vorzeitig nachgegeben hatte. Die Männer hatten sich in letzter Sekunde zur Seite werfen können.

In einem Refugium wie Jyväskylä waren die Entfernungen so gering, dass man mit dem Fahrrad innerhalb einer halben Stunde praktisch überall hinkam. Außerdem war Fahrradfahren gut für den Kreislauf und die Sauerstoffzufuhr von Männern mittleren Alters.

Wie kam es aber, dass es mit dem Strampeln im Regen irgendwie nicht so flüssig ging? War das die schlaffe Einstellung, weil man ein zu leichtes Leben hatte? Die Lust zu schwänzen, Bequemlichkeit? Oder der schlecht atmende Regenumhang?

Kuhala überquerte die Straße auf dem Zebrastreifen und drohte einem Autofahrer mit der Faust, weil dieser versucht hatte, ihn mit dem Kuhfänger seiner Angebergeländelimousine aufzugabeln. Auf der Überführung der Saarijärventie war niemand. Der Wind hatte ein Stück vom Absperrband der Polizei ins Ufergebüsch geweht. Eero Jokelas Ruderboot war an Land gezogen worden, auf die Brache in der Nähe eines Weges, der in einem Bogen durch ein mit wenigen Kiefern bewachsenes Areal zum Campingplatz führte. Am Vortag musste die Polizei das Gebiet gründlich abgesucht haben: Das hier war beliebtes Freizeitgelände, da wäre eine längere Absperrung schwierig gewesen.

Kuhala schob das Fahrrad auf den Uferwall und lehnte es gegen einen Stein. Die Strömung verursachte Strudel, das Schilf krümmte sich im Wind. Kuhala verstand nicht, wie er unter der ersten Brücke durchgepasst hatte. Noch problematischer war es, sich das Vorgehen des Mörders zu vergegenwärtigen oder gar zu begreifen, wie es diesem gelungen war, die leblose Helena Jokela ungestört unter die Brücke zu zwängen und das Kajak an Land zu ziehen. Zumindest hatte es Kraft und Skrupellosigkeit verlangt. Auf beiden Straßen wälzte sich unablässiger Verkehr vorwärts, die neuen Megamärkte, die erweiterten alten Megamärkte und alle Arten von Doppelbonussen hielten die Leute auf Trab.

Jemand musste etwas gesehen haben.

Kuhala stieg zum Wasser hinunter und bahnte sich einen Weg unter die Stützkonstruktionen der Fußgängerbrücke. Er zuckte vor der Bisamratte zurück, die er schon kannte. Sie trieb zwischen den Pfeilern im Strom und ließ sich nicht stören. Ohne Taschenlampe sah man unter der Brücke nicht viel, der immer hysterischer werdende Regen peitschte die Wasseroberfläche und verstärkte noch das Geräusch des oben vorüberrauschenden Verkehrs.

Kuhala duckte sich vor dem Regen unter die Brücke. Seine Füße traten Sand und Steine ins Wasser, der Einkaufswagen hing noch immer an seinem Haken.

»Beschissene Stelle, um den Löffel abzugeben.«

Die vom Beton widerhallende tiefe Stimme klang so unwirklich, dass es Kuhala fast auf den Hintern gehauen hätte. Er sagte nichts, versuchte aber die Stimme zu orten. Schließlich erkannte er auf der Böschung gegenüber unter der Brücke eine Gestalt, die ebenso zu kauern schien wie er. Eine andere Haltung war auch gar nicht möglich. Die glühende Spitze einer Zigarette ließ für einen Moment das Gesicht des Kommentators erkennen. Kuhala stimmte der Einschätzung zu.

»Hat heute Morgen in der Zeitung gestanden«, erklärte der Mann.

»Kann sein«, sagte Kuhala.

»Ich meine nur, es ist auch verdammt krank, zum Gaffen hierherzukommen.«

Die Kippe flog wie ein Glühwürmchen ins Wasser, man hörte ein leichtes Zischen. Kuhala versuchte den Blick zu schärfen. Er war nicht recht in der Stimmung, um das Verhalten der Menschen zu missbilligen, zumal der Gesprächspartner seine Themen im Unsichtbaren ausbreitete und die Stimme mal an dieser und mal an jener Stützkonstruktion der Brücke Anlauf zu nehmen schien.

»Unsere Zivilisation liegt in den letzten Zügen, so wie die Frau, bevor das Ende kam. Um das zu erkennen, braucht man keine Hochschulbildung. Wir sind an der Schwelle einer Umbruchzeit angelangt, und bald werden hundert Millionen Menschen mit dem Kopf voran über diese Schwelle in die Hölle stürzen. Oder eine Milliarde. Hören Sie, diese verdammte Ratte dort ist vielleicht die einzige auf dem Breitengrad von Jyväskylä, die weiterplanscht, wenn es mal richtig losgeht.«

Die Verkomplizierung des Themas war dazu angetan, Kuhalas Redelust weiter zu dämpfen. Er hatte zumindest einem ebenso begabten Endzeitfanatiker in der Innenstadt lange genug zugehört, wo verschiedene halb verrückte Apokalyptiker diverser Religionsgemeinschaften und philosophischer Richtungen den Weltuntergang predigten, und er hatte über das Thema immerhin auch Artikel gelesen, die Fakten enthielten.

Dennoch hatte er keine Lust, den regensicheren Ort zu verlassen. Der andere verstummte, nach einiger Zeit war nichts mehr von ihm zu sehen. Kuhala überlegte, ob er unter die Sarvijärventie-Brücke wechseln sollte, widerrief die Absicht aber, weil der Regen immer stärker wurde und das Grau sich ständig zu verdichten schien. Eigentlich sollte das die hellste Zeit des Jahres sein – womöglich rückte das Ende der Welt doch näher.

Trotz allem setzte er dann doch die Kapuze auf und kroch unter der Brücke hervor. Die Wolken hingen so tief, dass man das Gefühl hatte, ihnen Flaum von den Bäuchen pflücken zu können. Er schlitterte über den glitschigen Weg, schnappte sich das Fahrrad und schleppte es zu Eero Jokelas Ruderboot.

Der Weg war glitschig, ein Fehltritt, und er wäre im See gelandet. Er warf den Kopf zurück, weil ihm die Kapuze über die Augen gerutscht war, und versuchte gleichzeitig, das nasse Fahrradgestänge besser in den Griff zu bekommen.

Der Schlag war auf den Hals gerichtet, aber da Kuhala gerade kurz ins Rutschen kam, landete der Treffer auf einem Schulterblatt. Er fiel nach vorne, das Fahrrad rutschte ihm aus den Händen und krachte gegen Jokelas Boot.

»Was soll der Sch…«

Jemand stürzte sich auf ihn. Kuhala spürte den Schmerz in Nacken und Knie, sein Gesicht wurde in den Matsch gedrückt. Der Angreifer war stark und schaffte es, Kuhalas eine Hand außer Gefecht zu setzen, in dem er mit dem Fuß darauf trat. Wasser und Schlamm spritzten auf, die klatschnasse, bodennahe Perspektive löste Angst in ihm aus, aber mit zunehmender Angst erwachte die von seiner Mutter ererbte dörfliche Fähigkeit zur Wut. Eines ihrer tragenden Elemente war die Unnachgiebigkeit, und weil diese nur selten ihr Haupt erheben musste, steckte sie voller Sprengstoff.

Der Angreifer versuchte, Kuhalas Kopf so fest auf den Boden zu drücken, dass der Detektiv Lehmschlamm in die Luftröhre bekommen und ersticken würde. Kuhala stöhnte. Dann machte er eine abrupte Bewegung mit dem Becken und schlug mit der frei gebliebenen Hand nach hinten aus. Trotz seiner ungünstigen Position legte er seine ganze Schlagkraft und Elastizität in diesen Versuch, all das, was er sich am Sandsack antrainiert hatte, und gleich darauf merkte er, dass er getroffen hatte.

Der Griff im Rücken wurde lockerer. Kuhala schlug erneut zu, drehte sich auf die Seite und weiter auf den Rücken. Seine Hände hämmerten blitzschnelle Geraden in die Luft. Er spuckte den Lehm aus und schnellte hoch, um entgegenzunehmen, was ihm geboten wurde, diesmal jedoch in Bereitschaft. Er war von Kopf bis Fuß verdreckt, der Regenumhang hing ihm nur noch in Fetzen am Leib, sein Gesicht war zur Grimasse verzerrt – er sah aus, als hätte er mit dem Hund von Baskerville gerungen.

In Form von wilden Flüchen brach die Wut aus ihm heraus. Der Angreifer war nirgendwo zu sehen. Der Weg führte in einem Bogen zum Campingplatz, gabelte sich aber dann kurz vor einem aus Granitplatten aufgeschichteten Erdkeller, dessen Tür mit Brettern verrammelt war.

Kuhala rannte hin und versuchte Spuren zu entdecken. Er verschnaufte, kratzte sich den Lehm von der Stirn und stellte fest, dass ihm das Blut auf beide Wangen rann, weil er beim Sturz mit der Nase auf einen Stein geschlagen war und sich eine Wunde zugezogen hatte.

Der Angreifer schien spurlos verschwunden zu sein. Kuhala kehrte zum Boot zurück und ging in die Hocke, um sich das Gesicht zu waschen. Sein Nacken schmerzte, ebenso die Schulter, die beim ersten Schlag als Schutzschild fungiert hatte, und seine Beine fühlten sich an, als wären sie durch die Mangel gedreht worden. Hatte sich auf der Landenge zwischen zwei Seen ein Wahnsinniger eingenistet, der von inneren Stimmen aufgepeitscht wurde und dringend neue Namen für seine Opferliste brauchte?

Nach einer Weile tröpfelte die Wunde an der Nase nur noch. Kuhala starrte auf sein vom Regen verrunzeltes Spiegelbild im Wasser und stand auf. Am Kampfplatz fand er einen Eisdorn mit blauem Plastikgriff und erinnerte sich, dass er einen Sekundenbruchteil vor dem Treffer ins Rutschen geraten war.

Der gut geschliffene anderthalb Zoll starke Metalldorn hätte ihm das Fell dermaßen aufgerissen, dass er danach keine Chance mehr gehabt hätte. An dem Loch im Plastikgriff hing ein Stück goldene Kunststoffschnur. Ein einziger Hieb gegen die Halsschlagader hätte genügt. Und auf die hatte der Angreifer offenbar auch gezielt gehabt. Das Rutschen und Stolpern musste Kuhala gerettet haben: Da konnte man einmal sehen, wie segensreich Fehltritte mitunter sind.

Jemand huschte mit dem Fahrrad über die Fußgängerbrücke, in der Ferne hörte man das Grummeln eines Gewitters. Kuhala warf den Eisdorn ins Boot und nahm das Monark-Rad seines Sohnes an Bord.

Als er bis zu dem im Wasser verankerten Oxydator vorgedrungen war, sah er an der Stelle, wo er gerade mit dem Ruderboot abgelegt hatte, eine männliche Gestalt zum Ufer hinuntersteigen.

12

10. Juni Die »Haltet-die-Innenstadt-sauber«-Freiwilligenabteilung in ihren orangefarbenen Overalls rückte als emsige Front in der von Kaugummis gesprenkelten Fußgängerzone voran und stocherte mit langstieligen Werkzeugen an den klebenden Placken. Eine brüllende Kehrmaschine mit spritzender Fontäne folgte ihnen.

Es ging auf halb acht zu. Für einen normalen Kaffee wurden in der Fußgängerzone zwei Euro verlangt, trotzdem sah man nirgendwo eine »Haltet-die-Innenstadt-preiswert«-Abteilung. Zwei Euro waren so viel wie früher zwölf Finnmark, und dafür hätte man im Kaufhaus ein ganzes Paket bekommen und damit zig Tassen gekocht. Wenn man es genauer bedachte, dürfte für die Kaffeebauern allerdings noch mehr Anlass zur Kritik bestehen, denn die wurden schlecht bezahlt und mussten als Vorbild den aus dem Fernsehen bekannten, die Bohnen mit zwei Händen pflückenden Juan Valdez ertragen. Kuhala zahlte, verkniff sich eine Bemerkung und setzte sich ins Freie. Es hatte aufgehört zu regnen, die Sonne schien wieder.

Immerhin schmeckte der Kaffee. Kuhala schlug die Zeitung auf und naschte ein halbes Stück Würfelzucker. Die Amerikaner behaupteten, eine Katze geklont und tausend irakische Widerstandskämpfer umgebracht zu haben, in der Londoner U-Bahn hatte man den Zünder einer Giftgasgranate gefunden, eine neue Keuchhustenepidemie wütete in der Republik Karelien.

Plötzlich fiel ein Schatten auf die Zeitung und den halben Tisch, wie zum Zeichen dafür, in welchem Zustand sich die Welt befand. Kuhala richtete den Blick schräg nach oben und schaffte es nicht recht, sich ein Lächeln ins Gesicht zu zaubern, weil seinen Lächelmuskeln beim Schlammcatchen von vorhin übel mitgespielt worden war und weil es sich bei dem Ankömmling um Kriminalkommissar Nevakivi handelte.

»Darf ich mich kurz setzen?«, fragte dieser.

»Aber ja.«

Das Getöse der Kehrmaschine entfernte sich, stattdessen hörte man die klatschenden Sandalen der Frühaufsteher unter den Urlaubern. Nevakivi stieß versehentlich gegen den Blechtisch, sodass der Zwei-Euro-Kaffee einem amerikanischen Marineinfanteristen ins Gesicht schwappte.

»Entschuldigung«, sagte Nevakivi.

»Macht nichts. Ich kann mir nachschenken lassen. Allerdings könntet ihr bei der Polizei mal etwas gegen diese Preise unternehmen. Ich komme mir beim Bezahlen wie ausgeraubt vor.«

Kuhalas Scherze perlten an Nevakivis frisch rasiertem, ernstem Gesicht ab. Der Kommissar hielt sich an diesem Morgen an Apfelsaft und trug ein helles Baumwollsakko, ein Hemd mit grauer Krawatte und schmal geschnittene Hosen mit Bügelfalten. Die Verfolgungsjagd-Mokassins harmonierten farblich mit der Jacke. Rechnete man zu dem eleganten Gesamtbild noch die vor Charakter strotzende Aftershave-Tatkraft und das durch die aufsteigende Karriere gestählte Selbstbewusstsein hinzu, war klar, dass es sich bei dem Mann nicht um einen leichten Brocken handelte.

Kuhala hätte sich das auch nie eingebildet. Mit der Serviette wischte er den Kaffee auf und fragte sich, ob einer wie Nevakivi wohl Freunde hatte.

»Was ist mit deiner Nase passiert?«, fragte der Kommissar.

»Wo gehobelt wird, da fallen Späne. Nichts Besonderes.«

»Du hast auch ein blaues Auge.«

»Echt?«

Kuhala zuckte mit den Schultern. Das hätte er nicht tun sollen, denn die Bewegung bewirkte sofort eine schmerzverzerrte Grimasse. »Um die Wahrheit zu sagen, ich bin gestern mit dem Fahrrad hingefallen. Durch den Regen war es glatt, und ich kam in zu hohem Tempo den Hang runter und in die anschließende Kurve.«

»Du kennst doch Sakari Antikainen ziemlich gut?«

»Wieso?«

»Das ist mir aufgefallen.«

»Wenn ›kennen‹ heißt, dass man abends zusammen einen trinken geht, dann kenne ich ihn nicht. Wir sind uns allerdings über den Weg gelaufen. Und wir hatten ein paar gemeinsame Jahre, als ich noch im Staatsdienst war. Außerdem führen wir einen unausgesprochenen Wettkampf, wer den anderen ätzender veräppelt. Ich glaube, ich liege ein paar Punkte vorn.«

Nevakivi wollte wissen, wann Kuhala Antikainen zuletzt gesehen hatte.

»Das weiß ich nicht einmal. Ist er verschwunden?«

»Ja.«

»Seit wann?«

»Seit Montag. Am Dienstag ist sein roter Dienst-Passat in Helsinki gefunden worden, auf dem Parkplatz vorm Silja-Line-Fährterminal. Nach vorläufigen Informationen ist Sakari nicht selbst mit dem Auto dorthin gefahren. Und hat auch kein Schiff betreten. Er hätte am Montag Dienst gehabt.«

Nevakivi trank seinen Saft und hielt sein Gesicht in die Morgensonne, deren Strahlen das Dach vom Kaufhaus Sokos streiften. Ein Drehorgelspieler, der sich seinen Hut von einer Vogelscheuche geliehen hatte, bezog neben dem Eiskiosk Stellung und polierte mit Putzwolle seine Kurbel, bevor er sie in die Drehorgel steckte.

Kuhala erinnerte sich an Antikainens Probleme mit Alkohol, an die Verurteilung wegen Trunkenheit am

Steuer und das damit verbundene Ende seiner Beförderungsträume. Aber auch daran, wie gut der Kriminalhauptmeister es verstand, seine Enttäuschung zu verbergen, indem er sich benahm, als führe er die gesamten Polizeikräfte der Stadt an. Eventuell hatte Antikainen diesmal so tief wie noch nie ins Glas geschaut. In Polizeikreisen wäre das keine atemberaubende Neuigkeit, aber für Antikainen könnte es danach schwerer denn je sein, sich im Amt zu halten.

Kuhala erkundigte sich, ob die Nachricht vom Verschwinden des Polizisten bereits an die Öffentlichkeit gedrungen sei. Nevakivi klopfte mit dem Siegelring gegen die kleine Saftflasche und ließ den Blick über die Schlenderer in der Fußgängerzone schweifen, als hielte er die Augen nach einem Gesuchten offen. »Es steht heute in der Zeitung, aber vorläufig fragen wir nur, wo das Auto gesehen worden ist. Nicht nach Sakari.«

Tatsächlich fanden sich auf den Inlandsseiten oben ein Foto des Passat und die Bitte um Hinweise, falls jemand den Wagen gesehen hatte. Es folgten zwei Telefonnummern.

»Hat man seine Frau schon befragt?«

»Sakari fuhr an dem Morgen wie üblich zur Arbeit.«

»Schon manch ein Mann ist wie üblich zur Arbeit gefahren oder zum Laden an der Ecke gegangen und danach nie mehr gesehen worden. Vielleicht hatte Antikainen ein Aha-Erlebnis, was die Möglichkeiten des beginnenden Sommers betraf, und … aber ich gebe hier Informationen preis, die ich normalerweise in Rechnung stelle.«

Nevakivi zog eine Sonnenbrille in Bomberpilotendesign aus der Brusttasche. »Wenn du etwas erfährst, melde dich!

Sakari redete beziehungsweise redet immer wieder mal von dir.«

Das Grinsen weitete die Nüstern des Kommissars. Kuhala fragte lieber nicht, was für Geschichten Antikainen über ihn verbreitete, neigte aber zu der spontanen Vermutung, dass sie eher Minustendenz aufwiesen.

Dann fing der Leierkasten an zu spielen, und über das Gesicht der Eisverkäuferin legte sich der Schatten der Depression. Der an einem solchen Morgen unvermeidliche Penner bewegte sich mit Schritten, als wollte er den Anlauf für einen Weitsprung abmessen, in Richtung Oberstadt, wo die Kneipen lagen, und führte dabei einen Dialog mit weißen Mäusen.

Nevakivi nickte und stand auf. Er wünschte einen Guten Tag, bekam aber das Grinsen nicht aus dem Gesicht.

»Darf ich was fragen?«, sagte Kuhala.

Nevakivi hielt inne und drehte sich um. »Fragen kann man immer.«

»Ist Helena Jokelas Todesursache schon bekannt?«

»Noch liegt uns der Obduktionsbericht nicht vor. Wenn ich mich recht erinnere, hatten wir beide vereinbart, dass du deine Aufmerksamkeit auf etwas anderes als auf Helena Jokela richtest. Die Tatsache, dass du sie gefunden hast, verpflichtet uns nicht, dir weitere Informationen zu geben.«

Nevakivi schien vergessen zu haben, dass er Kuhala gerade gebeten hatte, ihm Hinweise auf Antikainen zu melden. Eine solche Kooperationstaktik hatte kein Lob verdient, doch Kuhala sagte nichts.

Die Gestalt des sich entfernenden Nevakivi verriet die Körperspannung eines bald Vierzigjährigen, der auf sich achtete. Sah man aber genau hin, erkannte man auch einen Hauch von Amtstrockenheit und in Vorschriften verliebte Eckigkeit, gegen die auch der beste Stylist machtlos war. Eine Fruchtfliege löste sich von den Stiefmütterchen an der Terrasseneinfassung, landete auf dem Rand des Saftglases und schaute Kuhala an: Erdling, bring mich zu deinem Führer.

Der Leierkastenmann und der Straßenmusiker mit der Gitarre, die um die wackelnden Hüften des morgendlichen Publikums konkurrierten, schlugen Kuhala schließlich in die Flucht. Er beschloss, eines Tages selbst mit seiner Gitarre herzukommen. Zwanzig beliebte Gassenhauer plus ausgefeilte Begleitung, was brauchte man mehr? Er traf beim Singen ungefähr den Ton und war sicher, dass es eine befreiende Erfahrung wäre, sich auf der Straße ins Zeug zu legen. Oder eine traumatische. Denn was wäre, wenn nach acht Stunden Spielen lediglich ein Drohbrief im Gitarrenkasten läge?

Er schob sein Rad und sah sich schon ein Zweistundenkonzert in der Kulturfabrik geben. Ein Mann und eine Gitarre. Zu nichtssagend. Der singende Detektiv. Geklaut, aber raffiniert.

Die Schläge der Kirchenglocke und das Handy unterbrachen die Träumerei. »Kuhala.«

»Rissanen von der Kfz-Werkstatt Rissanen in der Kramsunkatu, guten Morgen.«

Die Stimme klang fest, der Motor im Hintergrund tuckerte instabil. Dann hörte man einen Knall und einen unterdrückten Fluch. Rissanen sagte, er habe Kuhalas Nummer von der Anwaltskanzlei Jokela bekommen. »Wir haben hier einen Corolla mit dem Kennzeichen XOP 78. Kommt Ihnen das bekannt vor?«

Kuhala blieb vor der Rahmenhandlung stehen und starrte auf das Spiegelbild eines Mannes von der Straße im Schaufenster. Er bejahte die Frage. Die mehrsekündige Pause am anderen Ende der Leitung ließ vermuten, dass nicht alles zum Besten stand und gleich einer der Schicksalsmomente im Leben von Otto Normalverbraucher zu meistern war.

Und so kam es dann auch: Das Auto war einmal.

»Meine Jungs und ich haben uns gefragt, wie Sie damit überhaupt noch fahren konnten.«

»Ich habe vor jedem Start ein Vaterunser gebetet. Und dieses Jahr dann auch während der Fahrt, und zwar eins nach dem anderen. Als das nicht mehr half, stellte ich es auf dem Parkplatz vor dem Altersheim ab.«

Rissanen verdaute die Erklärung eine Zeit lang, dann hüstelte er. »Sie hätten es direkt auf den Friedhof bringen sollen.«

Mit der Fehlerliste des Corolla hätte man angeblich die Wände der Werkstatt tapezieren können, weshalb Rissanen die fünf düstersten Defekte herauspickte, ungefragt einen Kostenvoranschlag machte und fragte, was sie tun sollten. Nun war Kuhala an der Reihe, eine Pause einzulegen. Dann erkundigte er sich, was es kosten würde, wenn die Werkstatt den Wagen auf die letzte Reise schickte, und geriet auch über diese Summe in Entsetzen, ging bei sich jedoch davon aus, dass Jokela die Rechnung begleichen würde. »Können Sie nicht ein paar Teile gebrauchen? Würde deren Wert nicht die Bestattungskosten ausgleichen?«

Rissanen hatte in seiner kleinen, nur wenige Leute beschäftigenden Werkstatt sicher eine Menge zu tun, trotzdem schien er Kuhalas Sprüche ernst zu nehmen. Er sagte, er könne die Rückbank als Sofa für die Raucherecke des Personals verwenden.

Als auf dem Weg zur Werkstatt an einem steil abfallenden Hang die Kette vom Fahrrad sprang, war für Kuhala guter Rat teuer. Der Tag drohte zur Farce zu werden, oder verwirklichte er nur selbst seine eigenen Morgenkaffeealbernheiten? Die Bremsen verloren ihre Wirkung, und an der Kreuzung war die Ampel rot. Ein Bus der Firma Töysä, der die Linie nach Keuruu bediente, blockierte die Kreuzung, und einige Augenzeugen hielten sich vor Entsetzen die Hand vor den Mund. Der Zusammenprall mit einem Reisebus hätte zusätzliche Arbeit für die städtische Kehrmaschine bedeutet. Kuhala drückte eine Sohle auf den Asphalt, zur legendären Fußbremse, die er als kleiner Junge in Havuvaara trainiert hatte. Das vordere Schutzblech schepperte, die Schuhsohle qualmte, und der Hinterreifen kreischte unter der Beanspruchung durch den Flug über die Bordsteinkante und den anschließenden abrupten Stopp.

In zwei Sekunden war alles vorbei. Kuhala wischte sich den Schweiß von der Stirn und hätte das Fahrrad gegen die nächste Hauswand geworfen, wenn er sich getraut und seine Schulter es erlaubt hätte. Stattdessen fummelte er die Kette wieder hin. Es war schwül, die widersprüchlichen Gefühle, die von Verdruss und wundersamer Rettung kamen, zeichneten sich in unterschiedlichen Schattierungen von Rot auf seinem Gesicht ab.

In Rissanens Werkstatt sammelte Kuhala die bewegliche Habe in seinem Corolla ein, ohne eine Lippe zu riskieren wie vorhin am Telefon. Man einigte sich auf den Preis der Verschrottung, die Zigarettenpackung, die aus Rissanens Brusttasche ragte, brachte Kuhala auf den Gedanken, wieder mit dem Rauchen anzufangen. In der Grube zischelte eine Schweißflamme, in der Ecke lagen Motorteile wie Knochen einer unbekannten Tierart. Kuhala verabschiedete sich nicht mit Wehmut von seinem Auto. Er wusste, dass die letzte Begegnung für manch einen schmerzlich ist, aber er hatte bloß das Gefühl, ein Ärgernis loszuwerden.

Ihm stand ein Besuch in den tückischen Paradiesen der Gebrauchtwagenmärkte am Stadtrand bevor, und darauf musste er sich mental vorbereiten. Den finanziellen Problemen mochte er jetzt noch nicht vorgreifen.

Eine Viertelstunde später und kaum von seinem neuerlichen Schock erholt, klingelte Kuhala bereits an der Tür von Jokelas Nachbarn.

»Guten Tag. Wir haben uns vor Kurzem schon mal unterhalten. Ich bin Privatdetektiv Otto Kuhala, gestern haben Sie mich erkannt.«

Der Mann war blass. Er sah Kuhala misstrauisch an und schaute dann auf das übel zugerichtete Fahrrad samt der Last auf dem Gepäckträger: diverse Straßenkarten, Warndreieck und Starthilfekabel. Schließlich kehrten die erschrockenen Augen wieder auf Kuhala zurück und musterten die Schrammen in dessen Gesicht. Die Tür schloss sich langsam wieder, der Mann war nicht in Intrigenstimmung.

Kuhala schob den Fuß in den Türspalt. Er wollte Resultate, nach dem Leerlauf des Vormittags war ihm ergebnisorientiertes Denken nicht ganz fremd. »Sie haben angedeutet, Eero Jokela könnte seine Frau geschlagen haben. Und jetzt wissen wir alle, wie es Helena Jokela ergangen ist.«

Der Mann versuchte Kuhalas Fuß aus dem Türspalt zu treten, die Naht am Bund der langen Unterhose, die unter dem Morgenmantel herausragte, war aufgegangen. Hier hatte bei einem Rentner die ausgedehnte Zeitungslektüre samt Müslilöffelei eine unschöne Unterbrechung erfahren, aber war Kuhalas Tag bisher etwa besser verlaufen?

»Wollen Sie, dass ich Ihre Aussagen über die Misshandlungen in Umlauf bringe? Ich könnte damit gleich nebenan anfangen. Jokela dürfte zu Ihrer Interpretation sicher ein Wörtchen zu sagen haben. Der Fall hat inzwischen größere Dimensionen angenommen. Kann sein, dass Sie bald Besuch von der Polizei kriegen, und die haben ihre Methoden.«

»Ich weiß nichts. Das ist furchtbar. Ich habe nichts getan.«

Drinnen spielte das Radio »Let Me Be the One« von den Shadows, auf dem Messingschild neben der Tür stand der Name Parkkinen. Die mürrische, maulfaule Neutralitätsbekundung des Mannes war zu durchsichtig, um als glaubwürdige Drehung des Fähnchens mit dem Wind durchzugehen. Kuhala blickte zur Seite und senkte die Stimme. »In der Zeitung stand nicht, dass ich die Leiche gefunden habe. Es war kein schöner Anblick. Wollen Sie Einzelheiten? Wollen Sie, dass der Fall ungeklärt bleibt?«

Parkkinen spähte mit zitterndem, unrasiertem Doppelkinn auf die Straße, die Wachsamkeit seiner Augen erlosch im Nu. »Kommen Sie rein.«

Seine Wohnung war ein Spiegelbild von Jokelas Domizil, auch hier war mehr als genug Platz für eine Person. Während es bei dem Anwalt aber stilbewusst konservativ zuging, angefangen bei Wildkirschparkett und Mahagonikommoden, wurde die Formsprache bei Parkkinen von Laminatfußboden, durchgesessener Polstergarnitur und Kaufhausrohrgestühl für zehn Euro dominiert. Seine Gemütlichkeit war schlicht und risikolos, das Bild im Flur stammte von einer Verkaufsausstellung und stellte ein halb bekleidetes Fräulein dar.

Er schaltete das Radio aus, knetete die Hände und schien zu überlegen, wie er anfangen sollte und wie er Kuhala am schnellsten wieder loswürde. »Einmal zog Jokela seine Frau im Garten an den Haaren. Beide waren anscheinend betrunken. Ein anderes Mal warfen sie im Streit den voll beladenen Grill um. Zum Glück breitete sich das Feuer nicht bis zu mir hin aus. Außerdem habe ich durch die Wand verdächtige Geräusche und Geschrei gehört.«

»Wie gut kannten Sie Helena Jokela?«

Parkkinen charakterisierte sein Verhältnis zu beiden Jokelas als nachbarschaftlich und blinzelte dabei ängstlich. Er schwor, nie auf die Idee gekommen zu sein, das Ganze könne in einer Tragödie enden. »Sie beschäftigte sich gern mit ihrem Garten. So wie wir alle hier. Wir führen so etwas wie einen spielerischen Wettstreit, wer im Sommer den schönsten Garten hat. Das wird dieses Jahr wohl ausfallen. Wer tut so etwas? Wer wird plötzlich zum Mörder? Helena war eine schöne Frau.«

Kuhala fragte, ob Helena Jokela Besuch gehabt habe. »Ich weiß, dass sie in letzter Zeit nicht gearbeitet hat. Sie wird sich wohl kaum ausschließlich mit der Gartenpflege beschäftigt haben.«

»Nein.«

Parkkinens Augen wichen Kuhalas Blick aus. Womöglich log er. Sich um die Nachbarn und ihre Angelegenheiten zu kümmern war ein Volkssport in allen Schichten der Gesellschaft, und die Fortgeschrittenen hatten ihn zu Wissenschaft und Kunst veredelt, wie Kuhala im Zusammenhang mit so manchem Auftrag hatte feststellen können. Die Bespitzelung des Nachbarn war auch eine Art der Fürsorge, und es gab in dem Bereich so viele interessante Variationen, dass es leicht für eine soziologische oder psychologische Doktorarbeit gereicht hätte.

Sie standen im Schatten der Treppe im Flur. Kuhala fragte sich, ob Parkkinen auch ein Fernglas hatte, so wie Jokela. Wenn es ihm seine Abhörmaßnahmen erlaubten, konnte er gut und gern ein Spannerauge auf die Joggerinnen am Uferweg werfen, und mit guter Ausrüstung könnte er sogar bis zum Badestrand gucken.

»Könnte es sein, dass Helena Jokela ihren Mann betrogen hat?«

»Also … äh … warum nicht … das kann man … Sie sollten nicht glauben, dass ich meine ganze Zeit darauf verwende, andere Leute zu belauern. Es hat durchaus nicht an gutem Willen gefehlt, und an Weihnachten haben wir uns gegenseitig Hyazinthen geschenkt. Kleine Gesten, die das Vertrauen stärken.«

»Haben Sie zufällig gesehen, wie Helena Jokela vor ihrem Tod mit dem Paddelboot losfuhr?«

»Nein.«

»Sind Sie sicher?«

»Ja.«

Parkkinen hatte noch alle beisammen, obwohl er vermutlich schon über siebzig war. Man konnte schwer raten, was er von Beruf gewesen war, aber sein Versuch, in die Bilderwelt der Weihnachtshyazinthen auszuweichen, wirkte reichlich steif. Der Mann hatte nicht für fünf Pfennige Vertrauen in seine Mitmenschen, und er wusste über Helena Jokela ein gutes Stück mehr, als er zu verstehen gab. Als Kuhala das erkannte, ärgerte er sich, aber konnte er Parkkinen denn am Schlafittchen packen und durchschütteln, um die Wahrheit ans Tageslicht zu bringen?

Im Obergeschoss hörte man eine Tür zufallen. Parkkinen erschrak und wurde noch blasser. Verstohlen stellte er sich vor die Treppe und packte das Geländer, nicht um sich abzustützen, sondern um Kuhala den Weg nach oben zu versperren. »Ich hab gleich einen Arzttermin. Ich muss los.«

»Na dann. Vielen Dank für Ihre Mühe. Und wenn Ihnen noch etwas einfällt, dann vergessen Sie nicht, Kontakt aufzunehmen. Ich meine, ich hätte Ihnen beim letzten Mal meine Karte gegeben.«

»Sie hängt an der Kühlschranktür.«

Man hörte erneut ein Geräusch, diesmal etwas gedämpfter. Parkkinen umklammerte das Geländer und zwang sich zu einem Entschuldigung heischenden Lächeln, als hielte er in seinen Räumlichkeiten seinen eigenen kleinen Quasimodo versteckt. Das heizte Kuhalas Neugier fast ebenso sehr an wie der Glöckner, den Parkkinen in seinem Inneren verbarg.

Kuhala schob das Fahrrad an den See und schloss es an einer Birke an. Das Zeug aus dem Corolla warf er in Jokelas Boot, dann legte er ab, denn er war inzwischen von den Möglichkeiten, die ihm das Fortbewegungsmittel bot, begeistert und wollte außerdem noch einmal mit Kai Vikman reden.

Schon nach wenigen Zügen sah er das Sonnenlicht in den Linsen des Fernglases aufblitzen, das hinter dem Panoramafenster im ersten Stock von Parkkinens Wohnung auf ihn gerichtet war.

13

10. Juni Vikman hatte genug von dem alle zwei Tage wechselnden Wetter und war weg. Kuhala drückte noch einmal eine halbe Minute lang die Klingel und sah sich um. Der tropische Wind brachte die Margeriten neben dem Schuppen zum Schwanken, die vergessene Kleinwäsche aus dem Junggesellenhaushalt flatterte so frisch wie in der Waschmittelwerbung an der Leine.

Vom Tierheim am anderen Ufer hörte man wütendes Bellen, das für die Verhältnisse von Jyväskylä kolossale zwölfstöckige Hochhaus, das der Architekt Aalto entworfen hatte, leuchtete wie ein weißer Leuchtturm mitten im Grün.

Kuhala kam leicht durch die Hintertür ins Haus. In die Widerstandskraft der Hintertüren wurde nicht immer alles investiert, und wenn sie nicht gleich ganz sperrangelweit offen standen, ließen sich ihre Schlösser mit einem bescheidenen Dietrichsortiment knacken. Er stand in der halbdunklen Küche und steckte die Hilfsmittel, die ihm das Hereinkommen erleichtert hatten, in die Schenkeltasche. Den Geschirrberg in der Spüle umringte ein Wald schmalschultriger leerer Bierflaschen, die Kühl-Gefrier-Kombination brummte. Es roch leicht angebrannt, aber auch nach Herrenduft und plötzlichem Aufbruch.

Vikmans Wohnzimmer wurde von einer Couchgarnitur aus weißem Leder und einem Achtundvierzig-Zoll-Plasmafernseher beherrscht. Hinter der Essgruppe aus Massivholz hing ein Landschaftsgemälde an der Wand. Auf den ersten Blick war die Wohnung durchaus gefällig und brachte einen auf den Gedanken, dass die Gefahrenzulage im Beruf des Söldners für reichlich Einkommenszuwachs sorgte.

Kuhala war auf der Hut und horchte. Gut möglich, dass der Mann bloß einkaufen war, auch wenn es irgendwie den Eindruck machte, als wäre er für länger verreist. Das Bett im Schlafzimmer war eines der üppigsten amerikanischen Modelle auf dem Markt, aber nicht gemacht, es wurde von Spiegeln umzingelt, die das Licht, das durch das Fenster fiel, und Kuhalas schwere Gestalt, die durch den Türspalt lugte, so vielfach widerspiegelten, dass der Detektiv fast erschrocken wäre. Es waren so viele Spiegel auf Lager gewesen, dass auch welche an die Decke geschraubt worden waren. Halfen sie beim Einschlafen oder sorgten sie für frischen Wind im Liebesleben? Oder war Vikman so ergriffen von sich, dass er am besten einschlummerte, wenn er von den Gutenachtwünschen seines schönen, leicht verwitterten Gesichts in den Schlaf geleitet wurde?

Kuhala wühlte in den Schubladen, ohne etwas zu finden. Er spähte in den Kleiderschrank und entdeckte sofort die Eisdorne mit den blauen Plastikgriffen. Sie hingen mit dem zwei Jahre alten Kalender eines Elektrogeräteschäfts an einem Nagel und waren von der gleichen Sorte wie der, mit dem man versucht hatte, Kuhala umzubringen.

Das einzige Problem verbarg sich in dem Umstand, dass am Kalendernagel zwei Dorne hingen. Kuhala besaß zwar keine, wusste aber, dass sie nur paarweise verkauft wurden. Überhaupt bestand kein Anlass, über den Fund in allzu große Begeisterung auszubrechen, denn die Modelle mit den blauen Griffen konnten sich in jedem Haushalt finden und waren den Einwohnern in Jyväskylä womöglich zum verlockenden Sonderpreis angeboten worden.

Ein Eisdorn ohne Gegenstück war nirgendwo zu sehen.

Nach einigem Suchen stießen Kuhalas behandschuhte Hände in einem gelben Karton auf das Magazin eines Sturmgewehrs. Daneben wurde ein in Stoff eingeschlagener kantiger Gegenstand aufbewahrt. Nach dem Auspacken erwies er sich als Fotoalbum. Kuhala legte Magazin und Stoff in den Karton zurück.

Das klingelnde Telefon im Wohnzimmer ließ ihn den Atem anhalten. Er hörte bis zum letzten Schellen zu, dann schlug er das Album auf.

Wieder musste er den Atem anhalten.

Vikman stand vor der Ruine eines Hauses, mit Barett, in voller Kampfausrüstung und mindestens so braun gebrannt wie in seinem Garten. Sein Lächeln wirkte lässig, er sah jung aus. Im Hintergrund grinsten einige Kämpfer in gleicher Montur. Die Bildatmosphäre wurde durch den Rauch, der hinter dem Haus aufstieg, und durch einen von Geschossen zersplitterten Apfelbaum intensiviert. Am Rand einer Grube im Vordergrund standen fünf Männer. Sie grinsten nicht und schauten auch nicht in die Kamera.

Sie ließen die Köpfe hängen. Es waren Zivilisten, sie trugen die bescheidene Kleidung von Landbewohnern. An den Blättern der Spaten, die vor ihren Stiefeln lagen, hingen frische Erdklumpen. Einer der Männer schien an der Stirn verletzt zu sein, zwei waren kaum volljährig.

Auf den folgenden drei Fotos richteten Vikman und seine Waffenbrüder die Männer hin. Die Aufnahmen waren mit wenigen Sekunden Abstand gemacht worden. Der mit der Wunde an der Stirn fiel auf der Stelle hin, die anderen stürzten in die Grube, die sie gegraben hatten. Insgesamt waren es neun Fotografien, und auf den letzten Bildern hatte sich das Hinrichtungskommando um den Mann mit der Stirnwunde versammelt und reckte die Hände mit Siegeszeichen zum Himmel. Kai Vikman hockte in der Mitte.

Die Bilder waren nicht mit Erläuterungen versehen, aber wenn die Informationen über Vikmans Zeit auf dem Balkan stimmten, mussten sie mehr als zehn Jahre alt sein.

Das Blut, das über den Grubenrand lief, war zu viel für Kuhala. Er wickelte das Album wieder in den Stoff und legte es zu dem Magazin in den Karton. Wie jeder andere hatte auch er schon viele schockierende Bilder gesehen – hatte nicht kürzlich erst ein amerikanischer Nachrichtenkanal die von militanten Extremisten gefilmte Hinrichtung von Geiseln in die Wohnzimmer gebracht? –, aber hier waren die Grausamkeiten Bestandteil einer Privatsammlung und strahlten dadurch eine schmutzige Intimität aus, die dem Ganzen einen vollkommen anderen Charakter gab.

Vikman war ein Kriegsverbrecher, Morde an Zivilisten verjähren nicht.

Hielt der Mann seine brutalen Erinnerungen für so alltäglich, dass er sich nicht die Mühe machte, die Bilder besser zu verstecken? Und stammten die Kugeln für die Hinrichtungsschüsse aus dem Sturmgewehrmagazin in dem Karton?

Kuhala musste unwillkürlich auch an die Möglichkeit denken, dass Helena Jokela ihr Leben wegen Vikmans Fotoalbum verloren hatte. Sie konnte die Bilder gesehen und dem Mann gedroht haben, ihn anzuzeigen. Das hätte Gefängnis bedeutet, womöglich ein Verfahren vor dem Internationalen Gerichtshof, und das reichte allemal als Motiv für einen weiteren Mord. Dieses Denkmodell wurde lediglich durch die Tatsache gestört, dass Vikman seine Balkansouvenirs an so einem unsicheren Ort aufbewahrte.

Die Morsezeichen einer Elster, die mit dem Schnabel auf das Fensterblech hackte, unterbrachen Kuhalas Aktivitäten, als er gerade in einem der beiden Zimmer schnüffelte, die unbewohnt aussahen und in denen Vikman ausrangierte Sachen aufbewahrte, als wäre er zu antriebslos gewesen, sie wegzuwerfen.

Kuhala verließ das Haus wieder durch die Hintertür und ging zum Ufer hinunter. Sein Fund ging ihm nicht aus dem Sinn. Man hatte die Männer ausgeräuchert und aus Erdverstecken oder aus dem Keller eines zerbombten Hauses getrieben und an die Grube gezwungen. Es waren keine feindlichen Soldaten, in ihren gesenkten Blicken hatten Trauer, Angst und Panik gelegen, weil sie wussten, dass sie nicht mit Gnade rechnen konnten. Dennoch hatte Kuhala das Gefühl, dass es besser wäre, zunächst alles auf sich beruhen zu lassen, anstatt mit den Fotos in Nevakivis

Büro zu marschieren. Jeder durchschnittliche Anwalt könnte den Beweiswert der Fotos anzweifeln, indem er behauptete, es handelte sich um Fälschungen. Kuhala wusste von moderner Digitaltechnologie und Bildmanipulation nur so viel, wie er in einigen Artikeln gelesen hatte, aber auch ein Normalsterblicher begriff, was für ein Kinderspiel es wäre, ein echt wirkendes Foto von einer Herde wilder Elefanten im Zentrum von Helsinki herzustellen.

Und wurde nicht das Foto von Lee Harvey Oswald, auf dem er ein Gewehr aus dem Postversand in den Händen hielt, in jedem zweiten Artikel als echt und in den anderen als gefälscht bezeichnet?

Das Bellen aus dem Tierheim wollte nicht nachlassen. Zwischendurch wurde es zu einem wehmütigen Jaulen, bis es sich wieder in unermüdliches Kläffen verwandelte.

Kuhala ruderte zum Bootssteg des Campingplatzes. Die Schar von Halbwüchsigen, die sich vor dem Kiosk drängte, gab ihre Bestellung unisono auf und spickte sie mit Flüchen, die vermuten ließen, es käme jeden Moment zu einer Massenschlägerei. Der Flugechsendrachen hing noch immer in seiner Falle am Ast. Kuhala zog sich aus und ging in schlaffen Boxershorts in den See, um sich nach der Razzia von eben den Schweiß abzuwaschen.

Das Wasser belebte. Die kühle Unterströmung verlockte zum Tauchen, aber sollte er es riskieren, sein Portemonnaie auf der Achterducht des Bootes zu gefährden? Kuhala war alles anderes als paranoid, aber Taschendiebe und Leute, die auf schnellen Gewinn hofften, waren längst auch bis Jyväskylä vorgedrungen, und ihre gezielten langfingrigen Zugriffe waren in der Gegend wohlbekannt.

Kuhala watete ans Ufer und streckte sich nach seinen Sachen. Er strich die Haare nach hinten, zog den Bauch ein und pumpte den Brustkorb mit Luft voll. Es wäre falsch gewesen, das für Eitelkeit zu halten, denn seine Jahre als Strandlöwe lagen in prähistorischen Zeiten begraben. Auf den ersten Blick sah man, dass er in der näheren Umgebung der am wenigsten Gebräunte war, und niemand käme auf die Idee, seine Unterhose für eine Badehose zu halten.

Die Patachon-Inkarnation vom Kajakverleih saß in Shorts und mit Strohhut auf der Holztreppe. Den Oberkörper schützte ein Hemd mit Ananasmotiv. Er begrüßte Kuhala und fragte ihn, ob er noch immer nicht darüber nachgedacht habe, auf ein leichteres Fortbewegungsmittel umzusteigen.

»Nur keine Hektik. Ich sage Bescheid, wenn der Moment gekommen ist.«

»Die besten Kajaks sind von morgens bis abends verliehen.«

»Wo ist denn Ihr Helfer?«

»Der Kerl hat abgebrochen. Nicht schön für ihn, weil damit auch mit der Zahlung für den Eingliederungsversuch ins Arbeitsleben Schluss ist. Hat sich nicht mal verabschiedet. Ich war sicher, dass sich auch die Tageskasse bei der Gelegenheit verflüchtigt hat, aber das dann doch nicht. Er war zu unruhig, um Boote zu verleihen, und was soll ich einen erwachsenen Menschen zurückhalten?«

Kuhala zog sich die Hose an und erinnerte sich an die Schikane mit dem Rauchen. »Sagen Sie, wo finde ich denn die Strandaufsicht? Oder den Lebensretter, wie das heute heißt?«

»Da drüben neben dem Steg sitzt zumindest einer. Mehr sind auch gleichzeitig nie da.«

Kuhala bedankte sich und versprach, wiederzukommen, um die Kasse der Firma zu bereichern. Noch immer fiel ihm der Name des Mannes nicht ein, der den Patachon gespielt hatte, auch wenn er sich noch so viel Mühe gab. Vielleicht sollte er sich keine Mühe geben, vielleicht musste man alles wie von selbst kommen lassen, unverkrampft, vielleicht würde man dann vor dem Greisenalter darauf kommen.

Inmitten all der Helligkeit kam ihm der Fund des Stoffpakets im Kleiderschrank allmählich wie ein böser Traum vor.

Der Mann von der Strandwache – so musste die offizielle Bezeichnung lauten – wachte hinter einer modischen Sonnenbrille hauptsächlich über eine junge Frau, die versuchte, im roten Bikini Eindruck auf ihn zu machen, was ihr auch ziemlich gut zu gelingen schien. Sie saß einen halben Meter von dem Bademeister entfernt und war sich ihrer Anziehungskraft bewusst, wie auch der Tatsache, dass sie diese noch jahrelang ausbauen und für wer weiß was für Zwecke einsetzen konnte. Der zwanzigjährige Aufseher trug eine weiße Mütze, besaß ein modisches Schultertattoo und verfügte über jede Menge Absichten, bei seinem Angrabeversuch Fortschritte zu machen.

Kuhala kam sich geradezu herzlos vor, als er das Turteln unterbrach. »Hallo. Sag mal, hast du Anfang der Woche hier gearbeitet? Genauer gesagt am Sonntag, den sechsten?«

»Ja.«

»Auch spät am Abend noch?«

»Bis acht. Wieso?«

Der junge Mann änderte seine Haltung, die Frau drehte den Kopf in die Richtung, in der noch immer der Hund tobte. Es war unverzeihlich, eine aufkeimende Bekanntschaft zu stören, aber der junge Mann begriff, dass er beim Flirten seine Arbeit vernachlässigt hatte, und fing daher gar nicht erst an, Schwierigkeiten zu machen. Er schob die Sonnenbrille auf die Stirn und warf einen pauschalen Blick auf sein Arbeitsgebiet. Dann sah er Kuhala an.

Dieser beschrieb ihm Helena Jokela und ihr Kajak. »Du erinnerst dich nicht zufällig, ob sie hier vorbeikam?«

»Das ist die Frau, die ermordet wurde«, sagte das Mädchen.

»Bist du Polizist?«, fragte der Junge.

»Nein. Privatdetektiv.«

Beide starrten Kuhala eine Weile an, als hätte der ihnen gerade Grüße aus dem äußeren Universum überbracht. Der junge Mann kratzte sich die Wolle unter der Mütze, die Limoflasche im Schatten geriet ins Schwanken.

»Krasse Sache. Viele haben heute davon geredet. Ist ja ganz in der Nähe passiert, aber meiner Meinung nach ist die Frau nicht vorbeigekommen. Hier sind allerdings auch abends tierisch viele Leute. Und ich sitz auch nicht die ganze Zeit hier, ich muss ab und zu nachsehen, ob alles in Ordnung ist und so.«

Kuhala nickte und gab ihm seine Karte. »Nimm die und sag Bescheid, wenn dir was einfällt.«

»Hey!«

Kuhala drehte sich um. »Was?«

»Über die Frau weiß ich nichts, aber ich hatte am Montagmorgen Frühdienst vorne am Häuschen, wo alle reinfahren. Man zeigt ihnen, wo es langgeht, und kassiert. Das

Auto stand auf dem Parkplatz vor dem Häuschen, ist aber nicht reingefahren.«

»Welches Auto?«

»Der Passat, nach dem in der Zeitung gefragt worden ist.«

»Wie kannst du dir so sicher sein, dass es genau der Passat war?«

»Mein Vater hat einen roten Passat. Darum hab ich aufs Nummernschild geguckt, und ich bin sicher, dass es dieselbe Nummer war wie in der Zeitung.«

»Hast du den Fahrer gesehen?«

Der Junge nickte und beschrieb Kuhala einen Mann, der in keiner Weise an Antikainen erinnerte. »Ich bin nicht ganz sicher, es kann sein, dass es bloß einer war, der zufällig vorbeikam. Oder gerade neben der Karre stand, als ich hinsah.«

»Erklär mir das mal ein bisschen genauer.«

»Ich hatte ziemlichen Stress und konnte eigentlich nur kurz ... findest du, ich sollte eine von den Nummern anrufen?«

»Unbedingt. Du hast gesagt, du hattest Stress, aber trotzdem hast du die Nummer überprüft.«

»Ich hatte keinen speziellen Grund, nach der Nummer zu schauen, aber weil mein Vater eben genau so einen Wagen fährt, hab ich das Nummernschild automatisch gecheckt, um zu gucken, ob es unser Auto ist. Und bei dem Typen hatte ich das Gefühl, er könnte der Fahrer sein. Vielleicht war er's doch nicht. Ich hab das alles so nebenbei registriert. Es war höllisch viel los, ein Wunder, dass ich überhaupt nach dem Passat geguckt hab. Die Telefonnummern sind welche von der Polizei, oder?«

»Ich denke schon. Also dann.«

Der Junge hob die Hand, das Mädchen nickte.

Kuhala stieß das Boot vom Steg ab und setzte die Ruder ein. Er wusste nicht, was er denken sollte, und schaute ohne ein Lächeln auf das langsam zurückbleibende Ufer des Campingplatzes, dessen Leben, dessen Lachen und Kreischen und dessen bunte Miniaturwelt gegenüber dem verregneten Vortag wie aus einer anderen Wirklichkeit zu stammen schienen. Das Mädchen und der Strandwächter mit der Mütze saßen auf dem Steg, die reglose Ananashemdfigur des Bootsverleihers war auf der Treppe vor dem Bootslager zu erkennen.

Der Junge hatte keinen Grund, über den Passat Unsinn zu reden, und wenn es eng wurde, konnte man überprüfen, ob in der Garage seines Vaters das gleiche Modell stand. Was aber hatte Antikainen in der Gegend zu suchen gehabt, wenn es sein Auto gewesen war?

Kuhala passierte den schwimmenden Oxydator. Nun konnte er bereits Vikmans Grundstück sehen. Die traurige Fotoserie tauchte derart Unheil verkündend vor seinem inneren Auge auf, dass er aufhören musste zu rudern, um sich Wasser ins Gesicht zu schaufeln. Womit er es hier zu tun hatte, bot reichlich Stoff für eine Horrorstory, und zwar reichlicher, als man sich wünschen konnte. Kuhala kühlte seinen Nacken mit Wasser und schaute zu Jokelas Bootsanleger hinüber.

Jemand wimmerte. Kuhala sah sich um und erschrak vor einem näher kommenden Hundekopf. Bis zum Ufer war es fast einen halben Kilometer. Der Hund hatte mandelförmige braune Augen und einen ovalen Kopf, den ein drolliges, durch das Wasser etwas schlaffes Paar Ohren einrahmte.

Die Rasse war schwer zu raten, aber das Tier war eindeutig bestrebt, an Bord zu kommen. Je näher es kam, desto wehmütiger wurden die Laute, die es von sich gab. Kuhala hob das Ruder, damit der Hund nicht dagegen stieß. Er versuchte ihn zu beruhigen. Am Ufer beim Tierheim schwenkte ein Mann beide Arme.

»Zop, zop, zop, komm noch ein Stückchen näher. Warte, ich helf dir, keine Angst. Gleich bist du auf dem Trockenen«, redete Kuhala dem schwimmenden Tier gut zu.

Der Hund schrak vor Kuhalas weiträumigen Gleichgewichtsbewegungen und vom heftigen Kippeln des Bootes zurück und hielt es für besser, noch weiter auf den See hinauszuschwimmen. Kuhala bekam jedoch einen Riemen des Hundegeschirrs zu fassen und zog das Tier aus dem Wasser.

Es wog zwischen zehn und fünfzehn Kilo und war schwarzbraun, auch wenn ein nasses Fell nur schwer zu bestimmen ist.

»Jetzt brauchst du keine Angst mehr zu haben. Wo wolltest du denn hin?«

Der Hund schüttelte sich und miaute wie eine Katze. Er stand unter Schock und sah aus, als hätte er viel durchgemacht. Man hörte seinen Herzschlag durch die Bauchdecke hindurch, quer über die Schnauze verlief eine Narbe von zurückliegenden Kämpfen.

Der fuchtelnde Mann am Ufer hatte sich die Hosenbeine aufgekrempelt und war bis zu den Waden ins Wasser gewatet. Er gab Kuhala zu verstehen, er solle näher kommen. Hinter ihm konnte man eine Reihe von selbst gebauten Zwingern mit Hühnerdraht erkennen. Bei einem stand die Tür offen.

»Wir kommen, wir kommen«, rief Kuhala.

Sobald der Hund erkannte, welcher Kurs eingeschlagen wurde, kletterte er auf den Bootsrand und setzte zum Sprung an. Kuhala erwischte ihn im letzten Moment am Geschirr. »Nicht doch. Hast du den ganzen Morgen so einen Lärm gemacht?«

»Der verdammte Köter. Hat versucht mich zu beißen und ist dann schwimmen gegangen, als ich ihn ins Auto bringen wollte«, schimpfte der Mann am Ufer.

Kuhala hörte auf zu rudern, der Hund starrte den Mann mit gefletschten Zähnen an.

»Bringen Sie ihn her! Gut, dass Sie ihn erwischt haben. Keiner kümmert sich um ihn. Der hat sein Kontingent an Vollpension ausgeschöpft, der muss zum Einschläfern gebracht werden. Wahrscheinlich ahnt der arme Teufel sein Schicksal, weil er schon den ganzen Morgen bellt. Aber jetzt ist Schluss mit Futter auf Staatskosten, jetzt hat sich's ausgebellt.«

»Ich kann den Hund behalten. Wie heißt er?«, fragte Kuhala.

»Die kann man nicht einfach so behalten.«

»Sie sind jetzt still und gehen an Land, bevor Sie sich erkälten. Gerade haben Sie gesagt, es kümmert sich keiner um ihn. Ab jetzt ändert sich das. Da sollten Sie eigentlich keinen Grund haben, sich zu beschweren.«

Es raschelte und platschte im Schilf. Der Schwanz des Hundes bewegte sich leicht. Der empörte Einschläferer drohte mit der Faust und nuschelte etwas von der Hotelrechnung des Hundes, die der neue Besitzer begleichen müsse. Kuhala nannte seinen Namen und seine Adresse. »Ich zahle, was Sie verlangen. Schicken Sie mir die Rechnung ins Büro. Ich fülle auch die notwendigen Formulare aus, aber der Hund muss in Ruhe gelassen werden.«

Der Einschläferer grummelte weiter vor sich hin, begab sich jedoch im Rückwärtsgang an Land. Er war überrascht, denn so etwas hatte er in seiner Laufbahn als Hundefänger noch nicht erlebt. »Vaasankatu hieß die Straße, oder?«

»Sieht so aus, als wärst du der Nachfolger von zwei Geckos. Du machst keinen bösartigen Eindruck, aber in dir fließt bestimmt auch Wachhundblut«, sagte Kuhala zu seiner neuen Bekanntschaft.

Der Hund saß da und hörte zu. Dann legte er den Kopf schief und bellte kurz, als wäre ihm bewusst, dass er gerade eine der engsten Es-hätte-nicht-viel-gefehlt-Situationen seines Lebens überstanden hatte.

14

11. Juni Das gedämpfte Licht der Sommernacht musterte das Schlafzimmer in Kuhalas Mietswohnung mit weichen Streifen, von denen einige dem Mieter übers Gesicht wischten. Durch den offenen Fensterspalt drang das Motorengebrüll der ewigen Raser herein.

Gerade hatten mehrere Soldaten Kuhala die Augen verbunden und ihn vor eine Wand mit lauter Einschusslöchern gestoßen. Es war gar nicht schlecht, an dieser Stelle aufzuwachen, denn das dämpfte das metallische Klacken der Gewehrschlösser. Kuhala wischte sich die Stirn mit einem Zipfel des Bettlakens ab und dachte an die Bilderserie in Vikmans Album zurück. Dann fiel ihm der

Hund ein, und er rief nach ihm. »Wo bist du, Kerlchen? Komm her!«

Der Hund saß unter der Garderobe im Flur, wo er sich zwischen Kuhalas Turnschuhen und Sandalen einen Platz freigeräumt hatte. Er hechelte mit hängender Zunge, seine Augen funkelten wie die einer in die Ecke gedrängten Kreatur, die Ohren lagen dicht am Schädel an. Er musste etwas so Beängstigendes erlebt haben, dass sein Vertrauen in Menschen vorerst dahin war.

Kuhala beugte sich über ihn und streckte die Hand aus. »Ich werde mich um dich kümmern. Glaub mir. Ist das nicht unbequem zwischen den elenden Schuhen?«

Es gelang ihm, das Tier in die Küche zu locken, wo es sein feierliches Begrüßungsmahl, das sich aus einer vom Tierhändler empfohlenen Delikatesswurst und magenfreundlichen Spezialpellets zusammensetzte, noch immer nicht angerührt hatte. Immerhin schien es etwas Wasser geschlabbert zu haben.

»Na, wir werden uns schon aneinander gewöhnen. Bis heute Abend denke ich mir einen Namen für dich aus. Vielleicht fühlst du dich dann ein bisschen sicherer.«

Er trank ein Glas verdünnten Saft und legte sich wieder ins Bett, allerdings mit der leichten Befürchtung, wieder in den Traum zu rutschen, aus dem er aufgewacht war. Der Hund hechelte in der Küche. Kuhala sehnte sich nach Annukka, drehte sich auf die andere Seite und fand noch einen kühlen Streifen auf dem Kissen. Sollte er vor lauter Liebesschmerz den nächsten Schritt riskieren und die Verlobung vorschlagen? Wäre das altmodisch, würde Annukka zurückschrecken? Und wie organisiert man das Zusammenleben, wenn man in verschiedenen Städten wohnt?

Kuhala wälzte sich hin und her, der kühle Streifen auf dem Kopfkissen verlor allmählich seine Wirkung, aber für einen Moment hatte er sich angefühlt wie eine von Annukkas Pobacken, auf die er nach ihrem bislang letzten Liebesakt die Wange gelegt hatte.

Das nächste Mal wachte er erst kurz vor neun auf, und zwar von einer bis aufs Äußerste gespannten Morgenerektion und dem pulsierenden Verkehrsrauschen auf der Straße unten. Der maskuline Zustand legte sich innerhalb von fünf Sekunden durch den bloßen Gedanken an die bevorstehenden Herausforderungen, aber auch deshalb, weil so ein Zustand bei Fünfzigjährigen nun einmal schnell wieder vorbei ist. Irgendein Topurologe hatte in der Zeitung fleißiges Masturbieren empfohlen, um Prostatabeschwerden vorzubeugen, und dabei sogar volksnah den anatomischen Mechanismus des nutzbringenden Vorgangs beschrieben. Dennoch konnte sich Kuhala nicht für die frohe Botschaft vom segensreichen Fäusteln – oder Polieren des Baseballschlägers – erwärmen, dank seines fortgeschrittenen Alters.

Er flocht Annukka eine SMS mit ernsthaftem Liebesbekenntnis, wobei er die Zartheit der Haut ihres Hinterns mit Seide und dem Flor eines Pfirsichs verglich – »voll verknallt in Annukka…« –, und schickte sie auf der Stelle ab, bevor er seine Albernheit bereute. Und in dem Moment, in dem das Handy mitteilte, die Nachricht sei angekommen, nahm er den Duft von Annukkas Haut so real war, dass er fast zu Boden gegangen wäre.

Der Hund sah sich Kuhalas Treiben von der Türschwelle aus an.

»Guten Morgen! Wie wär's, wenn ich dich Jeri nenne?

Das ist ein traditioneller Hundename, der nicht nach Angeberei klingt. Viele Hunde heißen Jeri, da kann einem keiner vorwerfen, man wolle unbedingt was Besonderes sein.«

Der Hund legte den Kopf schief. Die Geste war schwer zu deuten, aber irgendwie schien die Angst nachgelassen zu haben. Bei beiden.

Neugierig beobachtete das Tier, wie sein neues Herrchen den Frühsport absolvierte, und kam ganz dicht an Kuhala heran, als dieser Liegestütze machte, als wollte es aufpassen, dass nicht geschummelt wurde. Beim Eindreschen auf den Sandsack saß Jeri in einer Art Eichhörnchenstellung auf den Hinterpfoten, als müsste er nun ein Auge auf die korrekte Ausführung der Schlagabfolgen haben, und tatsächlich lag in seiner unbeweglichen Haltung und seinen wachsamen Augen etwas von der Aufmerksamkeit eines Boxpromoters. Das Aufklatschen der Handschuhe erschreckte ihn gar nicht.

Nachdem man ihn wegen Herzbeschwerden in Frührente geschickt hatte, war Kriminalhauptmeister Heikki »Ratsku« Raatikainen von seinem muffigen Mietshaus in den Vorort Halssila gezogen, wo er sich ein renovierungsbedürftiges Holzhäuschen gekauft hatte. Es stand inmitten von Pflaumenbäumen und Johannisbeersträuchern auf einem sonnigen Hanggrundstück und wirkte so einladend und gemütlich, dass Kuhala glaubte, eine Fata Morgana vor sich zu sehen. Die traditionellen roten Wände und weißen Fensterrahmen leuchteten in der Morgensonne. Er beneidete Raatikainens schnelles Handeln: Als zu Beginn des Winters die Annonce in der Zeitung gewesen war, hatte er sofort reagiert.

Erhitzt und ein bisschen scheu tappte Jeri neben Kuhala her, ohne auch nur einen Meter von ihm zu weichen. Sie hatten fast vier Kilometer zurückgelegt. Diese Art von Trödeln brachte ihn zwar in den anstehenden Fällen kein bisschen voran, aber ihm stand ein Autokauf bevor, und das bremste ihn. Jedes Mal, wenn Kuhala an den Kauf eines Autos dachte, durchlief ihn ein widerwärtiger Schauer. Er hatte bei solchen Geschäften nie Glück gehabt, geschweige denn das Geld, um dem Unglück eine Wendung zu geben.

Raatikainen guckte aus dem Fenster. Auf dem Kopf trug er seine Baskenmütze für heiße Tage. »Komm rein. Oder doch nicht. Wir setzen uns in den Garten. Wen hast du denn dabei?«

»Jeri. Den habe ich als Hilfskraft engagiert.«

»Hallo, Jeri!«, rief Raatikainen aus dem Fenster.

Wenig später stellte er eine Kanne Schwarzen Johannisbeersaft mit Eiswürfeln auf den Tisch.

»Aus der eigenen Ernte des Vorbesitzers. Soll ich dem Wauwau Wasser bringen?«

»Gern. Ich versuche übrigens, ihn an den Namen Jeri zu gewöhnen.«

Raatikainen war schlanker geworden und wirkte ausgeruht. Ihm fehlten die typischen Augenringe der Eigenheimrenovierer und Großkreditnehmer, sein Schritt war elastisch. Am erstaunlichsten war jedoch, dass wie auf eine unausgesprochene Vereinbarung hin diesmal jede Erörterung seines gesundheitlichen Zustands ausfiel.

Jeri löschte seinen Durst und rollte sich neben Kuhala im Schatten eines Pflaumenbaums zusammen. Kuhala erzählte, dass er im Mordfall Helena Jokela ermittle, und fragte Ratsku, ob er etwas über Eero Jokela, den Witwer, wisse. »Hat der nicht zu deiner Zeit zwei Kriminelle, hinter denen du her warst, rausgehauen? Zwei sogenannte klare Fälle?«

Raatikainen schob sich ein Stück Eis in die Backe und erinnerte sich. »Ja, ja. Man gewöhnte sich aber daran, und es gab ja noch mehr Rechtsgelehrte, die eine Klage nach der anderen schredderten. Aber am Ende hatten wir die zwei Kerle doch. Und viele andere auch.«

Er glaubte, Jokela habe sich seinen Ruf bei heiklen Verfahren Ende der Achtzigerjahre erworben, und wunderte sich ein bisschen darüber, dass sich so ein ehrgeiziger und begabter Mann mit einem Spielfeld von der Größe Jyväskyläs begnügte. »Aber jetzt ist er ja schon so alt, dass er nirgendwo mehr hinwill. Und dann der unschöne Vorfall mit seiner Frau. In der Stadt geht das Gerücht um, du hättest die Leiche gefunden.«

Kuhala nickte. Raatikainen fragte halb im Scherz, ob Kuhala von Geburt an die übernatürliche Fähigkeit mitbringe, Opfer von Gewaltverbrechen aufzuspüren, weil ihm das ja nicht zum ersten Mal passiert sei. »Dieser Goldschmied und …«

»Reiner Zufall. Und außerdem unangenehm. Jemand ist über mich hergefallen, als ich vorgestern im Regen am Tatort war. Hat versucht, mich mit einem Eisdorn kaltzumachen.«

»Nein, verdammt! Wie kann das … Wie hast du dich aus der Affäre gezogen?«

»Ebenfalls aus reinem, verdammtem Zufall. Aber hier wird mit zu großem Einsatz gespielt. Ich hätte Lust, zu tun, was Nevakivi sagt, und den Fall der Polizei zu überlassen. Aber andererseits habe ich inzwischen ja auch eine gewisse Verpflichtung zur persönlichen Heimzahlung.«

Raatikainen goss Saft nach und fragte, ob Kuhala wegen der Attacke Anzeige erstattet habe.

»Nein.«

»Also manchmal wundere ich mich schon über deine Mentalität des einsamen Revolverhelden.«

»Gibt es sonst keine Gerüchte in der Stadt?«, fragte Kuhala, um das Thema zu wechseln.

»Antikainen ist verschwunden. Das drängt langsam als Topthema in den Vordergrund«, antwortete Raatikainen.

Über den Weg, der am Grundstück entlangführte, brummte ein elektrischer Rasenmäher. Der Schornsteinfeger auf dem Dach des Nachbarhauses ließ das Drahtseil mit der Bürste in den Kamin hinab und guckte hinterher, als wären ihm die künstlichen Zähne in den Schacht gefallen.

Kuhala war nicht ganz darüber informiert, welche Beziehung Raatikainen noch zum Präsidium hatte, aber irgendein Deep Throat musste ihm dort Informationen stecken. Vielleicht gab Ratsku im Gegenzug Tipps aus der Erfahrung seiner Dienstjahre, und das Beste war, dass Kuhala dieses Vertrauen ebenfalls genoss. So wie jetzt.

»Im Präsidium wird gemunkelt, außer Antikainen wären auch von der Polizei konfiszierte Drogen verschwunden. Was die Menge betrifft, heißt es, ihr Geldwert bewege sich im verführerischen Bereich. Speziell wenn man an die Polizeigehälter denkt.«

»Das kann nicht wahr sein. Und was hat Antikainen damit zu tun?«

Raatikainen schob seine Baskenmütze nach hinten und

kratzte sich im Nacken. Er schlug vor, den Dingen nicht vorzugreifen. »Wenn die Polizei Drogen beschlagnahmt, werden sie an die Zentralkripo geschickt und dort im Labor untersucht. Dort haben sie zwar jährlich mit Tausenden Proben zu tun, aber sie finden trotzdem schnell heraus, ob es sich um Amphetamin, Heroin, Kokain oder Kartoffelmehl handelt. Wenn sich die Lager füllen, wird das Rauschgift zum Verbrennen zur Sondermülldeponie in Riihimäki gebracht. Dort können bis zu zweihundert Kilo auf einmal vernichtet werden. Du kannst dir denken, dass die nicht auf einem offenen Lkw transportiert werden.«

Raatikainen wusste, dass schon relativ wenige große Beschlagnahmungen die Lagerräume der Polizei in Jyväskylä auslasteten, weshalb den Leuten mit der Apothekerwaage beim Registrieren schon mal ein Fehler bei den Kommastellen unterlaufen konnte. »Oder so was in der Art. Auf jeden Fall hat es hier in der Kette nicht gestimmt, und jemand hat was in die eigene Tasche gesteckt. Vielleicht hat er den Schlüssel zu diversen Verstecken bekommen und sich einen Satz unter den Nagel gerissen. Und stattdessen Kamelkacke hinterlassen. Genau weiß ich's nicht, weil ich die Bräuche nicht kenne.«

»Aber Antikainen kennt sie?«

»Ich betone, das ist ein Gerücht. Ich kann das nicht überprüfen. Und will es auch nicht. Aber zum Spaß wird über so was nicht geredet.«

Sie konnten sich gut vorstellen, was die Innere Ermittlung zu tun hätte und was sich die Führung für Sorgen machen würde, sollte unter den eigenen Leuten ein faules Ei entdeckt werden. Sobald die Presse einen ersten Wink bekäme, stellte sich die Frage, wer mit einer glaubwürdigen Erklärung vor die Mikrofone treten musste.

»Ende Oktober, Anfang November ging in Riihimäki die letzte Fuhre in Rauch auf, und jetzt liegt in den örtlichen Präsidien und bei der Zentralkripo höllisch viel Stoff herum. Sie können die grässlichen Klumpen ja auch nicht alle in die Polizeihundeschule schicken«, meinte Raatikainen.

»Was glaubst du, könnte man von einer solchen Menge nicht ein paar hübsche kleine Päckchen für die Weihnachtsfeiern der Polizei abzweigen?«, schlug Kuhala vor.

»Manchmal habe ich das Gefühl, dass deine Witze die Grenzen des guten Geschmacks streifen.«

Kuhala sah seinem Freund ins sonnengebräunte Gesicht, in dem mehrere Krater von dem Explosionsunglück kündeten, das seine Karriere beendet hatte.

Der Schornsteinfeger stieg die Leiter herunter und kam auf Raatikainens Grundstück herüber. Er war wegen Jeri ein wenig auf der Hut, doch der Hund brachte seine Gleichgültigkeit zum Ausdruck, indem er sich abwandte und ein menschlich klingendes Seufzen ausstieß. Raatikainen und Kuhala begrüßten den Besucher, der wissen wollte, wer von ihnen der Hausbesitzer sei. Raatikainen bekannte sich dazu und erhielt die fertig ausgestellte Rechnung, noch bevor die Arbeit in Angriff genommen wurde. Das war ein neues Verfahren und sorgte angeblich im Verwaltungsbereich für Entlastung. Der Mann lächelte unter seinem Schiffchen und stieg mit schepperndem Gerät zu seinem Arbeitsbereich hinauf.

»Fünf Euro das Kilo«, sagte Raatikainen.

»Wie jetzt?«

»So viel verlangt die Firma Ökokem für die Verbrennung von Rauschgift. Billig. Weg damit.«

Kuhala sah das Hosenbein des Kaminkehrers über der Traufe verschwinden und fragte sich, was für einen Kick der Mann bekäme, wenn er gerade im Moment der Drogenverbrennung mit seiner Bürste bei Ökokem am Schornstein stünde.

Raatikainen zeigte Kuhala das Haus. Es roch nach frischer Farbe und gelacktem Holzboden. Überall war es sauber, und man sah, dass der Freund davon ausging, hier den Rest seines Lebens zu verbringen. Er hatte vom Flohmarkt Sachen gekauft, die zum Haus passten, sie restauriert und sorgfältig überall verteilt, um die Wohnlichkeit zu steigern. Die respektable Baskenmützensammlung hatte im Flur ein eigenes Holzregal erhalten, auf der weinroten Kommode in der Schlafkammer thronte eine Waschschüssel-Kanne-Kombination aus Porzellan, und an der Wand darüber hing die Reklame einer englischen Dampfschifffahrtsgesellschaft aus der Großelternzeit.

Die Arbeitsgeräusche des Schornsteinfegers veranlassten Jeri dazu, ein sordinogedämpftes Kläffen von sich zu geben. Kuhala fragte Raatikainen, ob der Hund unter Umständen mal für einen Tag oder sogar über Nacht zu ihm in Pflege kommen dürfe. »Also ich meine, wenn mir sonst kein anderer Ort einfällt. Keine Angst, ich werde ihn dir nicht in allernächster Zeit aufdrängen, aber es sieht so aus, als würde er dich mögen.«

Raatikainen hielt es für möglich und kraulte Jeri hinter den Ohren. Zur Belohnung wurde ihm der Handrücken geleckt. »Zur Erntezeit kann ich hier sicher einen Wachhund gebrauchen. Damit die Bengel keine Pflaumen klauen. Der Nachbar hat mich schon gewarnt. Dann kannst du den kleinen Mistkerlen eine Lehre erteilen, was, Jeri?«

Der Hund leckte erneut und wedelte mit dem Schwanz. Er hatte in Raatikainen schon bei der ersten Begegnung einen Verbündeten und Seelenverwandten gefunden und zögerte nicht, es auch zu zeigen. Das Trio kehrte in den Garten zurück, als der Schornsteinfeger gerade von der Leiter stieg. Er erklärte, die Röhren seien in ordnungsgemäßem Zustand, und wechselte pfeifend aufs nächste Grundstück. Er pfiff keinen Ausschnitt aus »Der kleine Schornsteinfeger«, aber ohne seinen unauffälligen Einsatz wäre es um den Brandschutz schlecht bestellt. Und ohne Kuhalas Einsatz hätten die Kriminellen von Jyväskylä einen Hauch mehr Spielraum. Eine hoch entwickelte Gesellschaft ist nun mal ein komplexes Gebilde, sie braucht Schornsteinfeger, sie braucht Privatdetektive, und sie braucht alles Mögliche dazwischen.

»Was war noch mal in dem Saft drin?«

»Schwarze Johannisbeere. Wieso?«

»Ich glaube, ich werde alt. Die Hitze kam ein bisschen überraschend.«

»Setz dich. Du siehst blass aus.«

»Denkst du auch manchmal irgendwie feierlich oder pathetisch, dass alles, was du tust, am Ende nur lächerlich ist?«

»Also ... nicht direkt ... bist du sicher, dass du zu Fuß gehen kannst? Allerdings leben wir in pathetischen Zeiten. Du, da oben auf der Anhöhe ist eine Bushaltestelle, da fährt in fünf Minuten die Neun ab. Hunde fahren zum

Kinderpreis. Verdammt, ich denke die ganze Zeit lachhaftes Zeug.«

Kuhala und Jeri schleppten sich zum Tor. Kuhalas Hand wedelte zuerst, dann der Schwanz des Hundes. Aus diesem Winkel betrachtet, erinnerte Raatikainens Haus an die gut gepflegten Villen in den Stockholmer Schären, bei denen man immer denken muss, dass dort nur glückliche Menschen wohnen.

»Warte«, rief Ratsku dann noch und lief Kuhala hinterher. »Fast hätte ich es vergessen. Wusstest du, dass Helena Jokela eine wohlhabende Frau war?«

»Nein.«

»Sie hat vor einigen Jahren ihre Eltern beerbt.«

»Woher, zum Teufel, weißt du das alles?«

Raatikainen deutete mit dem Daumen geheimnisvoll hinter sich und grinste, wobei der Rest seines durch die Explosion zerhäckselten Ohrs zuckte. »So was wird auf der Straße geredet. Ich weiß nicht, wer Helena Jokela beerbt, aber ich bin sicher, dass Eero Jokela in der Lage wäre, einen geschickten Ehevertrag aufzusetzen. Einen, der ihm zumindest keine Verluste beschert. Und falls seine Frau ihn betrogen hat … Wie klingt das als Ermittlungsrichtung?«

Kuhala massierte sich den Nacken. Der Saft drängte inzwischen in Form von Schweiß aus allen Poren. Er gab zu, dass die Konstellation etwas für sich hatte, war aber trotzdem skeptisch. »Falls Jokela seine Frau in der Hoffnung auf ihr Geld umgebracht hat, warum engagiert er dann mich, um den Täter zu suchen? Hat er feuchte Träume von seiner Festnahme? Geht es hier um Pirouetten, deren Schwierigkeitsgrad sogar für mich zu hoch ist?«

Kuhala setzte im Gefolge des Hundes seinen Weg fort, die Neun verließ gerade die Haltestelle und hinterließ eine Portion Dieselgestank in der Luft.

15

11. Juni Die Frau stand an der Treppe, die zur Detektei hinunterführte. Ihr Blick war abwesend und nach innen gekehrt. Als Jeris Pfoten auf dem Kies raschelten, fuhr sie zusammen, aber in die Augen, die ein bleiches Gesicht umrahmte, kam noch immer kein Leben.

Kuhala fragte sie, ob sie sich verirrt habe.

»Ich warte auf Sie. Ich bin Aila Antikainen. Sakaris Frau.«

Ihr Händedruck war nur eine leichte, kühle Berührung, und trotz der Hitze trug sie eine achtlos zugebundene Strickjacke mit aufgestelltem Kragen. Ihr Frieren kam von innen. Sie hatte unwiderruflich überzählige Kilos angesammelt und strahlte die Angst aus, die ein Mensch empfindet, wenn er begreift, dass er die beste Zeit bereits hinter sich hat.

Aus irgendeinem Grund kam Kuhala auf den Gedanken, dass sie sich nicht mehr lange auf den Beinen halten konnte, weil es sie schon so viel Kraft gekostet hatte, die Einflusssphäre ihres Zuhause zu verlassen und sich in die Vaasankatu zu bemühen.

»Gehen wir ins Büro. Das hier ist Jeri. Den habe ich mir zu meiner Gesellschaft zugelegt. Hat gute Manieren, der kleine Schlingel. Von allen Rassen, die in ihm stecken, hat er die guten Eigenschaften abbekommen, aber ich glaube, ich werde nie herausfinden, aus was für Rassen er zusammengesetzt ist.«

Die Frau hörte Kuhalas Wortschwall nicht zu. Ihre Haltung entsprach eins zu eins ihrer seelischen Rezession. »Mein Mann ist verschwunden.«

»Setzen wir uns. Bitte sehr«, sagte Kuhala versöhnlich. Dann ging er auf seine Seite und faltete die Hände auf dem Tisch. Jeri war vor dem leeren Terrarium geblieben, als wollte er demonstrieren, dass er vom ersten Klientengespräch an seine Aufgabe kannte.

Kuhala sagte, er habe von Antikainens Verschwinden gehört. »Tut mir leid für Sie. Es stand zwar nicht in der Zeitung, aber solche Neuigkeiten kommen schnell in Umlauf, vor allem, weil sein Dienstwagen gefunden wurde. Wie kann ich Ihnen helfen?«

»Sakari hat immer nur positiv von Ihnen gesprochen.«

»Von mir? Wieso hat er mit Ihnen über mich geredet?«, wunderte sich Kuhala.

»Sie waren doch bei der Polizei, und so wie ich es verstanden habe, ist die Zusammenarbeit nach Ihrem Berufswechsel weitergegangen.«

Solange sich Kuhala erinnern konnte, hatte es bei jeder einzelnen Begegnung mit Antikainen Reibereien gegeben. Aber konnte er die Wahrheit sagen und verraten, dass die Initiative jedes Mal von Antikainen ausgegangen war? Kuhala war für Schmeicheleien nicht sonderlich anfällig. Er überlegte, ob die Frau taktierte.

»Sakari hat gesagt, Sie …«

»Wie wäre es, wenn wir uns duzen?«

»Sakari hat gesagt, du bist der Einzige, der in seinem

Leben etwas riskiert und tut, was er will. Das hat er mir mehr als einmal gesagt. Manchmal im betrunkenen, manchmal im nüchternen Zustand, und ich habe das Gefühl, dass er auch gern aus dem Dienst ausgeschieden wäre und etwas Eigenes gemacht hätte, vor allem nach der Sache mit der Trunkenheit am Steuer.«

Die Frau saß mit hängenden Schultern da, die eine Hand suchte Halt am Tischrand. Der matte Blick irrte umher und verweilte nur kurz auf Kuhala, der sich kaum vorzustellen wagte, wie sie sich aufführen würde, wenn er ihr etwas von den Unterschlagungen in der Asservatenkammer des Polizeipräsidiums verraten würde.

Antikainens Junkfood verschlingender, streitsüchtiger Habitus saß manchmal so fest, dass man nur mit dem Presslufthammer zum gemütvolleren Kern durchdrang. Rannte er jetzt mit einer Tüte voller Euros dem leichten Leben hinterher, oder war ihm Schlimmeres passiert?

»Ich habe Angst, dass Sakari tot ist«, sagte die Frau, als hätte sie Kuhalas Gedanken gelesen.

»Nicht doch. So etwas darf man nicht denken. Für ein Verschwinden gibt es oft mehrere Gründe«, erklärte Kuhala.

Die Frau hatte ihr Leben hinter den breiten Schultern von Sakari Antikainen verbracht, bei klappernden Kochtöpfen in der Küche ihre Aufgabe erfüllt und sich mit dem nur schwer herauskristallisierenden Gedanken getröstet, dass alles auch schlimmer sein könnte. Sie hatte nichts als ihren großspurigen Ehemann, und nun hatte sich auch der in Luft aufgelöst.

Jeri saß vor dem Glasverhau der Geckos. Sein Ohrenspiel folgte den Stimmungsschwankungen des Gesprächs, nach zwei Wochen Training wäre aus dem Hund ein erstklassiger Empfangsmitarbeiter geworden.

»Du musst Sakari finden. Ich habe meine Mittel ausgeschöpft. Ich zahle auch, Geld ist da. Wir haben keine glückliche Ehe, aber was wird aus mir ohne ihn? Ich schlafe nicht, ich esse nichts. Sakari ist in seiner Taktlosigkeit oft zu weit gegangen, aber er hatte auch eine andere Seite.«

Kuhala fragte sich, ob sie sich des Imperfekts in ihrem letzten Satz bewusst war. Und wo versteckten sich eigentlich die glücklichen Ehen? Wie definierte man sie? Manchmal kam ihm seine Heimatstadt wie ein muffiges Loch im Binnenland vor, wo die Menschen auf die Mattscheibe glotzen und warten, dass sich ihr Schicksal erfüllt. Auch jetzt setzte dieser Gedanke wieder einmal den Nackenhebel bei Kuhala an. Er wollte raus aus Jyväskylä, er wollte Annukka abholen und weit weg fahren. Dabei hatte er bis jetzt noch nicht einmal Anstalten gemacht, für Mittsommer ein Ferienhäuschen zu mieten, obwohl sie das vereinbart hatten.

Darum müsste er sich schleunigst kümmern.

»Warum nicht?«, sagte er. »Ich werde mein Bestes tun. Ich bräuchte allerdings …«

»Ich glaube, das Verschwinden meines Mannes hat irgendwie mit den Geldern zu tun, die plötzlich bei ihm aufgetaucht sind und die er auf seinem normalen Girokonto liegen hatte.«

»Gelder?«

»Sakari versuchte es zu verheimlichen. Das gelang ihm aber nicht. Wie auch. Wir wohnen seit Jahrzehnten unter einem Dach. Dann bekomme ich auf einmal zu Weihnachten einen Ring, der so viel kostet wie drei Monatsgehälter eines Polizeihauptmeisters.«

»Vielleicht hatte er Ersparnisse oder überraschend etwas geerbt«, schlug Kuhala vor.

»Nie im Leben. Ich hätte mich wohl über das Geschenk freuen sollen, fing aber bloß an, Fragen zu stellen, wie er sich das leisten konnte. Da wurde er wütend und befahl mir, den Ring zurückzugeben, wenn er mir nicht recht sei.«

Sie zählte weitere Einzelheiten von der Liste ihrer Verdächtigungen auf, angefangen bei Antikainens seltsamen Fahrten nach Helsinki bis hin zu seinen ständig wechselnden Stimmungen und plötzlichen Ausbrüchen. »Im Lauf der Jahre lernt man den anderen kennen, da merkt man die Veränderungen.«

Für eine Weile ruhte das Gespräch. Kuhala lockerte den Kragen, Jeri schien sich zu entspannen und kämpfte mit halb geschlossenen Augen gegen den Schlaf. Er öffnete das Maul zu einem herzhaften Gähnen und machte es sich auf dem Boden gemütlich. Nicht einmal der über den Hof schallende Küchensopran der fröhlichen Witwe von Eingang B ließ ihn zusammenzucken. Kuhala sagte, die Polizei untersuche den Vermisstenfall mit allen Kräften. »Wenn ein Kollege bei der Ausübung seines Amtes verschwindet, geht das allen anderen Fällen vor.«

»Ich glaube nicht, dass Sakari bei der Ausübung seines Amtes gewesen ist.«

»Es geschah aber während der Dienstzeit.«

»Kann sein, dass ich etwas habe, das dir weiterhilft.«

Kuhala hätte am liebsten gesagt, alles Material müsse umgehend der Polizei zur Verfügung gestellt werden, aber es fehlte ihm dafür an Energie. Aila Antikainen liebte ihren Mann, oder zumindest etwas an ihm, vielleicht eine schon lange hinweggespülte Eigenschaft aus der Vergangenheit. Womöglich nahm sie an, Kuhala würde den Auftrag nach all dem Lob nicht ablehnen können.

»Hinter dem Spiegel in der Garage habe ich das hier gefunden.«

Sie gab Kuhala ein Notizbuch, das kaum größer war als ein Wehrpass. »Es war in Plastik eingeschlagen. Sakari hatte hinter dem Spiegel ein kindisches Geheimversteck.«

»Wie bist du auf die Idee gekommen, dort zu suchen?«

»Wir leben seit Jahren unter einem Dach. Habe ich das nicht gerade gesagt? Jetzt habe ich mich einfach mal getraut, den Spiegel und den Backstein wegzunehmen.«

In dem Buch standen zwei Namen und Adressen, mehr nicht. Warum hatte Antikainen sie in ein so primitives Versteck gelegt, wenn sie geheim waren? Damit sie gefunden wurden, wenn ihm etwas zustieß? Kuhala blickte von dem Büchlein auf und versuchte die Miene eines Superhelden aufs Gesicht zu locken, eines Helden, der sich im Bermudadreieck verschwundener Ehefrauen und Ehemänner wie zu Hause fühlt.

16

14. Juni Der Sommertag ging in den nächsten über, bevor Kuhala es richtig merkte. Wenn das Leben im gleichen Akkord seine Rätsel abspulte, blieben dann alle guten Vorsätze, »zur Ruhe zu kommen« und »zu klösterlicher Kontemplation zu finden«, bloß Hirngespinste? Solche halb garen Gedanken siedeten nämlich manchmal in seinem Kopf, allerdings schob er sie immer schnell ins Unterbewusstsein ab, wo sie dann auf ihre nächste Chance lauerten. Er wusste um seinen Selbstbetrug und dessen lächerliche Nuance, aber war es denn besser, immer nur den Alltag abzuspulen?

Wie zum Beispiel jetzt diesen Besuch beim Autohändler.

Aus der Ferne betrachtet gab der Mann, der da mit seinem Hund am Straßenrand entlangtrottete, Stoff für eine wehmütige Ballade ab, denn die beiden sahen einsam und in Gedanken versunken aus. Die Gitarre, die Kuhala über der Schulter hängen hatte, beeinträchtigte das Bild keineswegs. Er hatte sie aus der Werkstatt in der Rajakatu geholt, wo der Steg abgeflacht und die Mechanik gewartet worden war. Der engagierte Eigentümer hatte Kuhala noch einen Instrumentenbefeuchter verkauft und detaillierte Ratschläge zu dessen Gebrauch erteilt.

Am selben Morgen hatten sie für Jeri noch ein handgefertigtes, mit Reflektoren versehenes Ledergeschirr und eine Acht-Meter-Leine gekauft. Ein Tierarzt, der als kompetent bekannt war, hatte den Hund anschließend untersucht und gesagt, er habe noch weiß Gott wie viele Lebensjahre vor sich, falls er gute Pflege bekomme und so viel

Wärme, dass er sich sicher fühle. Kuhala war davon überzeugt, gut genug für seinen Freund sorgen zu können.

Der dritte Weg führte in den Baumarkt, wo Kuhala sich nach einem bestimmten Modell von Eisdornen erkundigt hatte. Eine freundliche Verkäuferin hatte so schnell eine Bilderserie über Eisdorne und deren Eigenschaften und Preise aus dem Internet gezaubert, dass sie sämtliche halbseidenen Sketche über den trantütigen Kundendienst in Baumärkten beschämte. Nicht einmal die Tatsache, dass es im Juni nur dürftige Verwendung für Eisdorne gab, ließ ihr ein Stöhnen über die Lippen kommen. Sie war bereit, für Kuhala ein frisches Paar aus dem Lager zu holen.

Der Verkehr war reichlich, Abgase und der Staub einer Kreiselbaustelle vermischten sich zu einem Licht schluckenden Schleier. Hund und Kuhala sprangen über den Graben und setzten sich auf den Böschungshang. Kuhala gab dem Hund Wasser und in Alufolie eingewickelte Wurst. Er warf einen leicht besorgten Blick auf das Areal, das von einem zwei Meter hohen mit Stacheldraht gekrönten Zaun eingefasst war. Dort glühten auf einer fußballplatzgroßen Asphaltfläche die funkelnden Reihen der Gebrauchtwagen in der Sonne.

Kuhala sang mit hölzerner Begleitung den »Worried Man Blues« und marschierte dann los, um es mit den Leuten aufzunehmen, denen er in schlechten Momenten alles an Schlacke zuschrieb, was man sich bei einem Menschen nur vorstellen konnte.

Wenig später suchte Jeri auf einer Rückbank eine bequeme Position für seine Gliedmaßen. Die asymmetrischen Ohren an seinem eher zierlichen Kopf erinnerten an Rhabarberblätter, aber vermutlich hörte man mit ihnen gut. Die Gitarre polterte leicht im Fußraum, der Motor schnurrte kaum hörbar.

»Das scheint ein Supergefährt zu sein«, meinte Kuhala vorsichtig und schaltete in den Dritten.

Alles war schnell über die Bühne gegangen. Das Supergefährt war das Schockangebot des Tages und hatte viertausend Euro gekostet. Der Händler tat so, als höre er nichts, als Kuhala nach einer Garantie fragte, dass die Kiste bei ihrem neuen Besitzer keinen Schock verursachte. Es war ein gelbes Prachtexemplar französischen Fabrikats aus der ersten Hälfte der Neunzigerjahre und hatte, den Worten des Händlers zufolge, noch weiß Gott wie viele Lebensjahre vor sich, falls er gute Pflege bekomme. Kuhala sah dem Mann in die Augen und erinnerte sich erst dann, wo er die gleichen Worte am selben Vormittag schon einmal gehört hatte.

Von Jyväskylä aus fuhren sie nach Norden. Der majestätische Dialog von Regen und Sonne hatte die Sommerlandschaft zum Blühen gebracht. Das Grün und der blaue Himmel lösten in Kuhala sentimentale Erinnerungen an seine Heimat Havuvaara aus, sodass er fast den Sommerchoral aus dem Gesangbuch gesummt hätte. Jedes Mal, wenn Jeri im Vorüberfahren einen Artgenossen entdeckte, bellte er scharf. Auf Kühe reagierte er zurückhaltender.

Nach der Hitonhautaschlucht bei Laukkaa ging es links ab, und von nun an war die Straße nicht mehr asphaltiert. Unter dem Renault spritzte der Kies auf, und auf den Waschbrettabschnitten ratterte es dermaßen, dass die Vibration sich bis ins Zahnfleisch übertrug. Kuhala schätzte, dass Radaufhängung, Stoßdämpfer und Federung einigermaßen in Ordnung waren, obwohl er davon nicht viel verstand.

Er ließ sich von Hectors Song »Ein fast glücklicher Mann« mitreißen und wäre fast an der Kreuzung vorbeigefahren, wo das Schild mit der Aufschrift »Savipelto« stand. Das hieß so viel wie Lehmacker. Was für ein Intelligenzbolzen hatte der Ortschaft einen so charmanten Namen gegeben?

Es war die sonderbarste Ansiedlung, die Kuhala je gesehen hatte. Die isolierte Lage erinnerte an die penibel bewachten Städte einer östlichen Großmacht, in denen während des Kalten Krieges Wissenschaftler Atomwaffen und Weltraumraketen entwickelten. Auch die Architektur von Savipelto stand für Realismus: Die vierstöckigen Flachdachhäuser beiderseits der Straße sahen aus wie vom Himmel gefallen, die Landschaftsgestaltung um sie herum hatte man auf Jahre mit üppigerem Budget verschoben.

An den Rändern der Parkplätze standen Männer mit schlaffen Schultern, Skater mit hängenden Hosen setzten auf selbst gebauten Rampen zu todesverachtenden Flügen an. Auf den ersten Blick schienen die meisten Herumhängenden Immigranten zu sein, was nur bewies, dass man sie nicht arbeiten ließ, sondern sie hier im Niemandsland von der Stammbevölkerung absonderte.

Kuhala sah in Antikainens Notizbuch nach der Adresse, wurde aber aus der mysteriösen Nummerierung der Häuser nicht schlau. Er fuhr durch die Gegend und stellte fest, dass hinter den Häusern weitere Häuser kamen, die alle derselben Kabuffserie entstammten, deren Architekt sich dringend einer Untersuchung seines Kopfes unterziehen lassen müsste. Es war eine Strafkolonie, deren Ästhetik vom selben Zeichentisch stammte wie die Kasernen aus Kuhalas Wehrpflichtzeit.

Eine muslimische Frau in schwarzem Gewand saß an einem Sandkasten und drehte sich zu Kuhala um. Plötzlich stand hinter ihr ein lockenköpfiger Junge auf und gab mit einer Plastikmaschinenpistole eine Salve auf den Kühlergrill des Renault ab.

Der Lebensmittelladen war dichtgemacht worden, hinter dem mit Isolierband verpflasterten Fenster der Pizzeria bedachte man Kuhala mit Blicken, als wäre er ein Kopfgeldjäger. Vor dem Friseur wurde ihm aus einer Gruppe Halbwüchsiger eine derartige Menge an Mittelfingergrüßen zuteil, dass er damit bis Weihnachten ausgekommen wäre. Mit dem Renault konnte das nichts zu tun haben, denn der stand den Rostlauben am Straßenrand in nichts nach.

»Was gibst du mir, wenn ich aussteige und denen Erkki Junkkarinens Song ›Ein Stück vom schönsten Finnland‹ vorsinge?«

Der Hund streckte sich, um Kuhala den Nacken zu lecken. Kuhala bog in eine Seitenstraße ein und fuhr an der dortigen Tankstelle vor.

»Warte hier. Ich frage nach dieser verflixten Adresse.«

Jeri schnupperte am Fensterspalt und schaute seinem Herrchen hinterher.

Das Gebäude war L-förmig, hinter den Zapfsäulen standen acht Motorräder im Schatten eines schäbigen Heckenzauns. Die Fahne der Tankstellenkette auf dem Dach hatte alles gegeben. Sie war im Sommerwind zu zwei flatternden Fetzen zerrissen.

Kuhala trat ein. An der Wand hing eine Luftaufnahme der Tankstelle, fotografiert in Zeiten der Blüte.

Die Männer saßen auf der Cafeteriaseite im Kreis. Sie waren mit schwarzer Motorradkleidung ausstaffiert und schienen nichts zu spielen, sondern Verhandlungen zu führen oder transzendente Meditation zu praktizieren, und zwar mit einer Hingabe, die sofort Kuhalas Skepsis weckte. Er hatte dennoch nicht vor, der Sache genauer auf den Grund zu gehen. Man durfte in der Cafeteria rauchen, und das Rauchen war so beliebt, dass die dicke Qualmwolke über den Männern aussah, als würde es jeden Augenblick Teer aus ihr regnen.

Sie hatten alle Tische bis auf einen zusammengeschoben, wie bei einer geschlossenen Gesellschaft. Die massiven Nacken und breiten Rücken deuteten auf fleißiges Üben im Fitnessstudio hin, Wortkargheit und zusammengesteckte Köpfe ließen an eine Veranstaltung zur Steigerung des Gemeinschaftsgeistes denken.

Kuhala wartete, dass jemand an die Kasse kam, goss sich inzwischen Kaffee ein und vertrieb sich die Zeit, indem er ein Stück Zucker nach dem anderen aufpickte. Der Vorhang zum Hinterzimmer regte sich nicht, die Fliege auf dem Tablett mit den Krapfen taumelte im Zuckerrausch und prallte gegen die Vitrine. Kuhala hüstelte und fragte die Männer, ob Personal anwesend sei. »Ich will ja nichts sagen, aber der Kaffee wird kalt. Und es macht keinen Spaß, für kalten Kaffee den vollen Preis zu bezahlen.«

Niemand antwortete. Plötzlich stieß einer den Stuhl unter sich weg und ließ einen Schlüsselbund klimpern. Der Glanz der Lederstiefel grenzte an Eitelkeit, auf dem Halstuch waren die Farben der Südstaaten zu erkennen. Der Mann öffnete eine Kammertür, an der ein Staubsaugerschlauch hing. Der Zigarettenqualm beeinträchtigte die Sicht, und die Atmosphäre ermutigte Kuhala nicht gerade zur Neugier, aber er konnte einen Eimer, den Stiel eines Schrubbers und dergleichen erkennen – und den Tankstellenbesitzer.

»An die Kasse!«, sagte der mit dem Halstuch.

Kuhala rieb sich die Augen und konnte trotzdem nicht glauben, was er sah. Der Tankstellenbetreiber war ein Mann mit schmalem Gesicht und Stirnglatze. Er trug ein ostergelbes Hemd mit kurzen Ärmeln, Stoffhosen und die Schürze eines Mineralölkonzerns, und der besorgte Blick seiner blinzelnden Augen war kein Wunder, denn wer ist schon fähig, in einer verschlossenen Putzkammer Humor zu entwickeln? Es schepperte, als er aus seinem Karzer stieg.

Kuhala hätte am liebsten gefragt, ob er es mit einer Art Scherz zu tun habe, begnügte sich aber damit, seine Kaffeetasse vor die Kasse zu schieben, und fand kein Gesprächsthema zur Auflockerung der Stimmung. Die aufspringende Wechselgeldschublade brach klingelnd die Stille. Was für glückliche Zeiten damals, als die Luftaufnahme gemacht worden war!

Der Besitzer verlangte für den Kaffee halb so viel wie die Cafés in der Innenstadt, aber Kuhala war von der aktuellen Aufführung noch so erstaunt, dass er gar nicht auf die Idee kam, sich darüber zu freuen. Er sagte, er sei fremd in der Gegend, und zeigte dem Mann die Adresse. »Das müsste eines von den Häusern da drüben sein, aber ich kapiere die Nummerierung einfach nicht.«

Der Besitzer sah sich Antikainens Notizbuch so besorgt an, als stünde darin der Ankunftstag der Hunnenarmee. Dann änderte das Grau schmelzenden Schnees auf seinem

Gesicht den Farbton. Seine Stimme war dünn und heiser. »Bedaure. Ich wohne auch nicht hier. Ich glaube aber, dass in der Straße dieses Namens zig Häuser stehen. Dürfte schwer sein, das richtige zu finden.«

Der Mann nahm keinen Blickkontakt auf. Er war als Privatunternehmer in eine Ecke geraten, aus der man nicht herauskam, und falls sich seine gesamte Stammkundschaft aus den Angst-und-Schrecken-Säern in der Cafeteria zusammensetzte, konnte man ihn um sein Schicksal nur bedauern.

»Vielleicht gibt es in der Nummerierung eine Logik«, versuchte er es noch.

»Trotzdem danke«, sagte Kuhala und steuerte mit seinem Kaffee den einzigen freien Tisch an.

Das Notizbuch hing zwischen Ringfinger und kleinem Finger. Der Durchgang war so schmal, dass er alle Mühe hatte, keinen Kaffee auf einen der Männer zu verschütten. Plötzlich wurde aus dem Kreis heraus eine Hand ausgefahren, die sich das Notizbuch schnappte. Obwohl Kuhala den Diebstahl merken sollte, wurde er mit einer zauberischen Fingerfertigkeit durchgeführt, die nur Leute mit dem Diplom der Taschendiebakademie beherrschten. Kuhala verlor nicht einen Tropfen Kaffee aus der Tasse.

»Wenn ihr buchstabiert habt, was drin steht, könnt ihr mir das Buch zurückgeben. Ich kann aber auch beim Lesen helfen«, sagte er.

Der Wasserhahn, der die Stille unterteilte, verlangsamte sein Tropfen, eine Werbegeschenkuhr, wie sie in jede Tankstellencafeteria gehörte, maß hoch oben an der Wand die Zeit. Kuhala sah aus dem Fenster und kostete den Kaffee. Er war abgekühlt, der Gerbsäureschaum am Rand erinnerte ein bisschen an das Uferspülwasser bei der Brücke über den Tuomiojärvisee.

»Wo hast du das her?«

Der mit dem Halstuch stieß mit dem Stiefelabsatz gegen das Tischbein, dass es krachte, und wechselte flink an Kuhalas Tisch. Erst jetzt konnte man auch die übrigen vom Rauch verschleierten Gesichter erkennen, auf denen ein Panzer aus Verschlossenheit und Schweigen lag, der wohl als gemeinschaftsstiftender Faktor fungierte, jedoch unerquicklich anzusehen war. Die meisten der versammelten Spitzbuben waren Finnen, nur der eine oder andere Ausländer war darunter.

Man sah, dass diese Leute an ihren Klubabenden keine Modellflugzeuge bastelten.

Kuhala wandte sich langsam dem mit dem Halstuch zu. Der Mann reckte den Kopf über den Tisch und starrte Kuhala in die Augen. Seine Kiefer knirschten. Oder war es der Stuhl? Er legte das Notizbuch auf die Tischplatte und ließ seine mit Lederpolstern stabilisierten Schultern erbeben, um zu zeigen, dass er nicht nur unbequem und hartherzig war, sondern auch seine gewalttätigen Impulse absolut nicht unter Kontrolle hatte.

»Kennst du das Haus?«, fragte Kuhala.

»Wenn ich mich richtig erinnere, hab ich dich zuerst was gefragt. Und ich glaube, du hast nicht geantwortet.«

»Na ja, das macht mich halt schon ein bisschen sauer, wenn mir einfach so das Büchlein weggeschnappt wird. Ohne Erlaubnis.«

Der mit dem Halstuch senkte den Blick auf Kuhalas Brust und offerierte ein Lächeln, das man lieber nicht erwiderte. Es verkleinerte die Pupillen und wäre ohne

Weiteres als Illustration in einem Werk der Psychopathenliteratur durchgegangen. »Kennst du den Gefräßigen?«

»Nein. Aber ich bin gekommen, um ihn kennenzulernen. Sein Name steht in dem Buch.« Kuhala fügte hinzu, es sei wichtig, dann trank er seinen Kaffee aus, wobei er das Gesicht verzog.

»Wir können für dich vermitteln.«

»Da habe ich meine Zweifel.«

»Schreib auf die leere Seite hier, was du von ihm willst, dann gibt es keine Verständnisprobleme.«

»Muss man euch jede Nachricht aufschreiben, die länger als zwei Wörter ist? Wir können es ja auch so machen, dass ich jedem von euch ein Wort mitgebe. Die spuckt ihr dann einfach der Reihe nach aus … aber bitte in der richtigen Reihenfolge.«

Die Kaffeekasse zersplitterte, als Kuhala den mit dem Halstuch zwischen Tisch und Heizkörper einklemmte. Er drückte dem Kerl die Tischkante in den Leib und sagte, er werde ihm die Rippen brechen, wenn er ihn, Kuhala, nicht auf der Stelle zum Gefräßigen bringe.

17

14. Juni Der Präsident des MC Muddyfield hatte Schwierigkeiten mit dem Atmen. Der Schweiß, der ihm in die Falten des Halstuchs lief, die fuchtelnden Arme und die hervortretenden Adern verringerten seine Abschreckungskraft um ein Viertel, aber ohne selbst forsch die Initiative zu ergreifen, hätte der in den toten Winkel gedrängte

Kuhala eine Abreibung bekommen. Die lag allerdings noch immer im Bereich des Möglichen.

Die andern aus der Runde fuhren aus ihrer Andacht hoch, ließen die Stühle über den Boden schrammen und rissen die Augen auf wie Schwachsinnige. Jeder von ihnen hätte Kuhala von hinten einen der Tische auf den Scheitel hämmern können, und mit einem geschlossenen Angriff hätten sie ihn im Nu gebändigt. Ihr Zögern brachte ihnen jedoch gar nichts, und da sie den richtigen Zeitpunkt verpasst hatten, mussten sie erst auf den nächsten warten.

Kuhala drückte dem mit dem Halstuch noch immer, so fest er konnte, die Tischkante in die Bauchmuskulatur. Die Maßnahme drohte sich jedoch zu erschöpfen, wenn ihm nicht bald etwas Neues einfiele – denn schließlich konnte er den Halstuchträger ja nicht durch die Wand pressen. Außerdem ging das Drücken in gebeugter Haltung auf die Oberarme, und sobald die Bande erste Anzeichen von Schwäche witterte, wäre ihr Moment gekommen.

»Ich habe eine Wumme in der Tasche. Sag deinen Freunden, sie sollen keine Anstalten machen.«

»Leck mich …«

»Marlon Brando ist tot.«

»Hä? Easy, Leute.«

»Du bringst mich jetzt zum Gefräßigen.«

Der Halstuchträger keuchte mit blaurotem Gesicht in seiner Falle, so kleinlaut, wie man es sich nach dem Auftritt von vorher nicht hätte vorstellen können. Vielleicht war seine Milz kurz vorm Zerreißen, oder er verlor gerade die Fähigkeit, den Schließmuskel zu bedienen.

Kuhala ließ den Tisch los und zog den Halstuchträger hoch, nahm ihn von hinten in den Griff und schob ihn zur

Tür. Ihr Gänsemarsch spiegelte sich im Spielautomaten, das Kabel der Jukebox schlängelte sich wie eine Otter über den Linoleumboden.

Der Tankstellenbetreiber wagte es nicht, sich die Szene bis zum Ende anzuschauen, sondern ging mit dem Lappen hinter der Vitrine auf alle viere, als handelte es sich dabei um eine wichtige gastronomische Maßnahme.

»Da drüben steht mein Auto. Du fährst. Und mein Hund beißt beim kleinsten Impuls zu.«

»Ich kann nicht fahren.«

»Das werden wir ja sehen«, sagte Kuhala.

»Scheiße, das tut weh ...«

Der Halstuchträger roch nach Schweiß und Zigaretten. Seine Position im Organigramm der Bande hatte einen schwer reparablen Knacks bekommen, und irgendwie fand Kuhala bei aller Fülle der Ereignisse Zeit für den Gedanken, dass der Halstuchträger keine andere Wahl hatte, als den Moment der Heimzahlung abzuwarten. Das bedeutete zusätzliche Schwierigkeiten, denn der Bandenpräsident würde die ganze Phantasie eines beleidigten Machos in seine Rache investieren.

Kuhala sah im Seitenspiegel den übrigen Verein aus der Tanke kommen und auf die Motorräder zugehen. Jeri witterte die Spannung und entblößte hinter dem Halstuchträger die Zähne. Er hechelte stoßweise, und in seinen Augen brannte ein Feuer, als hätte er vergleichbare Situationen aus den Tiefenschichten seiner Erinnerung gegraben.

Die Gitarre schepperte zwischen Kuhalas Beinen, worauf der Halstuchträger zusammenzuckte und den Zündschlüssel umdrehte. Dann fuhr er in die Gegend, durch die Kuhala gecruist war, seine inneren Organe waren unbeschädigt geblieben, sein Selbstwertgefühl aber nicht. An den zusammengebissenen Kiefern und den Händen, die das Lenkrad umklammerten, sah man, dass er bereits Intrigen für Kuhalas Entleibung spann.

»Denk dran, dass ich nicht zögere, wenn du Dummheiten machst«, warnte ihn Kuhala.

»Leck mich …«

»Andererseits kannst du ja nicht aus deiner Haut.«

»Verarsch mich nur, solange du noch kannst. Du kommst nicht lebend hier raus«, gab der Bandenchef von sich, als hätte er Medikamente gegen die Demütigung genommen und wollte nun testen, ob er noch genug Mumm hatte.

Sie hatten eine Eskorte von mehreren Motorrädern hinter sich, die bereits auf der Hauptstraße der Ortschaft zu ihnen aufschloss. Jetzt zeigte niemand den Mittelfinger, in Gesicht und Haltung manches Passanten schien Angst auf, und einige blieben stehen, als wollten sie von Kuhala Abschied nehmen. Er spürte die Versuchung zu winken, begnügte sich aber damit, ein paar Akkorde auf der Gitarre zu spielen, um dem Halstuch zu signalisieren, dass er noch keinerlei Anlass zur Panik sah.

Ein Teil der Bande überholte nun, die anderen hielten sich hinter Kuhalas Wagen. Das war eine Staatsbesuchsformation, bis hin zur Sauberkeit der Motorräder, und für den Ehrensalut sorgten Auspuffschüsse.

»Der Hund mag keinen Lärm. Mit welchem Zeichen stoppst du den Blödsinn?«, fragte Kuhala und ließ die Gitarre los. »Oder soll ich einen Warnschuss abgeben?«

»Nur zu. Nützt alles nichts. Die Jungs lassen mich nicht im Stich.«

Eines der Bandenmitglieder fuhr dicht an den Renault heran und stierte mit dem Blick eines Messerwerfers durchs Seitenfenster. Das brachte Kuhala unweigerlich auf den Gedanken, dass in naher Zukunft eventuell solche Typen auch bereit waren, aufgrund eines irrsinnigen Schwurs im Freundeskreis Selbstmordattentate zu verüben. Vorbilder gab es genug, man musste nur den Fernseher einschalten.

Fast ebenso sehr befürchtete er, das Motorrad könnte seinem neuen Auto Kratzer zufügen. »Vorsicht, Vorsicht! Sag dem Blödmann, er soll Abstand halten. Wenn ich schieße und der Hund beißt, habt ihr keine Chance.«

Der Halstuchträger gab seinem Anhänger ein Zeichen, sich zu distanzieren, und fletschte die Zähne, entweder weil durch die Haltung beim Fahren die Rippen schmerzten oder weil sich das Blatt unweigerlich wendete. Ein einzelner Fremder, der sich nach Savipelto verirrt hatte, war noch nie imstande gewesen, das lokale Gleichgewicht des Schreckens zu erschüttern, und es würde ihm auch diesmal nicht gelingen. Die Ortschaft war das Reich der Motorradbande, die Polizei verfügte über wenig Interesse und noch weniger Ressourcen, von Jyväskylä aus Streifenwagen herzuschicken.

Durch den Schweiß der Männer beschlug die Windschutzscheibe. Kuhala beruhigte Jeri. Er hatte die Orientierung verloren, aber schließlich hielt das Auto nach der weiß Gott wievielten gleich aussehenden Labyrinthgasse vor einem Haus, von dessen Sorte sie so viele passiert hatten, dass man sie nicht zählen konnte.

»Erster Eingang, zweiter Stock. Du scheinst keinen Respekt vor uns zu haben, aber wir melden uns wieder. Und vergiss nicht: Mit dem Gefräßigen macht man besser keine Scherze. Er heißt übrigens Make Honka. So steht's an der Tür.«

»Danke für den Tipp.«

»Kann ich jetzt gehen?«

»Verpiss dich, und nimm deine Brummbrummbuben mit. Danke aber für die Begleitung, alleine hätte ich es nicht gefunden.«

Der Hund murrte, der Halstuchträger machte die Tür auf und quälte sich mit Schmerzen aus dem Wagen. Kuhala stieg ebenfalls aus. Er hielt eine Hand in der Tasche und versuchte einen furchtlosen Eindruck zu machen, obwohl sein Herz in Höchstgeschwindigkeit schlug und seine Zunge austrocknete. Die Bandenmitglieder bildeten eine im Leerlauf knurrende Pflugformation und erwiesen ihrem Präsidenten keine Ehre, auch wenn Kuhala so etwas geargwöhnt hatte. Vielleicht hatte der Halstuchträger keinen Gruß verdient, weil er in der Cafeteria nicht mehr riskiert hatte.

Immerhin reichte seine Autorität noch aus, um das Motorrad an der Spitze des Pfluges zu besteigen. Dessen Fahrer musste auf den Sozius ausweichen. Die Motoren heulten auf, die Umdrehungen nahmen zu, der Lärm brachte die Fensterscheiben zum Zittern. Kuhala entspannte seinen Körper für eine eventuelle Flucht, falls die Gang zur heißesten Karussellfahrt aller Zeiten ansetzen sollte, mit seinem platt gefahrenen Körper als einzigem Hindernis, aber nichts dergleichen geschah.

Es ertönten lediglich ein samuraiartiger Schlachtruf und das Knattern der Auspuffartillerie.

Langsam legte sich die nach Öl riechende Schleppe aus Sand und Staub. Dann wurde es still.

Kuhala fiel es schwer, sich vom Charme der Vorführung zu erholen, aber schließlich drehte er sich um und schaute auf die Fenster, in denen keinerlei Leben zu erkennen war. Er kraulte dem hechelnden Jeri die Nackenwolle und lobte ihn, weil er sich vor den lauten Geräuschen nicht gefürchtet hatte. »Du scheinst es gelassen zu nehmen. Aber es ist ja auch so: Je lauter, desto lascher. Ich geh jetzt mal dem Gefräßigen Guten Tag sagen, du kannst dich ja inzwischen da drüben in den Schatten legen. Ich bring dir ein bisschen Wasser.«

Der Hund hatte bereits einige Abenteuer hinter sich. Das sah man schon an der Narbe, die quer über die Schnauze lief, und auch wenn er noch so gern in Kuhalas Wohnung oder Büro auf dem Fußboden lag, sorgten Ausflüge in Desperadolandschaften für ein Aufleben seiner Instinkte.

Es war das normale Treppenhaus eines Betonelementhauses, und die Berechenbarkeit der architektonischen Lösungen war dazu angetan, bei Kuhala ein Gefühl der Sicherheit auszulösen, speziell nach den großspurigen Drohgebärden der Rockerbande. Einen Aufzug gab es nicht. Wegen der Warnung, die der Halstuchträger hinsichtlich der Gefährlichkeit des Gefräßigen ausgesprochen hatte, mochte Kuhala keine vorauseilende Trauer tragen. Er wusste sowieso, dass hier kein Verwandtenbesuch anstand.

Auf der Einwohnertafel neben der Haustür stand Make Honka. Andere Namen gab es nicht. Das mit Tags, schamlosen Filzstiftschmierereien und Klappmesserkratzern verunzierte Gelb der Wände war das gleiche wie in der Mensa von Kuhalas Schule in Havuvaara, aber damals waren Schmierereien noch nicht in Mode gewesen.

Man hörte kaum Wohnblockgeräusche. Als Kuhala auf der Höhe des ersten Lüftungsbalkons angekommen war, glaubte er sogar, überhaupt nichts mehr zu hören. Im Treppenhaus hing nicht einmal der Geruch gewöhnlichen Lebens in der Luft: angebranntes Dosenfleisch und billiges Parfüm. Im ersten Stock stand eine Wohnungstür einen Spaltbreit offen. Er spähte hinein. Der Flur war leer, die gesamte Wohnung war leer.

Honka alias der Gefräßige wohnt im Halbdunkel am Ende des Gangs im zweiten Stock. Was zum Teufel hatte Antikainen mit einem Mann, der hier wohnt, zu schaffen?

Kuhala läutete. Es machte plim-plom wie in einer ermüdenden Szene in einer gut gemeinten Familienserie, aber niemand öffnete die Tür. Er klingelte noch ein paarmal, dann ging er auf den Lüftungsbalkon hinunter, um von dort aus nachzusehen, ob mit Jeri alles in Ordnung war. Der Hund lag im Schatten und beantwortete Kuhalas Pfiff mit einem Schwanzwedeln.

Die Rocker hatten ihn zu einem leeren Haus geführt, und falls das eine Beleidigung sein sollte, war er bereit, sie wie ein Mann hinzunehmen. Hinter der Tür des Gefräßigen rührte sich nichts, auch das Schellen an der Nachbartür brachte ein negatives Resultat.

Wie ein Mann, der viel durchgemacht hat, stand Kuhala in dem leeren Haus und lauschte seinem eigenen Atem.

Das Verschwinden von Antikainen wog in der Waagschale seiner menschlichen Sorgen nicht sonderlich viel, aber ansonsten gab es mehr als genug Grund zur Sorge. Und nicht nur zur Sorge. Wie wäre es, jetzt richtig Sommerurlaub zu machen und Annukkas warme Berührung auf der Haut zu spüren!

Irgendwo hörte man ein Geräusch. Schwach und erstickt. Kuhala öffnete die Briefklappe von Honka und sah die Beine eines Mannes. Sie waren an den Fußgelenken gefesselt, ihr Besitzer saß auf einem Stuhl. Kuhala holte das Dietrichset heraus und ging in die Hocke. Die Akustik des Treppenhauses intensivierte das Gurren der Ringeltaube auf dem Balkongeländer, die Explosion schleuderte Kuhala von der Tür weg wie einen Handschuh.

ZWEI

18

15. Juni Der unwesentliche Plot des Traums war mit einem sentimentalen Rauschen verkuppelt und löste sich auf, als in Kuhalas Bewusstsein gezackte Lichtflecken aufschimmerten. Er begriff, dass er von Annukka träumte. Sie saßen aneinandergelehnt am Ufer des Alvajärvisees und richteten den Blick auf den Purpurhorizont ihrer gemeinsamen Zukunft.

Kuhala öffnete die Augen. Sein Kopf dröhnte. Er schloss die Augen wieder, einem von beiden entwich eine Schmerzensträne.

»Otto.«

Er spürte eine Hand an seiner Hand und fragte sich, wo er diese Stimme nur schon einmal gehört hatte. Die Berührung war warm und vertraut. Er versuchte den Kopf zu drehen und die Frau anzulächeln, deren Gesichtszüge ganz langsam hinter einem Nebelschleier schärfer wurden. Die zum Fenster hereinscheinende Sonne ließ die roten Haare der Frau golden glühen, weshalb Kuhala für eine Weile glaubte, ein Engel habe sich neben ihm niedergelassen.

Es war aber noch etwas Besseres als ein himmlischer Engel, es war Annukka.

»Annukka.«

»Otto. Mein armer Otto.«

»Wo bin ich?«

»Im Krankenhaus, zur Beobachtung.«

Annukkas Lippen berührten Kuhalas Stirn, ihre Hand

wischte vorsichtig die Träne weg. Kuhala hatte im Laufe seines Lebens das eine oder andere über Turbulenzen gelernt und glaubte schon lange nicht mehr daran, dass der regelmäßige Gebrauch von Zahnseide, das Befolgen von Betreten-verboten-Schildern oder auch Spenden für das Katastrophentelefon in philosophischer oder theologischer Hinsicht einen besseren Menschen aus ihm machten.

Die Erfahrung half jedoch nicht, und der Weg, auf dem er in die Wirklichkeit zurückkletterte, war glitschig, nachdem sie so abrupt unter ihm weggerissen worden war.

»Was gibt es an mir zu beobachten?«, lallte er. »Wo ist Jeri?«

»Mach dir keine Sorgen, mein Ottolein. Der Hund ist bei Heikki Raatikainen in Pflege, und es geht ihm gut. Du hast dir eine ganz schöne Suppe eingebrockt. Besser, du ruhst dich jetzt aus.«

»Ja«, lächelte Kuhala, ohne viel von Annukkas Worten zu begreifen.

Er versuchte tapfer zu sein und Annukka zu gefallen und fragte, ob die Ärzte Anlass zur Hoffnung gaben, und bevor sie antworten konnte, tippte er leicht an seine Wange, damit Annukka auch darauf ihre heilenden Lippen drückte.

»Ich bin kein Profi in Gesundheitspflege, aber du wirst selbstverständlich durchkommen. Keine Brüche, keine inneren Blutungen. Du kannst dich beim Schicksal bedanken.«

»Verdammt noch mal«, stöhnte Kuhala.

Er machte eine unvorsichtige Kopfbewegung, worauf die Stahlfasern des Schmerzes seinen Nacken perforierten. Er hatte keine Lust, sich beim Schicksal zu bedanken. Die einzelnen Erinnerungen suchten noch nach ihrem Platz im Gesamtbild: der Krach der Motorräder und der bittere Tankstellenkaffee, die Putzkammer – was für eine Putzkammer?

Beruhige dich, konzentriere dich, dann dankst du deinem Schicksal. Hat mich jemand geschlagen?

Kuhala musste bei Annukka nachfragen, aber sie sagte, sie sei gerade erst vom Flughafen gekommen. »Ich ermittle nicht in dem Fall und weiß kaum, was du getrieben hast. Wahrscheinlich gab es eine Explosion. Otto, ich bin als deine Liebste hier. Und du musst dich jetzt ausruhen.«

»Wo hat es eine Explosion gegeben? Hol meine Kleider. Es geht mir ganz gut, ich will hier nicht rumliegen«, lallte Kuhala.

Seine Wörter stauten sich, und mit seinen Strampelversuchen war es schnell vorbei. Mitten im Satz erlöste ihn der Schlaf. Zärtlich küsste Annukka seine Stirn und trat ans Fenster, von dem aus man den Parkplatz, eine Rasenfläche und die Baustelle des neuen Personalwohnheims sehen konnte. Dann drehte sie sich um und strich Kuhala noch einmal über die Stirn. An den Schläfen machte sich eine Spur Grau bemerkbar – was war ihr Otto doch vom Leben gezeichnet!

Als Kuhala am späten Nachmittag das nächste Mal zu sich kam, konnte er sich in logischer Abfolge an seine Fahrt in die Ortschaft, an den Zwischenfall mit den Rockern und an den Weg zur Wohnung von Make Honka erinnern. In Farbe und mit allen Effekten lief die Episode vor seinem inneren Auge ab, fast bis hin zu den gewechselten Worten, als hätte sich in einem Kopf eine Verstopfung gelöst.

Hatte Annukka etwas von einer Explosion gesagt? »Annukka!«

Kuhala fuchtelte mit der Hand und drehte seinen Rumpf. Es war niemand im Raum, aber er würde überleben, die Beobachtungen waren gemacht. Die Bettdecke rutschte weg. Er starrte auf seine haarigen, von Blutergüssen gesprenkelten Beine, die unter dem zu knapp bemessenen Kliniknachthemd herausragten. Mit aller Kraft beförderte er sie über den Bettrand.

Er musste die Zähne zusammenbeißen, die Welt drehte sich, die Muskeln schmerzten, als hätte er einen Monat Dienst am Vorschlaghammer in einem Kieswerk hinter sich.

»Scheiße«, zischte Kuhala halblaut und rappelte sich auf. Er war einem Typen auf der Spur gewesen, der womöglich etwas über Antikainen wusste, und er würde nicht bei der ersten feigen Falle aufgeben. Auch der Mord an Jokelas Frau war noch nicht aufgeklärt. Sollte er den Fall etwa vom Krankenhausbett aus lösen?

Ich stehe auf, mache ein paar tastende Schritte, wasche mir das Gesicht und hole meine Kleider. Dann werde ich mich wieder unter die Leute begeben und als Erstes eine stärkende Mahlzeit zu mir nehmen. Wenn das gegen einen barbarischen Haddington-House-Kater half, dann half es auch jetzt. Kuhala spürte, wie ihm das Wasser im Mund zusammenlief, als er sich knusprige Kleine Maränen vorstellte. Er saß mit wirrem Haar auf dem Bettrand, mit dem Gesichtsausdruck eines Menschen, der nichts begreift, und auch wenn er sich die Fischportion noch so goldgelb gebraten und das dazugehörige Kartoffelpüree so weich wie Samt ausmalte, wollte ihm einfach nichts gelingen.

Die Metallstange am Kopfende des Bettes verhöhnte

ihn in unerreichbarer Ferne, der polierte Stahl spiegelte sein Gesicht verzerrt.

»Wo wollen wir denn hin?!«

Hände packten ihn von hinten und zogen ihn wieder ins Bett, vor der schwankenden Welt fiel ein schwarzer Vorhang.

Kuhala erwachte erst um neun Uhr am nächsten Morgen und schaffte es zur Toilette, indem er sich an der Wand abstützte. Die Erleichterung in letzter Sekunde fühlte sich an, als würden all seine Kräfte ins Pissoir rinnen. Und wieder wurde das Weggehen zum Leitgedanken. Man hatte nur vergessen, ihn davonzujagen. Wer interessierte sich schon für das Rauschen in seinem Schädel, geschweige denn für die geringfügigen Schrammen an den Beinen?

»Geht es? Warte, ich helfe dir.«

Kuhala unterbrach das Schlurfen und blickte sich um. Es war Raatikainen, und aus irgendeinem Grund ging ihm der Anblick des alten Freundes so zu Herzen, dass er um ein Haar in Tränen ausgebrochen wäre. Um seine Rührung zu verbergen, fragte er Raatikainen, was er hier durch die Gegend schleiche.

»Das wollte ich dich auch gerade fragen. Solltest du nicht in der Horizontalen liegen?«

»Ich musste pissen. Und ich vergesse, was dahinten ist, und strecke mich aus nach dem, was da vorne ist. Wer hat das noch gesagt? Meine Aufgabe ist es, in dieser Welt zu leben und an ihrer Freude und Trauer teilzuhaben. Jetzt ist es mehr das Letztere, also Trauer. Ich bin anscheinend auf eine Mine getreten.«

»Du hast da eine Ente in Reichweite«, sagte Raatikainen und musterte Kuhala besorgt.

Dieser schwor, gar nicht erst anzufangen, mit der Pinkelvase zu hantieren. Außerdem werde er garantiert noch vor Mittag verschwinden.

»Das ist dein berühmtes ostbottnisches Erbe. Du hast mit viel Glück den Einsturz eines halben Hauses überlebt und träumst davon, schon wieder unter die Zivilisten zu gehen. Aber wenn Jeri nur einmal an der Leine zieht, fällst du auf die Schnauze.«

»Ach ja. Danke, dass du dich um ihn gekümmert hast.«

Raatikainen half Kuhala ins Bett und lobte die Anpassungsfähigkeit des Hundes. »Du solltest stolz auf ihn sein. Ich weiß nicht, ob man dir erzählt hat, dass du eine ziemliche Explosion mitgemacht hast. Der Hund ist über die Treppe zu dir gerannt.«

»Wie hat er die Tür aufgekriegt? Die ging doch nach außen auf?«

»Keine Ahnung. Hunde haben einen starken Willen. Na, das Haus ist immerhin nicht ganz eingestürzt.«

»Verflucht ... hat es in der Zeitung gestanden?«

Raatikainen nickte. »Groß in beiden Boulevardblättern, die Hyänen sind sogar mit dem Hubschrauber eingeschwebt. Eine titelte: ›Tapferer Hund rettete Privatdetektiv‹.«

Kuhala schluckte und fragte, ob es Jeri auch wirklich gut gehe.

»Ja. Man darf ihn aber nicht mit ins Krankenhaus bringen. Leg dich hin, du siehst schlecht aus.«

»Ich habe durch den Briefschlitz Beine gesehen. Wie ist es deren Besitzer ergangen?«

»Kannst du die Wahrheit vertragen?«

Kuhala faltete das Kissen doppelt und ließ sich auf die

Decke fallen. In dieser Haltung würde er auch die Nachricht vom Erlöschen des Mondes entgegennehmen.

Der Gefräßige, also Make Honka, hatte gefesselt und geknebelt im Flur seiner Wohnung auf einem Stuhl gesessen, circa vier Meter von der Wohnungstür entfernt. Jemand hatte eine Sprengladung an der Tür angebracht, die auf den ersten Versuch, in die Wohnung zu gelangen, reagierte. »Die Sprengwirkung der Bombe war so eingestellt, dass sie sich nach innen richtete, also auf den Gefräßigen.«

Tatsächlich hatte die Spezialvorrichtung im erhofften Sinn funktioniert: Während Kuhala an einem Stück in den Krankenwagen verfrachtet worden war, hatte man Make Honka von der Tapete gekratzt und in einen Müllsack geschaufelt. »Es war ein Wunder, dass draußen niemand in den Glassplittersturm geriet. Auch dein Hund nicht. Das ist das, was die Zeitungen schreiben, aber die Bilder sprechen für sich«, sagte Raatikainen.

»Scheiße.«

»Allerdings. Der Eindringling hätte sonst wer sein können. Der Wasserableser, der Gebührenkontrolleur.«

»Die kommen aber nicht mit Gewalt rein.«

»Stimmt«, sagte Ratsku ernst.

»Woher wusste der Täter, dass jemand hineinwollte? Allerdings konnte ja auch jemand einen Schlüssel haben. Aber nun sind mein Hund und ich in die Schlagzeilen gekommen.«

Kuhala wischte sich mit dem Nachthemdärmel die Schweißperlen von der Oberlippe und schwieg eine Weile. Die Vorstellung, dass der Gefräßige die ganze Zeit bei Bewusstsein gewesen war und gewusst hatte, was passieren würde, sobald jemand zu Besuch käme, war scheußlich. Die Falle war teuflisch gewesen. Wem konnte man nur ein solches Ende wünschen?

Kuhala blickte aus dem Fenster und vermutete, dass seine frommen Gedanken niemandem nützten. Die Welt hatte die Haut der Unschuld schon vor ewigen Zeiten abgeworfen, und an einen Slogan wie »jetzt geht es richtig ab« wurde in allen Kreisen geglaubt – auch unter Wahnsinnigen, die andere Leute in die Luft jagten. »Wenn du schon so viel weißt, kannst du mir dann auch sagen, warum in dem Haus niemand außer dem Unglücklichen gewohnt hat? Ist er überhaupt als Honka identifiziert worden?«

»Ja. Zum Abriss verurteilt. Sie wollen ganz Savipelto dem Erdboden gleichmachen. Die Kästen sind nach heutigen Vorstellungen das Schrecklichste, was man Menschen als Wohnraum zumuten kann. Der Gefräßige hatte beschlossen, seinen Weggang bis zum Schluss hinauszuzögern.«

»Und nun hat er einen prächtigen Abgang hingelegt, bevor ich ihn kennengelernt habe. Ich hätte ihn gern ein bisschen nach Antikainens Verschwinden befragt.«

»Ist das dein Auftrag?«

»Die Ehefrau hat mich engagiert.«

»Rasanter Einstieg in den Fall.«

Raatikainen zerknüllte seine Hitzebaskenmütze und schickte sich an zu gehen. »Eigentlich dürfte ich gar nicht hier sein. Unten haben sie versucht, mich aufzuhalten, aber ich habe gesagt, ich bin ein alter Kollege von früher. Vielleicht meinen sie, ich bin offiziell hier ... du glaubst gar nicht, wie es einen wärmt, dass bei dir noch der Atem pfeift. Und die verdammte Sturheit brummt.«

Was er sagte, kam rau, aber herzlich. Er berührte Kuhalas Handrücken. »Jetzt hältst du mir aber ein bisschen den Ball flach, Kumpel. Wären Ehebrüche nicht genug?«

»Kann ja sein, dass Antikainen bloß einem fremden Rock hinterher ist. Sag Jeri schöne Grüße. Ich hole ihn in den nächsten Tagen ab. Ich zahle alles, was dich die Töle kostet, jeden Heller.«

Raatikainen hob an der Tür die Hand und lächelte. Die Strategie der Polizei hatte schwer versagt, denn soweit sich Kuhala in dem Metier auskannte, hätte man vor den Beamten niemand zu ihm lassen dürfen, nicht einmal Annukka oder Ratsku, auch wenn sie selbst vom Fach waren.

Die Sonne blinkte auf dem Stahlträger, der am Haken eines Krans hing, die Schönwetterwolke über den Kiefern löste sich so schnell auf, dass man gar nicht richtig mitkam. Wo kamen die Flausen hin, wo steckten die Wolkenreste?

Und wo wäre er hingeraten, wenn sich die Grüße des Sadisten auch in Richtung Treppenhaus gerichtet hätten? Ins Vergessen?

Kuhala richtete den Blick von der ursprünglich religiös geprägten Klischeeballung des Himmelsblaus auf die Tür und fragte sich, ob seine Rührung von den Medikamenten kam, die man ihm verabreicht hatte, oder ob sie das erste posttraumatische Symptom darstellte. Dankbarkeit, weil er noch lebte? Was war das denn?

Die Tränen kamen stoßweise und waren die besten seit Jahren. Das Kopfkissen wurde klatschnass.

19

17. Juni Kuhala wurde am Donnerstag aus der Klinik entlassen, und weil die Donnerstage zum Adel der Wochentage zählen, drücken sie dem Straßenbild jenen für Wohlfahrtsstaaten charakteristischen Stempel der Geschäftigkeit auf, der den Weg zu noch glücklicherem Glück weist. Der Wolkensaum pieselte weiche, nach Ozon stinkende Tropfen auf den taigagroßen Parkplatz des Megamarkts, gleich darauf schien die Sonne, und schließlich stieg hinter der hektargroßen Halle ein Regenbogen auf, zum Zeichen dafür, dass der Laden die Preise von hundertfünfzig Produkten dauerhaft gesenkt hatte.

Nevakivi war mit strengen Fragen im Krankenzimmer aufgetaucht, aber Kuhala hatte die Barschheit des Kommissars schnell gebremst, indem er sagte, der Bums von Savipelto habe ihm das Gedächtnis und fast auch das Leben geraubt. Der Moment sei schlecht für ein konstruktives Gespräch, sosehr er auch mit der Polizei zusammenarbeiten wolle. Doch sobald die Erinnerung wiederkehre, werde er sich als Erstes der Sorgen des Kommissars erinnern und sich bei ihm melden. Nevakivi war machtlos, auch wenn er Kuhala kein Wort glaubte.

Dem Arzt zufolge gaben weder die Röntgenbilder noch die neurologischen Untersuchungen Anlass zur Sorge. Er empfahl Ruhe und Urlaub, sprach aber keine direkten Verbote aus. Er hatte für Kuhalas Krankenlager dringendere Alternativen im Angebot, und seiner makabren Theorie nach konnte so ein Knall in der richtigen Dosierung eine Menge ungenutzter Kapazitäten in einem Menschen freisetzen.

Kuhala besaß keine Theorie, keine makabre, keine große und keine kleine. Er hatte zwar allerlei Theorien – religiöse, praktische, philosophische – gelesen und die vielversprechenden sogar auswendig gelernt, in dem Versuch, seinen eigenen Bestrebungen eine Richtung zu geben, aber er vergaß sie immer wieder. Das Pathos der Donnerstage riss ihn mit. Er wusste, er war ein schwacher Mensch und, wenn es gut lief, auch ein sündiger, aber er maß diesem Umstand nicht allzu viel Bedeutung zu.

Schwach war auch sein Zustand. Er kaufte Käse, Brot, Gemüse, ein Pfund Kaffee, Milch und Hundewurst und fuhr nach Halssila, um Jeri abzuholen. Der Hund saß zu Raatikainens Füßen unter dem Pflaumenbaum und knurrte zunächst, bevor er den Ankömmling erkannte. Raatikainen sonnte sich und hatte eine verlockend schwitzende Bierdose in Reichweite stehen. Seine Augen waren von der Baskenmütze verschattet, aber man sah in ihnen den Genuss des Müßiggangs funkeln. »Herzlich willkommen unter den Lebenden!«

Der Hund stürzte sich auf Kuhala, als wollte er ihm erzählen, wie sehr ihn die Explosion erschreckt hatte.

»Kluges Tier. Wir kommen gut miteinander aus«, lachte Raatikainen. »Rate mal, wer dein Auto von Savipelto auf den Krankenhausparkplatz gefahren hat?«

»Danke. Du hast dir viel zu viel Mühe gemacht, ich zahle dir auf jeden Fall …«

»Ich sage das nicht deshalb. Im umgekehrten Fall würdest du es genauso tun.«

Der Lieferwagen eines DSL-Installateurs schlitterte mit überhöhter Geschwindigkeit in die Kurve, Kies spritzte auf. Kuhala hatte ein Schmerzmittel genommen und hütete sich vor schnellen Bewegungen. Ihm schien, als wären die Farben des Sommers in der Holzhaussiedlung intensiver geworden während seines wenige Tage langen Klinikaufenthalts, aber musste man sich darüber wundern, wenn die Zeit der schönsten Blüte ohnehin bloß zwei lächerliche Wochen anhielt? Er gab Raatikainen etwas als Lohn für seine Mühe, obwohl der alte Freund es nicht annehmen wollte.

»Vielleicht brauche ich dich unter ähnlichen Umständen mal wieder.«

»Hast du vor, noch mal in eine Bombenfalle zu spazieren?«

»Das nicht. Aber jetzt werden Jeri und ich zu Hause die Lebensmittel verstauen und gucken, ob alles in Ordnung ist.«

Raatikainen bremste Kuhala und bot ihm seinen berühmten Saft an. »Ein Bier ist für dich vielleicht nicht das Richtige, wo du ja auch mit dem Auto hier bist. Ich hab mich über Make Honka alias der Gefräßige erkundigt. Er ist ein alter Bekannter der Polizei. Hat von seinem kurzen Leben schon sieben Jahre hinter Gittern verbracht. Versuchter Totschlag, Handel mit Diebesgut und vor zwei Jahren ist er auf wundersame Weise aus seinem Drogenfall herausgekommen. Er hat hier in Jyväskylä die Verteilungskanäle organisiert und offensichtlich auch die sogenannte Abschreckungsabteilung strukturiert.«

Kuhala versuchte sich zu erinnern, ob er Raatikainen um ermittlungstechnische Hilfe gebeten hatte oder ob dessen Polizeiinstinkte nach dem Anschlag von Savipelto von selbst erwacht waren. »Woher weißt du das alles, Mensch?«

»Hat in der Zeitung gestanden. Heutzutage bekommen die Polizeireporter jede Menge Ressourcen, weil ihr Geschreibsel Leser bringt. Und … na ja … ich hab schon auch ein paar eigene Kanäle aktiviert. In dem Gefräßigen haben wir nicht gerade ein unschuldiges Vögelchen verloren. Was zum Teufel hatte Antikainen bloß mit dem zu schaffen gehabt?«

»Informant?«

»Gut möglich, aber wie passt dann Antikainens Verschwinden ins Bild?«

Von dem Regenschauer von vorhin merkte man nichts mehr, die Sonne schien mit voller Kraft am wolkenlosen Himmel. Die Schatten der Pflaumenbäume zeichneten sich scharf auf Ratskus Rasen ab, und das heimelige Summen einer Hummel weckte Jeris Aufmerksamkeit.

»Ich hab in der Brennholzkiste eine Boulevardzeitung von gestern als Anzünder. Warte kurz, ich hol sie. Das interessiert dich doch, oder?«

Kuhala nickte und klimperte mit den Autoschlüsseln in der Hosentasche. Plötzlich stabilisierte sich seine durch den Schock noch immer etwas schwankende Haltung, und sein Blick auf die Eiswürfel in der Johannisbeersaftkaraffe wurde nachdenklich. Jemand war im Krankenhaus in seinem Zimmer gewesen, als er benommen am Rand des Schlafs dahintrieb und von den Medikamenten ausgelöste Filmstills betrachtete. Jemand, der ihn berührt hatte.

An Annukka erinnerte er sich. Und an Raatikainen und an zwei Leute vom Personal. Natürlich musste es Leena gewesen sein! Seine Exfrau arbeitete im selben Komplex und hatte selbstverständlich von dem Fall gehört. Kuhala war von der Erkenntnis so gerührt, dass er sich abwandte, als er Raatikainen mit der Zeitung unterm Arm zurückkommen sah. Das Handy klingelte.

»Kuhala.«

»Hallo. Hier ist Tatu. Wie geht's dir so? In der Zeitung war ein Artikel mit deinem Namen und einer Explosion und so ... Ich hab mir Sorgen gemacht und hätte dich auch besucht, aber Mama hat gemeint, sie sei bei dir gewesen, und du würdest es überstehen.«

»Gerade habe ich an deine Mutter und an dich gedacht. Schön, dass du anrufst«, sagte Kuhala und erzählte, er sitze in einer paradiesischen Umgebung, wo man sich mit süßem Saft volllaufen lassen könne. »Ist aber noch irdisch.«

Er berichtete Tatu auch von den Ereignissen in Savipelto, soweit er es für tragbar hielt, was die Telefonrechnung seines Sohnes, aber auch die Ereignisse selbst betraf. »Die Zeitungen schreiben, was sie wollen, alles in Großbuchstaben, aber ich hatte da eigentlich einen total harmlosen Job zu erledigen.«

»Auf den Bildern sieht es nicht so harmlos aus. Kommst du klar? Ist dein Beruf noch der richtige für dich? Immerhin wirst du bald fünfzig.«

»Was hat das damit zu tun? Du müsstest mich mal sehen. Erfahrung, Kraft und Klugheit«, lachte Kuhala und spürte, wie die Rührung ihren Klammergriff um die Kehle verstärkte. Das war ärgerlich und musste mit den Nachwirkungen der Schmerzmedikamente zu tun haben, aber er konnte nichts dagegen tun. Raatikainen hatte sich dem Hund zugewandt, die Zeitung konnte ihm jeden Moment unter dem Arm herausrutschen.

»Ich glaub, ich komm dich mal besuchen«, sagte Tatu.

»Wir haben uns ja auch schon Monate nicht mehr gesehen. Kann man bei dir pennen?«

»Wieso nicht. Wann wolltest du denn kommen?«, fragte Kuhala, nachdem er sich ausgestammelt hatte, und konnte dabei nur schlecht seine Begeisterung verbergen. Nach der Scheidung hatte Tatu bei jedem Besuch in Jyväskylä in der Wohnung seiner Mutter übernachtet. »Ich zaubere uns was Anständiges zu futtern, oder wir gehen essen. Im Wasserschloss haben sie neuerdings eine gute Karte …«

»Hold your horses. Können bei dir auch zwei übernachten?«

»Ähäm, du meinst außer dir und mir? Also quasi eine dritte Person … du hast doch nicht … aber na klar, und wenn es eng wird, kann ich im Büro schlafen. Ich hab neuerdings auch einen Hund. Er heißt Jeri. Und wie lautet der Name der jungen Braut, wenn man neugierig sein darf?«

Tatu lachte über das Geplapper seines Vaters und beendete das Gespräch, indem er sagte, die dritte Person werde ihm leibhaftig vorgestellt. »Vorher gibt es keine Namen. Also bis dann. Ciao.«

»Tschüs … warte mal«, versuchte es Kuhala noch, begnügte sich dann aber damit, auf sein verstummtes Handy zu starren. »Dem Jungen scheint die Kohle ausgegangen zu sein, weil er herkommen will.«

Raatikainen kraulte noch immer den Hund. Das zusammengerollte Boulevardblatt rutschte ihm unter dem Arm heraus und fiel auf den Rasen, was Jeri als Spiel interpretierte. Er sprang hin und schnappte sich die Zeitung. Dann ließ er sich nieder und knurrte, als Kuhala ihm befahl, die Zeitung herzugeben.

»Reiß sie nicht in Stücke, Kerl!«

Der Hund legte die Rhabarberohren an und ließ sich dazu hinreißen, mit der Zeitung im Maul wie wild um Raatikainens Häuschen herumzurennen. Erst nach mehreren Runden legte er eine Pause ein. Vielleicht war er so begeistert von der Rückkehr seines Herrchens, vielleicht hatte er sich endlich vom Unglück seines früheren Lebens befreit und drehte nun auf wie ein Verrückter.

»Du hast ihn verdorben«, meinte Kuhala lachend zu Raatikainen.

Der Hund bremste vor den Kaiserlilien und fing an, die Zeitung in Stücke zu reißen. Zwischendurch stellte er sich auf die Hinterbeine, schüttelte die zerfetzten Seiten hin und her und spuckte sie schließlich auf den Rasen.

»Jeri. Du Lümmel«, bemühte sich Kuhala um Strenge.

Jetzt hatte Raatikainen Grund zum Lachen. Er bezeichnete Kuhala als den unglaubwürdigsten Hundeerzieher der ganzen Stadt und prophezeite ihm, es würden bald keinerlei Unklarheiten mehr darüber aufkommen, wer beim Gassigehen wen führte und wer der Chef im Zweierrudel des Privatdetektivhaushalts wäre. »Hunde spüren, wenn ihre Herrchen zu weich sind, und nutzen das aus, weißt du.«

»Jeri«, schnaubte Kuhala und pickte eine halbe Zeitungsseite auf.

Er wollte sie schon zerknüllen, da fiel sein Blick auf ein Foto, das die Hundezähne perforiert hatten. »Den Typen habe ich schon mal irgendwo gesehen.«

»Welchen Typen?«, fragte Ratsku.

»Was macht sein Bild in der Zeitung?«

Plötzlich spürte Kuhala seine Knie zittern. Er setzte sich

auf den Gartenstuhl und strich den Zeitungsfetzen glatt, die Sonne blendete. Ratsku beugte sich zu ihm herüber, um das Bild zu sehen.

»Na, das ist der arme Gefräßige. Make Honka. Den es in seinem Hausgang in Savipelto in Atome zerrissen hat.«

»Das gibt's nicht! Der Kerl hat letzte Woche noch am Tuomiojärvi Kanus verliehen. Ich bin mir ganz sicher. Der Gesichtsausdruck ist der gleiche, und sein Chef, so ein Patachon-Klon, hat auch was von Delikten gesagt, die er sich hatte zuschulden kommen lassen. Dann ist er plötzlich verschwunden, um in einem verlassenen Wohnblock in Savipelto in die Luft zu fliegen.«

Raatikainen verstand nichts von Kuhalas Serienfeuerbericht. Sie sahen einander an und schauten auf das schwer mitgenommene Bild. Jeri leerte mit langer Zunge den Wassernapf, den Raatikainen neben die Eingangstreppe gestellt hatte.

»Harald Madsen«, sagte Kuhala.

»Alias Patachon«, erwiderte Raatikainen.

»Das passt alles nicht in die Schablone«, sprach Kuhala weiter, faltete das Stück Zeitung zusammen und steckte es ins Portemonnaie.

»Ganz und gar nicht, wenn man dich hört und sieht.«

Jeri witterte die ernste Wendung, die eingetreten war, er beruhigte sich, ließ sich nieder und spuckte die letzten Reste Zeitungsbrei aus. Durch das Toben war er erhitzt, aber man sah ihm an, dass er für den Erfolg der Privatdetektei zu allem bereit war.

20

17. Juni In den frühen Nachmittagsstunden trieb die Hitze das Quecksilber auf zwei Striche über dreißig Grad, nicht der geringste Luftzug sorgte für Erleichterung, und das reichte, um den Übermut der Leute aus Jyväskylä und der Camper von anderswo, die das Strandleben nicht gewohnt waren, lahmzulegen. Die Leute lagen reglos und triefend vor Schutzfaktorcreme bei ihren sonnenanbeterischen Andachtsübungen, auf dem Gesicht ein leicht leidender und halb schläfriger Ausdruck, als wollten sie gleichzeitig herausfinden, warum ihnen so viele Tage des Lebens wie eine Last erschienen. Hin und wieder hörte man das Kreischen eines Kindes oder das Zischen beim Öffnen einer Getränkedose. Auf der Anhöhe parkte ein Wohnmobil, auf dessen Dach ein dicker Mann balancierte. Mit der Haltung eines Goldwäschers hielt er eine Satellitenschüssel in beiden Händen.

Ein Eichhörnchen mit ausgedünntem Schwanz erstarrte auf dem Ast, an dem schon seit mehr als einer Woche der Flugechsendrachen hing.

Kuhala ging mit dem Hund hinter den Hütten am Zaun entlang und verließ das Gelände durch ein kleines Tor. Von hier waren es nicht mehr als zweihundert Meter bis zu der Stelle, an der jemand versucht hatte, ihn mit einem Eisdorn umzubringen. Alles war innerhalb eines relativ kleinen Radius passiert. Man sah von hier aus auch Eero Jokelas Domizil am anderen Ufer und das Stück einer Stirnwand von Vikmans Haus, die einen halben Kilometer entfernt über die Hecke hinausragte. Was hätte es zu bedeuten, wenn tatsächlich auch

Antikainens Passat in dieser Umgebung gesehen worden war?

»Geh hier ein bisschen planschen! Am Badestrand kann ich dich nicht ins Wasser lassen. Man hat euch Kreaturen ja aller Rechte beraubt«, sagte Kuhala zu Jeri, der keine zweite Aufforderung brauchte, sondern sich sofort in die Fluten stürzte.

Kuhala bückte sich, um sich den Kopf zu befeuchten, und verzog das Gesicht – nicht so sehr, weil ihm die Hitze zu schaffen machte, sondern weil ihn die Explosion in Savipelto samt anschließendem Flug dermaßen durchgeschüttelt hatte, dass es ihm vorkam, als wären seine Muskeln mit dem Gummiknüppel gelockert worden. In seinem Alter zogen sich Genesungsprozesse in die Länge, und zusätzlich beunruhigte ihn die Frage, ob der Knall womöglich eine psychische oder physische Belastung zur Folge hätte, die sich über Jahre hinzog.

Jemand hatte ein frommes Flugblatt auf die Bank am Wegrand gelegt, über dem See flimmerte die Luft, am Rand des Schilfgürtels aber, wo die Libellen in ihrem eckigen Tanz auf und ab flogen, stand sie still. Jeri spauzte und prustete. »Das Leben ist das Tor zur Ewigkeit, das Leben in Gott der Schlüssel zur Himmelspforte.« Jemand hatte unter das Zitat geschrieben: »Iss nicht so viel Torte.« Kuhala legte das Blatt auf die Bank zurück.

Der Volvo des Bootsverleihers war vor dem Gebäude nicht zu sehen, auch über diesem Geschäft lag Ermattung. Allerdings hatte der Mann anstelle des verblichenen Make Honka einen neuen Angestellten aufgetrieben, der Kuhala bei genauerer Betrachtung irgendwie bekannt vorkam. Er war zwischen zwanzig und dreißig und bronzebraun gebrannt. Auf seiner Nase schuppte sich die Haut. Er strahlte die Art von Ruhe aus, die nicht von der Hitze verursacht wurde, sondern die ein Mensch, wenn überhaupt, im Erbgut hat. Das Leben bringt einem das nicht bei, denn das Leben ist von Natur aus unruhig.

Zu dieser Art von Ruhe gehörte es auch, dass er Kuhala zulächelte und den Hund bereits als Freund gewann, bevor sie sich noch richtig miteinander bekannt gemacht hatten.

»Machst du den Verleih?«

»Ja.«

»Ich hätte eine Kleinigkeit mit dem Besitzer zu besprechen. Du weißt nicht zufällig, wo ich ihn finde?«

»Warte mal.«

Der Mann stieg flink die Treppe hinauf und verschwand im Bootsschuppen. Als er wiederkam, reichte er Kuhala eine Visitenkarte der Harald-Madsen-Inkarnation, und als Kuhala sie betrachtete, fragte er sich, ob er erstaunt gewesen wäre, wenn er darauf ein Bild von Pat und Patachon gesehen hätte. Der Karteninhaber hieß Karhunen. Auf den Rumpf eines flott gezeichneten Kanus waren zwei Telefonnummern und eine Adresse in der Yliopistonkatu gedruckt.

»Hat letzte Woche hier nicht ein ganz anderer gearbeitet?«

»Doch. Der hatte anscheinend die Nase voll. Karhunen hat mich gefragt, ob mir Teilzeit recht wäre. Klar ist mir das recht.«

»Kanntest du ihn?«

»Meinen Vorgänger? Nein. Wieso?«

»Ich frag bloß. Danke für die Mühe … Moment mal, bist du nicht derjenige, der die Sandburgen baut? Ich bin in letzter Zeit ein paarmal hiergewesen und habe deine Konstruktionen gesehen.«

Der Mann lächelte und breitete die Arme aus, wie um seine sympathische Bescheidenheit zu betonen. Er sagte, vom Burgenbauen könne man nicht leben, und es sei sinnlos, von den Leuten Eintrittsgeld zu verlangen. »Außerdem wird es allmählich so trocken, dass auch die beste Konstruktion schnell einstürzt, selbst wenn man sie noch so viel wässert. Ich mache aber auch andere Sachen als Burgen. Zum Beispiel weibliche Körper, weil hier verflixt gute Modelle herumlaufen. Vielleicht guck ich heute Abend wieder, ob was geht. Nach Dienstschluss.«

Kuhala wünschte Glück und schob Karhunens Visitenkarte in die Brusttasche. Der Mann mit der Satellitenschüssel hantierte noch immer mit verbranntem Rücken auf dem Dach des Wohnmobils und gönnte den vorbeigehenden Kuhala und Jeri den leidenden Blick des Urlaubers, bevor er wieder in alle Himmelsrichtungen schnupperte. Der Schraubenzieher, den er in der Badehose stecken hatte, verschwand in den Speckwellen seiner Hüfte. Unter dem Stoff, der über der Tür des Wohnmobils aufgespannt war, um Schatten zu spenden, fuhrwerkte seine Frau herum. In einem Zuber marinierte sie Schweinekoteletts in Cocktailtablettgröße und versuchte dabei, mit Gebärden und Flüchen die am Fleisch interessierten Fliegen zu verscheuchen. Ihre Sprache war ein derber deutscher Dialekt.

An der Rezeption betäubte die Siesta den Gymnasiasten mit der weißen Mütze. Sein Kopf lag auf den Händen, und Kuhala war bereit, zu wetten, dass der junge Mann keine Schulbücher studierte. Er fuhr hoch und sperrte verdattert den Mund auf, bis er Kuhala erkannte.

»Du scheinst heute Pfortendienst zu haben.«

»Genau.«

»Und ein anderer passt am Strand auf?«

»Wir wechseln uns hier ab. Der Hund macht einen cleveren Eindruck. Gehört er dir?«

Jeri legte den Kopf schief, Kuhala nickte und lächelte dem jungen Mann zu. Kuhala fragte, ob dieser sich noch erinnere, wo der Passat, nach dem die Polizei fahndete, genau gestanden habe. »Könntest du dir vorstellen, dass jemand damit aufs Gelände fahren wollte und dann aus irgendeinem Grund nichts daraus wurde?«

»Nein. Der stand da drüben auf dem Parkplatz. Am Rand. Mehr weiß ich allerdings nicht.«

»Dort, wo man leicht über die Straße kommt?«

»Genau.«

»Du hast einen scharfen Blick, wenn du von hier aus das Nummernschild erkennen konntest.«

»Ich habe beim letzten Mal doch schon gesagt, dass mein Vater auch so ein Auto hat. Ich bin näher rangegangen, um es zu sehen, habe ich das nicht auch gesagt?«

»Hast du bei der Polizei angerufen und deine Beobachtung gemeldet?«

Der Junge nahm die Mütze ab und fuhr sich durch die feuchte, gewellte Mähne. Sein Gesicht nahm einen schuldbewussten Ausdruck an. »Nein … äh …«

»Das ist deine Sache. Du brauchst mir keine Gründe zu nennen. Aber könntest du noch mal versuchen, den Mann zu beschreiben, der bei dem Auto rumhing? Ihr jungen Leute habt frische Gehirne, da bleibt das Meiste besser hängen als bei uns«, sagte Kuhala und schob beiläufig einen Zehn-Euro-Schein durch die Luke.

»Er war groß und … na ja, eines Abends, als ich mit dem Rad nach Hause fuhr, fiel mir plötzlich ein, dass er vielleicht etwas an sich hatte, das mir bekannt vorkam. Aber es ist wahnsinnig schwer, was Genaueres zu sagen«, sagte der junge Mann grübelnd.

Er richtete den Blick auf seine Mütze und schob den Schein mit einer so schnellen Bewegung darunter, als befürchtete er eine Korruptionsklage. Die Verpflichtungen des Ferienjobs hatten die kaum wahrnehmbare erste Sorgenfalte in die glatte Jünglingsstirn gedrückt. Sie würde sich weiter vertiefen und bekäme mit den Jahren Gesellschaft. Kuhala verzichtete auf die Frage, ob die Anbaggerungsversuche vom Bootssteg Fortschritte gemacht hatten; er erinnerte sich an seine eigene ferne Jugend im ländlichen Havuvaara der Siebzigerjahre – auch damals war es nicht leicht gewesen. »Tschüs dann, und danke für die Information.«

»In der Zeitung stand eine ganz kleine Meldung, dass sie das Auto in Helsinki gefunden haben, vor dem Silja-Line-Terminal. Ist da irgendein wichtiger Typ verschwunden? Was steckt da eigentlich dahinter?«

»Die Polizei versucht den Fahrer des Passat zu finden. Scheint aber nicht richtig zu gelingen. Aber wenn dir noch etwas einfällt, zögere nicht, dich zu melden.«

Der Junge nickte und lockte ein schüchternes Lächeln hervor, das aber gleich wieder verschwand, als er fragte, ob das Auto irgendwie mit der ermordeten Frau zu tun habe, die unter der Brücke gefunden worden war.

»Nein. Soweit ich weiß nicht. Warum?«

»Ich dachte bloß. Weil hier auf engstem Raum lauter furchtbare Dinge passiert sind.«

»Das stimmt. Bis bald.«

Der gerötete Satellitenschüsselmann ging auf die Rezeption zu und legte dem Jungen in temporeichem und streitsüchtigem Deutsch sein Problem dar, als wollte er zu verstehen geben, dass die bedrohlichen Szenarien, die sich an seinem Urlaubshimmel ballten, ausschließlich und allein die Schuld des verfluchten Campingplatzes seien und bald die bilateralen Beziehungen der beiden Länder gefährden würden, falls keine Besserung in Sicht käme.

Kuhala begab sich mit seinem Hund zum Parkplatz, der schwarze Asphalt war von der Hitze aufgeweicht und klebte an den Sohlen der Sandalen. Er sah sich um und versuchte innerlich, so viele Theorien wie möglich über Antikainens morgendlichen Kurzbesuch auf dem Parkplatz aufzustellen, kam dann aber zu dem Schluss, dass der Mann vor seinem Verschwinden am frühen Morgen eine Runde schwimmen gewesen war. War der übergewichtige Antikainen, der sich stets am Leitfaden ungesunder Lebensgewohnheiten orientiert hatte, schlicht und einfach ertrunken, ohne dass es jemand gemerkt hatte? Die Kräfte gehen einem aus, oder es tut so plötzlich einen Schlag in der Brust, dass man nicht einmal dazu kommt, um Hilfe zu rufen. Anschließend hatte ein am Ufer lauernder Profischurke dem Polizisten Portemonnaie und Schlüssel aus der Hosentasche gezogen und war nach Helsinki gefahren, wo er mithilfe seines Funds zu einer Minikreuzfahrt aufgebrochen war.

Die Möglichkeit eines geheimen Treffens bestand ebenfalls, aber mit wem und warum?

Jeri trottete in den Schatten und konzentrierte sich darauf, mit zur Seite geneigtem Kopf den roten Luftballon zu beobachten, der aus dem Labyrinth der dicht an dicht stehenden Wohnmobile aufstieg. Ein Rollerskater mit schwarzem Sommerdress, Helm und Gelenkschutz sauste gierig nach vorne gebeugt über den Fahrradweg, als würde er von Dämonen verfolgt.

Kuhala versuchte einen abrupten Übelkeitskrampf im Magen zu verscheuchen und musste ganz langsam zu seinem Wagen gehen. Er hatte sich nicht um die Anweisungen des Arztes geschert, was sich jetzt womöglich rächte, aber der Fall drückte ihm allmählich schwer aufs Gemüt. Das war ihm in seiner Karriere nur selten passiert; wenn er so etwas wie Druck oder Ehrgeiz gespürt hatte, dann hatte sich das immer auf die Lösung eines anderen Rätsels bezogen, nämlich auf die Frage, wie er die Preise für seine Dienstleistungen gestalten sollte, um nicht ständig in Zahlungsschwierigkeiten zu sein. »Jeri!«

Kuhala trank das lauwarme, stumpf schmeckende Mineralwasser und kurbelte beide Seitenfenster herunter. Der Renault verfügte nicht über eine Klimaanlage, und die Sonne hatte aufs Dach gebrannt und die Temperatur auf Saunaniveau in die Höhe getrieben. Jeris Krallen kratzten am Resonanzkörper der Gitarre im Fußraum, im Norden hörte man ein Donnergrollen, das den Hund dazu brachte, sein Hecheln kurz zu unterbrechen.

Die Wolke brachte sich so schnell in Stellung, dass die ersten Viertellitertropfen noch vor der Yliopistonkatu auf die Windschutzscheibe klatschten und Kuhala zwangen, die Fenster in voller Fahrt hochzukurbeln. Das war kein Sturzregen, das war achtminütige Hysterie. Kuhala musste an eine Bushaltestelle fahren und das Ende des Regens abwarten. Die Gischt, die über das Blech des Renaults kam, prasselte und wütete dermaßen, dass sich die Sichtweite auf einen Meter verkürzte und der Hund es für das Beste hielt, auf Kuhalas Schoß Zuflucht zu suchen. Kuhala streichelte Jeris Kopf und erläuterte ihm die Hauptursachen der Klimaerwärmung und deren Folgen auf der nördlichen Erdhalbkugel. »Darüber gibt es wissenschaftliche Erkenntnisse. Die Medien versuchen die Leute zu beruhigen und reden nur von der Verschiebung des Nadelwaldgürtels und einiger Pflanzen nach Norden. Aber meiner Generation und deiner Hundegeneration wird das Schlimmste erspart bleiben, auch wenn es in diesem Moment nicht danach aussieht. Nach uns die Sintflut. Da kann man nichts machen, die Gletscher schmelzen, und die Einwohner Jyväskyläs müssen am Jüngsten Tag auf die Hügel steigen, auf den Harju und den Laajavuori, auf Nykänens Sprungschanze. Da hängen sie dann und schreien.«

Jeri leckte Kuhalas Handgelenk, das Schreckensszenario langweilte den Hund. Kuhala erwischte eine Zecke am Ohransatz, die sie gemeinsam begutachteten. »Die Zecke wird die Sintflut überleben. Wenn ich die hier aus dem Fenster werfe, lauert da drüben unter der Bank bald eine Gesellschaft von fünfhundert Zecken. Eine Zecke muss man lebendig verbrennen … verdammtes Handy, Kuhala.«

Er setzte Jeri auf den Beifahrersitz. Die Stimme der Anruferin war im Brausen des Regens schwer zu verstehen.

»Der Kuhala, der die Privatdetektei hat?«

»Genau der.«

»Ermitteln Sie im Mord an Helena Jokela? Ich hab Sie am Tatort gesehen, als die Frau gefunden wurde. Kann sein, dass ich etwas weiß, das Sie interessiert. Ich wohne in der Nähe der Brücke, im ersten Reihenendhaus. Was rauscht da so?«

»Ein lokaler Taifun. Bei Ihnen etwa nicht?«, gab Kuhala zurück, während er die Zecke in den glühenden Miniaturscheiterhaufen des Zigarettenanzünders fallen ließ. »Sollten Sie nicht der Polizei melden, was Sie wissen?«

Die Frau sagte, das habe sie getan, aber da sie nie wieder etwas gehört habe, gehe sie davon aus, dass die Polizei ihrer Aussage keinen Wert beimesse. »Da der öffentliche Sektor mir kein Gehör schenkt, probiere ich es mal bei einem Privaten, habe ich mir gedacht.«

Sie nannte ihren Namen und ihre Adresse. Kuhala versprach, noch am selben Abend vorbeizukommen. Er ließ Jeri am streichholzkopfgroßen verkohlten Überrest der Zecke schnuppern, bevor er sie aus dem Fensterspalt fallen ließ. Der Regen hatte aufgehört, die Luft war frisch, die boshafte Wolke trieb über den Jyväsjärvi-See davon und brütete neue Gemeinheiten aus.

21

17. Juni In der Yliopistonkatu liefen die Kanäle über, wo sich die Bäche kreuzten, rotierte Kleinmüll in schäumenden Strudeln, bis ein größerer Gegenstand im Strom angeschossen kam und alles Kleine mitriss. Man hörte ein Feuerwehrauto jaulen, nur wenige Leute trauten sich schon aus dem Haus, diejenigen, die sich in Geschäften untergestellt hatten, standen regungslos in den Schaufenstern, in Gedanken vertieft, als bräuchten sie Ermunterung, um sich wieder in Bewegung setzen zu können.

Der Furor des Regens hatte von den Hängen des Stadtwaldhügels kleine schlammige Muren auf die Bürgersteige gespült, ein Bretterhaufen, der vom Dach eines Rohbaus gerutscht war, lag kreuz und quer auf dem Asphalt. Kuhala wich dem Feuerwehrauto aus und fragte sich, welche Erklärungen die Meteorologen sich ausdenken würden, oder ob sich ein Ehrengreis, der sein ganzes Leben in der Stadt verbracht hatte, am nächsten Tag in der Zeitung zu dem Statement aufschwingen würde, solche Endzeitvorzeichen habe es zeit seines Lebens noch nicht gegeben.

Im Hinterhof des Bootsverleihers Karhunen hätte es für ein Kanu durchaus Verwendung gegeben. Das Wasser bahnte sich seinen Weg in die Keller, eine Frau in Gummistiefeln trabte an Kuhala vorbei, sie trug einen Kartoffelsack, der unten durchgeweicht war. Kuhala krempelte die Hosen hoch und bot seine Hilfe an, aber die Frau musterte ihn so misstrauisch, als hätte er die Unwetterwolke angeschleppt.

Karhunen wohnte im obersten Stock, und es dauerte eine Weile, bis sich die Tür einen Spaltbreit öffnete. Während des Wartens gelang es Kuhala nur mit Mühe, die aufgekommene Panik aus dem Gesicht zu vertreiben. Im Treppenhaus war es ziemlich dunkel, Karhunen griff sich an seine von Boxershorts verhüllten Kostbarkeiten und sah aus, als sei er beim Mittagsschlaf überrascht worden. Er erkannte Kuhala nicht auf Anhieb und wollte die Tür wieder zuziehen, die zum Schutz der Privatsphäre angebrachten Sicherheitsketten klimperten munter.

Erst nach minutenlanger Identifikationszeremonie und

diversen Türöffnungsritualen gelangte Kuhala in den Flur, wo er sich über seine Chancen, noch weiter in die Wohnung hineinzukommen, den Kopf zerbrechen konnte. Hatte Karhunen nur seine Kontaktlinsen verloren, oder waren ein paar entscheidende Relais in seiner inneren Maschinerie abgeklemmt?

Er kratzte sich das Fell und gähnte, die Lähmung seines Unternehmergeistes nahm sich in der heimischen Umgebung beinahe tragisch aus.

»Ich vermiete hier nicht. Gehen Sie ans Ufer!«

»Ich wollte über etwas anderes mit Ihnen reden. Ich bin in meiner Eigenschaft als Privatdetektiv hier.«

»Privatdetektiv? Herrgott, in einer kleinen Stadt wie dieser kann es so was doch nicht geben.«

Kuhala hatte das im Lauf seiner Karriere schon so oft gehört, dass es ihm nichts mehr ausmachte. Durch die schäbige Beschaulichkeit und die schäbige Spärlichkeit des Mobiliars sah die Wohnung wie ein provisorischer Stützpunkt aus, wo man sich hinlegte, um kurz zu vergessen, wie schwierig es auch in der Bootsverleihbranche war, an der Wettbewerbsfähigkeit zu feilen: Man konnte die Preise nicht erhöhen, und wenn die Seen zufroren, fror auch der Geldstrom ein.

Kuhala kam mit seiner Geduld ans Ende und ging ungebeten weiter. Sich im Flur rufend zu verständigen, kam ihm idiotisch vor. Karhunen saß mit untergezogenen Beinen in der Couchecke und nahm einen Schluck Bier, von dem er eine ganze Flasche auf dem Sperrmülltisch reserviert zu haben schien. Seine kleine, runde Gestalt erinnerte an eine willensschwache Märchenfigur, und vielleicht war nutzloses Herumgammeln in den eigenen vier

Wänden ja auch sein ureigenes Gebiet. Kuhala sah nirgendwo auch nur den geringsten Hinweis darauf, dass der Mann Privatunternehmer war. Keine Ordner, kein modernes Flackern eines Computerbildschirms.

Der lautlos gestellte Shoppingkanal drängte den Zuschauern ein Zahnbleichungsset auf, auf dem Fußboden lagen Kleider herum. Der Zeitungsstapel auf dem Hocker vor der Balkontür drohte umzukippen.

Kuhala fragte nach Make Honka. »Sie wissen sicher, dass es ihm schlecht ergangen ist. Ich dachte, Sie wissen vielleicht noch mehr.«

Unter den Donner nach dem Sturm mischte sich wieder die Sirene eines Einsatzfahrzeugs. Der Mann schlotterte und schlang die Arme um sich. Er starrte Kuhala eine Weile an, als wunderte er sich, wo der plötzlich herkam. Dann schüttelte er den Kopf und richtete den Blick auf die Ereignisse im Fernseher. »Das geht mich nichts an. Es ist furchtbar. Und ich weiß nichts.«

Der erste Satz war direkt wie von Harald Madsen, erinnerte sich Kuhala.

»Wie kam es, dass Sie ihn eingestellt haben?«

»Er kam selbst und fragte. Ich sagte ihm, ich könne nicht viel bezahlen, aber das schien ihn nicht zu stören … oder es störte ihn eben doch, weil er ohne was zu sagen weggegangen ist.«

»Wie haben Sie von seiner Vergangenheit erfahren? Er wird ja kaum selbst davon angefangen haben, das wäre im Hinblick auf den Job nicht vernünftig gewesen.«

»Kleine Kreise, da spricht sich das rum«, meinte Karhunen rätselhaft.

Der monotone Rhythmus der Tropfen, die vom oberen

Balkon auf Karhunens Geländer fielen, betonte noch die halb verschlafene Atmosphäre der Wohnung. Das stumme Zähnefletschen der Zahnmannequins lieferte eine absurde Zusatznote. Kuhala wollte wissen, ob Karhunen gemerkt habe, dass Honka am Ufer Dinge getan habe, die nicht zu seiner Arbeit gehörten. »Hat er Leute getroffen, die kein Boot mieten wollten? Ist er vor seinem unglücklichen Ende manchmal seine eigenen Wege gegangen?«

»Nein. Ich kann mich nicht erinnern. Er war nur so kurz da, und die Saison fängt ja gerade erst an.«

»Hatten Sie keine Bedenken, einen Mann mit so einem Leumund einzustellen?«

»Nein … oder vielleicht … ich weiß nicht. Streit hatten wir nicht.«

Karhunen suchte Halt an der Armlehne der Couch und sah sich misstrauisch um, als hätte er vor Kuhalas Kommen einen bösen Traum gehabt.

»Jeder, der die Zeitung liest, weiß, dass es in dieser Gegend etwas mehr unschöne Vorfälle gegeben hat, als es die Laune des Zufalls gestattet. Ich ermittle im Mordfall Helena Jokela und war ziemlich dicht dran, sagen wir lebensgefährlich dicht, als Honka in die Luft gesprengt wurde. Zögern Sie also nicht, sich an mich zu wenden, falls Ihnen doch noch etwas einfällt.«

Karhunen zuckte, als würde jedes von Kuhala ausgesprochene Wort einzeln auf seiner nackten, haarlosen Haut brennen. Der Mann wechselte auf der Schwelle zu seiner Wohnung die Identität, wozu er das volle Recht hatte, aber bei Kuhala, der gerade erst aus dem Krankenhaus entlassen worden war, waren die Empathievorräte nach den Anstrengungen des Tages erschöpft. Am liebsten hätte er den Kanuunternehmer kräftig durchgeschüttelt.

Erst als er im Schlund der Hofeinfahrt auf seine Chance wartete, sich mit seinem Wagen auf die Straße zu schieben, fragte sich Kuhala, ob Karhunen eventuell wegen des Unwetters so willenlos geworden war. Womöglich hatte er Angst vor Gewitter, traute sich aber nicht, es zu sagen.

Die harte Hand des Sturms hatte das Firmenschild des Flohmarkts im Untergeschoss eines mehrstöckigen Hauses und einer Linde einen Ast abgerissen, die Beete im Park sahen aus wie nach der Behandlung durch einen tollwütigen Friseur. Einige Neugierige hatten sich um die Spuren der Verwüstung versammelt, falls man es so nennen konnte. Kuhala bog in den Hof seiner Detektei ein und erinnerte sich an einen Nachrichtenbeitrag, in dem es geheißen hatte, hunderttausend Bangladescher hätten bei einem Hochwasser ihr Zuhause verloren. Oder waren es eine halbe Million? Wer merkte sich so etwas, wer interessierte sich dafür?

Das Regenwasser war beiderseits der Betontreppe niedergerauscht, aber der Abfluss schien alles wie durch ein Wunder geschluckt zu haben. Die üppigsten Zweige des wilden Weins hingen melancholisch herab und versperrten den Weg. Kuhala bog sie zur Seite und hegte bereits die Hoffnung, Ende des Sommers die erste Lese einfahren zu können, falls es bald wieder heiß würde und anschließend ordentlich regnete.

Er stellte die Gitarre in die Ecke, dann bereitete er dem Hund eine mit Trockenfutter angereicherte Wurstportion zu, auf die sich Jeri dankbar stürzte. Schon hörte man gieriges Schmatzen.

»Wir haben heute einen langen Tag. Zwischendurch darfst du auch Gassi gehen, keine Sorge.«

Der Hund schlug kurz mit der Schwanzspitze aus, um zu signalisieren, dass die Botschaft angekommen war.

Kuhala ging unter die Dusche und zog sich ein anderes Hemd an. In dem am Rand schon trüben Spiegel prüfte er sein strapaziertes Gesicht, als wollte er dem Rekonvaleszenten ein warnendes Wort sagen. Denn seit seiner Entlassung aus der Klinik war er den ganzen Tag wie ein Verrückter durch die Gegend gedüst. Im Blick war tatsächlich ein Hauch Schwäche zu erkennen, aber Kuhala beschloss, sich keine Vorwürfe zu machen, sondern im Gegenteil froh zu sein, sich beim Flug in Savipelto nicht das Gesicht aufgepflügt zu haben.

Er hatte sein Gesicht in vielerlei Spiegeln seit so vielen Jahren – seit fast einem halben Jahrhundert – betrachtet, dass er es längst aufgegeben hatte, dessen Schönheitswert zu beurteilen, aber auch wenn das Erschlaffungstempo des Gesichtes sich beschleunigte, verbarg sich darin etwas Ehrliches.

Er schmunzelte über seine selbstgefällige Beobachtung und verwarf den Gedanken ans Rasierwasser, denn die Aufträge von Eero Jokela wie von Aila Antikainen lagen beide noch immer im Argen. Und dann der Bombenleger … Es juckte Kuhala gewaltig, nachzufragen, was im Klubraum des MC Muddyfield so alles gebastelt wurde.

Das musste allerdings warten, denn die Regeneration würde noch ein paar Tage in Anspruch nehmen.

Er hatte gerade das Pulver der mexikanischen Chilisuppe in kochendes Wasser gerührt, da rief Annukka an.

»Oh, Annukka, Liebste!«, hauchte er, wobei er den Dampf der scharfen Suppe einatmete und einen Hustenanfall bekam.

»Was ist denn jetzt los?«

»Ich bin nur emotional bewegt. Ich vermisse dich ein bisschen mehr, als gut fürs Herz ist. Im Krankenhaus warst du plötzlich verschwunden. Wo bist du denn hin?«

Annukka klang bekümmert, sie sagte, auch bei der Polizei in Vantaa seien die Ressourcen nicht besonders, und die Sommerhitze scheine die Leute zu kriminellen Handlungen anzustacheln. »Als hätten wir nicht genug alte Fälle am Hals. Ich bin direkt von einem Tatort zu dir gefahren und habe die anderen mitten in den Ermittlungen mit offenem Mund stehen lassen. Ach, Otto, du hast unter deiner Bettdecke so klein und verletzlich ausgesehen.«

Kuhala schob die Suppentasse von sich weg und lieferte einen Bericht über seinen aktuellen Zustand. Er sei besser als seit Langem, aber für die Feineinstellung sei die Berührung einer Frau nötig. »Die Mordfälle bereiten mir allerdings Bauchschmerzen. Ich komme nicht so voran, wie ich müsste, wahrscheinlich bin ich urlaubsreif. Aber im Feriendorf für Privatdetektive sind derzeit alle Häuschen besetzt. Habt ihr bei der Polizei in Vantaa nicht zufällig vergleichbare Vergünstigungen?«

»An die Vergünstigungen bei der Polizei wirst du dich ja noch erinnern können. Die haben sich seit deinen Dienstjahren nicht zum Besseren verändert.«

Sie wechselten die leicht verschrobenen, aber zarten Sätze von Verliebten und lachten selbst darüber, denn eigentlich hätte das Turteln aus der Teenagerzeit schon vor Jahren unwiderruflich in den Asphalt des Erwachsenseins gewalzt sein müssen. Kuhala hatte sich in dieser Art von Wortwechsel allerdings weiterentwickelt, und es bereitete ihm keinerlei Schwierigkeiten, »mein Herzenszäpfchen« oder »mein süßes Mäuschen« zu sagen oder sogar Zeilen einer schmalzigen Ballade aus dem Gedächtnis zu wühlen, die er allerdings dann doch nicht sang, sondern nur rezitierte.

Und es würde der Tag kommen, an dem er deklamieren würde: »Es sinkt dein Kopf an meine Brust, lass ihn lange dort verweilen …«

Sie verabredeten sich für die Woche vor Mittsommer und versprachen beide, die Möglichkeiten zu sondieren, sich zu zweit auf das Land zurückzuziehen. Kuhalas träumerischer Blick folgte dem Dampf, der aus der Suppentasse aufstieg und unter der Decke vom Luftzug des Oberlichts gekräuselt wurde. Er küsste das Telefon und lehnte sich auf dem Stuhl zurück, um vor seinem inneren Auge all die unvergesslichen Momente ablaufen zu lassen, die er mit Annukka erlebt hatte.

Sie war die Frau, der sein Herz gehörte. Wie sollte er so ein Leben auf die Dauer aushalten? Es genügte nicht, die dreihundert Kilometer Abstand allein mit der Kraft der Gedanken zuzuschütten, und die ein, zwei Begegnungen im Monat machten das Alleinsein anschließend noch schlimmer. Dennoch waren die Diskussionen über ein gemeinsames Leben unter einem Dach ins Stocken geraten, entweder weil sie beide die Risiken der Alltäglichkeit, die mit dem Zusammenleben verbunden waren, scheuten oder weil sie in den wenigen gemeinsamen Stunden etwas Besseres zu tun hatten, als sich mit stirnfaltigen Zukunftsüberlegungen zu beschäftigen. Und wenn Kuhala sich richtig erinnerte, war es Annukka, die als Erste das Thema wechselte, wenn es ernst wurde.

Er löffelte seine Suppe und aß zwei Scheiben Knäckebrot. Dann stand er seufzend auf, wusch das Geschirr ab und trank zum Runterspülen Wasser aus dem Hahn, das nach Chemikalien und leicht nach Fisch schmeckte und außerdem nicht kalt wurde, auch wenn man es noch so lange laufen ließ. Anschließend legte er sich auf den harten Boden, hob die Füße auf die Tischkante und versank für eine Viertelstunde in Halbschlaf. Der Kopf tat ihm weh, der Liebeskummer und der Mordermittlungskummer, die beide schwerelos auf der Umlaufbahn des Kopfes trieben, prallten ständig gegeneinander, aber irgendwie erkannte Kuhala, dass er das nicht zum ersten Mal erlebte, und mochte nicht anfangen zu jammern. Bei ihm wirkte, was das Alter verschliss, und nicht, was die Jugend verhieß. Also lieber nicht übertreiben.

Jeri hatte inzwischen seinen Magen gefüllt, er saß vorm Terrarium und wusch sich mit trägem Lecken. Die linke hintere Pfote ragte nach oben, es sah aus, als würde er Cello spielen.

Kuhala öffnete die Whiskyschublade, griff nach dem Notenbuch *Die schönsten Liebeslieder*, das er auf dem Flohmarkt der Stadtbibliothek erstanden hatte, und schmetterte für Annukka ein paar Liebesbekenntnisse. Die Begleitakkorde traf er nur tastend, und seine Stimme zitterte. Die oberen Lagen der Refrains zwangen ihn, die Lautstärke zu erhöhen, was bei dem Resonanzraum seines Brustkorbs allerdings kein Problem war.

Der Hund unterbrach sein Cellospiel und starrte Kuhala neugierig an, bis er mit einem wehmütigen Jaulsolo in das Lied einstimmte. Sein Register war schwer zu bestimmen, aber weil er schon so viel mitgemacht hatte, war Jeri ein Blueshund und brachte eine gewisse willkommene Rauheit in die Romanzen seines Herrchens ein.

Als Kuhala und Jeri nach ihrer Ruhestunde die Detektei verließen, stand der Junge auf der obersten Stufe der Betontreppe.

»Hallo, Kaarlo, wie geht's?«

»Spielen wir?«

»Warum nicht. Ich muss eigentlich ein bisschen was arbeiten, aber ein kurzes Training ist schon drin. Du hast wieder die Schnürsenkel offen. Mach sie zu, damit du keine nassen Strümpfe bekommst.«

Kaarlo zog die Nase hoch und bückte sich, um an seinen Turnschuhen herumzufummeln. Kuhala musste ihm helfen, dabei rutschte dem Jungen der Ball unter dem Arm heraus. Jeri erkannte, dass seine Chance gekommen war. Er stieß den Ball auf dem Rasen vor sich her, was den Jungen vor Begeisterung zum Jauchzen brachte und Kuhala mit Stolz über seine Initiative am Ufer des Tierheims erfüllte. Jeri trickste das Teppichklopfgestell aus, ließ den Sandkasten aussteigen und umdribbelte die Verteidigersträucher, bis er zu dem Jungen zurückkam und stehen blieb. Sein Maul stand lachend offen, die Zähne blitzten auf, der Schwanz wedelte, und die Rhabarberohren lagen am Kopf an. Kaarlo sah den Jungen begeistert an und legte ihm die kleine Hand auf den Kopf. »Toller Hund.«

Jeri war damit einverstanden, ins Tor zu gehen. Kuhala und Kaarlo spielten sich den Ball zu und gaben scharfe Torschüsse ab, aber der Hund schnappte sich alle Bälle, ob pfeilgerade oder angeschnitten oder direkt in den Winkel, und geriet dabei schließlich so sehr in Fahrt, dass er den Ball gar nicht mehr hergeben wollte, sondern sich an ihn klammerte und ein Bluesknurren ausstieß.

Kuhala musste ihn beruhigen. Dann gab er dem Jungen den Ball.

»Bist du nicht der Piva… Pri…«

»Privatdetektiv. Genau. Schwieriges Wort, aber du lernst das schon.«

»Privatdetektiv.«

»Na also, du kannst es ja!«

»Da warn solche Onkels mit Motorrädern hier, die haben nach dir gefragt.«

»Wann war das?«

»Vor der Kinderstunde.«

Der Junge sah Kuhala ernst an und bohrte in der Nase, die Hose war an den Knien geflickt und voller Erde und nassem Gras. Er hob drei Finger, um zu zeigen, wie viele Motorräder in den Hof gefahren waren, und rannte hinter die Sträucher am Rand des Rasens. »Hier ist noch ein Abdruck. Guck mal, wie tief der ist. Der Dreck ist bis ins Gebüsch geflogen. Ich hab ihnen gesagt, du arbeitest wahrscheinlich. Die waren eigentlich ganz nett, die Onkels, auch wenn die Motorräder so laut geknattert haben, dass man nicht so gut gehört hat. Wenn ich groß bin, hab ich auch so eins. Die haben gesagt, sie kommen ein andermal wieder.«

Mit flatternden Lippen machte der Junge ein Motorgeräusch, dann rannte er mit dem Ball unterm Arm auf den Asphalt im Hof und gab Gas. Mitten auf dem Kanaldeckel blieb er plötzlich stehen und rief Kuhala zu: »Ich muss jetzt gehen. Spielen wir irgendwann wieder? Die

Onkels haben irgendeinen Zettel für dich an die Tür gehängt. Tschüs!«

Der Wind hatte die Nachricht abgerissen und in den Wilden Wein geschleudert. Zwischen den nassen Blättern war sie durchweicht und fast unleserlich geworden. Kuhala konnte immerhin einen Totenschädel und ein Kreuz erkennen, deren Abschreckungskraft vom Erfindungsreichtum her kaum ausreichend zu nennen war.

22

17. Juni Es war bereits spät am Abend, als Kuhala mit Jeri vor der Tür der Frau stand, die in der Nähe der Brücke wohnte. Das frisch frisierte Gartengrundstück fiel zum Ufer hin ab und erfreute den Betrachter durch hübsche Studentenblumen- und Stiefmütterchenbeete. Bei der Randsteinplatzierung war auf den Schönheitsbegriff des Mittelstands gesetzt worden, offenbar nach Lektüre mindestens eines Artikels in einer Gartenzeitschrift. Vom Carport her hörte man männliches Lachen, das gemütliche Kratzen einer Harke ließ Jeri die Ohren spitzen.

Kuhala überkam auf einmal eine solche Müdigkeit, dass er hoffte, die Frau würde bleiben, wo sie war.

»Lacht ihr nur, Jungs, aber wenn die Menschheit einst mit den elementaren Fragen konfrontiert wird, werdet ihr auch ernste Gesichter machen.«

Kuhala kannte die Stimme, nun war er derjenige, der die Ohren spitzte. Er ging näher heran und schaute auf die Rampe zum Carport hinunter. Dort standen drei Männer.

Sie waren alle über sechzig, einer trug eine Mütze, der zweite stützte sich auf einen Spaten, und der dritte stemmte die Hände in die Hüften, wobei er mit schwerem Eisen beschlagene Wörter ausstieß, die dem Sommerabend die ganze Anmut zu rauben drohten. »All dieser Wohlstand ist vergänglich. Nichts als Illusion. Es tut weh, sich der Wahrheit zu stellen.«

»Dir tut es auch weh.«

»Ist auch nicht verboten. Ich sag ja bloß.«

Auch das Thema kam Kuhala allmählich bekannt vor. Der mit der Mütze und der mit dem Spaten hatten im Verlauf der Geschichte dieser Häuserreihe so viele Ergüsse des Mannes abbekommen, dass sie fähig waren, die Botschaft entgegenzunehmen, ohne sich provozieren zu lassen. Es hätte ja auch nichts gebracht – Gründe zum Streit gab es immer genug, auch wenn man sich nicht über den Endzeit-Consult echauffierte.

»Entschuldigung. Ich sollte die Frau aus dem Reihenendhaus treffen, aber sie macht nicht auf«, unterbrach Kuhala die Unterhaltung der Männer.

»Helmi ist walken.«

»Leck mich am Besen«, sagte Kuhala gedämpft und bedankte sich bei den Männern.

»Sie ist in die atomwaffenfreie Zone gegangen, ich kann Ihnen zeigen, wie man da hinkommt«, verkündete der Mann der letzten Tage energisch und kam im Laufschritt herüber, als fände er keine Sekunde Ruhe vor seinen Gedanken.

Jeri platzierte sich zwischen Kuhala und dem Mann und zog die Oberlippe nach oben.

»Der beißt doch nicht?«, fragte der Mann.

»Nein. Wenn er nicht gebissen wird.«

»Gehen Sie auf den Fahrradweg zurück und überqueren Sie beim Campingplatz die Fahrbahn, und dann nehmen Sie die Fußgängerunterführung und biegen links ab. Von da noch fünfzig Meter und dann bloß noch den Weg nach rechts. Da stiefelt Helmi entlang, das ist ihre Stammstrecke. Bisschen dickere kleine Person und unwahrscheinlich tüchtig. Hellrote Shorts und weißes Hemd.«

Das waren genaue Anweisungen, und die persönlichen Kennzeichen kamen so flüssig, dass Kuhala vermutete, der Mann habe mehr als einmal versucht, beim Nordic Walken dabei zu sein. Er bedankte sich und fragte, ob er das Auto auf dem Gästeparkplatz stehen lassen könne, während er die Frau suche. Der Mann zündete sich eine Zigarette an und drückte das Streichholz am Rasenrand in die Erde. »Es kann da bleiben.«

Er hatte ein schmales Gesicht, war einer von der Sorte blasser Marathonläufer mit Hühneraugen, und das halb wahnsinnige Glühen seiner Augen blickte direkt in die geräumige Abteilung der Seele, wo die Bilder vom Weltuntergang gelagert wurden.

»Haben wir uns schon mal gesehen?«, wollte Kuhala wissen. »Sie kommen mir irgendwie bekannt vor.«

Der Mann rauchte und richtete den Blick von Kuhala zum Himmel. Die Antwort erschöpfte sich in einem Kopfschütteln.

»Vor ein paar Tagen kauerte ich im Regen da drüben unter den Brücken überm Verbindungsfluss zwischen den Seen, und auf der Böschung gegenüber saß ein Mann, der eine Stimme hatte wie Sie und rauchte … Aber na ja, von der Zigarette konnte ich natürlich nur die Glut erkennen.

Man sah nichts, weil es wegen der Wolken so dunkel war, aber der Mann sah keine Hoffnung für die Menschheit.«

»Und darum soll ich das gewesen sein? Es gibt auch noch andere, die aufgehört haben, eine Hoffnung für die Menschheit zu sehen. Aber wenn wir mal davon ausgehen, dass ich es war, was haben dann Sie dort gemacht?«

»Ich ermittle im Mordfall Helena Jokela. Und Sie – falls Sie tatsächlich dort waren – kamen auf die Frau zu sprechen, indem Sie ihr Schicksal mit dem Schicksal der Menschheit verglichen. Was hatten Sie dort verloren?«

Der Mann rauchte die Zigarette nur zur Hälfte und zermalmte sie mit der Schuhsohle. Für einen Moment leuchtete eine geistesgestörte Grimasse auf seinem Gesicht auf, das von der Abendsonne purpurrot gefärbt wurde, aber dann bekam er sein Mienenspiel wieder an die Kandare und begnügte sich damit, mit dem Finger auf Kuhala zu deuten. »Mischen Sie sich nicht in das Leben anständiger Leute ein, Sie! Ich bin nicht einmal der Polizei gegenüber verpflichtet, darüber Rechenschaft abzulegen, wo ich hingehe. Und auch wenn die Frau dort ihr Ende gefunden hat, besteht kein Grund, uns zu belästigen, bloß weil wir hier wohnen.«

»Es ist nicht meine Absicht, jemanden zu belästigen. Bei meinem Beruf muss ich aber Fragen stellen, das ist sozusagen lebensnotwendig. Sitzen Sie oft unter der Brücke?«

»Das geht Sie nichts an.«

»Kein Grund, sich aufzuregen. Als ich zu meinem Boot ging, griff mich jemand von hinten an und versuchte, einen ziemlich hässlichen Trick anzuwenden. Das war eine Überraschung. Ich verdächtige niemanden, aber wenn Sie tatsächlich unter der Brücke waren, haben Sie dann nicht zufällig jemanden gesehen? Außer mir.«

»Ich war aber nicht da. Ich hab in fünfzig Meter Entfernung eine Zweizimmerwohnung. Dort ist es angenehmer, sich vor dem Regen unterzustellen.«

Einen kurzen Moment lang war sich Kuhala sicher, der Mann würde seine Nachbarn zu Hilfe rufen, und dann würden sie ihn gemeinsam auf die Straße prügeln, aber der Mann gab sich mit einer halbseidenen Drohung zufrieden und machte auf dem Absatz kehrt. Vielleicht ärgerte er sich nur, weil es ihm nicht gelungen war, seine Zwangsvorstellung vom Weltuntergang in das Gespräch einzuflechten, aber warum hatte er nicht zugegeben, dass er unter der Brücke gewesen war?

Das Unwetter vom frühen Nachmittag hatte seine Kraft an die Innenstadtviertel vergeudet, für die Umgebung der Saarijärventie war nur eine erfrischende Dosis Regentropfen abgefallen, und auch die waren bereits getrocknet. Zwischen energisch voraneilende Fahrradfahrer, Jogger und Rollerskater passte auch der eine oder andere, der in der Sonne eingeschlafen war, sowie ein auf den Arsch gefallener fluchender Quartalssäufer.

Kuhala überquerte mit dem Hund die Straße, im Beton der Unterführung war das Baujahr eingelassen. Es roch nach Urin und verschüttetem Bier, jemand hatte die Glasscherben zur Seite getreten, die rassistischen Schmähungen der Graffiti überlagerten sich gegenseitig. Die schwüle Luft bremste Jeri und brachte ihn zum Hecheln, Kuhala spürte hin und wieder den Knall von Savipelto in den Gelenken. Sie bogen links ab.

Es war niemand zu sehen, im Schilf einer Ausbuchtung

des Alvajärvi quakte eine Ente, und es schien, als wäre das Leben jenseits der Fernstraße 4 bereits in die Erwartung einer heißen Nacht versunken. Kuhala fand den Weg leicht, das Licht von hinten vergoldete das Laubwerk und hüllte die Kiefernstämme in eine unwirkliche, leicht rötliche Glut, die nur kurz anhielt, den Menschen aber zum Träumen verleitete.

Kuhala fing nicht an zu träumen, denn sein Bedarf an Träumerei war nach dem Telefongespräch mit Annukka erstaunlicherweise befriedigt. Bis sie sich sahen, waren es nur noch wenige Tage, und er hatte keine Ahnung, wie groß der Ring sein musste, den er Annukka kaufen würde. Fragen konnte er sie nicht. Außerdem wusste er noch immer nicht, wo sie hinfahren würden.

Er legte ein paar schnelle Schritte ein, um eine Pferdebremse abzuschütteln, und musste den Ästen ausweichen, die bis auf den Weg ragten. Dahinter waren ehemalige Feuerstellen zu erkennen.

Jeri trabte vorneweg, und bald hörte man seine plitschenden Schritte am Ufer. Der Weg führte auf den See zu, das Wasser schimmerte durch die Vegetation hindurch, und man sah einzelne Häuser am anderen Ufer. Kuhala verließ den Weg, schlug sich gebückt zum Ufer durch, wo sich der Hund schüttelte.

»Im Stadtbereich gehören Hunde angeleint!« Die Stimme klang eine Spur außer Atem und streitlustig. »Außerdem sind die städtischen Seen nicht als Badeplätze für Tiere gedacht.«

Der nächste Beschwerdesatz ging im Solo des Trompeters auf dem Harju-Turm unter, weshalb Kuhala lediglich die letzten Worte verstand. Sie verhießen ebenfalls nichts

Gutes, und allmählich ging ihm der unfreundliche Ton auf die Nerven.

Fünfzig Meter vor ihm tauchte die Frau am Ufer auf und sammelte Dampf für eine neue Beschwerde, deren Thema sie aus ihrem mit Verboten, Paragrafen und städtischen Ordnungsregeln überfrachteten Schädel bezog. Von den Kennzeichen her entsprach sie der gegebenen Beschreibung bis hin zum zarten Rot ihrer Sporthose. Man hätte meinen sollen, das durch die Leibesübung ausgeschüttete Endorphin müsste ihre böse Zunge bändigen, aber nein. »Frei laufende Hunde können eingefangen und im Tierheim eingesperrt werden.«

»Er war schon im Käfig, ich habe ihn dort rausgeholt. Und ich glaube nicht, dass er noch einmal dort landen wird«, erwiderte Kuhala. »Wie wäre es, wenn wir uns darauf verständigen, dass ich mich um den Hund kümmere. Er ist brav und klug und braucht an solchen heißen Tagen ein bisschen Erfrischung. Falls Sie auch ein bisschen planschen mögen, gnädige Frau, ziehen wir uns zurück.«

»Kuhala?«

»Der bin ich. Guten Abend. Woher kennen Sie mich?«

»Ihr Gesicht ist aus der Zeitung bekannt. Wo kommen Sie denn so plötzlich her?«, fragte die Frau nun schon etwas milder. »Ich hab Sie angerufen.«

»Moment, ich komme zu Ihnen. Wenn Sie weiter so schreien, hört rund um den See jeder, was Sie mir zu sagen haben.«

Die Frau stellte sich vor und wischte sich den Schweiß vom Gesicht. Sie war die gleiche Altersklasse wie die Männer aus ihrer Reihenhausgemeinschaft und so klein, dass sie Kuhala kaum bis zur Brust reichte. In den braunen

Augen ihres vogelartigen Gesichts funkelten Vitalität und die ständige Bereitschaft zu einem kleinen Zank, sobald sich die Gelegenheit dazu bot. Die Duftmischung aus Schweiß und Parfum machte die Insektenpopulation, die um ihren Kopf herumschwirrte, verrückt, aber sie ließ sich davon nicht stören, sondern ging noch ein Stück näher an Kuhala heran. »Ich habe das Gefühl, als wüsste ich eventuell etwas über den Tod von dieser Jokela.«

Auch die Gier nach Beachtung schimmerte in ihrem Blick. Sie hatte beschlossen, ihre Informationen krümelweise zu dosieren, und glaubte offenbar, diese Lösung könnte die Bedeutung ihrer Persönlichkeit steigern, aber Kuhala, der in Savipelto schwer in die Mangel genommen worden war, brach nicht in Begeisterung aus, sondern war nahe daran, sich ohne ein weiteres Wort zu verabschieden.

»Wie wäre es, wenn wir zu mir gingen. Dann enthülle ich Ihnen dort, was ich weiß. Ich kann auch einen Abendkaffee kochen«, schlug die Frau vor und neigte sich mutig nach vorne.

Noch ein Stück weiter, und Kuhala hätte sie festhalten müssen, damit sie nicht umkippte.

»Tut mir leid. Ich muss heute Abend noch anderswo hin.«

Die hoffnungsvolle Miene der Frau kühlte eine Spur ab, einer der Stöcke bog sich unter ihrem Gewicht. In etwa fünf Sekunden würde sie wahrscheinlich erzählen, der Mörder habe splitterfasernackt einen Totentanz auf der Fußgängerbrücke aufgeführt. Die Nachbarin, ihre Lieblingskassiererin im Supermarkt und ihre Friseuse wussten es schon.

Kuhalas Konzentrationsfähigkeit ließ nach, und es entwich ihm ein schlecht kaschiertes Seufzen. Allmählich verstand er, warum sich die Polizei nicht für die Erkenntnisse der Frau interessierte.

Ihre Enthüllung war schlimmer, als Kuhala sich vorgestellt hatte. Ihr Exmann schlich seit dem Frühjahr um ihr Haus, klopfte an ihr Fenster und rief immer wieder bei ihr an. »Wir haben uns vor mehr als zwanzig Jahren getrennt. Reino zog nach Paraguay in eine finnische Kolonie am Rand des Regenwalds, aber nun ist er zurückgekehrt. Schnurrbart, schiefe Nase, ärmlich gekleidet, dünn und zieht ein Bein nach. Anfang Mai habe ich ihn ertappt, seitdem weiß ich, dass er es ist«, sagte die Frau, als hätte sie statt ihrem Exmann das Ungeheuer von Loch Ness entdeckt.

»Warum haben Sie ihn nicht angeschrien?«, fragte Kuhala.

»Er kann gewalttätig werden.«

Gewalttätig oder nicht, aber je länger Kuhala der Zeugenaussage lauschte, desto besser verstand er auch, warum Reino bis nach Paraguay ausgewandert war. Die Frau war unmittelbar an Kuhala herangerückt und musste zu ihm aufschauen wie ein Tourist zur Kathedrale. Auf den dünn gezupften Augenbrauen glänzte der Schweiß, die Waffeleisenfalten um den Mund zogen sich jedes Mal zusammen, wenn sich der Handlungsverlauf einer Zwischenetappenklimax näherte. »Er hat seinen Namen geändert. Das Einwohnermeldeamt kennt Reino nicht. Nicht mal die Ausländerbehörde. Dort waren sie übrigens ganz schön unverschämt.«

»Wenn Sie am Telefon belästigt werden, kann man die Telefonate leicht zurückverfolgen. Und Sie kennen bestimmt auch die Regelung mit dem Näherungsverbot. Das kann man bei Gericht beantragen, sobald der Mann geschnappt worden ist. Mehr kann ich im Moment nicht für Sie tun, aber …«

»Ich habe ihm mit der Kamera aufgelauert, bis jetzt allerdings umsonst. Ich bin seit über einem Jahr in Rente, ich war Bürokraft bei einer Bergbaugesellschaft und bin dann nach Jyväskylä gezogen. Wollen Sie nicht doch einen Kaffee …«

Kuhala hob abwehrend die Hand. Die Frau ließ die Luft aus ihren Backen entweichen und rammte die Stöcke in die Erde. »Sie sind aber ein großer Mann … Reino hat die Jokela umgebracht, weil er mit mir nicht in Berührung kam.«

Sie entfernte sich in Richtung Fußweg, drehte sich aber noch einmal um. Kuhala fragte, welches Bein der Mann namens Reino nachzog. Der Kopf der Frau vibrierte. Sie beugte sich nach vorn, um auf ihre Füße zu blicken, und schien etwas zu murmeln, aber dann kreuzte sie die Stöcke und zuckte mit den Schultern, als hätte sie die Frage nicht verstanden.

Schließlich verschwanden die himbeerroten Sporthosen. Im Wasser, unmittelbar vor Kuhalas Füßen, schoss ein Schwarm Weißfische davon.

»Jeri!«

Kuhala eilte zum Weg und sah zuerst der Frau hinterher und dann zur Seite. Das Gelände hätte sich jederzeit als Milieu für eine Geschichte im Geist des Kalevala geeignet. Außerdem war der Pflanzenbestand so regenwaldhaft dicht, dass der Exmann der Nordic Walkerin hier leicht Hilfe gegen Entzugserscheinungen aufgrund abrupten

Landschaftswechsels gefunden hätte. Am wahrscheinlichsten war allerdings, dass es den Mann gar nicht gab. Die Frau spuckte als Ausgleich zu ihren langweiligen Bürokraftjahren allen möglichen Unsinn aus und glaubte zu allem Überfluss auch noch selbst an ihre Geschichten. Sie hatte am Ufer einen ihrer Nachbarn erblickt, im Fernsehen eine Dokumentation über Paraguay gesehen und vor Jahrzehnten einen Mann auf die Straße gesetzt, von dem sie kein gutes Wort zu sagen hatte. Aus diesen Elementen setzte sie eine Geschichte zusammen, von der sie glaubte, sie würde sogar dem bekannten Privatdetektiv der Stadt den Atem rauben.

Das betörende Licht des Sommerabends spielte mit den Zweigen, die Vögel zwitscherten. Unglaublich, dass es von hier nur wenige Kilometer bis in die Steinwüste der Innenstadt war. Kuhala blieb stehen und lauschte. »Jeri, hierher!«

Der Hund reagierte nicht. Neben einem morschen Baumstamm ragte ein Schuh aus dem Unterholz. Kuhala bückte sich und hob ihn auf. Eine Naht des geflochtenen Mokassins war an der Spitze aufgerissen. Der Schuh steckte voller Schlamm, aus dem sich ein Wurm kämpfte. Die Frau hätte den Schuh, ohne mit der Wimper zu zucken, als Reinos Schuh identifiziert, Kuhala hingegen konnte aus dem einzelnen Mokassin lediglich Drei-Promille-Saufgeschichten herauspressen.

»Jeri, sofort hierher!«

Er ließ den Schuh fallen und ging um ein undurchdringliches Weidengestrüpp herum. Der Boden war sumpfig, ein Ast schlug Kuhala wie eine Peitsche ins Genick, man musste aufpassen, dass man nicht über Wurzeln stolperte oder auf glitschigem Moos ausrutschte. Er pfiff und fing bereits an, sich Sorgen zu machen, denn er hielt den Hund für das klügste Tier, dem er je begegnet war. Ohne aufzubegehren, hatte er Kuhala und die Rahmenbedingungen seines neuen Lebens akzeptiert.

Gerade als Kuhala unter dem betörenden Frühsommergrün eine schwere, leicht süßliche Beinote roch, hörte er den Hund mit dem gleichen misstrauischen Ton knurren, mit dem er den Hundefänger begrüßt hatte.

»Was machst du da? Komm, wir gehen, Jeri!«

Der Hund saß mit angespannten Muskeln da, das Rückenfell gesträubt, und starrte knurrend vor sich auf den Boden. Kuhala ging näher heran, um ihn zu beruhigen. »Bist du verrückt geworden? Was ist denn los?«

Der Geruch wurde stärker, Kuhala hielt sich die Hand vor die Nase und bückte sich, um Moos und Reisig zur Seite zu räumen, das die Mulde zwischen den beiden Teilen eines in der Eiszeit gebrochenen Steins bedeckte. Die ovale Senke war gerade mal einen Meter breit, der Hund stieß aus den Tiefen seines Brustkorbs raue Rezitative aus, als würde er dabei gar nicht atmen.

Das Atmen fiel auch Kuhala schwer. »Irgendein Idiot hat einen Artgenossen von dir hier verscharrt. Schauen wir halt nach und rufen die Polizei an, falls ein Verstoß gegen das Tierschutzgesetz vorliegt.«

Der mehrfach verzweigte letzte Ast fiel Kuhala krachend aus der Hand. »Verfluchter Mist. Verdammte Scheiße …«

Er zog den Hund weiter weg und richtete den Blick zum Himmel, wie um sich Mut zu machen. Die Grube war von der Natur geformt worden, oder man hatte dort eine Erdprobe entnommen, im Hinblick auf künftige Bauvorhaben, aber was darin lag, war kein Artgenosse von Jeri, sondern von Kuhala. Er kämpfte gegen einen Übelkeitsanfall an und zwang sich hinzusehen, der Hund fing an zu jaulen.

Man konnte nichts mehr tun, schon lange nicht mehr. Der Mann lag halb auf der Seite, die eine Hand angewinkelt am Hals, die andere unsichtbar unter dem Körper. Auf das Gesicht war Erde von den Grubenrändern gerieselt, das leere Portemonnaie, das man ihm auf den Rücken geworfen hatte, erinnerte an eine Fledermaus.

Kuhala stand fluchend und ächzend auf. Er lehnte sich an einen der beiden Steinbrocken, sodass noch Licht in die Grube fiel. Am linken Fuß der Leiche war ein geflochtener Mokassin zu erkennen. Kuhala wurde blass und sprang zur Seite, um sich zu übergeben. Er erinnerte sich an die barbarische Bilderserie in Vikmans Album und an die Männer, die sich auf ihren Tod vorbereiteten – doch das Betrachten dieser Jahre zurückliegenden Schreckensszene im Halbdunkel des Kleiderschranks hatte ihn kein bisschen für den Anblick, den er jetzt vor sich hatte, abgehärtet. Das Erbrechen beanspruchte empfindliche Muskeln, Kuhala schoss das Wasser in die Augen.

»Komm jetzt endlich«, sagte er zu dem Hund und wischte sich mit einem Erlenblatt den Mund ab. »Die Welt ist verdammt krank, und wir können nichts dafür, dass wir in dieses Leben geworfen worden sind. Das ist … das war ein gewisser Sakari Antikainen, ein eher schwieriger Typ, dem übel mitgespielt worden ist. Komm jetzt her, Jeri!«

Der Hund gehorchte. Kuhala rief die Polizei an und versprach, bis zum Fahrradweg entgegenzukommen. Er spuckte aus, er keuchte und hätte sich fast verirrt. Über sein Gesicht liefen Schmutzstreifen, sein Hemd war am Saum aufgerissen. Die erste Streife war in Idealzeit vor Ort, in weniger als sechs Minuten. Einer der beiden jungen Beamten näherte sich Kuhala vorsichtig, der andere sicherte.

»Hände auf den Kopf! Umdrehen! Ist der Hund gefährlich?«

Das verhieß nichts Gutes, das war keine Idealbegegnung, aber als Nevakivi in der Nacht Kuhala in seinem Büro Platz nehmen ließ und einen langen, von Seufzen begleiteten Blick auf ihn warf, konnten die guten Verheißungen endgültig vergessen werden.

23

19. Juni Der Nachruf in der Zeitung wusste, dass Antikainen zu den fähigsten Ermittlern der Stadt gehört hatte, nicht nur aufgrund seiner persönlichen Eigenschaften, sondern auch, weil er seine besten Jahre in Jyväskylä verbracht und den Charakter der Stadt durch und durch kennengelernt hatte.

Seine volkstümliche, stattliche Erscheinung habe Vertrauen geweckt, gesetzestreue Bürger wie kriminelle Elemente hätten ihn gleichermaßen leicht zugänglich gefunden und seine Direktheit und Gerechtigkeit geschätzt.

Und wie beispielhaft habe Antikainen doch die wenigen Krisen, die im Laufe eines Lebens jeden einmal ereilten, überstanden, um daran als Mensch zu wachsen!

Kuhala biss ein Stück von seinem Schnittlauchbrot ab. Ein Handtuch hing ihm über die Schulter, der ekelrealistische Stapel geöffneter Rechnungen auf dem Tisch flatterte im Takt seiner Stressatmung. Wie er so dasaß, mit seinen blutunterlaufenen Augen, angeschlagen und leicht erschrocken, erinnerte er an einen Kosmonauten, der mit nur einem Bremsfallschirm in der Steppe aufgeprallt war.

»Wir haben einen tollen Kerl verloren«, meinte er unwirsch zu Jeri, der sein Futter vertilgte und die Ohren bewegte, um zu signalisieren, dass er den Sarkasmus verstanden hatte.

Das Foto von Antikainen war zwei Jahre zuvor aufgenommen worden. Der Kriminalhauptmeister hatte dafür eine ernste Dienstmiene aufgesetzt, es jedoch nicht geschafft, den Anflug von Selbstgefälligkeit abzuschütteln, der nun einmal Teil seiner Persönlichkeitsstruktur war und auch einem mittelmäßigen Menschenkenner auffallen musste. Das gleiche Bild hatte den Artikel in der Gratiszeitung geziert, in dem Antikainen versprochen hatte, »König Alkohol« endgültig hinter sich zu lassen.

Nun war ihm das also gelungen.

Kuhala fiel es schwer, mit dem Nachruf einer Meinung zu sein, aber er dachte auch nicht über eine Gegendarstellung nach. Der Verfasser hatte seit Antikainens Verschwinden Zeit zum Schreiben gehabt, darum konnte der Text so schnell veröffentlicht werden. Der Mord an Antikainen war eine Nachricht von nationaler Bedeutung und hatte es sogar in die Boulevardblätter geschafft. Die gruben nicht nur die Tiefpunkte seiner Laufbahn aus, sondern zauberten auch vorsichtige Theorien über die Gründe der Tat aus dem Hut.

Keines der Motive, die Kuhala dabei vor Augen kamen, griff das Thema Unterschlagungen in der Asservatenkammer des Polizeipräsidiums auf, über das Ratsku gesprochen hatte.

Kuhala gab den Brei auf den Teller und schüttete einen Satz Blaubeeren darüber, die er in der Mikrowelle aufgetaut hatte. Die Einzelheiten der Nacht, die er mit Kommissar Nevakivi plaudernd verbracht hatte, hatte er im hintersten Fach seines Kopfes in so stabile Fesseln gelegt, dass sie dort nicht so schnell zu strampeln anfangen würden.

Nach dem Essen traktierte er mit allem, was sein Körper hergab, den Sandsack. Es war verflucht klar, dass es mit der goldenen Phase seiner Karriere vorbei sein würde, wenn er jetzt keinen Urlaub nahm. Seine Muskeln waren von dem Bombenattentat noch empfindlich und erholten sich nur langsam, die Handschuhe setzten sich eher durch Willenskraft statt dank orthodoxen Trainings in Bewegung. Von Beinarbeit konnte kaum die Rede sein, und nach ungefähr fünf Minuten Ackerns hing er am Sack, als hätte er elf Runden hinter sich.

Es ging auf Mittag zu. Jeri stand erwartungsvoll im Flur. Während des nächtlichen Verhörs hatte er im Hof des Präsidiums in einem mobilen Polizeikäfig ausharren müssen. Falls in seinem Verhalten auch nur die geringsten Hinweise auf Angstsymptome zu erkennen wären, würde Kuhala bei der Tierschutzbehörde Anzeige erstatten. »Du darfst gleich pinkeln gehen, ich dusche nur schnell und notiere mir die Nummern von ein paar Ferienhäuschen.«

Sie gingen zum Jyväsjärvisee. Kuhala rief unterwegs Aila Antikainen an und sprach sein Beileid auf den Anrufbeantworter. Der zweite Anruf galt Eero Jokela, der gerade mit dem Auto auf dem Weg nach Helsinki war. Er schien das Schlimmste überstanden zu haben, denn er setzte seine Worte in vernünftiger Reihenfolge und artikulierte sich mit den klaren Sätzen eines Menschen, der gut geschlafen hat. »Vikman darf nicht entkommen. Ich will, dass Sie alles tun, um ihn zu finden. Ich übernehme die Kosten, auch wenn Sie ins Ausland reisen müssen, denn der Mann hat etwas zu verbergen, sonst wäre er ja wohl nicht verschwunden. Sie waren nicht im Haus?«

»Nein. Das wäre illegal gewesen. Ich habe ein paar weitere interessante Objekte, mit denen ich mich befasse, sobald ich …«

»Was für welche?«

»Das möchte ich am Telefon nicht so gern ausbreiten, außerdem wollte ich eine Woche Urlaub machen.«

»Was soll der Blödsinn?«

»Keine Sorge. Es ist bloß so, dass ich vorgestern Abend wieder mal auf das Opfer eines Kapitalverbrechens gestoßen bin. Das ist ein bisschen viel für einen Mann, und in den zurückliegenden Stunden bin ich von der Polizei dafür nicht gerade gelobt worden.«

»Sie haben Antikainen gefunden? Sein Bild war in der Zeitung. Meine Herren, was ist das für eine beschissene Welt!«

Kuhala saß auf einem Bootssteg und ließ die Füße baumeln. Er nahm die Sonnenbrille aus der Brusttasche und setzte sie auf. Aus dem Telefon drangen Motorengeräusch und dann ein weiterer Fluch. »Wo wurde Antikainen gefunden? Ich kannte ihn einigermaßen. War ziemlich von sich eingenommen.«

Kuhala schnippte mit den Fingern und meinte damit Jeri, der das Gebüsch nach frischen Morgenbotschaften durchkämmte. Zu Jokela sagte er, er könne über den Fall Antikainen keine Einzelheiten verraten. »Sie werden das sicher verstehen, und eigentlich war es der Hund, der den Toten fand. Ich halte Sie auf dem Laufenden, falls sich etwas ergibt.«

Der Ausflugsdampfer, der am Steg von Ceausescu Beach ablegte, ließ zum Zeichen der Abfahrt das Nebelhorn ertönen, die Sommerurlauber interessierten sich hauptsächlich für den Bierausschank auf dem Oberdeck, was leicht daran zu erkennen war, dass sich dort bereits eine Schlange bildete. Kuhala und der Hund winkten den Passagieren zu, das Paar, das weit weg auf einem Steg saß, umschlang sich heftig für die Dauer eines Kusses.

Nach drei Stunden Geschäftigkeit hatte Kuhala ein Häuschen »in ländlichem Milieu, das die Herzen höher schlagen lässt, gelegen an einem See von natürlicher Schönheit« gemietet, eine Tüte mit Sachen, die man fürs ländliche Leben benötigte, gekauft und auf den Anrufbeantworter im Büro die Ansage über seinen Urlaub gesprochen. Für einen wie ihn war das eine reife Leistung, aber es galt, aus Jyväskylä hinauszukommen, um jeden Preis. An der Kreuzung von Yliopistonkatu und Puistokatu fluchte er plötzlich mitten im pseudomunteren Pfeifen und schlug über zwei Fahrspuren hinweg einen Haken in Richtung Einkaufs- und Kneipenzentrum Kolmikulma, vor dem er mit viel Glück einen freien Parkplatz fand. »Warte hier, Jeri. Ich habe was Wichtiges vergessen. Ich mach dir das Fenster auf, im Napf ist Wasser.«

Der Hund seufzte und verschwand demonstrativ im Fußraum. Er drückte sich an die Gitarre, worauf ein gedämpfter A13-Akkord erklang.

Der Abstecher zog sich auf eine halbe Stunde in die Länge. Auf Kuhalas Gesicht kreuzten sich auch danach noch die Schatten der Anstrengung und das schmächtige Zornesrot der Entscheidungsschwierigkeit, aber das Silberpapier, das aus der Brusttasche seines Sommerhemdes ragte, bewies, wie weit er gegangen war.

Annukka meldete sich nicht. Nach dem Signalton diktierte Kuhala die Fahranweisung zum Urlaubsort im Hinterland von Saarijärvi aufs Band und schickte seine allerinnigste Sehnsucht hinterher, garniert mit einem nassen Schmatzer. Das Geräusch weckte sofort Jeris Begeisterung, er hüpfte auf den Beifahrersitz, wo er eine lässige Position einnahm und Ausschau nach interessanten Hündinnen hielt.

Der Bierkasten im Kofferraum klirrte verlockend bei der Vollbremsung an der nächsten Ampel, und erst da fiel Kuhala ein, dass er auf dem Weg ins Hinterland von Saarijärvi am Wegweiser nach Savipelto vorbeifahren musste – ob er wollte oder nicht.

Sofort bildete sich Schweiß am Haaransatz, und ein Hauch von Angst durchfuhr ihn.

Ich werde keinen Abstecher dorthin machen, garantiert nicht, verdammt, und wenn mich der Teufel holt, sagte er sich vor und trat aufs Gas.

Zwar mochte der Bombenleger ein Fachmann gewesen sein, aber woher wollte die Polizei wissen, dass die Sprengkraft in die Wohnung gerichtet war? Es konnte sich um Zufall gehandelt haben, und die Vorrichtung war immerhin von einer Größenordnung gewesen, dass sie ihn gut und gerne auf die nächste Wolke hätte befördern können. Kuhala blickte zuerst zum Himmel und dann auf Jeri. »Ich dachte bloß gerade, dass diesmal mit größerem Einsatz gespielt wird als je zuvor.«

Der Hund nickte und hielt die Schnauze in den Fahrtwind. Zwischen seinen Vorderzähnen steckte ein halb zernagter brauner Beißknochen wie eine Zigarre.

Dann aber war die Verlockung für einen Profi wie Kuhala doch zu groß. Er bog nach Savipelto ab und fuhr an der Tankstelle vorbei, die er schon kannte, aber Motorräder standen dort keine. Die von der Hitze verbrühten leeren Bürgersteige, die englischen Reklameschilder internationaler Marken und die flimmernde Luft über den Dächern versetzten ihn flüchtig in die Illusion, sich im verschlafenen Zentrum einer mexikanischen Grenzstadt zu befinden. Jeden Moment käme ihm ein Esel mit Sombreromann auf dem Rücken entgegengetrottet.

Die Menschen schienen aufs Land geflohen zu sein, um sich auf Mittsommer vorzubereiten. Die Uhr zeigte bereits kurz vor halb fünf.

Ohne sich einmal zu verfahren, fand er das Haus, als hätte die Bombe das richtige Kartenblatt in seinem Kopf aufgeschlagen. Reste eines Absperrbandes der Polizei flatterten noch vor der Haustür im Wind, die schwarzen Fensterrahmen zeugten von der Kraft der Explosion.

Kuhala stieg aus und öffnete Jeri die Tür. »Keine Angst, ich werde nicht reingehen.«

Es roch leicht nach verbranntem und heißem Staub, nach frischem Gras und den unvergesslichen Sommern der Kindheit. Die Druckwelle hatte die Balkonverglasungen und die Fenster in den unteren Etagen zersplittern lassen, eine Glasscherbe war wie ein Pfeil davongeflogen und steckte nun in der Sperrholzkühlerhaube einer Seifenkiste unter dem Teppichgestell. Niemand hatte es eilig, aufzuräumen, denn bald würde ohnehin schweres Abrissgerät anrücken.

Kuhala knöpfte das Hemd auf und ging hinter das Haus. Dort tat sich ein von Unkraut und Rainfarn gelb sprießendes Brachland auf, in dessen Mitte sich ein Lehmhügel erhob. Der Wind wirbelte fächerartig Schluff auf, der gleich darauf verweht war. Am Horizont erhob sich der Schornstein der Holzveredlungsfabrik.

Die Männer tauchten wie aus dem Nichts hinter dem Lehmhügel auf, beide in den gleichen Postversandtrainingshosen und Sommerhemden. Kuhala sah schon von Weitem, dass sie zu der Sorte von Leuten gehörten, die man meint, wenn man vom »gewöhnlichen Volk« spricht, und dass sie sich selbst zur schweigenden Mehrheit zählten, die ebenso demütig mit dem Fahrrad in den Krieg zieht wie zum Sonderangebotshähnchen im Supermarkt.

Beide Männer waren schmallippig und misstrauisch. Sie blieben stehen und warfen einen Blick auf Kuhala, auf den Hund und dann auf die Fensteröffnungen des beschädigten Hauses. Der Vordere packte Zigaretten aus und nickte. Von seiner Nase aus verlief eine Furche am Mund vorbei bis mitten aufs Kinn. Sie erinnerte an den Abdruck eines Schlittschuhs. »Es waren eine Menge Leute zum Staunen hier. Jetzt wird es langsam ruhiger, aber am Anfang hätte man Eintrittskarten verkaufen können, hab ich zu Johannes gesagt.«

»Der muss immer angeben«, schnaubte Johannes.

Kuhala sagte, er habe gelesen, bei der Explosion seien auch Personen zu Schaden gekommen.

»Stimmt. Der Verbrecher ist gestorben, der schlimmere. Der andere hat's überlebt.«

»Beides Verbrecher?«

»Wer treibt sich denn sonst hier rum? Aber der andere war anscheinend kein Halunke. Bevor es geknallt hat, waren Johannes und ich hinter dem Hügel und gerade auf dem Heimweg. Der Weg führt durch das Weidengebüsch, ganz in der Nähe. Und hier stand ein Auto versteckt. Ein blauer Nissan Kombi, Baujahr Mitte der Neunziger. Nikke Boksberg hat mal so einen gefahren.«

»Vorgestern war es noch Nulppi Solehmainen gewesen«, korrigierte der weniger redefreudige hintere Mann.

»Du hast es nötig.«

»So macht der das immer.«

»Wir haben beim Gehen durchs Gebüsch gelinst. Ein kräftiger, braun gebrannter Glatzkopf ist ausgestiegen, und der hatte die Tasche mit der verdammten Bombe über der Schulter hängen.«

Der Vordere kam dermaßen in Fahrt, dass er fast aus dem Gleichgewicht geriet und sich die Hosen hochziehen musste. Die Furche im Gesicht lebte, die Hände wedelten abwechselnd zum Weg und zu den Fenstern. Hinter den beiden Junggesellenbrüdern stiegen die Schluffwirbel auf wie ein aus ganz feinem Stoff gewebter Schleier. Kuhala wollte wissen, ob die beiden das alles der Polizei gemeldet hatten.

»Nee, weil die Polizei uns nicht gefragt hat. Sind Sie auch kein Polizist?«

»Nein. Ich bin derjenige, der es überlebt hat.«

»Dieser Kuhala? Ich hab schon gedacht, der kommt mir irgendwie bekannt vor«, ließ der Wortkarge hinter seinem Bruder verlauten.

»Von wegen.«

Beide erstarrten und starrten Kuhala an, als wäre er vor ihren Augen aus dem Lehm erstanden. Dann tauschten sie einen Blick, der vom jahrzehntelangen Zusammenleben den Feinschliff eines genauen Signals bekommen hatte, und setzten sich mit einem Ruck in Bewegung. So würden sie auch weiterhin im Gleichschritt durch die Jahre trotten, die ihnen noch verblieben.

Kuhala verstand die Reaktion der beiden nicht. Er folgte ihnen und sagte, er habe nicht gelogen und sei auch kein Verbrecher. »Ich kann es beweisen. Ich habe alle Papiere dabei.«

»Ohne Brille kann ich die eh nicht lesen.«

Der Wortkarge trug in dem dicken Portemonnaie, das in seiner Gesäßtasche steckte, offensichtlich sämtliche Ersparnisse mit sich herum. Es hatte die Ausmaße eines Backsteins. Die komische bierflaschenförmige Doppelsilhouette verriet, dass beide Männer vor dem Hintergrund der fest verschweißten Wahrheit zusammengewachsen waren, dass das Leben schon vor Jahren seine Rätsel enthüllt hatte, einschließlich der Zusatzzahlen, und dass zu langes Gerede mit einem Fremden alles gefährden konnte.

»Ich habe Kontakt zur Polizei. Dort interessiert man sich unter Umständen für Ihre Informationen.«

Die beiden Männer waren bereits zwanzig Meter entfernt, als der Wortkarge stehen blieb. Sie wollten keine Polizei bei sich haben. Womöglich würde dann ihr Nebenerwerb durch Schwarzhandel mit Alkohol vor Gericht landen, und es wäre nicht schön, von einer kleinen Rente auch noch Bußgeld zahlen zu müssen. »Die Polizei können wir hier nicht gebrauchen. Ein Wunder, dass Sie überlebt haben. Muss ein ziemlicher Rumms gewesen sein.«

»Das war es«, bestätigte Kuhala. »Wissen Sie zufällig mehr über den Mann im Nissan? Vier Augen sehen ja mehr als zwei.«

»Na ja, braun gebrannt …«

»Das haben wir schon gehört.«

»Nicht älter als dreißig vielleicht. Hatte er so einen engen Sportdress an? Schwarze Hosen und grünes Hemd. Kannst du dich erinnern, Johannes?«

Der Wortkarge zog die Trainingshose mit dem Geldbörsenballast hoch und peilte die Sonne an, die seine Tonsur glänzen ließ. »Die Mode heutzutage ist sonderbar. Stimmt, grün und schwarz. Mir kam es so vor, als wüsste er, was er tat, und dass es nicht legal war. Hier wohnt ein Haufen Bagage. Und Make Honka war ein Großkrimineller. Gut, dass sie Savipelto platt machen, die Ortschaft hat der Welt nicht mehr zu bieten als Kummer und Tränen. Wo mein Bruder und ich dann landen, ist aber immer noch ein Rätsel. Wahrscheinlich auf einer Müllkippe für Alte, wo man niemanden stört.«

Das war eine eventuell leicht unzulängliche, doch scharfe Gesellschaftsanalyse, bei der der Wortkarge so viele Sätze aneinanderreihte, dass er selbst über seine Eruption erschrak und sogleich weiterging, als wäre es ihm peinlich. Der andere zog eine böswillige Grimasse und schnalzte, wahrscheinlich weil sein Bruder unvermutet versucht hatte, ihn zu übertreffen.

Es war klar, dass die beiden dem Mann, der sich mit seinem blauen Nissan in ihren ereignislosen Tag gedrängt hatte, nachspioniert und untereinander wer weiß wie viele Theorien über dessen Absichten geschmiedet hatten.

Kuhala fragte, ob sie den Mann wiedererkennen würden. Der Wortkarge hatte seine Lippen nun wieder versiegelt. Der andere erklärte: »Schwer zu sagen. Wenn man weder in der Ferne noch in der Nähe richtig sieht.«

»Welche Farbe hatte die Tasche?«

»Gelb.«

»Grün.«

»Hör bloß auf. Grün, dass ich nicht lache! Die Tasche war gelb!«

»Können Sie sagen, wie viel Zeit verging zwischen dem Moment, in dem Sie den Mann gesehen haben, und der Explosion?«

»Eine Stunde.«

»Anderthalb!«, rief der Wortkarge über die Schulter, nachdem er wieder ein Stück weitergegangen war.

Das Fuchslächeln auf seinem Gesicht entblößte zwei gelbe Vorderzähne und zog die Augenwinkel zu Runzeln zusammen. Der Bruder sah zu Boden, als suchte er nach einem Stock, mit dem man gut auf einen Mitmenschen eindreschen konnte. »Dir macht nichts mehr Spaß, als andere Leute zu ärgern. Wir haben doch gesagt, dass eine Stunde dazwischen passt, und jetzt gehst du hin und änderst das!«

Der Wortkarge beschleunigte, und bald waren beide hinter dem nächsten Haus verschwunden. Kuhala traute seinen Augen nicht recht, aber es machte ein wenig den Eindruck, als hätte sich der Nachmittagsspaziergang der beiden plötzlich in eine Verfolgungsjagd verwandelt, wie sie normalerweise von sechzig Jahre jüngeren Brüdern veranstaltet wird.

Immerhin waren sie bei der Marke und der Farbe des Autos einer Meinung gewesen. Falls der Nissan-Fahrer die Bombe in seiner Tasche und außer der nötigen Fachkompetenz eine Stunde oder sogar anderthalb für das Misshandeln und Fesseln des Gefräßigen und das Stellen der Falle gehabt hatte, musste das gereicht haben. Zur Fachkompetenz gehörte auch, dass der Wagen am selben Tag in der nächsten Sandgrube angezündet worden war.

Andererseits war der Unbekannte vielleicht ein ehemaliger Bewohner des Hauses gewesen und hatte lediglich seine restlichen Sachen aus der Wohnung geholt. Womöglich hatte er sich bereits bei der Polizei gemeldet.

Auf dem Lehmhügel standen zwei Hasen mit gespreizten Ohren und starrten auf das Attentatsgebäude. Kuhala sah sie und schlug Jeri vor, hinzugehen und zu fragen, was sie wussten. »Quetsch sie aus. Gnadenlos. Bis die Wahrheit ans Tageslicht kommt.«

Bis zum Winter wären die Häuser dem Erdboden gleichgemacht, und die Grundstücksmakler müssten ununterbrochen die besten Qualitätsbezeichnungen aus dem Hut zaubern, um potenzielle Bauherren zu motivieren. Das Image von Savipelto saß fest; als Erstes müsste man wahrscheinlich den Namen ändern.

Das Thermometer des Renault zitterte einen Millimeter im roten Bereich, als Kuhala in Gedanken versunken auf die Hauptstraße fuhr. Er erschrak und dachte innerhalb von etwa einer Sekunde ein wenig resigniert und ein wenig schockiert an die traurige Chronik seines Lebens als Kfz-Halter, die nun um ein weiteres Kapitel bereichert wurde.

»Vermaledeite Schrottkiste. Hast du dein Wasser schon getrunken, Jeri?«

Jeris Napf war leider leer. Kuhala hielt am Straßenrand an. Ein Blick unter die Motorhaube verriet, dass Wasser tatsächlich geholfen hätte und dass die düsteren Vorahnungen vielleicht begründet waren. Niemand war auf der Straße, nur hinter dem verklebten Fenster der Pizzeria sah man eine Gestalt mit einem Billardstock stochern. Bis zur Tankstelle waren es kaum zweihundert Meter, aber der Weg dorthin war unangenehm, nicht nur wegen der Hitze.

»Vergiss nicht, den berühmten wahnsinnigen Hund zu spielen, wenn etwas passiert«, schärfte Kuhala Jeri halblaut ein, und dann bemühte er sich um den locker aus der Hüfte kommenden Schritt des Mannes, der im wilden Westen am schnellsten zog. »Entweder ist die Bande auf einem Open-Air-Festival, oder sie wartet schwer bewaffnet hinter der nächsten Ecke.«

Der Tankstellenbesitzer stand an der Kasse und las. Kundschaft war keine da. Die Vorsicht, die in seinem Wesen verwurzelt war, und die eingeschüchterten Bewegungen konnten nicht wirklich überraschen. Er sah Kuhala eine Weile wie einen von den Toten Erwachten an, bis er seine Gefühlswallung besiegt hatte und sich benahm, als hätten sie sich nie zuvor gesehen. Die Scham über seine Rolle als Opfer der Motorradgang war einfach zu groß. Dieser Mann hatte die Navigationsgeräte für sein Leben weggeworfen und fand sie nicht mehr wieder.

»Einen Kaffee, eins von diesen lecker aussehenden Sahnehörnchen, ein Glas Wasser, ein zweites für den Hund, aber in einem flachen Gefäß, und einen Kanister Wasser für mein Auto. Steht auf der Hauptstraße. Der Kühler hat beschlossen, Zicken zu machen. Da fiel mir die Tankstelle hier ein.«

Dem Mann trat der Schweiß auf die Stirn. Er nickte und fing an, die Bestellung zu erledigen. Das Buch hatte er falsch herum auf den Hocker gelegt, es befasste sich mit Wahrscheinlichkeitsrechnung. Kuhala griff zur Geldbörse, der Mann zog unter der Theke einen Kanister hervor und ließ Wasser hineinlaufen.

»Stimmt so. Ziemlich ruhig, was?«

Die Kasse schepperte. Der Mann sah Kuhala an und schluckte seine Worte, was immer es auch für welche gewesen sein mochten. Der Unterschied zu den schwungvollen Tankstellenreklamen vergangener Zeiten, in denen tüchtige und gesprächige junge Männer die Autos ihrer Kunden betankten und anschließend mit dem dollargrünen Glanz des Unternehmergeistes in den Augen die Hand zum Mützenschild führten, hätte nicht größer sein können.

»Der Hund stört doch nicht? Wir machen uns auch gleich wieder auf den Weg.«

»Nein.«

Die Stimmprobe war dünn, aber es war eine Stimmprobe. Kuhala setzte sich an einen Ecktisch und dachte an den Zwischenfall von neulich zurück. Er gab Jeri eine Portion frisches Wasser, das dieser auch sofort gierig schlabberte. Kuhala war inzwischen wieder bereit, der Bande entgegenzutreten, denn die anstrengende Nacht mit Nevakivi lastete nicht mehr auf ihm. Zwar entsprach sein Gefühl der Stärke genau dem Koffeingehalt in seinem Kreislauf, aber obwohl er das erkannte, störte es ihn nicht. Plötzlich war er sicher, all seine Aufträge erfüllen zu können, wenn er nur einen kühlen Kopf bewahrte und in allem, was er sah und hörte, das kostbare Material erkannte.

So war es früher schon gewesen, warum nicht auch diesmal. Er beugte sich über die Jukebox und warf eine Münze ein. Wenig später ertönte in den qualmgefleckten vier Wänden der Cafeteria in lästerlicher Weise »Seven Drunken Nights« von den Dubliners und dann Mary Blacks schönes, Annukka gewidmetes »No Frontiers«.

Jeri aß mit Sahne in den Mundwinkeln die Reste des Hörnchens.

»Gute Musik«, lobte Kuhala an der Tür. »Schönen Mittsommer!«

»Danke«, sagte der Mann.

»In der Gegend hier ist nicht zufällig ein blauer Nissan Kombi aufgetaucht? Knapp zehn Jahre altes Modell.«

»Ich hab so einen in der Werkstatt stehen.«

»Tatsächlich? Ist das hier auch eine Werkstatt?«

»Wir reparieren nicht mehr, aber die Räume sind noch da.«

Der Mann brachte es übers Herz, sich kurz von der Wahrscheinlichkeitsrechnung zu trennen, und forderte Kuhala auf, ihm durch die Küche zu folgen. Auf der Spüle stand ein Fritteusekorb, in dem ein Würstchen vor sich hin bleichte, der Kühlschrank seufzte.

Der Nissan stand quer vor dem Werkstatttor. »Ist zu verkaufen.«

Der Tankstellenbesitzer nannte den Preis und lobte die Eigenschaften des Kombis mit bescheidenen, schlecht hörbaren Worten. Kuhala hatte so etwas im Gebrauchtwagenhandel, wo die Verkäufer selbst die letzten Schrottlauben priesen wie Imame, noch nie erlebt und zog den

Kauf bereits ernsthaft in Erwägung, begnügte sich aber dann doch mit der Frage, ob schon jemand anders Interesse an dem Auto angemeldet habe. Der Tankstellenbetreiber sagte, er habe den Wagen vor einiger Zeit einem Mann zur Probefahrt überlassen, der sich dann aber nicht zum Kauf entschließen konnte.

»Sie erinnern sich nicht zufällig, was das für ein Mann war? Ich meine, wie er aussah.«

»Wieso?«

Kuhala holte Atem und ratterte blitzschnell den für schreckhafte Menschen bestimmten Waschzettel über seinen Beruf und den aktuellen Auftrag herunter, ohne sich jedoch sicher zu sein, ob das die Lippen des Mannes womöglich nicht endgültig versiegelte. »Vielleicht haben Sie in der Zeitung gelesen, dass ich es war, der den Bombenanschlag überlebt hat. Sie müssen nichts sagen, aber ich wäre dankbar für die Information. Und es muss doch auch einen Weg geben, dass die Rockerband Hausverbot in Ihrer Tankstelle kriegt. Ich bin bereit, Ihnen dabei zu helfen.«

»Ich höre im Herbst auf. Dann gehe ich nach Turku und setze nach jahrelanger Unterbrechung mein Studium fort.«

»Bis zum Herbst sind es noch viele Wochen. Wahrscheinlichkeitsrechnung?«

»Auch das, aber nicht im Hauptfach.«

»Wann war die Probefahrt? Ein Fahrzeug derselben Marke ist vermutlich am Ort des Attentats gesehen worden, kurz bevor es knallte.«

Der Tankstellenbetreiber sagte, er habe den Wagen am Tag vor dem Anschlag jemandem zur Probefahrt übergeben. Am nächsten Abend war der Nissan wie vereinbart zurückgebracht worden. Der potenzielle Käufer hatte sogar hundert Euro für die Benutzung gezahlt, obwohl davon nicht die Rede gewesen war. Dann beschrieb er den Mann: Mütze, Sonnenbrille, gebräunt. Jeans und helles, kurzärmeliges Hemd. Gewöhnlich aussehend. Keine besonderen Kennzeichen.

Kuhala seufzte. Nach dieser Beschreibung hätte er Kontakt mit einem ganzen Stadion voller Männer aufnehmen können.

»Ich hab hier kein Gerät, mit dem ich seinen Führerschein hätte kopieren können. Er hat ihn mir gezeigt. Alles ging glatt, und das Auto wurde auch zurückgebracht.«

»Können Sie sich an seinen Namen erinnern?«

»Kai Vikman.«

Jeri saß in der Küche, als wäre nichts gewesen. Mit irgendeinem Trick, den Kuhala sich nicht vorstellen konnte, hatte der Hund das Würstchen aus dem Fritteusekorb geangelt. Der Korb schaukelte noch immer auf dem Rand der Spüle, die mit allen möglichen Sachen vollgestellt war, angefangen bei Messerblock und ungespülten Biergläsern.

24

19. Juni Der Besitzer der Ferienhäuschen döste nach dem Abendessen auf der Treppe vor seinem Bauernhaus und erhob sich zur Begrüßung des Gastes. Auf seinem Gesicht lag das Lächeln eines findigen Mannes, der sich seiner Kräfte bewusst ist. Die Europäische Union hatte ihn noch nicht kleingekriegt, und falls die Landwirtschaft heruntergefahren würde, könnte er mit Urlaub auf dem Bauernhof vielleicht ordentlich Geschäfte machen. Jeri und der zum Hof gehörige Karelische Bärenhund mit dem fetten Nacken schlossen Bekanntschaft, indem sie sich leicht mit der Nase berührten und, wie es sich gehörte, zwischen den Beinen beschnupperten.

Der Hof thronte auf einem Höhenzug, von wo aus man die finnische Landschaft mit ihren bis zum Horizont reichenden, von Ackerstreifen durchsetzten Wäldern bewundern konnte, wie man sie aus alten Heimatkundebüchern kannte. Es wurden entspannte Komplimente ausgesprochen, und der Mann erzählte gewiss nicht zum ersten Mal, wann ein ferner Urahn von ihm die Hofstelle auf der Anhöhe ausgemessen hatte und dass die Landschaft ringsum spielend mit den Wundern der großen weiten Welt mithalten könne.

Er holte den Schlüssel und beschrieb den Weg zum Ferienhäuschen. »Es liegt ein bisschen abseits von den anderen, aber dafür ist es ruhig, falls man das will.«

»Klingt gut. Allerdings gibt es eine Änderung im Plan. Ich muss schon in zwei Tagen nach Jyväskylä zurück. Man kann die Arbeit nicht so einfach liegen lassen.«

Der Mann lachte kurz auf und sagte, er finde leicht neue Mieter für das Häuschen. »An Mittsommer ist hier ständig was los. Und unsereiner starrt dann auch nicht bloß an die Decke. Holz liegt im Haus bereit, man muss es nur selber hacken, für die körperliche Ertüchtigung. Viel Spaß, und wenn was ist, einfach anrufen. Die bessere Hälfte kommt dann morgen früh?«

Kuhala nickte. Der Mann sagte, er werde Annukka den

Weg zum See erklären, und lüftete seine Mütze. Die Frau, die aus dem Fenster spähte, winkte Kuhala zu.

Hinter dem massiven Stallgebäude, das für Hochzeiten und andere feierliche Anlässe benutzt wurde, führte eine unasphaltierte Straße in Serpentinen den Hang hinab und in den Nadelwald hinein. Dort verschmälerte sie sich zum Weg, dessen Mittelstreifenvegetation am Boden des Renault kratzte. Die Äste filterten das Sonnenlicht, Spinnennetze glänzten, in einem ausgetrockneten Bachbett verliefen Risse wie Staatsgrenzen auf einer Landkarte. Nach den versprochenen dreieinhalb Kilometern Fahrt hielten Kuhala und Hund an und warfen einen ersten Blick auf die Umgebung. Im Fenster der gemütlichen Blockhütte hing ein Vorhang mit Blumenmuster.

»Das ist doch was für uns«, sagte Kuhala zu Jeri und kraulte ihn unterm Kinn. »Geh schon mal die Wassertemperatur testen.«

Er öffnete die hintere Tür, und schon schoss der Hund wie der Blitz am Häuschen vorbei zum Ufer, beschleunigte vor dem Steg noch etwas mehr und machte wie ein Weitspringer, der seinen Anlauf perfekt abgemessen hat, mit gespreizten Beinen einen Satz in den See. Kurz darauf hörte man prächtiges Planschen und animalisches Prusten, eine Reiherente, die in der Bucht paddelte, flog auf und schiss auf Jeri.

Kuhala lachte. Er trug Gepäck und Proviant auf die Veranda und schloss die Haustür auf. Das Häuschen umfasste Wohnzimmer, Küche und Schlafnische. Der prall gefüllte Holzkorb vor dem Funkenblech des Schiefersteinkamins, das karge Mobiliar unterschiedlichen Charakters und die unvermeidlichen Flickenteppiche schufen eine freundliche Atmosphäre. In der Küche hing die Titelseite einer Nachkriegsausgabe von *Heim & Herd*, auf der ein pummeliges Mädchen mit Margeritenkranz im Seidenhaar lächelte.

»Nass kommst du mir nicht in die gute Stube«, sagte Kuhala zu dem Hund, der schnuppernd an die Tür tappte.

Er gab seinem Freund ein paar Kostproben aus der Hundekekstüte und räumte den Inhalt der Kühltasche in den Gaskühlschrank. Der erste Schluck kühles Bier wäre eigentlich dazu angetan gewesen, die ärgsten Sorgen in den Hintergrund zu schieben. Doch die mögliche Verbindung zwischen den gewaltsamen Toden von Helena Jokela und Antikainen ließ Kuhala einfach keine Ruhe. Auch über den blauen Nissan musste er ständig nachdenken. Wie viel wusste die Polizei überhaupt von all dem? Nevakivi hatte das Geheimnis nicht gelüftet. Und war Kai Vikman tatsächlich so blöd gewesen, sich den Nissan unter seinem eigenen Namen für kriminelle Zwecke auszuleihen? Als ehemaliger Söldner sollte er mit dubiosen Aktionen eigentlich Erfahrung haben. Vikman musste auch etwas über Sprengstoff wissen, aber wo zum Teufel hielt er sich versteckt?

Kuhala machte die Kühlschranktür zu, blieb aber in der Hocke und verlor sich eine Weile in Gedanken. Bei dem Verschwinden von Helena Jokela und Sakari Antikainen gab es eine zeitliche Übereinstimmung, aber etwas störte ihn. Und der Fundort des Passat machte den Doppelknoten endgültig unauflösbar.

Jeri schleuderte draußen einen Ast durch die Gegend, in seinem Fell hing ein Stück Bartflechte. Das ewige Kopfzerbrechen brachte keine Fortschritte und würde nur die kostbaren freien Tage verderben. Kuhala zog das Hemd aus und packte seine Werktagsshorts aus, die aus einer Achtzigerjahrekollektion stammte. Mit dem Bier in der Hand ging er an den See und warf einen Blick in die winzige Sauna am Ufer, in der es nach Kiefernseife und Harz roch. Die weiblichen Figuren auf dem Thermometer verdeckten ihre Anmut mit Saunaquasten, auf der Sturmlaterne im Fenster des Umkleideraums blühte der Rost.

In der Nacht fuhr Kuhala beim Ruf eines Brachvogels auf, der über den dunstverhangenen See flog. Kuhala kratzte sich im Nacken und ächzte, im Gebälk bohrte der Holzwurm. Nach fünf Bier, zwei Gläsern Haddington House und einem halben Ring Fleischwurst mit Tomaten-Zwiebel-Salat strich ihm eine Stahlbürste von innen über die Magenwände. Was sich im Hals an Ablagerungen angesammelt hatte, schmeckte nach Kognaksenf. Er drehte sich auf die andere Seite und beschloss, am nächsten Morgen zum Ackerrand zu rennen und anschließend ans andere Ufer der Bucht zu kraulen. Nach einigem Abwägen im Halbschlaf dachte er allerdings, dass er das Laufen doch lieber ausfallen lassen und vom Steg aus bloß ein paar Züge machen würde, falls überhaupt. Das leistungsbezogene Lebensmodell brachte einen ebenso schnell ins Grab wie die Fleischwurst; man musste sich die Tugend des Mittelwegs zu eigen machen, bevor es zu spät war. Er gehörte einer Generation an, die die Befehlskette von Elternhaus und Schule zu ernst genommen hatte, er war kaum fähig, sein Bier zu trinken, ohne sich schuldig zu fühlen. Ob sich das irgendwann einmal ändern würde, nach all den Kirchenliedern mit Orgelbegleitung? Die am Fußende zerknüllte Bettdecke rutschte auf den Boden.

Im Moment reichte sein Wille nicht mal zum Pissen.

»Jeri!«

Kuhala drehte sich um, in der Küche glotzte das flachshaarige Mädchen vom *Heim & Herd*-Titelblatt. Die Haustür stand einen Spaltbreit offen, erneut zerriss der wehmütige Ruf des Brachvogels den nächtlichen Dunst.

Dem Hund war warm geworden, er hatte die Tür geöffnet und war zum Schlafen ins Freie gegangen. Kuhala rappelte sich auf und wartete ab, bis der Schwindelanfall sich gelegt hatte. Dann kratzte er sich im Schritt und ging nach draußen. Der Windhauch sorgte für einen klaren Kopf, und die ersten Barfußschritte im Morgentau machten ihn noch mehr wach. Mit abstehenden Haaren und nackt erleichterte er sich an einer jungen Fichte: ein schwerer, leicht schwankender Mann, ein etwas abgelebter Faun.

Kein Wunder, dass Liedermacher und Dichter sich zu ihren besten Leistungen aufschwangen, wenn sie die finnische Sommernacht zum Thema wählten. Leino, Hector, Hellaakoski, Helismaa. Kuhala schüttelte ab und tupfte sich die Schwanzspitze mit einem Birkenblatt trocken. Er fühlte sich wie leicht beschwipst und war überhaupt nicht mehr müde, prompt kam auch schon ein Lied aus seinem Mund: »Der Wind hat sich gelegt, die Ente schwimmt ins Schilf …«

Dann entfuhr ihm ein erschrockenes Kreischen, das er allerdings erstickte, bevor es seine Männlichkeit endgültig infrage stellte. Im Segeltuchstuhl auf der Veranda saß jemand, zu dessen Füßen sich Jeri eingerollt hatte.

»Annukka!«

»Otto.«

»Was machst du da?«

»Wenn ich mich richtig erinnere, hast du mich eingeladen, herzukommen.«

»Schon. Aber so alleine für dich?«

»Dein Hund hat mir Gesellschaft geleistet. Wann hast du dir den angeschafft? Ziemlich süß. Ich war auch schwimmen. Ich mochte dich nicht wecken, weil du aussahst wie einer, der alles gegeben hat, und außerdem ist es gar nicht so übel, hier zu sitzen. Mitten in der Sommernacht.«

Annukka hatte eine Flasche Rotwein aufgemacht und im leichtlebigen Stil der Kriminalkommissarin einen ordentlichen Schluck daraus genommen. Sie trug ein weißes T-Shirt und rote Caprihosen. Die Sandalen lagen neben Jeris Trinknapf, die roten Haare hatte sie nach hinten gebunden, und als sie Kuhala anlächelte, hätte er fast einen neuen Schwindelanfall bekommen. »Du bist so schön. Mein Gott, was bist du schön!«

Das klang unbeholfen und nicht ganz durchdacht, und erst jetzt merkte er, dass er nackt war und aussah wie vom Wagen gefallen.

»Ist dir nicht kalt?«, lachte Annukka.

Kuhala schützte mit den Händen schamhaft sein Gemächt und sagte, er ziehe sich rasch eine Hose an. »Toll, dass du schon da bist. Waren die Bauersleute noch wach, oder wie hast du hergefunden?«

Er eilte ins Haus und versuchte vergebens, seine Shorts zu finden, bis ihm einfiel, dass er sie im Umkleideraum der Sauna gelassen hatte, und wie um sich nützlich zu machen, durchforstete er als Nächstes die Schränke. »Ich bringe Gläser mit. Da muss man nicht aus der Flasche trinken. Vor Mittsommer gehört sich das doch nicht.«

Annukkas Arme schlangen sich von hinten um ihn, sie drückte die Wange an seinen Rücken. »Nur keine Hektik.«

»Ja, ja, nein …«

Sie küssten sich. Annukka duftete nach Parfum, nach Sommer und nach Wein. Kuhala klammerte sich an sie und flüsterte, er habe sie vermisst. Er vergrub sein Gesicht in ihren Haaren und tuschelte ihr ins Ohr, er könnte das Ausmaß seiner Sehnsucht nicht mit Worten beschreiben, aber da die Sehnsucht nun weg sei, werde er sie nie mehr zu solchen Dimensionen anwachsen lassen. »Das macht mein Herz nicht mit. Und irgendwann hört es dann ganz auf zu schlagen …«

»Etwas bei dir wächst aber doch wieder ganz schön an.«

»Na, weil ich meine Hose nicht finde.«

»Du Bestie. Beeilen wir uns beziehungsweise wir lassen uns natürlich Zeit. Allerdings muss ich vor Mittsommer zu meiner Mutter nach Vaasa. Mein Vater ist im Krankenhaus. Aber das Häuschen hier ist ja nur bis Mittwoch gemietet, oder?«

Kuhala zog Annukka das Shirt aus, vergrub sein Gesicht als Nächstes zwischen ihren Brüsten und murmelte dabei unverständliches Zeug. Die Caprihose flog in die Ecke, gefolgt von einer spitzenbesetzten Unterhose. Kuhala küsste Annukkas Bauch und spürte ihre Hände in seinen Haaren, ihre Körper drückten sich aneinander und verschmolzen mit dem Dämmerlicht. Annukka erzitterte, als Kuhala sie ins Bett trug und das Gesicht in der Gegend unterhalb des Bauches versenkte, wo es besser schmeckte als honigsüßester Wein.

Jeri verfolgte das Treiben vom Türspalt aus, er gab einen

eifersüchtigen, leicht katzenartigen Laut von sich und kratzte mit der Pfote demonstrativ an der Schwelle. Kuhala hob zwischen Annukkas Beinen den Kopf, stand auf und ging zu dem Hund, um ihm zu erklären, er könne nun seine wahre Größe und das Ausmaß seiner Loyalität zeigen, indem er sich auf die Veranda legte und aufpasste, dass Herrchen und Frauchen in ihrer lang ersehnten freien Minute nicht gestört würden.

Interessiert musterte der Hund Kuhalas Erektion und schnaubte, als die Tür geschlossen wurde.

»Komm her!«

Das Kichern ging in Stöhnen über, unten am Ufer zitterte die bleiche Oblate des Mondes auf der Wasseroberfläche.

Sie liebten sich bis zum Morgenrot, tauschten Blicke, wie es nur Menschen tun, die in einem Zustand der Seligkeit versunken sind, und Kuhala – der charismatische Wellenbrecher der kriminellen Brandung, die Jyväskylä bedrohte – flüsterte Annukka außer Atem ins Ohr, er sei nur wegen solcher Momente auf die Welt gekommen.

Der Holzwurm in der Wand hörte auf zu bohren, und Jeri floh peinlich berührt zum Saunahäuschen am Seeufer, als sich Kuhala zum dritten Mal entlud und Annukka einen glücklichen Seufzer ausstieß.

Sie lagen nebeneinander und streichelten sich, das Laken, das sich um Kuhalas Bein geschlungen hatte, rutschte auf den Fußboden und warf die Weinflasche um, aus der sie ihre Lippen benetzt hatten. Keiner von beiden mochte nachsehen, ob Wein auslief. Die Sonne strahlte durchs Küchenfenster auf Annukkas Haare, Kuhala raffte sie mit seiner Hand zusammen und schnupperte daran.

Sein Herz schnurrte, sein Kopf rauschte, die Liebe sorgte für rote Flecken auf Wangen und Hals.

»Du hast den Krankenhausaufenthalt ja ziemlich gut überstanden«, sagte Annukka.

Kuhala ließ ihre Mähne los und nickte ernst, bevor er in ein aus tiefsten Tiefen kommendes Lachen ausbrach. Es steckte Annukka an und trieb ihnen beiden die Tränen in die Augen, es unterzog die Bettenkonstruktion einer schweren Prüfung und brachte die leere Weinflasche dazu, gegen die Wand zu rollen, das Lachen hallte mit einer Stärke von fünf auf der Richterskala von den Wänden wider, bis es in ein Kichern überging.

Und in das tiefe Atmen des Schlafs.

»Annukka… Annukka, mein kleiner Schatz.«

»Mmmmhhh…«

»Du bist so warm und weich.«

»Ich hab Durst.«

»Ich hol dir was zu trinken.«

Wenig später stand Kuhala breitbeinig auf der Veranda des Ferienhäuschens und streckte sich, in den Augen das Schielen eines Mannes, der gerade mit dem Kopf gegen das größtmögliche Glück gestoßen ist. Er machte eine Flasche Bier auf und brachte sie Annukka, die sich schläfrig aufrichtete. Nach einigen Schlucken schnappte Kuhala mit den Lippen nach ihren Brustwarzen und stieß sie wieder zärtlich aufs Bett. »O Baby, was hast du mit mir gemacht …«

Das Zwitschern der Vögel erfüllte den Sommermittag, als Kuhala zur Sauna ging, ohne sich sicher zu sein, ob das Zwitschern nicht doch aus seinem eigenen Kopf kam. Er hatte eine doppelte Portion Hundewurst dabei, und die war auch nötig, um Jeri zu beschwichtigen. »Du weißt doch, dass ich dich nicht im Stich lasse. Aber unter Männern: Verstehst du nicht, was da drüben im Häuschen für ein Schatz schläft? Ich sag ja auch nichts, wenn es bei dir schnackelt. Nun iss wenigstens ein bisschen was.«

Er kraulte den Hund, der ihm nicht einen Blick gönnte, sondern melancholisch auf den See starrte, die Schnauze auf den Vorderpfoten. Am Himmel war kein Wölkchen zu sehen, vom Nachbarhäuschen drang Kinderlachen herüber.

Kuhala trat an den Steg, ging wie ein Weitspringer beim Anlauf in die Hocke, konzentrierte sich und rannte los. »Und hier Bob Beamon, Mexiko City 1968, erster Sprung, acht neunzig, ein neuer, fabelhafter Weltrekord!«

Der stilreine, eine mittelgroße Welle aufwerfende Platscher erweckte den Hund zum Leben. Wie der Wind legte er einen Sprung von über neun Metern hin und wäre fast in Kuhalas Genick gelandet, der alle Mühe hatte, sich über Wasser zu halten.

Als die Sauna warm war, ging Kuhala zum Haus hinauf, um Annukka zu wecken. Er führte sie auf die Veranda zu einem Stuhl und sang ihr mit Gitarrenbegleitung »And I Love Her« von den Beatles. Bei aller Rauheit kam es aus tiefstem Herzen, die Akkorde saßen wie bei einem liebeskranken Troubadour.

Arm in Arm und sich küssend gingen sie zum Ufer, wo Jeri seinen Napf leer gefressen hatte und Annukka zur Begrüßung am Knie leckte, zum Zeichen dafür, dass sein Herrchen von nun an seine Zuneigungskapazität verteilen durfte, wie es wollte.

Der Saunaofen bollerte, die erste Kelle Wasser zwang beide, den Kopf einzuziehen. Kuhala fragte Annukka, ob sie Lust habe, etwas über seine aktuellen Aufträge zu hören. »Das heißt, du kennst sie ja, aber ich habe das Gefühl, dass ich bei beiden in eine Sackgasse geraten bin.«

Er wischte den Schweiß von den Oberschenkeln, streichelte seiner Geliebten die Schulter und bewunderte ihre ausgestreckten Beine auf der Pritsche. »Ratskus Theorie von der Unterschlagung kann zutreffen, vor allem weil Antikainens Frau etwas von überzähligem Geld erzählt hat, das bei ihnen aufgetaucht ist.«

»Die Lager von Drogen, die zur Vernichtung gehen, sind dermaßen gesichert, dass man nur durch eine Verschwörung herankommt. Oder wenn man richtig dreist ist«, sagte Annukka.

Sie sahen sich an. An Dreistigkeit hatte es Antikainen nicht gefehlt, das hatte auch Annukka während ihrer kurzen Jyväskylä-Phase am eigenen Leib erfahren dürfen.

Kuhala fragte, ob man in Vantaa etwas über Kai Vikman wusste, den Mann, der Helena Jokela und Antikainen verband. Annukka schüttelte den Kopf, sagte aber, sie könnte nachsehen, was der ehemalige Söldner in den Datenbanken der Polizei für Spuren hinterlassen habe. »An deiner Stelle würde ich mich allerdings nach etwas ruhigeren Fällen umsehen. Wenn das so weitergeht, muss ich mich auf wer weiß was für Nachrichten einstellen. Jokela und Antikainen solltest du Nevakivi überlassen.«

»Du redest schon wie Nevakivi. Gibt es eine Verschwörung zwischen euch?«

»Reg dich nicht auf, Schatz. Du wolltest doch über das Thema reden. Willst du etwas über meine Fälle hören?«

»Äh, tut mir leid … entschuldige.«

»Ich würde dir auch gar nichts davon erzählen, auch wenn du es wolltest.«

Sie schwiegen. Kuhala ging schwimmen und tauchte. Er wusste, dass er irgendwann in naher Zukunft, in einem günstigen Augenblick, die Antwort auf die Frage finden würde, was ihn bei den Fällen Antikainen und Helena Jokela störte. Er hatte irgendetwas gesehen oder gehört, was sich ihm noch nicht erschlossen hatte. Die Hitze und die maßlosen Regenfälle dazwischen hinderten am Denken, es gab zu viele Störfaktoren.

Als er wieder auftauchte, stand Annukka so atemberaubend schön auf dem Steg, als begehrenswerter, blutvoller Störfaktor, dass Kuhala fast ertrunken wäre. Er starrte die Frau so begeistert an wie ein perplexer Kuckuck in der Mauser.

»Traust du dich zu springen?«

»Schon.«

»Ist alles in Ordnung?«

»Schon.«

»Schonschonschon …«

Annukka tauchte, glitt an Kuhala heran und schlang ihm die Beine um die Hüften. »Willst du eine meiner Phantasien hören … ummmhhh…«

»Leise. Das hören doch alle.«

»Wer alle?«

Kuhala packte Annukka an den Pobacken und drang so tief in sie ein, wie es ging. Er leckte ihr die Wassertropfen von der Haut, berührte mit der Zungenspitze die Wimpern und war nahe daran, vor Lust den Verstand zu verlieren. Was für ein herrliches Gefühl es war, den Verstand zu verlieren!

»Otto, dein Gesicht ist ganz blau«, keuchte Annukka.

»Das ist die Spiegelung vom Wasser, und mit dir ist das kein Wunder … ooohhh…«

Jeri saß auf dem Steg, ein Ohr erhoben, und schaute auf das Liebespaar, bereit, notfalls als Lebensretter einzugreifen.

Kurz darauf lag Annukka auf dem Steg in der Sonne, und Kuhala durchwühlte mit nacktem Hintern im Umkleideraum der Sauna seine Sachen. Sein Gesicht war nicht blau und nicht vor Erregung verzerrt, sondern besorgt.

Zum x-ten Mal ging er seine Hosentaschen durch und fingerte in der Brusttasche des Hemdes, ohne mehr zutage zu fördern als Flusen. »So eine Sch…«

»Was machst du da für ein Spektakel?«

»Schon gut.«

»Hast du etwas verloren?«

Erst am Abend fand sich das Päckchen unversehrt im Holzkorb. Auch die Schleife, die die Verkäuferin gebunden hatte, sah unbeschädigt aus, und Kuhala begriff nicht, was passiert war, bis er Jeri kleinlaut ankriechen sah.

»Du wolltest den alten Trick probieren«, sagte Kuhala erstaunt zu dem Hund, wobei er das Lachen unterdrücken musste. »Hast du geglaubt, das Päckchen fliegt morgen unbemerkt ins Feuer? Diamanten halten ewig, mein Lieber. Sogar ganz winzige. Wusstest du das nicht?«

Annukka saß auf der Terrasse und trank Wein. Kuhala hatte eine Maräne gegrillt, dazu hatten sie geröstetes Roggenbrot und Salat gegessen. Der Saunaofen war wieder an, es gab keinen angenehmeren Geruch als den von Rauch. Während der Mahlzeit hatte Kuhala seiner Liebsten über den Tisch hinweg derartige Hundeblicke zugeworfen, dass sie laut lachen musste – und fast ebenso brennend zurückschaute.

Und nun senkte Kuhala die Stimme und gestand Annukka, dass jedes Mal, wenn er an sie denke und sie ansehe oder gar anfasse, in seinem Inneren eine Saite erklinge, von der er geglaubt habe, sie sei vor fast dreißig Jahren abgestorben. Er hob sein Weißweinglas und pries seine Frau und sein Leben mit so schönen Worten, dass er sich später selbst wunderte, in welcher Abteilung seiner Seele er eine solche Schmalzdose gelagert hatte.

Er gab ihr das Päckchen. Plötzlich geriet er ins Stottern. »Das ist für dich. Ich weiß nicht, ob er dir passt ... am Finger und auch sonst.«

So gingen die Tage der Liebenden dahin, der Moment des Abschieds kam viel zu früh. Kuhala wollte Annukka nicht aus seinen Armen lassen und war nahe daran, ihrem Auto sofort zu folgen, beherrschte sich dann aber doch und räumte zuerst auf. Immerhin hatten sie schon das nächste Treffen vereinbart. Er hackte Holz und putzte, leerte die Asche in den Öfen und reimte etwas für das Gästebuch zusammen: »Meine Lippen schlürften des Sommers süßen Birkensaft, dann schwamm ich mit der Liebsten – fabelhaft ...«

Kuhala schloss gerade die Tür des Häuschens ab, als sein Handy klingelte.

O Annukka, stieß er unwillkürlich aus.

Der Anrufer hatte jedoch eine männliche Stimme. Die Stimme von Kai Vikman. Trotzdem vereinbarte Kuhala auch mit ihm ein Treffen.

25

23. Juni Der Stadtteil Keltinmäki schlummerte am Rand von Jyväskylä, umschlossen von dichtem Baumbestand. Es handelte sich um einen der reizlosesten Versuche der modernen Stadtplanung, die Bevölkerung vor den Fernsehgeräten zusammenzupferchen, bevor sie am nächsten Tag wieder zur großen Verbesserung der Welt aufbrach. Unweigerlich musste Kuhala bei der Plattenbauarchitektur an die Glanzzeiten der DDR denken, wohingegen ihn die vergitterte Fassadenästhetik des lokalen Einkaufszentrums an die Welt der Gefängnisse erinnerte. Trotzdem konnte auch dieses Viertel Savipelto nicht überbieten.

Die Hauptstraße, die mitten hindurchführte, hieß Keltinmäentie und war so breit, dass man darauf stattliche Siegesparaden hätte veranstalten können. Kuhala drosselte die Geschwindigkeit vor einer Bodenwelle und dachte, für manch einen mochte das hier dennoch die geliebte Heimat sein, und ein anderer titulierte seine Zeit in Keltinmäki womöglich irgendwann einmal als »die gute alte Zeit«.

Er tat allerdings gut daran, seine Spitzfindigkeiten für sich zu behalten, denn es konnte gut sein, dass er hier einen zahlenden Kunden finden würde.

Zwei Tage vor Mittsommer war Keltinmäki zu allem Überfluss auch noch evakuiert worden, wie es schien. Es war niemand zu sehen, und die frischeste Spur menschlichen Handelns – ein umgetretener Abfalleimer an einem Kreisel – wirkte nicht gerade ermutigend.

Kuhala fuhr auf den Parkplatz des Einkaufszentrums. In einer entfernten Ecke jaulte die Alarmanlage eines einsamen Fahrzeugs.

»Kümmere dich nicht darum, Jeri. Das ist nun mal die Tonspur unserer Zeit und unserer Seele.«

Das Etablissement war raffiniert in der dunklen Gasse zwischen dem Supermarkt und einem stillgelegten Jugendtreff platziert. Dort kam man nur aus Versehen hin, sofern man kein Stammgast war. Die Tür stand offen, die vergnügungsdampferrote Einrichtung fing gleich am Eingang an. Auch hier wurde man von dem in jeder Talsenke Finnlands bekannten Geruchscocktail aus Alkohol, Zigaretten und Küchendunst empfangen.

Der professionelle Gast, der sich über den Tresen beugte, bestellte eine Wasserbombe und eine Diapam-Xanor-Valium-Pizza. Der Barkeeper reagierte in keiner Weise auf das Letztgenannte, zauberte aber ein Bier und einen Whisky vor den Mann hin. Dazu nickte er mit dem Kopf, die Gläser, die über ihm an einem Gitter hingen, glänzten in magischem Licht.

»Leck mich, mein Leben ist am Arsch«, bekannte der Gast.

Kuhala passierte die Karaokeanlage und war gleich Feuer und Flamme: Für den nächsten Tag war Mittsommerfeuer-Karaoke angekündigt.

Kai Vikman war der dritte Gast im Lokal. Er saß in der hintersten Ecke der hintersten Loge und hielt das Gesicht im Schatten. Am Rand des Aschenbechers schwelte eine Zigarette, das zweite Bier schien bereits um die Hälfte abgenommen zu haben. Kuhala erinnerte sich an den heftigen Fehlschlag und das furchtlose Auftreten des Mannes auf dem Grundstück neben der Hauswirtschaftsschule. Wie wenig davon jetzt noch übrig war. Am Kinn des ehemaligen Söldners sprossen mehrtägige Stoppeln, das Schelmenlächeln des Frauenhelden war wie weggeblasen.

Nicht einmal den Aschenbecher traf er beim ersten Versuch. Sein Mund stammelte einen Fluch.

Kuhala setzte sich ihm gegenüber an den Tisch und beobachtete eine Zeit lang das feinmotorische Tasten, bevor er sagte, er sei ganz Ohr. »War nicht leicht, hierherzufinden. Du hast was auf dem Herzen. Wie wär's, wenn du mich von der Spannung befreist?«

»Ich hab Helena nicht mal mit den Fingerspitzen angefasst. Sinnlos, mich zu jagen, ein anderer hat sie umgebracht.«

»Wer jagt dich denn?«

»Die Polizei. Die haben vor meiner Tür gestanden, aber die brauchen ihre Polizistenzeit nicht mit mir zu vergeuden. Ich weiß nämlich, wer Helena umgebracht hat.«

Vikman beugte sich mit der Zigarette im Mund über den Tisch und kniff eines der beiden blutunterlaufenen Augen pfiffig zu, als hätte er Kuhala gerade einen gut bezahlten Job auf einem Piratenschiff angeboten. Seine Hände zitterten, auf der Stirn schuppte sich die Haut, es war nicht sicher, ob es dem Gast am Tresen beschissener ging als Vikman. Kuhala zögerte die Frage nach Helena Jokelas Mörder noch hinaus, wollte aber wissen, weshalb Vikman floh, wenn die Angelegenheit klar war. »Geh aufs Präsidium und erzähl dort alles!«

»Die glauben mir nicht. Ich kann nichts beweisen, aber Helena ist von ihrem Mann verprügelt worden, und er hat auch auf irgendeine Art für ihren Tod gesorgt, weil er von unserem Verhältnis wusste. Jokela hat jemanden angeheuert oder es selbst getan.«

»Bist du nicht Berufssoldat? Du bist es doch gewohnt, gegen Bezahlung Leute umzubringen.«

»Was soll der Scheiß? Ich hab die Frau geliebt, und sie ist an dem Abend lebendig weg und so schön wie …«

Die Wörter versickerten. Vikman versuchte das Zittern der Unterlippe mit einem Schluck Bier zu vertuschen, bekam das Getränk aber in den falschen Hals. Kuhala war angewidert, er hatte keine Ahnung, warum Vikman ausgerechnet ihn als Opfer für seine Redseligkeit ausgewählt hatte.

»Wo wohnst du?«

Vikman deutete hinter sich. »In einer von den Mietskasernen. Die genaue Adresse musst du vielleicht nicht wissen. Ist die Bude von einem Kumpel, und der Kumpel ist anderswo. Aber vergiss nicht: Ich bin kein schlechter Mensch.«

Bei großzügiger Auslegung mochte das sogar stimmen, wenn man nicht an die entmutigenden Lehrsätze der Erbsünde glaubte. Jeder war sicherlich gut und unschuldig, wenn er aus dem Schoß der Mutter ans Tageslicht stieß, zumindest bis zum ersten Schrei. Von da an gab es keine Garantie mehr, aber wenn Vikman versuchte unter Beweis zu stellen, dass er kein schlechter Mensch war, bildete er sich dann ein, ein guter zu sein? Kuhala beugte sich ganz dicht zu dem gequälten, von einem hartnäckigen Tremolo verkrampften Söldner hinüber und sagte, er sei bereit, den Unschuldsbeteuerungen zu glauben. »Aber nur unter der Bedingung, dass du mir alles erzählst. Fang damit an, wie lange dein Verhältnis mit Helena Jokela gedauert hat. Als wir uns zuletzt sahen, hast du geleugnet, die Frau zu kennen. Dann hast du versucht, mir mit einem Schwinger den Kopf abzuschlagen. Vielleicht überspringen wir diesmal die Intros.«

Der Wirt, der die Tische abwischte, fragte nach Kuhalas Wunsch und befeuchtete den Lappen mit einem Frischespray, das er bei Bedarf auch aufmüpfigen Gästen in die Augen spritzen konnte, so robust, wie das Mittel roch.

»Ein Bier bitte.«

Der Mann brummte. Vikman hatte sich wieder aus dem Lichtkreis über dem Tisch zurückgezogen und orderte per Handzeichen ein Drittes. Er hatte Helena Jokela Anfang des letzten Sommers kennengelernt und gab zu, dass die Intervalle ihrer Begegnungen dichter wurden, als sie merkten, wie gut sie miteinander auskamen. Nicht immer hatten sie Lust, sich zu verstecken, weshalb durchaus etwas von ihrem Verhältnis zu dem Anwalt hatte durchsickern können.

»Ich weiß, dass er Bescheid weiß«, sagte Kuhala.

»Im Winter kam es dann auch mal zu zwei Wochen langen Pausen. Wir haben nie über die Möglichkeit geredet zusammenzuziehen. Dafür ist mein Lebensstil zu unruhig.«

»Darauf kommen wir später. Besser, du romantisierst nicht, was du so machst.«

»Wieso?«

Die Gläser wurden auf den Tisch geknallt. »Zusammen oder getrennt?«

Der Lauf der Sprühflasche zeigte zwischen Kuhalas Augen. Das gefiel ihm nicht, er schob die Flasche zur Seite, während er sein Geld herausholte. Die Geste ließ den Wirt erbleichen, aber die vielen Jahre als Dienstleister hatten ihn gelehrt, dass man sich mit Typen wie Kuhala besser nicht anlegte – auch nicht, wenn man ein Heimspiel hat.

»Helena ist an dem Abend zwischen acht und neun

weg. In Richtung Badestrand oder zum Alvajärvi. Unter den Brücken ist sie dann ja auch gefunden worden. Das habe ich schon erzählt. Und ich hab mir überlegt, dass sie der Mörder unter der Fußgängerbrücke abgepasst hat. Dass er gar nicht auf dem Wasser war, sondern die Böschung runter ist, als er Helena kommen sah. Und dann hat er zugeschlagen.«

»Hat sich auf das vorbeifahrende Kajak gestürzt, oder wie? Du hast dich im Gelände umgesehen, was?«

»Das ist die direkte Umgebung von meinem Haus.«

»Ein Tatort.«

»Na klar bin ich daran interessiert, das Arschloch zu kriegen. Ich hab Helena geliebt.«

»Hast du noch Bewährung?«

»Ja. Wieso? Woher weißt du das?«

»Hab bloß geraten, aber ich könnte es auch überprüfen. Ich war früher bei der Polizei und verfüge noch über gute Kontakte. Wofür hast du die Bewährung?«

»Versuchter Betrug oder so was.«

Wegen seines schlecht erholten Nervensystems hatte Vikman Schwierigkeiten, die Fassade aufrechtzuerhalten, und weil ihm das bewusst war, wurde er noch nervöser. Kuhala verspürte kein Bedürfnis, einen Rettungsring auszuwerfen, sondern goss im Gegenteil kochendes Pech über die Reling, in wohldosierten Portionen direkt ins Gesicht, auch wenn der andere auf seinem Stuhl versank, mit Bierglas und Zigaretten herumfummelte und mit den Füßen scharrte, dass es nur so polterte.

»Gerade hast du noch gesagt, du bist kein schlechter Mensch. Und jetzt dieser Betrug. Wen hast du übers Ohr gehauen?«

»Es war ein Versuch.«

»Das ändert natürlich alles.«

»Eine alte Kuh aus Loviisa, weil sie mit ihrem Geld angegeben hatte. Die hat es einem ja praktisch aufgedrängt. Aber das ist lange her.«

»Du hast ein tolles Haus an teurer Stelle. Warum versuchst du jemanden zu betrügen?«

»Die Alte wollte es nicht anders. Und auf dem Haus liegt eine Hypothek, ehrlich gesagt.«

»Bist du in Jokelas Reihenhauswohnung gewesen?«

»Nein … oder doch, aber ungebeten.«

»Zum Klauen?«

»Nein, verdammt, und ohne Einladung des Hausherrn. Ich war mal da, um mit Helena rumzumachen, als der Alte auf Reisen war. Der ist knallhart. Ein gnadenloser Frauenverprügler. Das sieht man schon an den Fotos da.«

Der Gast am Tresen fing an, mit wehmütigem Bariton von einem Fuhrmann zu singen, der im peitschenden Regen einen Prospekt entlangrumpelt. Es handelte sich eventuell um eine Operettenkomposition, die Melodie sorgte für einen melancholischen Unterton in der müden Atmosphäre. Ob es auf der Welt vergessenere Winkel gab als dieses Trabantenstadtlokal?

»Kaarakainen, halt die Schnauze!«, rief jemand aus der Küche. »Noch eine Strophe, und du kriegst ein halbes Jahr Hausverbot!«

Kaarakainen wägte die Sanktion fünfzehn Sekunden lang ab oder vergaß sie einfach, dann schmetterte er: »Mein Pferdchen, mein Gefährte, wie kann es nur geschehn, dass die Jahre, die sich ziehen, dann doch so schnell vergehn …«

Man hörte gedämpfte Flüche, ein Poltern und ein Klirren, als wäre Kaarakainen beim Hinausfliegen mit dem Kopf gegen einen Stahlträger gestoßen und hätte dabei die Glastür eingetreten. Der Zwischenfall bot Vikman eine Atempause.

»Kennst du den Gefräßigen, Make Honka?«, fragte Kuhala.

»Nein. Nur aus der Zeitung, wo der Name in einem Artikel erwähnt wurde. Von dir war in dem Zusammenhang auch die Rede. Komisches Feuerwerk.«

»Nicht wahr? Du bist gesehen worden, wie du mit einem blauen Neunzigerjahre-Nissan in Savipelto rumgegurkt bist, genau zu der Zeit, als es dort geknallt hat und der Gefräßige in Atome zerlegt worden ist. Und ich fast auch.«

Für seinen Gesichtsausdruck hätte Vikman ein Topengagement am Nationaltheater bekommen. Er ließ die Augen hervorquellen und warf sich gegen die Rückenlehne, als wäre die Tagesproduktion des Atomkraftwerks Olkiluoto durch seinen Körper gejagt worden. Seine Hand zeichnete ein katatonisches Polygon in die Luft, und dem Mund entwich ein Schwall zigarettenherbe Luft. »Das ist eine Scheißlüge! Da hat jemand Gespenster gesehen.«

Kuhala musterte Vikman, der versuchte, sich von seinem Schock zu erholen. Wo war nur seine Bräune geblieben? War das überhaupt der Berufssoldat mit dem festen Willen, der am Ufer des Tuomijärvi wohnte? Er hatte sein drittes Bier bis auf den Restschaum kleingekriegt und dabei zum Andicken den einen oder anderen Schuss Jägermeister aus der mitgebrachten Taschenflasche hinzugegeben.

»Du hast den Nissan an der Teboil-Tankstelle in Savipelto zur Probefahrt abgeholt. Der Eigentümer konnte sich an deinen Namen erinnern.«

»Lüge. Ich war noch nie in Savipelto.«

»Und du hast dich auch noch nie mit Helena Jokela getroffen.«

»Ich schwöre es.«

»Deine Schwüre gefallen mir nicht.«

Vikman packte Kuhala mit feuchter Hand am Arm und appellierte an ihn. »Jemand hat sich für mich ausgegeben. Wie sah er aus? So wie ich, oder wie?«

Kuhala schob Vikmans Hand weg, die einkehrende Stille machte das Jaulen der Alarmanlage auf dem Parkplatz hörbar. »Wie du. Beziehungsweise nicht so, wie du jetzt aussiehst.«

Vikman fuhr zusammen und biss sich auf die Lippe. Er hatte nicht geschlafen und nichts gegessen, war vermutlich in seinem Versteck ständig hin- und hergegangen und hatte zwischendurch sein gelbsüchtiges Gesicht im Vorhangspalt der Sonne ausgesetzt.

»Hast du auf dem Balkan gelernt, wie man Bomben legt?«

»Ich müsste in Behandlung, bei mir ist langsam Finale. Was ist das für ein Arschloch, das mir sämtliche Verbrechen anhängt, die in diesem Scheißkaff begangen werden?«

»Du hast von den knallharten Gesichtern auf den Fotos in Eero Jokelas Wohnung gesprochen. Ich habe auch Fotos gesehen, und die waren richtig schrecklich.«

Kuhala stand auf und beugte sich zu Vikman hinab. Dieser wich zurück, als rechnete er mit dem Gnadenstoß.

Die beiden Männer, die da in dramatischer Haltung erstarrten, erinnerten an ein klassisches Gemälde, das eine Auseinandersetzung zeigt, und das Bild wäre perfekt gewesen, wenn der Wirt auf die Idee gekommen wäre, sich einzumischen, woran freilich nicht viel fehlte.

»Kann sein, dass ein anderer Helena Jokela und Make Honka und Sakari Antikainen umgebracht hat, aber du Scheißkerl hast auf dem Balkan unschuldige Menschen exekutiert und dich auch noch in Schlächterpose fotografieren lassen. Da hab ich keine Lust, schönen Mittsommer zu wünschen.«

Jeri döste auf dem Beifahrersitz und wedelte mit dem Schwanz, die Alarmanlage ließ unermüdlich ihre Melodie zum Sommerhimmel über den Wohnblocks aufsteigen. Kuhala fuhr auf einem Umweg über die Autobahn ins Stadtzentrum, weil er seine Kleider auslüften wollte, um die Pubaromen loszuwerden. Kai Vikman wurde wegen so vieler Dinge vom schlechten Gewissen geplagt, dass man den Überblick verlor. Die Anspielung auf den zehn Jahre zurückliegenden Massenmord hatte ihn endgültig stumm gemacht, und es schien, als würde der Wirt ihn im geeigneten Moment ins Freie führen müssen.

Vikman war so verzweifelt und mit dem Inhalt seines Albtraumportfolios so allein, dass er irgendjemandem, der auch nur ansatzweise interessiert war, sein Herz ausschütten wollte. Wenn es ernst wurde, war er trotzdem er selbst, suchte Ausflüchte und tat so, als hätte er Eero Jokela nicht mehr entgegenzusetzen als die Eindrücke von ein paar Fotos.

An einer Kreuzung schrieb Kuhala beim Warten auf

Grün ein funkensprühendes Liebesbekenntnis an Annukka: »Ich halt es nicht aus ohne dich!« Die Antwort kam an der nächsten Ampel: »Mein Liebling, ich spür dich auf der Haut!«

Die Stadt kam allmählich zur Ruhe, die Sägepatrouille hatte in der Nähe der Uni einige vom Sturm ramponierte Birken gefällt, an die nur noch die von Sägemehl umgebenen Stümpfe erinnerten. Die Meteorologen hatten schönes Wetter versprochen, und derzeit sah es so aus, als würde die Vorhersage tatsächlich zutreffen.

Hätte Annukka nicht zu ihrer alten Mutter nach Vaasa gemusst, hätte Kuhala um ihre Hand angehalten. Dieser Gedanke kristallisierte sich so plötzlich in seinem von ätzenden Aufträgen gereizten Gehirn heraus, dass er wie eine Portion frische Bergluft wirkte. Kuhala lächelte breit, sein Herz hüpfte, aus der alten Rinde, die das Herz schützte, tropfte es süß, und seltsamerweise pfiff er auf die bitteren Erkenntnisse, die er einst über die Ehe gewonnen zu haben glaubte.

Jeri ahnte das Glücksgefühl seines Herrchens und schlug so empathisch mit dem Schwanz auf den Sitz, dass es den Rhythmus eines lateinamerikanischen Tanzes ergab.

»Du bist ein Klassekerlchen«, lachte Kuhala und tätschelte seinen Hund.

Er fuhr in der Vaasankatu in den Carport und setzte sich aufs Teppichgestell, um Gitarre zu spielen. Jeri jaulte mit. Die fröhliche Witwe rief vom Balkon aus Grüße herunter und sagte, sie habe Erdbeerkuchen gebacken. »Wie wäre es, wenn der Herr mit mir im Hof Kaffee trinkt? So wie früher.«

Tatu, der von der Treppe zur Detektei aufstand, schaute

stolz auf seine Freundin: Nicht jeder hatte einen Bluesmann zum Vater, und nicht jeder Vater hatte einen Blueshund.

26

24. Juni Tatu und Sari gingen Händchen haltend vor Kuhala her. Hin und wieder warfen sie sich verliebte Blicke zu, es schien, als wären sie fähig, alle Bedrohlichkeiten des Lebens und der Welt von sich fernzuhalten. Ohne sich um Kuhala zu scheren, blieben sie stehen und küssten sich oder lachten über einen Insiderwitz, den nur Eingeweihte verstanden. Die Jugendlichkeit, die sie versprühten, und die Mühelosigkeit ihrer Schritte waren eine auf die Fasson des neuen Jahrtausends zugeschnittene Variation dessen, was Kuhala ein Vierteljahrhundert früher erlebt hatte, in der Zeit der progressiven Rockmusik und Kekkonens letzter, paranoider Amtsperiode. Genau genommen war die Fasson gar nicht so viel anders, denn die Jeans flatterten unten genauso breit wie in den Siebzigerjahren, und zumindest die männliche Haarmode entsprach dem Stil desselben Jahrzehnts.

Und die Gedanken? Kuhala wollte lieber nicht wissen, was er damals gedacht hatte, jedenfalls nicht im Detail. Er hatte sich für Frauen interessiert, so viel stand fest.

Er schaute auf die Boote, die unter der Alba-Brücke hindurchglitten, und nahm einen ordentlichen Mittsommerschluck aus seinem Flachmann. Noch immer hatte er Annukkas Duft in der Nase, die Moleküle der Sehnsucht.

Jeri setzte sich neben Kuhala hin und bellte freundlich einem Jack-Russell-Terrier zu, der im Bug eines Mahagonibootes Posten bezogen hatte. Der Glanz des Sonnenhofs verhieß gelungenen Johanniszauber, das Grölen, das von Ceausescu Beach herüberschallte, viel Arbeit für die Polizei.

»Ist alles okay, Papa?«

»Ja, natürlich«, meinte Kuhala und steckte verstohlen den Flachmann ein.

»Gehen wir zu schnell?«

Die Frage und der anschließende leicht besorgte Blick gaben Kuhala das Gefühl, uralt zu sein. Er grinste und machte ein paar tänzelnde Schritte im Stil von Mohammed Ali, aber die Wirkung war nicht die erhoffte, denn nun schaute auch Sari besorgt. (Der Alte ist doch nicht besoffen? Der hat doch gar nichts getrunken.)

Sari hatte braune Augen, eine schwarz gefärbte Frisurkonstruktion und ein strahlendes Lächeln, dessen Kraftfeld Tatu mit Sicherheit nicht mehr entkommen würde, wie Kuhala bei sich vermutete. Sie studierte in Helsinki Kunst, Finnisch und Politische Geschichte, und sie sprudelte vor natürlicher guter Laune. Oder waren das die letzten Reste kindlicher Unschuld? Auch vor Kuhala fremdelte sie kein bisschen.

Sari und Kuhala hatten schon nach einer halben Stunde beim Picknick im Hof vom Erdbeerkuchen der fröhlichen Witwe versüßte Ansichten darüber gewechselt, welche Rasse bei Jeri dominierte, waren mühelos zu den Grundproblemen des Amateurgitarristen übergegangen und hatten dann über Saris Heimatstadt Lappeenranta geredet, die Kuhala einigermaßen kannte. Tatu hatte etwas abseits gesessen und gehorsam die Aufforderungen der Witwe befolgt, nachzufassen. Dabei hatte er den benebelten Blick eines bis in die Haarspitzen Verliebten gehabt, der allerdings einige Male an Wirkung verlor und ernst wurde, als er auf seinen Vater fiel, der einiges mitgemacht hatte.

Es war klar, dass die fröhliche Witwe nach und nach das Rederecht an sich riss und nicht wieder hergab. Schnatternd schilderte sie ihre schon mehrfach gehörte Lebensgeschichte, ging die Nachbarn durch und hielt auch mit ihren Erfolgen beim Mittwochstanz im Restaurant Jyväshovi nicht hinterm Berg. Um letztgenannten Sachverhalt zu illustrieren, zog sie den Rocksaum ein wenig hoch und gönnte Kuhala ihren besten Männerverschlingerinnenblick, dem es unter den künstlichen Wimpern nicht an Fülle fehlte.

Nach der Brücke bogen sie nach links zum Ainolaufer ab, wo das Johannisfeuer entzündet werden sollte. Die Beliebtheit der Mittsommerfeiern in der Stadt schien zugenommen zu haben, auf den Wegen rund um den Jyväsjärvisee drängten sich die Bürger geradezu. Kuhala gab Jeri etwas Wurst und ließ ihn im Wasser planschen, eine Weinflasche, die sich von ihrem Besitzer losgerissen hatte, trieb wie ein glühendes Stück Eisen auf das Sonnenglitzern zu.

»Du hast deine Praxis also an einen anderen See verlegt«, sagte Kuhala zu dem Sandbildhauer, der unter den Blicken einiger Zuschauer die Brust eines weiblichen Torsos aus einem Lehm-Sand-Gemisch formte.

Der junge Mann erkannte Kuhala nicht auf Anhieb, lächelte aber schließlich. »Am Tuomiojärvi ist es zu unruhig. Die anständigen Leute sind hier unterwegs.«

»Und der Bootsverleih?«

»Das macht Karhunen, ich habe frei.«

»Formst aber trotzdem fleißig Sand. Oder sagt man Sand schnitzen? Oder sandbildhauern?«

»Da bin ich ziemlich flexibel. Alles geht. Sand ist jedoch aus ähnlichem Material wie der Mensch. Aus dem Staub der Erde. Heißt es so nicht in der Schöpfungsgeschichte? Sand ist instabil und verweht im Wind, so wie der Mensch sich in Luft auflöst.«

»Erde bist du, und zur Erde kehrst du zurück«, sagte Kuhala und bot dem Mann einen Schluck Kognak an, um ihm die Fesseln der Kreativität etwas zu lockern.

»Ja, danke. So wie der Wind über das Gras hinweggeht und nicht mehr ist.«

»Das sind aber ernste Töne an der Schwelle der Sommerfeier. Wenn ich einmal reich bin, beauftrage ich dich, eine Büste von mir zu machen. Aber jetzt muss ich zu meinem Sohn und seiner Braut. Schönen Mittsommer!«

»Gleichfalls.«

Der junge Mann hob die Hand und lächelte. Dann richtete er den Blick auf den weiblichen Körper und hobelte die Hüfte schlanker, wie ein Bildhauer, der nach Vollkommenheit strebt.

Auf der Bühne des Freilichttheaters Ainola wurden das Akkordeonspiel und das Stampfen der Tanzschritte von echten Volksbühnendialogen abgelöst, die Leute am Geländer der großen Brücke winkten der Armada, die zum Päijännesee schipperte. Kuhala erinnerte sich, im Zusammenhang mit einem seiner ersten Fälle von dieser Brücke gesprungen zu sein, worauf ihm ein Schauder über den Rücken lief: Damals hatte bis zum Tod nicht viel gefehlt.

Er verscheuchte die Erinnerung mit einem Kognak und holte Tatu und Sari ein.

»Mit wem hast du da geredet?«

»Mit einem sympathischen jungen Mann. Formt Sand. Zuletzt war er am Badestrand vom Tuomiojärvi aktiv.«

»Ist da nicht kürzlich eine tote Frau gefunden worden?«, fragte Sari.

Kuhala nickte, das Akkordeon legte wieder los und erhielt als Begleitung das Jammern einer Synthesizergeige, das die Birkenzweige zum Erzittern brachte. Das Publikum auf der Hangtribüne brach in lauten, von feuchten Kehlen befeuerten Applaus aus, der seltsam echolos über dem See verhallte.

»Ich hab den Typen schon mal irgendwo gesehen«, sagte Tatu.

»Wen? Jeri, hierher!«

»Den Sandbildhauer. Ich weiß nur nicht mehr, wo.«

»Er ist ja ungefähr in deinem Alter. O Mann, das Johannisfeuer wird ja ein Loch ins Firmament brennen«, begeisterte sich Kuhala.

Der sechs Meter aufragende Scheiterhaufen hatte einen gewaltigen Durchmesser und erfüllte leicht die Phantasien auch anspruchsvoller Pyromanen. In seinen Flammen wäre man auf einen Schlag leicht sämtliche zuverlässigen Telefonweissager der Provinz losgeworden. Offensichtlich waren hier nicht nur palettenweise Baustellenabfall, sondern auch traditionelle Bootskadaver zusammengetragen worden.

Die Leute bewunderten die Konstruktion und malten sich die bevorstehende Stimmung im Feuerschein aus. In vielen Gesichtern hatte sich bereits die nicht nur mit Wasser begossene Freude über den baldigen Sommerurlaub eingenistet. Dann würden die beim Reihentanz des Alltags malträtierten Hühneraugen endlich einmal aufhören zu schmerzen, und sei es für kurze Zeit. Das Sommertheaterpublikum strömte zur Feuerstelle, am See kamen aus beiden Richtungen weitere Leute hinzu.

Kuhala rief Jeri und setzte sich am Ufer auf einen Stein. »Das ist ein guter Platz. Geh nicht näher ran, Jeri, damit du dir nicht den Pelz verbrennst.«

Tatu und Sari standen Arm in Arm am Rand des Fahrradwegs. Sie winkten Kuhala zu, als der sich zu ihnen umdrehte. Der Akkordeonspieler stiefelte in seiner Tracht zu den Feuermeistern und schien ihnen die Liederliste zuzuflüstern. Das erste Stück, der Sommernachtswalzer, erwies der Tradition die Ehre und versetzte so manch einen – auch Kuhala – in Wehmut. Die Liebenden drückten sich enger aneinander.

Mit einem Wusch loderten die zuvor mit Brandbeschleuniger befeuchteten Zweige auf, und schon schlugen die Flammen in die Höhe. Die Betrunkenen juchzten, auf dem Deck eines Wasserbusses wurde gegrölt. Jeri erschrak dermaßen vor der Wucht der Flammen, dass er Kuhala auf den Schoß kroch. Kuhala beruhigte seinen Freund mit einigen besänftigenden Worten und einer dicken Scheibe Wurst. »Hast du noch nie ein Johannisfeuer gesehen?«

Die Hitze wirbelte Glut in die Luft, die zischend erlosch, wenn sie im Schilf landete.

»Papa.«

»Ja?«

»Da drüben sind Leute, die ich aus dem Gymnasium kenne. Wir gehen mal zu denen. Du bleibst hier, oder?«

Kuhala lächelte und meinte, er komme schon zurecht. »Zumal ich ja den Hund habe, der mich führt. Hier sind die Wohnungsschlüssel. Ich schlafe im Büro und bleibe wahrscheinlich gar nicht lange auf. Viel Spaß! Im Kühlschrank ist Bier, falls nötig. Was zu essen ist auch da, it's all yours.«

»Steht in deinem Büro überhaupt ein Bett?«

Kuhala hob den Daumen zum Zeichen, dass alles gut war. Tatu schaute seinen Vater an, als blicke er in die Zukunft, in der sein Vater mit dem Rollator über den Gang des Altersheims schlurft und nur ein einziges Problem zu lösen hat: Wo ist das Klo?

Kuhala spürte den Blick seines Sohnes, drehte sich zu ihm um und grinste. »Bist du immer noch da? Ach ja, hier hast du noch einen Fünfziger. Kauf deiner schönen Freundin eine Johannisrose. Und hier noch fünfzig extra. Vergiss nicht, dass ich in der Form meines Lebens bin. Aber jetzt geh, bevor ich mein restliches Geld auch noch verteile!«

Tatu lächelte und schob die Scheine in sein flaches Studentenportemonnaie. Dann kraulte er Jeri im Nacken. »Bis morgen.«

Kuhala nahm einen Schluck aus dem Flachmann, Jeri trank aus dem See. Von der Hitze glühten die Wangen, man musste weiter vom Feuer weggehen. Ein Trinker schälte sich vor Begeisterung über die Mittsommerrituale aus den Kleidern und watete an der Stelle in den See, wo sich die gewaltigen Flammen spiegelten. Einen Moment lang sah es so aus, als habe der Mann vor, ins Feuer zu gehen, aber dann plumpste er auf die Nase und fing an zu fluchen. Man rief die Polizei.

Kuhala und der Hund wichen im Bogen des Freilichttheaters zurück, ein Wasserflugzeug zog das Werbebanner eines Telefonanbieters hinter sich her, es war mindestens einen halben Hektar groß.

Plötzlich spürte Kuhala eine Berührung auf der Schulter. Er glaubte, es sei Tatu, und wollte schon einen Satz drechseln, in dem er versicherte, er sei nicht beleidigt, sondern mindestens genauso verliebt wie sein Sohn, da realisierte er, dass die Hand Kommissar Nevakivi gehörte.

Jeri fletschte die Zähne. Nevakivi nahm die Hand weg und wich einem entgegenkommenden Paar aus. Kuhala fletschte ebenfalls die Zähne. »Auch an Mittsommer unterwegs?«

»Ich hab dich zufällig gesehen. Ich bin mit meiner Familie hier, wir wollen uns das Feuer anschauen.«

Für einen wie Nevakivi war das ein so intimes Bekenntnis, dass es Kuhala schwerfiel, seine Miene unter Kontrolle zu halten. Er war nicht in der Stimmung, in Belanglosigkeiten über Mittsommer auszubrechen, ahnte jedoch, dass auch Nevakivi nicht deswegen seine Familie verlassen hatte. Einmal Polizist, immer Polizist.

»Du kannst die Finger nicht von den Fällen Antikainen und Jokela lassen.«

»Unterbrichst du deswegen deine Johannisfeier?«

»Soweit ich mich erinnere, habe ich dir ausdrücklich gesagt, du sollst dich raushalten. Das ist die letzte Warnung. Danach wird zu schwereren Geschützen gegriffen, und du darfst nicht mal mehr nach verlorenen Taschentüchern fahnden, sondern dir einen neuen Beruf suchen. Wir entziehen dir die Lizenz.«

Auf einmal begriff Kuhala, dass der Kommissar betrunken war. Nicht im störenden Maß, aber seine Augen glühten nicht nur durch den Schein des Feuers. Womöglich war Nevakivi einer von denen, deren Aggressionen durch zu selten genossenen Alkohol auflebten, und als er Kuhala sah, bot sich die Gelegenheit, sie abzubauen.

Sie standen einen Schritt voneinander entfernt auf dem Fahrradweg, in einer Haltung, als hätten sie vor, als Erste auf dem Festplatz eine Rauferei anzuzetteln.

»Sag mir mal, nach welchem Paragrafen du mir die Lizenz entziehen willst. Die Witwe von Antikainen und der Witwer von Helena Jokela haben mich engagiert, um die Todesfälle zu untersuchen. Aus irgendeinem Grund haben sie kein Vertrauen in die Polizei.«

»Beeinträchtigung des Beamten während der Amtsausübung. Und wenn das nicht geht, ziehen wir dich mit einer Verhaftung aus dem Verkehr. Weil du Informationen verschweigst.«

»Was?«

»Kennst du Kai Vikman?«

Kuhala tat so, als denke er nach. Ein Teil des Feuers stürzte ein, ein Bootswrack kippte wie in Zeitlupe um und ließ Funken sprühen, dann fiel es zischend ins Wasser, genau an der Stelle, wo gerade der freudig erregte Betrunkene an Land gezogen worden war. Wieder ging ein Raunen durch die Menge.

Kuhala gab zu, mit Vikman gesprochen zu haben, weil dieser in der Gegend wohnte, wo Helena Jokela vor ihrem Tod gesehen worden war.

»Wann hast du Vikman zuletzt gesehen?«

»Weiß ich nicht mehr. Ist schon eine Weile her. Warum?«

Jeri witterte Nevakivis Feindseligkeit und keilte sich

zwischen die beiden Männer, wobei er die Vorderzähne aufblitzen ließ, was zwar keiner merkte, wohinter sich allerdings der feste Entschluss verbarg, den Kommissar im Schritt zu packen, falls sich dessen Einstellung nicht änderte. Ein Fahrradfahrer klingelte Nevakivi an, der im Weg stand. Auch das merkte er nicht, sondern forderte Kuhala auf, sein Gedächtnis anzustrengen.

»Tut mir leid. Wenn du mir über Mittsommer Bedenkzeit gibst, werde ich schon darauf kommen. Ich kann dich ja nach den Feiertagen anrufen.«

Kuhala rief Jeri beim Namen und wandte sich ab, um zu gehen. Seine vom Kognak beflügelte Feierstimmung eines allein lebenden Mannes im mittleren Alter flaute allmählich ab. Er war nahe daran gewesen, den gesegneten Zustand zu erreichen, in dem man anderen Menschen nur Gutes wünscht und alle Dissonanzen sich von selbst glätten, aber nun legte sich Nevakivis Hand erneut auf seine Schulter.

Jeri knurrte. Kuhala blieb stehen und wurde ernst. Er nahm die Hand des Kommissars weg.

»Du hast einen lästigen Hund. Wo hast du den gefunden?«, fragte Nevakivi. »Wenn er so aggressiv ist, sollte man ihn besser einschläfern lassen. Ich werde dein Gedächtnis ein bisschen auf Trab bringen. Du hast Vikman zuletzt gestern gesehen. Ein Wirt aus Keltinmäki hat dich so genau beschrieben, dass es keinen Interpretationsspielraum gibt.«

»Danke für den Hinweis. So muss es gewesen sein.«

»Worüber habt ihr gesprochen?«

»Frag Vikman.«

»Das ist ein bisschen schwierig. Er ist heute Morgen

gefunden worden. Hat sich in einem Apartment in Keltinmäki in der Dusche aufgehängt. Eindeutig Selbstmord und eine verdammt düstere Art, Mittsommer zu feiern. Aber jeder hat so seine Sorgen. Du kannst am Montag wieder ins Präsidium kommen.«

Nevakivi holte Atem und blickte gleichgültig auf den See. Als Nächstes wollte er seine Machtposition ausnutzen und Kuhala den Hemdkragen richten, aber Jeri ließ es nicht zu, dass sein Herrchen angefasst wurde. Er fletschte die Zähne.

»Verdammter Köter.«

27

27. Juni Am Montag wartete Kuhala auf Nevakivis Vorladung, auch wenn er wusste, dass sie nicht kommen würde. Sie hatten so oft im Büro des Kommissars zusammengesessen, sie kannten ihre jeweilige Taktik und wussten ihre Worte zu wählen. Es war sinnlos, Arbeitstage mit fruchtlosen Sprüchen zu vergeuden, und vermutlich wusste Nevakivi noch besser als Kuhala, dass sich die Drohung mit Lizenzentzug auf keinerlei Rechtskraft stützte. Und Nevakivi wusste auch, dass er über die Unterhaltung in dem Lokal in Keltinmäki nur das aus Kuhala herausquetschen würde, was dieser bereit war herauszulassen.

Tatu und Sari kamen auf dem Weg zum Bahnhof in der Detektei vorbei und luden Kuhala zum Gegenbesuch nach Helsinki ein. Tatu versprach seinem Vater, dann mit ihm in den Vergnügungspark und in den Zoo zu gehen, Sari umarmte den leicht perplexen Kuhala und sagte, sie werde ein Blech Hefewecken mit Butteraugen backen, falls aus dem Besuch etwas würde. Das kollektive Lachen über so blendende Aussichten veranlasste Jeri, um die drei herumzuwuseln, und Kuhala, sich den Bauch zu tätscheln, der durchaus ein Blech Hefewecken aufnehmen konnte. Die Frage war nur, ob sich danach die Fähre zur Zooinsel noch über Wasser halten würde.

»Mach's gut. Bis bald. Wir haben in deiner Wohnung aufgeräumt, es müsste alles tiptop sein.«

»Tschüs. Und schönen Sommer. Habt ihr jungen Leute auch Geld?«

»Ja … schon, viel haben wir nicht ausgegeben.«

»Da könnt ihr mir ja was abgeben.«

»Ha ha.«

Der Wilde Wein vor der Tür raschelte, dann waren Tatu und Sari weg.

Kuhala fütterte den Hund und zupfte eine Weile auf der Gitarre, bis er seufzte, wie man am Werktag nach einem Feiertag seufzt, und steuerte wenig später seinen Renault zum Haus von Sakari Antikainens Witwe.

Die erfrischende Wirkung der nächtlichen Kühle verlor sich immer mehr, je höher die Sonne stieg. Die krächzenden Reinigungskommandos der Krähen kämpften um die besten Imbissreste in den Grünanlagen und an den Straßenecken, wo in der Nacht die Ausgelassenheit besonders groß gewesen war.

Die Nachricht von Vikmans Selbstmord hatte Kuhala überrascht, und es war ihm schwergefallen, Schlaf zu finden. Vermutlich war er der Letzte gewesen, der mit dem ehemaligen Söldner gesprochen hatte. Anfangs hatten dessen wunde Erscheinung, die angespannte Körpersprache und das seltsame Gefummel mit den Zigaretten und den Getränken noch fast komisch gewirkt, dann war es nur noch anstrengend gewesen, bis man es nicht mehr richtig wahrnahm. Der Mann hatte die Last seiner Gräueltaten nicht mehr ertragen, und auch wenn er Helena Jokela vielleicht nicht umgebracht hatte, war die Entdeckung der Vorfälle auf dem Balkan genug gewesen, um ihn zum Strick greifen zu lassen.

Spürte Kuhala einen Stich, weil er über Vikmans Bemerkung, er brauche Behandlung, nur geschmunzelt und außerdem den Druck weiter erhöht hatte? Er öffnete das Seitenfenster und fragte sich, was für einen Stich Vikman gespürt haben mochte, als ihn die Männer an der Grube um Gnade angefleht hatten.

Jeri hielt den Kopf aus dem Fenster. Kuhala bog rechts ab und hielt an der ersten Ampel in der Rajakatu an. Bald war Juli, und dann kam im Nu der Herbst, eine neue Jahreszeit, bis auch diese in einzelne Momentaufnahmen zerfiel und sich im unstrukturierten Halbdunkel der jüngeren Geschichte verlor. Diese Erkenntnis war vielleicht nicht sonderlich originell und der kostbare Sommermorgen ohnehin nicht der beste für eine Fünf-Pfennig-Depressionsanalyse, aber – und dabei sah er sich im Rückspiegel in die Augen – gab er sich nicht damit zufrieden, die Frau seines Lebens zu lieben? Gerade Annukka stand doch für das Glück, das hinter der nächsten Ecke wartete, für das Licht, das ins graue Einerlei hineinleuchtete und von dem manch einer träumte, ohne es je zu Gesicht zu bekommen.

War ihm Annukka etwa nicht genug? Atme, besteige einen Berg, lass das Leben durch dich hindurchfließen.

Jeri leckte ihn am Ohr. Kuhala fuhr an den Straßenrand und schickte Annukka sein bislang schönstes Liebesbekenntnis.

Aila Antikainen saß am Küchenfenster, als erwarte sie Besuch, brauchte aber so lange bis zur Haustür, dass Kuhala schon glaubte, sie habe sich verlaufen.

»Komm rein«, sagte sie.

Sie hatte ein Bild ihres Mannes auf die Kommode im Wohnzimmer gestellt, Beileidsblumen umringten den Kriminalhauptmeister. Die Beerdigung sollte am nächsten Samstag in Antikainens Geburtsort Kankaanpää stattfinden, und Kuhala war nur froh, keine Einladung erhalten zu haben.

Er konnte die Frau schlecht fragen, wie Mittsommer gewesen war. Nachdem sie sich wieder auf den Stuhl gesetzt hatte, von dem sie aufgestanden war, sprach Kuhala ihr seine Anteilnahme aus, ohne sich zu erkundigen, ob sein Beileid auf dem Anrufbeantworter angekommen war.

»Beim letzten Mal hast du von Sakaris Fahrten nach Helsinki gesprochen. Ich habe es so verstanden, dass sie etwas mit dem zu tun haben könnten, was passiert ist. Besteht irgendeine Chance herauszufinden, bei wem er war?«

»Das hat Sakari nie erzählt.«

»Woher wusstest du, dass er nach Helsinki fuhr?«

»Ich fand in seinen Taschen Quittungen aus Helsinkier Lokalen. Teure Rechnungen, und wenn es Dienstreisen gewesen wären, hätte er die Quittungen weitergegeben und nicht zerknittert in seinen Taschen aufbewahrt.«

»Du hast nicht danach gefragt?«

»Das war in unserer Ehe nicht üblich.«

»Verstehe. Kannst du dich an Namen von einigen Lokalen erinnern?«

Sie verneinte. Kuhala kam sich ein wenig aufdringlich vor, als er fragte, ob Aila Antikainen die Taschen ihres Mannes heimlich durchwühlt hatte oder ob das zur Haushaltsroutine gehört hatte, die immer durchgeführt worden war, bevor eine Hose in der Waschmaschine landete. Sie sagte, an den Tagen, nachdem Antikainen gefunden worden war, sei so viel Polizei bei ihr gewesen, dass von Respekt vor einer Trauernden nicht die Rede sein könne. »Mir sagen sie nichts, aber ich musste ihnen über Sakari Rechenschaft ablegen, als wollten sie seine Biografie schreiben.«

»Ich weiß, das ist keine leichte Zeit für dich, aber hast du vielleicht eine Theorie, wo Sakari das zusätzliche Geld hergehabt haben könnte?«

Die Witwe blickte aus dem Fenster und wischte sich eine Träne von der Wange, dann schüttelte sie den Kopf. »Es muss aber etwas Illegales gewesen sein.«

»Hast du der Polizei von dem Geld erzählt?«

»Nein. Sie haben auch in der Garage herumgeschnüffelt, mir aber nicht gesagt, sie hätten dort etwas gefunden. Vielleicht hat Sakari jemanden erpresst. Einen Verbrecher gedeckt. Ich weiß es nicht. Irgendeinen reichen Menschen, der dafür bezahlen kann, nicht ins Gefängnis zu kommen.«

Ihre Theorie war im Prinzip genauso gut wie die von Ratsku, aber das half Kuhala nicht viel. Er hätte auf der Stelle ein halbes Dutzend weiterer Theorien zimmern können. Das Problem lag im Erbringen von Beweisen. Wahrscheinlich hatten die lokalen Kräfte der Zentralkripo und Nevakivi schon wer weiß wie viele Erklärungsmodelle abgehakt und konzentrierten sich auf wenige Ermittlungsrichtungen.

In der Wohnung lag der süßliche Friedhofsduft der Blumen, das Thermostat des Kühlschranks brummte. Aila Antikainen starrte auf das Muster der Tischdecke und richtete den Blick dann auf Kuhala. »Niemand hat meinen Mann gemocht.«

»Wieso das?«

»Er war ein schwieriger Mensch, war nicht bereit, Schwächen einzugestehen. So etwas verzerrt den Sinn für die Realität.«

Die Iris der Frau reflektierte kein Licht, in einem Mundwinkel bildete sich eine Furche der Bitterkeit. Sie hatte die Verzerrung von Antikainens Realitätssinn aus so nächster Nähe mit ansehen müssen, dass kein halbes Jahr vergehen würde, bis sie sich inmitten aller Trauer die Erleichterung eingestand, die Hölle ihrer Ehe hinter sich gelassen zu haben. »Obwohl, ich weiß nicht, wer gibt schon gern seine Schwächen zu.«

Kuhala nahm das Notizbuch zur Hand, das aus dem Geheimfach in der Garage stammte. »Bei der ersten Adresse war ich. Und der Besuch hatte es in sich.«

Sie schien auf die Bemerkung nicht zu reagieren. Vielleicht hatte sie es nicht über sich gebracht, die Zeitung zu lesen, vielleicht hatte sie in den letzten Tagen etwas anderes zu tun gehabt als die Nachrichten über mysteriöse Wohnblockexplosionen zu verfolgen. Kuhala beschloss, nicht auf Einzelheiten seines Abenteuers einzugehen. Er sagte nur, unter der Adresse in Savipelto habe er nichts gefunden, was ihm weiterhelfe.

»Dann habe ich einen kleinen Urlaub eingelegt, wie du sicher weißt. Mit der anderen Adresse gibt es ein paar Probleme. Ich werde nicht schlau daraus. Der Name ist leicht, Eero, aber damit kommt man nicht weit. Sogar in meiner Altersklasse heißt jeder sechste Mann Eero. Glaubst du, du könntest mir helfen? Es ist ein ziemliches Gekrakel oder hastig geschrieben worden.«

Kuhala gab ihr das Notizbuch. Sie holte ihre Lesebrille aus einer Schublade und setzte sich wieder an den Tisch.

»Das ist nicht Sakaris Schrift.«

Antikainen starrte sie von einem kleinen Geschirrschrank aus mit der üblichen selbstgefälligen Miene an, ein Stück Stearin von der halb abgebrannten Gedenkkerze lag auf dem blauen Tischtuch. Die Witwe legte die Brille zur Seite und griff als Nächstes zu einer Lupe. Damit sichtete sie den Text, als wäre es ihr erster Versuch, etwas anderes zu tun, als am Fenster zu sitzen und zu trauern.

»Man wird älter, die Sinne werden schwächer. Wenn der erste Buchstabe kein S und kein K ist, sondern ein H, dann steht hier Huutokorventie oder Hautakorventie. Die Nummer könnte 11 C 29 sein. Oder so. Aber wo ist die Huutokorventie? Jedenfalls nicht in Jyväskylä. Hast du schon mal davon gehört?«

Kuhala nahm das Notizbuch, buchstabierte eine Weile die Klaue und meinte, Aila Antikainens Deutung klinge vernünftig. Aber auch er hatte von so einer Straße noch nie gehört. »Es kann nicht viele davon in Finnland geben. Hoffen wir, dass sie sich südlich des Polarkreises befindet.«

Das kurze Lächeln auf Aila Antikainens Gesicht vertrocknete schnell wieder, aber ein Lächeln war es doch gewesen. Sie legte die Hilfsmittel in die Schublade zurück und faltete einen Kaffeefilter in die Maschine. »In Sakaris Arbeitszimmer steht ein Computer. Dort kannst du nach der Adresse suchen. Dann trinken wir eine Tasse. So eilig wirst du es ja nicht haben. Ich kann dich nicht dazu verpflichten, nach Sakaris Mörder zu suchen oder auch nur zu irgendeiner Adresse zu fahren, aber wenn du wüsstest, wie neidisch er manchmal von dir gesprochen hat.«

Da war es schon wieder. Kuhala glaubte noch immer nicht, was er hörte. Er zuckte mit den Schultern und fragte, wo er Antikainens Arbeitszimmer finde. »Darf ich den Computer einschalten?«

»Vom Wohnzimmer aus links, die erste Tür. Schalt einfach ein.«

Kuhala ließ die Tür einen Spaltbreit offen. Bis auf das Bett unterschied sich das Mobiliar nicht wesentlich von Antikainens Büro im Präsidium. Hatte das Ehepaar in getrennten Zimmern geschlafen, oder war das Bett für Gäste? Oder für die Nächte, in denen der Hausherr spät heimgekommen war? Damit war es nun vorbei.

Die Ermittler der Polizei mussten das Zimmer bis zum letzten Quadratzentimeter durchsucht haben, und es war sicher, dass sie auch die Dateien in Antikainens Computer durchforstet hatten. In der Luft lag ein Hauch von Rasierwasser, im Schatten eines Bettpfostens waren die Pantoffeln des Toten zu erkennen – die letzten Überreste eines harten Daseins. Kuhala hatte das Gefühl, in ein privates Mausoleum eingedrungen zu sein, und machte sich gar nicht erst die Mühe, die Schreibtischschubladen zu öffnen; auch hier hatte die Polizei alles Interessante mitgenommen. Durch die Jalousie sah man den von Sommergrün überfrachteten Garten, einen gemauerten Grill und einen eingeschalteten Rasensprenger. Das vom Wasserschleier vielfarbig gebrochene Licht blendete.

Straßen mit dem Namen Hautakorventie gab es nicht, und die einzige Huutokorventie fand sich in einem brandneuen Wohngebiet im Grenzbereich von Muurame und Säynätsalo. Aila Antikainen stand hinter Kuhala.

»Falls das noch Säynätsalo ist, dann gehört es zu Jyväskylä. Falls Muurame, ist es auch nicht weit.«

Kuhala verkleinerte den Kartenmaßstab und notierte sich die Fahrtroute. Die Huutokorventie wurde durch die Straße zwischen Säynätsalo und Muurame und dem Wohngebiet Paavalvuori vom Päijänneufer getrennt. Paavalvuori lag auf einer Erhebung, dort befand sich ein Tunnel der Bahnstrecke nach Helsinki. Zuletzt war Kuhala in der Gegend gewesen, als er eine Wohnung gesucht hatte, bevor er in der Mietswohnung in der Hannikaisenkatu gelandet war.

Er drehte sich auf Antikainens Bürostuhl um, die Frau konnte nicht rechtzeitig ausweichen, weshalb sich ihre Knie berührten.

»Entschuldigung«, sagte Kuhala.

Aila Antikainen wurde bis zum Hals rot und verschwand aus dem Zimmer. Sie hatte ein Kekssortiment auf den Tisch gestellt und drängte es Kuhala auf. »Wie sah er aus?«

»Entschuldigung, wer?«

»Sakari. Du hast ihn doch gefunden.«

Kuhala sagte, er spreche nicht gern darüber. Er wollte auch nicht lügen und sagen, Antikainen habe friedlich in der Grube gelegen. Alle Toten, auf die er in seiner Laufbahn gestoßen war, hatten ausgesehen, als hätten sie noch

Jahre leben wollen, als wären sie entsetzt über das, was sie im Jenseits als Erstes zu Gesicht bekamen.

28

27. Juni Kuhala machte mit Jeri einen Rundgang durch die neuen kurzen Straßen rund um die Huutokorventie, sie trugen Namen wie Kaikutie, Kuisketie und Mökäpolku. Den eigens angelegten waldwegweichen Trimm-dich-Pfad säumten rot gestrichene Laternen. Eine Frau in knappem Laufdress joggte vorbei. Hier und da hatte man vereinzelte Kiefern gnädig stehen lassen, sie erinnerten daran, dass es hier vor wenigen Jahren noch natürlichen Wald gegeben hatte. Aber auch wenn alle noch so sehr für grüne Werte eintraten, mussten ja schließlich auch die Flughörnchenfanatiker irgendwo wohnen.

Jeri hob das Bein und zermahlte zwischen den Zähnen ein Stück Rinde, das er unter einer Heckenrose gefunden hatte. Nach einer halben Stunde Spielen gab Kuhala dem Hund Wasser und band ihn mit der Leine hinter dem Auto im Schatten an. »Guter Junge. Warte kurz, ich bin in dem Haus dort. Du musst nicht nervös werden, wenn ich eine Weile drin bleibe.«

Die Wohnung befand sich im zweiten Stock eines verklinkerten kleinen Etagenhauses ohne Aufzug. Im Flur war es still, es roch nach Bohnerwachs und frischer Farbe. Auf der Einwohnertafel stand hinter der Wohnungsnummer 29 der Name Meltaus.

Im Zweiten angekommen, spürte Kuhala, dass sein Puls

ein Niveau erreicht hatte, das in keinem Verhältnis zu der Anstrengung des Treppensteigens stand. Der Raketenstart vor der Tür des Gefräßigen flimmerte als Horrorbild vor seinem inneren Auge und brachte die Hände zum Schwitzen und den Puls außer Rand und Band. Ein neuer Turboflug wäre absolut zu viel für seine vom späten mittleren Alter bereits erweichten Knochen, aber Antikainen würde in sein Notizbuch wohl nicht nur die Bekannten eingetragen haben, die Bomben an ihrer Wohnungstür installierten. Oder etwa doch? Eero Meltaus war ein so harmloser Name, dass man sich einen Pantoffelhelden vorstellte, der seit Jahren seine Arbeitszeit im öffentlichen Dienst absaß, keiner Fliege etwas zuleide tat und in den Gratiszeitungen der großen Handelsketten sämtliche Artikel las, deren Überschrift mit den Worten begannen »Jetzt ist die Zeit, um …«. Und der sie ernst nahm.

Kuhala horchte an der Tür und wartete ab, bis sich sein Atem beruhigt hatte. Er blickte sich um, sah sich bereits zwischen Backsteinbrocken und Staub in der Ecke liegen wie die Dummen und die Leidgeprüften in den Zeichentrickfilmen, denen das Leben niemals zulächelt.

Er traute sich nicht zu läuten, denn er war sicher, dass an der Klingel ein faustgroßes Stück Semtex angeschlossen war, ein tüchtiges mit Tape zusammengehaltenes Bündel Trotyl, das ihn über den nächsten Höhenzug hinweg bis auf den Päijännesee schleudern würde. Hinter ihm ging eine Tür auf. Kuhala hätte um ein Haar laut geschrien, konnte sich aber gerade noch beherrschen. Vor Schreck drückte er die Klingel und trat zur Seite, damit ihm Meltaus und das Mobiliar von dessen Wohnungsflur nicht direkt ins Gesicht flogen.

Die ältere Frau aus der Nachbarwohnung ging zur Treppe und lächelte Kuhala unter ihrem Hut herauf zu, als hätte sie in ihrem langen Leben schon alles gesehen und wunderte sich kein bisschen, dass ein fremder Mann in ihrem Treppenhaus herumstand.

»Wieder heiß heute. Jemand hat seinen Hund draußen angebunden. Hoffentlich muss er nicht lange in der Hitze liegen, der arme Kerl.«

Kuhala zog eine Grimasse und klingelte erneut. Offenbar hatte sich eine Störung in den Stromkreis der Bombenkonstruktion geschlichen, eines von den Kabeln bekam keinen Kontakt. Nur ein Atemzug, und die gesamte Huutokorventie würde sich in einen Schutthaufen verwandeln. Ein letzter Atemzug.

Die alte Frau schien ihr Selbstgespräch über Jeris schweres Schicksal auch in den unteren Etagen fortzusetzen. Eero Meltaus öffnete die Tür und entsprach ganz und gar nicht den Vorstellungen des verstörten Kuhala, weder was die Pantoffeln betraf noch das Bild eines Kriminellen, der mit Antikainen schmutzige Geschäfte machte. Er trug ein sauberes schwarzes T-Shirt und Khakishorts. Er war barfuß und vermutlich zwischen fünfunddreißig und vierzig Jahre alt. Die an den Schläfen schon etwas dünnen blonden Haare wellten sich am Hinterkopf und im Nacken, die weichen Gesichtszüge bekamen durch die Huskyaugen, die nichts verrieten, einen Hauch von Schärfe.

Kuhala stellte sich vor und fragte den Mann, ob Antikainen zu seinem Bekanntenkreis gehört habe. »Sakaris Schicksal ist für viele ein Schock gewesen. Er war ein ehemaliger Arbeitskollege von mir. Hätten Sie Zeit, mir ein paar Fragen zu beantworten? Ich bin beauftragt worden, seinen Tod zu untersuchen. Durch den Türspalt redet es sich ein bisschen schlecht darüber.«

»Komm rein. Ich kannte ihn. Ich nannte ihn Sakke. Eigentlich wollte ich gerade zum Päijänne, ein bisschen spinnangeln, aber wir können uns kurz unterhalten. Ziemliche scheiße das Ganze, absolut unfassbar.«

Meltaus war etwas kleiner als Kuhala und gut proportioniert. Er bewegte sich wie ein Mann, der sich seiner Kräfte bewusst ist, Nacken und Schultern ließen vermuten, dass er in der Lage wäre, auch einen größeren Fang ins Boot zu ziehen.

»Setz dich. Um es mit einem Wort zu sagen: Sakke war ein ehrlicher Kumpel und einer der wenigen anständigen Polizisten vom alten Schlag. Es will einem nicht in den Kopf, dass jemand so etwas tun kann.«

»Wie gut kanntest du Antikainen?«

»Hauptsächlich übers Fischen.«

Die Wohnung war spärlich, aber stilvoll eingerichtet. Neben einer Couchgarnitur mit schwarzem Stoffbezug, einem Bücherregal von Lundia mit Glastüren und einem Fernseher standen zwei Art-déco-Stahlrohrstühle im Wohnzimmer. Kuhala nahm auf einem davon Platz. Meltaus rollte gerade die Angelschnur auf die Spule, im offenen Angelkasten lag ein breites Sortiment an Blinkern für alle Gewässer.

Kuhala wollte wissen, ob sich die beiden Männer oft gesehen hatten.

»Früher öfter, aber in letzter Zeit eher selten. Wir hatten allerdings eine Angeltour ins Auge gefasst. Daraus wird jetzt nichts mehr.«

»Wann hast du ihn zuletzt gesehen?«

»Im Frühjahr. Kurz vor der Schneeschmelze. Wenn ich mich richtig erinnere, waren wir bei der Insel Majasaari beim Eislochangeln. Ich hab auf der Insel ein Häuschen.«

»Er hat nicht mit dir über die Arbeit geredet?«

Meltaus schüttelte den Kopf und schraubte die Spule an die Teleskoprute. Im Profil sah er härter aus als von vorne, die alte Narbe neben dem Auge konnte ein Erbe der wilden Spiele in Jungenjahren sein. Er sagte, er sei im Import tätig, was sich vom Polizistenberuf ziemlich unterscheide, und weil er sich mit Antikainen in der Freizeit und unter den Vorzeichen des gemeinsamen Hobbys getroffen habe, sei so gut wie nicht über die Arbeit geredet worden. »Höchstens auf allgemeiner Ebene. Außerdem unterliegen Polizisten ja der Schweigepflicht, wenn ich mich nicht irre. Nein, ich bekam weder im Frühjahr noch sonst eine Vorahnung, dass Sakke in Gefahr sein könnte. Ich wusste zwar von seinem Alkoholproblem, aber hatte er das nicht auch längst hinter sich gelassen?«

Durch die offene Balkontür hörte man die alte Frau mit Jeri plappern. Das Eichhörnchen auf der Kiefer vor dem Haus hörte auf zu schnalzen und neigte den Kopf in die Richtung, wo die Frau und Jeri Bekanntschaft schlossen.

Meltaus zog die Angel zu voller Länge aus und prüfte mit einem Auge, ob sie gerade war. Dann drehte er sich um und nahm Kuhala mit den nach vorne hin kleiner werdenden Schnurösen ins Visier. Um den Mund herum zog sich die Haut gerade so weit zusammen, dass Kuhala es merkte.

»Du bist ja mit ziemlich feinem Filter unterwegs, wenn du sogar einen alten Angelkameraden von Sakke befragst.«

»Alte Angelkameraden wissen oft das eine oder andere.«

»Diesmal aber nicht.«

»Genau.«

»Nicht mal die Polizei ist auf mich gekommen, obwohl man glauben sollte, dass die bei einer solchen teuflischen Tat jeden Stein umdreht.«

»Vielleicht läutet die Polizei gleich nach mir an deiner Tür.«

Meltaus gab ein freudloses Lachen von sich und ließ die Angelrute sinken. Die Huskyaugen taxierten Kuhala und die Frage, wie sich die Stimmung einer leichten Plauderei übers Angeln so verschärfen konnte, obwohl beide es nicht wollten. »Wo hast du meinen Namen eigentlich her?«

»Von der Witwe. Aila Antikainen.«

»Ja, natürlich. Wenn du sie siehst, sprich ihr mein Beileid aus.«

Kuhala fragte, auf welche Art von Import Meltaus spezialisiert sei.

»Kosmetik, Parfums. Hauptsächlich aus Mitteleuropa, aber ich knüpfe auch Kontakte in Richtung Russland, weil die Qualität dort ständig besser wird. Als Nächstes fragst du wahrscheinlich nach dem Markt. Na, solange es Frauen gibt, kann ich mir ab und an einen neuen Blinker für meine Sammlung leisten.«

Er pickte einen kupfernen löffelförmigen Köder aus dem Kasten, auf den schwarze Querstreifen gemalt waren. »Der könnte heute angesagt sein.«

Im Bürzel des Köders war ein roter Glasstein eingelassen, der in den außergewöhnlichen Augen seines Besitzers reflektierte. Der Klunker hätte aus dem Zubehör eines umherziehenden Hypnotiseurs stammen können, aber Kuhala ließ sich nicht blenden; er ahnte inzwischen so viel über den Mann, dass sein Interesse geweckt war. Er stand auf und bedankte sich für die Mühe. Meltaus ließ den Köder in den Kasten fallen und begleitete Kuhala zur Tür. »Hoffentlich wird der Scheißkerl geschnappt.«

»Daran zweifle ich keine Sekunde. Wenn es mir nicht gelingt, dann der Polizei.«

Das Türschloss wollte beim ersten Versuch nicht aufgehen. Meltaus bückte sich und griff an Kuhala vorbei. Dieser spürte, dass der Atem des anderen schneller ging, und das hatte mit Sicherheit nichts mit dem bevorstehenden Angelausflug zu tun. Das Schloss klackte. »Das Haus ist neu, da ist alles noch ein bisschen steif.«

»Du würdest mir nicht deine Telefonnummer geben, für den Fall, dass ich noch eine Frage habe?«, fragte Kuhala.

Meltaus zog die Visitenkarte seiner Firma aus einer Jacke, die an der Garderobe hing. »Paris Desire, E. M.« stand darauf.

Wieder klackte das Schloss. Kuhala blieb einen Moment im Treppenhaus stehen, bevor er nach unten ging. Die alte Frau hatte Jeri zum Schutz vor der Sonne ihren Hut aufgesetzt. Sie selbst saß auf einer Bank der Hausgemeinschaft und fächelte sich mit einem Fächer Luft zu. Es handelte sich offenbar um ein Reiseandenken, das Stierkampfmotiv darauf war mit den Jahren verblasst. Das Gummiband ihres Hutes hatte sie Jeri unters Kinn gezogen. Der Hund nahm diese Lösung mit Gleichmut hin und saß im Schatten des Renault, als würde er etwas sorgfältiger ausstaffiert als sonst zu einer Spritztour aufbrechen. Rund um den Wassernapf waren dunkle Flecken auf dem Boden zu erkennen.

Kuhala nahm ihm den Hut ab und brachte ihn der Frau. »Danke für die Kühlung. Ich glaube trotzdem, dass dem Hund nichts gefehlt hat.«

»Wie können Sie es wagen, junger Mann!«

Sie setzte den Hut auf und spitzte die geschminkten Lippen, drohte Kuhala mit der Tierschutzbehörde und setzte schließlich die Miene einer verletzten Märtyrerin auf. In ihr war praktisch nichts mehr übrig von der gutwilligen Oma, die im Bankschließfach nicht nur ihr freigebiges Testament, sondern auch ihr legendäres Plätzchenrezept aufbewahrt. Wenn man es genauer bedachte, war sie nichts anderes als eine alte Schachtel, die jeden Tag auf ihrem Posten saß und andere Leute bespitzelte.

Kuhala wünschte ihr noch einen schönen Sommer und beugte sich zu ihr hinab. »Solange Sie auf Ihrem Fächer so ein Bild haben, sollten Sie das Wort Tierschutz nicht in den Mund nehmen.«

Kuhala fuhr in die Stadt zurück und rief Ratsku an, der erzählte, er habe Mittsommer entspannt im Schatten seiner Pflaumenbäume verbracht.

»Allein?«

»Rat mal.«

»Hast du jemanden?«

Die Antwort war ein Lachen. Rechts der Straße blinkte verlockend der Päijänne. Eine dunkelhaarige Frau in weißen Jeans und Sommerbluse bedachte Kuhala mit einem schönen Lächeln, als er ihr mit ihrem Fahrrad Vorfahrt gewährte. Die Aufsplitterung der Wahrnehmungsfähigkeit aufs Telefonieren, aufs Fahren und auf das schöne Lächeln hätte Kuhala um ein Haar ins Gelände schleudern lassen. Er hielt an einer Bushaltestelle an und fragte Raatikainen, ob er noch dran sei. »Glaubst du, du könntest mir Informationen über einen Mann namens Eero Meltaus besorgen? … Ja, Meltaus. Vor allem ob er bei einer Firma am Ruder sitzt, die mehr als nur Duftwässerchen importiert. Er wohnt zwischen Muurame und Säynätsalo.«

Kuhala buchstabierte den Firmennamen auf Meltaus' Visitenkarte und nannte die Adresse des Mannes. »Deine Kontakte im Präsidium werden das doch rauskriegen?«

»Wir werden sehen.«

»Ich komme in den nächsten Tagen vorbei, ich brauche nämlich deine berühmte Kombinationsgabe, um diese verflixten Morde aufzuklären. Irgendwas ist faul. Ich habe mehr potenzielle Mörder auf meiner Liste stehen, als eigentlich draufpassen.«

Raatikainen wurde ernst und riet Kuhala, vorsichtig zu sein. »Du bist doch gerade erst aus dem Krankenhaus gekommen, und jetzt zerreißt du dich schon wieder.«

»Ich hab ein paar Tage stürmischen Urlaub im Hinterland von Saarijärvi gehabt. Willst du mehr hören?«

»Du kannst mich mal …«

»Nichts ist besser, als in der Sommernacht im See zu schwimmen, und zwar mit seiner …«

Ratsku hatte aufgelegt. Die Frau in der weißen Jeans rollte an Kuhala vorbei und schenkte ihm ein weiteres Lächeln. Kuhala erwiderte es und dachte, dass doch nichts über einen anständigen Flirt geht. Das Handy klingelte, noch bevor er die Kupplung kommen lassen und den Blick vom weiß verhüllten Hintern abwenden konnte.

Es war Annukka. Sie bedankte sich für Kuhalas Mail und sagte, sie liebe ihn. »Wo bist du, mein Schatz?«

»Auf der Straße. Ich habe gerade einer Fahrrad fahrenden Person die Vorfahrt gewährt, worauf wir ein Sommerlächeln getauscht haben.«

»Du geiler Bock!«

»Woher weißt du, dass es eine Frau war?«

»Das höre ich an deiner Stimme.«

»Und wie klingt die?«

»Schokoladig, und wenn du in den Spiegel guckst, siehst du außer einem gewissen Schalk eine leicht ölige Schicht. So einer bist du.«

Kuhala behauptete, der Schokoladenanteil in seiner Stimme sei einzig und allein die Schuld von Annukkas Anruf. »Nein, das Verdienst. Öl und Schalk bleiben. Immer wenn ich an dich denke, schalkt und strahlt es bei mir. Und ich denke ja immer an dich, weil du so eine bist, Frau Maaheimo.«

Annukkas Lachen brachte Kuhala die zauberhaften, aber viel zu schnell vergangenen Momente im Ferienhäuschen in Erinnerung. Dann versuchte er, seine Sehnsucht zu schlucken, und erzählte Annukka von Kai Vikmans letzten Stunden. »Ich weiß nicht, was der Mann alles mit ins Grab nimmt, aber wird man das je herausfinden?«

Annukka wurde ernst. »In unseren Registern habe ich nichts über ihn gefunden. Es könnte dich aber interessieren, dass im internen Verteiler der Polizei ziemlich zuverlässige Beschreibungen der Person zirkulieren, die Antikainens Passat zum Silja-Line-Terminal gefahren hat. Sie stammen von einem Tankstellenbetreiber in Orivesi und von einem Mann, der in Hartola direkt an der Durchgangsstraße wohnt.«

»Was hat es für einen Sinn, über Orivesi und Hartola nach Helsinki zu fahren?«

»Wenn man das wüsste. Sommerliches Cruisen, Täuschung der Polizei? Braun gebrannter Mann mit Mütze. Über zwanzig Jahre alt, aber noch keine dreißig, und laut beiden Aussagen war er ziemlich ruhig.«

»Passt nicht auf Vikman. In keiner Hinsicht, auch in der Kneipe benahm er sich auffallend unruhig. Was hatte der Mann mit dem Einwohner in Hartola zu schaffen?«

»Sie hatten an der Tankstelle ein paar Worte über den Benzinpreis gewechselt. Mehr nicht. Die Kleidung verspricht keine Wunder: blaue Jeans, eine Art Basketballschuhe – also keine Sneakers – und ein gelbes T-Shirt, möglicherweise mit dem Namen oder dem Logo einer Band. Aber welcher Band, weiß man nicht.«

Kuhala bedankte sich für die Information und äußerte die Vermutung, dass die Klamotten im Johannisfeuer verbrannt worden waren. »Und rat mal, was die Gummisohlen der Schuhe gestunken haben!«

»Das ist möglich, alles ist möglich. Auch wenn ich in dem Fall nicht ermittle, glaube ich, dass beide Augenzeugen am Phantom-Photoshop ran dürfen. Damit sind schon großartige Ergebnisse erzielt worden.«

»Phantom-Photoshop?«

»Das ist ein Bildbearbeitungsprogramm, das auf der Basis von Personenbeschreibungen funktioniert und Elemente von Fuzzilogic enthält. Frag mich nicht wie und was.«

»Da wir schon mal über die Arbeit reden – könntest du mal nachsehen, ob ihr was über einen Mann namens Eero Meltaus habt? Ich weiß, du darfst solche Sachen nicht verraten, aber ich weiß auch, dass du für mich alles tun würdest, meine Süße.«

»Eingebildet bist du gar nicht. Ich sag dir Bescheid, wenn es was gibt.«

»Du bist ein Schatz.«

Wehmütig fuhr Kuhala in den Hof seiner Detektei und trottete von da mit Jeri zum Mittagessen in Max Kuukunens Haudegen.

29

27. Juni Es ging auf halb zwei zu. Max' Antrag auf eine Freischankfläche schien durchgegangen zu sein: Er hatte seinen Betrieb um drei dicht gedrängte Tische im Freien erweitert. Es gab neun Plätze, alle waren von gemütlich lächelnden Urlaubern besetzt. Das anziehende Klirren der Biergläser und Bestecke samt dem dazugehörigen Stimmengewirr sorgte für Atmosphäre. Max hatte sich der Abteilung Dekoration mit zwei je fünfzig Zentimeter hohen Silberpappeln und einer Speisekarte im Edelholzimitatrahmen entledigt, die als Köder für Passanten unter einem Cinzano-Schirm im Schatten hing.

Kuhala marschierte hinein. An den Tischen im vorderen Teil des Lokals saß niemand. Er betätigte den Gong mit Boxmotiv auf dem Tresen und beschwichtigte Jeri, der die herrlichen Essensgerüche schnupperte. Die Schwingtür zur Küche ging auf, ein Koch mit Mütze grüßte.

Kuhala fragte nach dem Wirt. Der Koch wischte sich die Hände an der Schürze ab und sagte, Max sei kurz auf die Bank. »Er kommt gleich wieder.«

»Wir wär's, wenn ich eine Pfanne à la Max niedermache. Mit der halben Portion Salz, bitte. Und falls Sie einen Suppenknochen übrig hätten, dann nehme ich den für den Hund. Er wird mir doch sicher hier drin Gesellschaft leisten dürfen, wir verschwinden durch die Hintertür, falls jemand auftaucht, der wie ein Vertreter vom Gesundheitsamt aussieht.«

Der Koch versprach, die Bestellung zu erledigen, das Bruststück seiner Jacke zierten die Spuren diverser Speisezutaten. Das Licht, das durch die offene Tür fiel, versah die Posen aus Max' aktiver Zeit mit dem Glanz der goldenen Vergangenheit, und tatsächlich war seitdem eine Menge Zeit vergangen, Jahrzehnte. Kuhala überlegte, was für Privatdetektivrequisiten er an die Wände seiner Kneipe hängen würde, und entwarf innerlich bereits eine Opfer-Täter-Bildfolge, bis er seine Albernheit einsah, einschließlich der Tatsache, dass es vor allem ein Opfer gab: ihn selbst, mit seinen zu niedrig bemessenen Honoraren.

Er setzte sich mit Jeri an einen Tisch, von dem aus man direkt nach draußen sehen konnte. Hin und wieder huschte das Gesicht des Kochs an den runden Scheiben der Küchentür vorbei, man hörte die Bestandteile der Pfanne à la Max im heißen Fett brutzeln. Kuhala schaute in den hinteren Bereich des Raums und sah an einem Pfosten einen Hut hängen, den er kannte. Hinter dem Garderobenhaken und einer Trennwand aus Glas schimmerte eine große, einsame Gestalt hervor.

»Wir wär's, wenn wir uns da drüben hinsetzen?«, fragte er Jeri.

Grabsteinvertreter Perttu Kane saß in Gedanken versunken beim Nachmittagsbier, den eckigen Oberkörper über den Tisch gebeugt.

»Guten Tag, der Herr, wie laufen die Geschäfte?«, sagte Kuhala und fragte, ob am Tisch noch Platz sei.

Jeri hatte noch nie im Leben einen solchen Riesen gesehen und hielt es für das Klügste, mit dem Fremden erst mal rückwärts Kontakt aufzunehmen, bis er dessen Freundlichkeit erkannte und sogar den Mut fasste, unter dem Tisch an den Hosenaufschlägen zu schnuppern. Kane erwachte aus seinem Dämmerzustand und wies auf einen freien Stuhl.

»Man sollte glauben, dass Haustiere auch im Sommer in gleichmäßigen Intervallen sterben, aber es schlägt sich nicht in den Auftragsbüchern nieder. Nach dir habe ich schon gesucht. Ich war an der Detektei, aber du warst nicht da. Und dein Telefon war gerade besetzt. Ich bin bloß auf der Durchreise, ich muss in der Nähe von Lahti über den Gedenkstein für einen berühmten Eber aus der Gegend verhandeln. Das könnte für Funken im Umsatz sorgen«, lächelte er und bückte sich zum Tischbein hinunter.

»Ein Eber? Du meinst eine männliche Sau?«

»Genau das. Du hast richtig gehört«, sagte Kane und brachte einen Steinbrocken zum Vorschein. »Sympathischer Hund. Hoffentlich musst du dich seinetwegen nicht so bald an mich wenden. Leg mal eine Serviette unter, damit der Tisch keine Kratzer abbekommt. Das hier ist für das Grab deiner Geckos. Was sagst du dazu?«

Kanes kultivierte Redeweise und relativ dünne Stimme standen im Widerspruch zu der großen Gestalt, passten aber sicherlich zu einem Vertreter, der Grabsteine für Schoßtiere verkauft.

Der Stein sah aus, als wäre er am Straßenrand aufgehoben worden. Kuhala schluckte die verächtliche Bemerkung, denn er wollte niemanden beleidigen. Außerdem kannte er sich mit Grabsteindesign nicht aus. »Aha, das Werk ist fertig. Hat durchaus was mit dem Bild im Katalog gemeinsam.«

»Schau mal aufs Namenschild«, sagte Kane und drehte den Stein um.

Auch das brachte Kuhala nicht zum Jubeln, aber es gab immerhin keine Rechtschreibfehler. »Ich kann mich nicht erinnern, dir die Geburtsjahre von Hytönen und Inkeri genannt zu haben. Wie auch, wo ich sie selbst nicht kenne. Das Todesjahr stimmt.«

»Wir haben sie geschätzt.«

»Wer wir?«

»Unser Team.«

»Mein lieber Herr Gesangsverein! Aber schon gut, sieht klasse aus.«

Kane fragte Kuhala, ob er je auf die Idee gekommen sei, wie sehr es einen Friedhofsbesucher ärgern kann, einen Stein zu sehen, auf dem Geburts- oder Todesjahr fehlt. »Oder sogar beide. Das gilt auch für den Haustierfriedhof. Vor diesem Stein hier wird niemand Verdruss empfinden.«

Grob gerechnet hatten die Geckos dreiundsechzig Jahre gelebt, und grob gedacht kam Kuhala das verdammt übertrieben vor, aber womöglich verfügte Kanes Altersbestimmungsteam über wissenschaftliche Informationen.

Draußen hörte man einen Motor aufheulen. Der Koch kam mit der dampfenden Pfanne durch die Schwingtür geschossen und nietete sie nebem dem Grabstein auf den Tisch. Dann richtete er seine Mütze und breitete vor Jeri ein Handtuch aus, auf dem ein saftiger Knochen zum Vorschein kam.

»Großartiger Service! Ich hätte gern noch ein Bier.«

»Kommt.«

Im Hinterhof hörte man ein anderes, dumpferes Motorknurren. Es überlagerte Jeris Schmatzen. Kuhala führte mit dem Pinzettengriff aus Zeigefinger und Daumen das einzige Grün der Essensportion zum Mund, den Petersilienzweig auf dem Spiegelei. Anschließend kam er zur eigentlichen Sache: Er stieß die Gabel in den herrlich goldbraunen Kartoffelhaufen und in die Rindfleischstreifen.

Perttu Kane schätzte, dass für den Grabstein des Ebers von Lahti eine halbe Tonne Granit zu veranschlagen wäre. »Der Kunde wünscht sich einen Stein in Ringelschwanzform, aber wenn der noch vor dem Winter fertig werden soll, muss ständig in drei Schichten daran gearbeitet werden. Hast du dich je gefragt, wie ein fünfhundert Kilo schwerer Granitringelschwanz aussieht? Und wie er am Sockel befestigt wird? Das verlangt Kompetenz.«

Das Bier, das Kuhala bestellt hatte, landete auf dem Tisch. Er bedankte sich und blickte nach schräg oben. Und ließ die Gabel mit den aufgespießten Bratkartoffeln auf den Tellerrand sinken.

Der Frontmann des Motorradklubs Muddyfield aus Savipelto stand samt Halstuch neben dem Tisch. Auf seinem Gesicht lag ein Ausdruck, den man nicht gerade als Wiedersehensfreude interpretieren konnte. Er hatte Kuhala das Bier gebracht, obwohl er sicherlich nicht als Aushilfe in der Kneipe arbeitete. Er trug schwarzes Leder, das Tuch war rot, und seine lächelfreie Härte wurde durch den

Lauf einer Achtunddreißiger, die auf Kuhalas Brust gerichtet war, noch betont. »Grüß dich, Kuhala. Man findet dich nicht so leicht, aber jetzt ist es Zeit, dass wir quitt werden. Wenn der Hund Zicken macht, stirbt er zuerst.«

Jeri hatte den Knochen geschnappt und sich mit gefletschten Zähnen in den Schutz von Perttu Kanes Schuhen Größe 53 zurückgezogen. Am Eingang standen zwei Rocker, die Hände in die Hüften gestützt und ebenfalls mit rotem Halstuch, und als Kuhala in der Hoffnung auf einen Fluchtweg zur Hintertür blickte, sah er dort ebenfalls eine zweiköpfige Lederjackenformation.

»Scheiße«, stöhnte er und starrte den Anführer ungläubig an.

Vor dem Duo an der Hintertür stand der kleine Kaarlo aus der Vaasankatu, mit dem Kuhala Fußball gespielt hatte. Der Junge aß ein Eis, aber er sah ratlos und ängstlich aus, seine Schnürsenkel waren wieder offen.

»Wir haben den kleinen Kerl mitgenommen, weil du nicht da warst. Es wird ihm nichts passieren, solange du keinen Scheiß machst.«

»Ihr Arschlöcher. Ihr armseligen Figuren. Lasst den Jungen sofort gehen! Ich komme auch so mit.«

»Na, na … und was für ein Stein wird hier eigentlich angebetet?«

Plötzlich schleuderte der Rockerpräsident Inkeris und Hytönens Grabstein mit voller Wucht gegen die Boxbilder an der Wand. Es krachte und klirrte, Kaarlo fing an zu weinen, Jeri bellte.

»Steh auf, Kuhala! Und du bleibst sitzen, wenn du kein Loch in den Kopf bekommen willst«, sagte der Rocker zu Kane.

Jeri erhöhte die Lautstärke seines Protests, begriff aber, dass die Situation auch für seinen Knochen gefährlich war, und beschloss, bis zuletzt darum zu kämpfen. Kanes Hände ruhten unter dem Tisch, sein Blick war den Umständen entsprechend ruhig und wich dem Rocker nicht aus. Dieser schnappte sich mit bloßer Hand ein Stück Rindfleisch von Kuhalas Portion und warf die Pfanne dann zum Tresen, wo wie gelähmt der Koch stand. Wieder krachte es. Kleistrig vom Eiweiß rutschte die Kartoffelmasse an der Tresenverblendung herab.

Der Rockerboss wies auf die Hintertür. »Sollte jemand die Polizei rufen, wird es dem Jungen schlecht ergehen. Tempo jetzt, Tempo, verdammt noch mal!«

Innerhalb von zwei Minuten war alles vorbei. Kuhala bat Kane, auf Jeri aufzupassen, dann spürte er den Stoß der Pistole am Ohr. Es fing an zu bluten. Das Namensschild vom Geckograbstein lag in der Loge nebenan auf der Bank.

»Du hältst dein Maul, Kuhala! Es dauert nicht lange, und du hältst es sowieso.«

Die im Hof abfahrbereite Harley Davidson funkelte. Sie war für den besonderen Einsatz sorgfältig poliert worden. Kuhala versuchte in der Spiegelung des Tanks den Abstand zu dem Halstuchträger in seinem Rücken abzuschätzen, aber das Spiegelbild wurde zu einem gewölbten Zerrbild und brachte auch die geringste Lust, einen verzweifelten Angriff zu wagen, zum Erliegen. Die Wunde am Ohr pulsierte, das Blut rann ins Hemd. Kaarlos Eis war auf den Asphalt gefallen und lief in grünen Streifen in den Gully. Falls sich je wieder die Gelegenheit bieten würde, bekäme der Junge die beste Eisportion der ganzen Stadt.

Der Rockerpräsident stieß Kuhala durch die Hecktür in einen Lieferwagen und stieg selbst als Wache zu, der weinende Junge und einer der Männer stiegen vorne ein.

Man hörte Türen zuschlagen und die Harley-Motoren grummeln, dann setzte sich der Lieferwagen in Bewegung. Ob diese Operation an der Tankstelle von Savipelto ausgeheckt worden war? Hatte der Besitzer wieder in die Putzkammer gemusst?

Der Boss mit dem Halstuch saß auf einer roten Lederbank mit dem Rücken zur Fahrtrichtung und atmete so schwer, als fände in seinem Kreislauf gerade die Adrenalinausschüttung seines Lebens statt. Kuhala lag bäuchlings auf dem Boden, die Hände im Nacken. Aus der Haltung war es schwer, sich zu Heldentaten aufzuschwingen, und es hatte keinen Sinn, sich in Wut hineinzusteigern, aber wegen des Jungen war es auch verdammt schwer, die Selbstkontrolle zu behalten. Und dann klingelte zu allem Überfluss auch noch das Handy in der Tasche.

»Wenn du rangehst, schieße ich dir den Kopf zu Brei.«

»Das ist ein Spezialtelefon. Auf dem Display des Anrufers erscheint meine Position, wenn ich nicht rangehe. Es ist an ein Satellitennavigationssystem gekoppelt, man sieht diesen Lieferwagen hier und deine elende Scheißgarde als roten Punkt auf einer digitalen Karte … ahhh…«

Der Tritt traf Kuhalas Hinterkopf, das Auto hielt an, man hörte Verkehrsrauschen. Dann verstummte das Handy, und der Lieferwagen setzte sich wieder in Bewegung.

»Du wirst es noch bereuen, dass du neulich nicht durch die Bombe ums Leben gekommen bist«, formulierte der Rocker.

»Habt ihr Idioten die gelegt?«

»Nein …«

»Natürlich nicht, ihr steckt ja schon bei einer Reihe Ladykracher die Finger in den Mund.«

»Deine Jokes werden immer schlechter, je weniger Lebenszeit du noch hast. Die Polizei hat bei uns im Klub alles durchsucht, aber nicht mehr gefunden als ein Brecheisen.«

»Hoffentlich haben sie euch wenigstens die Gebrauchsanweisung dafür dagelassen.«

»Haben sie. Sie haben uns geraten, es im Schädel eines vorlauten Privatdetektivs zu versenken.«

»Ganz humorlos bist du nicht. Da nun mal meine letzte Stunde geschlagen hat, wird es dir ja nichts ausmachen, mir zu verraten, wer die Bombe angebracht hat.«

Es wurde still. Kuhala hörte seinen Bewacher die Luke zum Führerhaus aufmachen und fragen, ob sie verfolgt würden. Der Antwort nach schritt das Projekt wunschgemäß voran, die Luke klappte zu, und wenn Kuhala eine etwas bequemere Position innegehabt hätte, hätte er versucht, an die Pistole heranzukommen. Der Rocker trat ihm noch einmal mit der Eisenkappe seines Stiefels an den Kopf, wie zur Erinnerung, dass es sich nicht lohne aufzumucken. Der Treffer tat so weh, dass es Kuhala das Wasser in die Augen trieb.

Der Boden des Lieferwagens stank nach Schmutz, Motoröl und diversen Spritzern eines Oktoberfests, das im Laderaum stattgefunden hatte. Das Rockerleben musste anstrengend sein: pausenlose Testosteronshow, Drei-Akkorde-Rock, Saufen, Kettenrauchen, schlechte sanitäre Anlagen, das ganze Spektrum der Geschlechtskrankheiten und mit Stilettwunden verschärfte schräge Ehrvorstellungen, als deren Treibstoff der Hass auf alles fungierte.

Kuhala lauschte auf die Schmerzen in seinem ramponierten Kopf und verspürte keinerlei Bedürfnis, seine Einschätzung laut auszuplaudern. Wenn der Schöpfer es zuließ, war er bereit, weitere Beispiele dafür zu liefern, wie anstrengend das Rockerleben ist.

»Wem gehört der blaue Nissan Kombi an der Tankstelle?«

»Du willst Infos abzapfen. Du bist vielleicht ein armseliges Arschloch. Aber wenn du auch dieses Wissen mit in die Hölle nehmen willst, dann sage ich dir, dass der Wagen dem Tankstellenbesitzer gehört, und der leiht ihn jedem, weil er nicht Manns genug ist, Nein zu sagen. Man muss nur mit dem Finger schnippen, und er stellt dir die Kiste abfahrbereit hin, mit vollem Tank.«

»Für das Terrorisieren des Mannes kriegt ihr mehrere Jahre ohne Bewährung. Deine Eskorte wird bald in der Falle sitzen.«

»Scheißdreck. Du wirst bald mit einer Kugel in der Birne auf der Fresse liegen. Uns kann keiner was. Das hat man ja bei der letzten Razzia gesehen. Nur die Dummen werden erwischt. Und wenn dein Kadaver vernichtet ist, steigen wir ins Business ein.«

»Habt ihr vor, das Pfandflaschensammeln auf Gemüsediebstahl frisch vom Beet auszudehnen? Damit euch die Kartoffel- und Steckrübenbranche direkt in die Milchstraße der Quartalswirtschaft katapultiert?«

»Hä?«

»Wenn man Arschlöscher sucht, schlägt deine hirnlose Bagage alles.«

Kuhala spannte den Körper in Erwartung eines neuen Trittes an, um bei der Gelegenheit den Stiefel zu packen. Gleichzeitig müsste er der Patronenkugel ausweichen, und für alles zusammen hätte er eine halbe Sekunde Zeit. In seinem Alter war das zu wenig, daran konnte man nichts ändern.

Der Tritt kam jedoch nicht. Stattdessen zündete sich der Rocker eine Zigarette an und verlor das Interesse am Gespräch. Der Qualm drang Kuhala in die Nase und wirkte beruhigend. Dem Reifengeräusch nach fuhren sie inzwischen auf einer nicht asphaltierten Straße, der Fahrer rammte den Schalthebel humorlos von einem Gang in den anderen, das Quietschen der abgefahrenen Bremsklötze schmerzte in den Ohren.

Falls der Thinktank Muddyfield plante, am Abriss oder gar am Wiederaufbau von Savipelto zu partizipieren, war das ihr Bier und ihr Kopfweh, aber je mehr Kuhala über die Zusammensetzung der Bande nachdachte, umso mehr glaubte er, dass die Typen lediglich für den rauen Sektor der traditionellen Kriminalität taugten. Schutzgeld, Einschüchterung, Schutzeinsätze, Baseballschlägerinkasso, Drogen, Raub, Autodiebstahl.

Aber was hatten solche Überlegungen für einen Sinn? Die Fahrt ging weiter. Die letzte Fahrt? Der Rocker mit dem Halstuch trat die Zigarette aus und schien den Fahrer zu fragen, ob man bald da wäre. Im Führerhaus lief das Radio, aber es spielte keinen Drei-Akkorde-Rock, sondern Engelbert Humperdinck mit seiner Samtstimme.

War es ihnen tatsächlich gelungen, ohne Polizei von Max' Kneipe wegzufahren? Kane und der Koch hatten sich wegen des Jungen nicht getraut anzurufen, aber was war mit den Gästen im Freien? Und was hatte Max eigentlich auf der Bank zu erledigen gehabt? Kuhala drehte den Kopf auf die andere Seite und steckte einen Schlag durch eine Bodenwelle ein, über die der Fahrer mit vollem Tempo bretterte. Übelkeit krampfte ihm den Magen zusammen, und allmählich meldete sich auch die Angst mit einem Zittern.

»Weißt du was, Kuhala?«

»Du willst dich entschuldigen und lässt den Jungen und mich laufen. Du hast die Hosen voll, weil du in Wahrheit nichts anderes kannst, als in Lederhosen zu kokettieren. Der eine Harley-Fahrer hatte einen ganz passablen Hintern.«

»Falsch. Ich hab die Vision, dass wir gleich eine Metal-CD von Niskalaukaus laufen lassen und dass die den Genickschuss übertönt, der für dich bestimmt ist. Danach stecken wir in alle deine Löcher Benzintampons, und dann brennst du, und es steigt ein dermaßen verfluchter Gestank zum Himmel auf, dass die Behörden Umweltalarm geben und den Leuten befehlen, das Haus nicht zu verlassen.«

»Nein, die Behörden werden Handschellen an deinen Patschehändchen zuschnappen lassen. Und dann wirst du viele Jahre lang sitzen müssen. Den Jungen zu kidnappen war ein Fehler, darüber hättest du zweimal nachdenken müssen.«

»Vielleicht wird er ja auch nie gefunden.«

»Du arme Sau.«

Kuhala hörte, wie die Pistole entsichert wurde. Der Rocker mit dem Halstuch bewegte unruhig die Füße hin und her. Sie waren ungefähr eine halbe Stunde gefahren, ab und zu gab es Geräusche, als würden Zweige das Blech des Lieferwagens streifen. Der maskuline Sound der Motorräder bewies, dass die Eskorte noch beisammen war und sonst niemand folgte. Wieder machte es ein klickendes Geräusch.

»Wie seid ihr auf die Idee gekommen, mich im Haudegen zu suchen?«

»Eine Alte hat vom Balkon gerufen, du wärst gerade mit dem Köter in deine Stammkneipe abgezogen.«

»Leg die Waffe weg. An dem Geklicke merkt man, dass dir noch nie jemand erklärt hat, wie gefährlich Faustfeuerwaffen sind. Darf ich dich noch eins fragen? Wie erträgst du eigentlich die Ausländer in deinem Klub? Die reißen doch bald die Macht an sich, weil deine Dummheit Kilometer gegen den Wind stinkt. Stell dir mal vor, die Kanaken überfahren dich einfach so.«

Der Rocker holte zum Schlag aus, Kuhala rollte zur Seite und spürte einen Luftzug im Gesicht, als die Pistole vorbeirauschte und aufs Bodenblech schepperte. Die Waffe ging los, und der Querschläger schoss unkontrolliert von einer Wand des Laderaums zur anderen, bis er die Zwischenwand zum Führerhaus durchschlug.

»Scheiße … verdammt … pass auf, Kuhala …!«

Der Lieferwagen stoppte wie vor einer Panzersperre, Kuhala war vor Entsetzen gelähmt und keuchte. Wie schön ist doch der Seele Pilgerfahrt.

Er erholte sich immerhin so weit, dass er seinen Bewacher die Luke zum Führerhaus öffnen sah. Durch das Loch in der Wand fiel Tageslicht herein, Kaarlos Weinen mischte sich mit »Stairway to Heaven« von Led Zeppelin, und plötzlich ging alles in Dauerhupen unter.

»Fahr, Jore, FAHR!«

Jore würde nie mehr fahren. Jore hatte durch den Querschläger einen Genickschuss abbekommen, Jores Kopf hing auf dem Lenkrad. Wie durch ein Wunder war das Auto auf dem Weg geblieben. Der Rockerchef drehte sich um, er hatte Schaum vor dem Mund und fiel nach Kuhalas erstem Schlag von der Bank, die Motorräder draußen erhöhten die Drehzahlen.

Kuhala schnappte sich die Achtunddreißiger und stieß die Hecktür auf, bereit zum ersten Feuergefecht seines Lebens, bereit, der gesamten Eskorte die Kehlen aufzureißen. Beide Harleys standen zwanzig Meter entfernt auf einem kleinen Hügel, die Motoren brummten. Auf dem einen saß nur der Fahrer, auf dem anderen das Duo, das am Vordereingang des Haudegen gestanden hatte, aber beide Besatzungen verloren Zeit beim Überlegen, ob da gerade ihr vergötterter Führer oder ein Privatdetektiv aus Jyväskylä aus dem Lieferwagen stieg.

Sie hatten falsch geraten, die Kinnladen fielen herunter, und die Pranken am Gas ließen die Maschinen aufheulen, wodurch das Randgebüsch ins Schwanken geriet und der Sand unter den Auspuffen aufstob.

Kuhala las den Männern bekannte und exotische Flüche von den Lippen ab, dann hob er die Pistole und brüllte: »Verzieht euch!«

Die Motorradfahrer sahen sich an. Auch wenn die roten Halstücher sie zu kaltblütigen Mitgliedern eines Hinrichtungskommandos gemacht hatten, so symbolisierten sie jetzt nur noch ihre Hilflosigkeit. Zwei Motorräder konnten auf dem schmalen Weg nur schlecht gleichzeitig wenden, ihr Gemurkse sah wirklich hilflos aus.

Kuhala zitterte vor Aufregung. Der Rest der Bande musste verjagt werden, bevor er anfing, der verlorenen Ehre nachzuweinen. Und der Junge musste in Sicherheit gebracht werden. Er hob die Pistole, um einen Warnschuss abzugeben, aber jetzt fiel ihm die Kinnlade herunter.

Über den Hügel kam ein Mann im altmodischen weiten Trainingsanzug angerannt und drosselte das Tempo nicht, als er sich dem Auto näherte, ganz zu schweigen davon, dass er in Erwägung gezogen hätte, vor der Motorradbarrikade zurückzuweichen. Dann blieb er stehen, nahm die aus seinen Meisterschaftsjahren bekannte Schrittstellung ein und boxte die drei Schwergewichte des MC Muddyfield mit einer Schlagkombination aus dem Sattel, die Kuhala nicht einmal richtig sehen konnte, so schnell kam sie. Dahinter steckten die Erfahrung aus Hunderten Kämpfen und der eiserne Wille, diesen Kampf zu beenden, bevor er richtig angefangen hatte. Es steckte die Kraft eines Mauerbrechers darin, vulkanische Wut und zugleich die Elastizität eines Gepards. Eine der beiden Harleys kippte in den Graben, die andere fiel mitten auf den Weg.

Max Kuukunen zog die Kabelbinder, die er für problematische Gäste im Haudegen reserviert hatte, aus der Tasche seines Trainingsanzugs und legte sie den zu Boden gegangenen Gegnern an. »Die Polizei kommt gleich.«

Einer der Geschlagenen fing an zu zappeln und Drohungen auszustoßen. Nach dem, was er sagte, verfügte er über Unterweltkontakte der Kategorie, dass er im Nu einen Einsatztrupp zusammen hätte, der Schaden anrichten würde wie nach dem dritten Weltkrieg. Kuhala erinnerte sich, dass es derselbe Mann war, der auf der Hauptstraße von Savipelto dem Renault in die Seite gefahren war.

»Die nageln euch mit der Nagelpistole an die Wand und reißen euch …«

»Sei still«, sagte Max.

Plötzlich rollte der Ausgeknockte auf den Graben zu und ging auf die Knie. Dabei spritzte der Speichel, und in seinen Augen glühte fanatische Wut, als hätte er beschlossen, bis zum Ende zu kämpfen. Der Versuch war allerdings zum Scheitern verurteilt, und der Mann verstummte mitten in einer Foltervision, die Kuhala und auch Max Kuukkunen für eine Weile zum Verstummen brachte. Über den Hügel kam ein baumlanger Mann gestakt, Grabsteinvertreter Perttu Kane im hellen Sommeranzug, den Hut lässig auf dem Kopf wie ein modebewusster Teutone. Bergab wurde sein Schritt länger. Auch wenn er sah, dass sich die Lage beruhigt hatte, blieb er nicht stehen, sondern rannte auf den fluchenden Harley-Fahrer zu und zog ihn am Schlafittchen hoch, wobei er ihn aus dem Schatten seines Hutes heraus mit einem Blick anstarrte, der mit kosmischer Bedrohung aufgeladen war. Er war lautlos, verdichtet und schüchterte den Harley-Fahrer, der in der Luft die Stiefel baumeln ließ, dermaßen ein, dass er vor der Ankunft der Polizei keinen Mucks mehr von sich gab. Kane lockerte den Griff, der Rocker fiel auf die Erde und kullerte in den Graben.

»Zuerst wollte ich zurückbleiben und aus dem Hintergrund heraus absichern, aber dann dachte ich mir, dass ich eventuell doch an vorderster Front benötigt werde«, sagte Kane außer Atem und fächelte sich mit dem Hut Luft zu.

»So langsam sollten wir wieder zur Tagesordnung übergehen.«

Kuhala legte die Pistole auf die Stoßstange des Lieferwagens und holte den kleinen Jungen vom Beifahrersitz. »Es ist alles gut. Du kommst bald nach Hause.«

Kaarlo drückte sein Gesicht an Kuhalas Schulter und schluchzte. Das Gesicht des Fahrers auf dem Lenkrad war von vielfach verzweigten Blutbächen gestreift.

»Dem Jungen ist doch nichts passiert? Nimm mein Auto. Es steht in der Kurve, der Schlüssel steckt. Ich passe auf die Schlingel hier auf. Hätte man auch einen Krankenwagen rufen sollen?«, fragte Max.

Er warf einen Blick ins Führerhaus, zog den Kopf gleich wieder zurück und wirkte ernst.

»Ja, schon, ruf nur an«, sagte Kuhala. »Und leg dem hier auch Fesseln an, diesem Scharfschützen aus dem Laderaum, der mir Gesellschaft geleistet hat. Nimm die Pistole, und drück sie ihm in die Hand, weil ich nämlich keinen einzigen Schuss abgegeben habe. Vielleicht ist es sogar am besten, meine Fingerabdrücke ganz abzuwischen. Kaarlo und ich haben bei uns im Hof schon viele enge Matches gespielt. Du wirst mal der neue Litmanen. Ist alles in Ordnung, kleiner Mann?«

»Nein.«

»Aber bald, keine Sorge.«

Kuhala fragte Max und Kane, wie sie dem Geleitzug auf die Spur gekommen waren, erhielt aber nur ein rätselhaftes Zwinkern von Max zur Antwort.

Er schnallte Kaarlo in Max' Auto an und wendete. Seine Hände zitterten derart, dass an Fahren nicht zu denken war. Der Junge sah ihn forschend an. »Hast du gekämpft, Otto?«

»Nein. Und das lohnt sich auch nicht.«

»Hat der andere Onkel gekämpft?«

»Nein.«

»Aber der Riesenonkel hat gekämpft.«

»Ja.«

»Guck mal!«

»Was denn nun?«

Der Finger des Jungen zeigte auf einen lichten Birkenwald, hinter dem zahllose in der Sonne funkelnde Fontänen aufstiegen.

»Was ist das?«

»Moment mal. Da hinten muss der Parcours sein, wo man das Autofahren auf ebener Strecke üben kann. Wahrscheinlich haben sie Kiefernseife unters Spritzwasser gemischt. Das heißt, dass es von hier aus nicht weit bis Jyväskylä ist.«

»Mein Papa ist mal auf Seife ausgerutscht und hat einen blauen Fleck am Po gekriegt. Warum zittern deine Hände so?«

»Bei alten Männern fangen die manchmal einfach so zu zittern an.«

»Du bist doch gar nicht alt. Bei meinem Papa zittern sie auch manchmal, und mein Papa ist jedenfalls nicht alt. Der sagt nicht mal, dass er alt ist. Du musst vielleicht auf der glatten Bahn ein bisschen üben, denn fangen die Hände im Winter nicht an zu zittern, wenn es rutschig wird.«

»Haben deine Hände je gezittert?«, fragte Kuhala und musste plötzlich gegen starke Erschöpfung ankämpfen. Er öffnete das Fenster und atmete tief durch, die Fontänen hörten auf zu sprühen und hinterließen ein goldgerahmtes Nachbild auf der Netzhaut.

»Jetzt weiß ich's wieder«, rief der Junge.

»Was?«

»Meine Hände haben an meinem Geburtstag gezittert, als ich das große Paket aufgemacht habe. Rat mal, was da drin war!«

»Na?«

»Henttu. So heißt mein Teddy. Der schläft bei mir.«

Sie erreichten die Hauptstraße genau in dem Moment, als ihnen zwei Polizeiautos und ein Krankenwagen entgegenkamen.

30

28. Juni Es war der zweite Anruf innerhalb von einer halben Stunde gewesen. In den blassen Morgenstunden war der mit Tabletten manipulierte Schlaf nicht zurückgekehrt, und jetzt, kurz vor neun, nahmen die Inhaltsstoffe des nur auf Rezept erhältlichen Schmerzmittels Einfluss auf das Chaos in Kuhalas Schädel. Der Journalist sagte, er zahle ein angemessenes Honorar, und schlug vor, eine Reportage von fünf Doppelseiten über die Vorfälle auf dem Waldweg zusammenzustellen. Ob Kuhala wisse, was das für das Auftragsbuch seiner Detektei bedeute, wenn eine Familienillustrierte mit einer Auflage von zweihunderttausend so einen Artikel bringe. Kuhala sagte, er sei nicht interessiert, und legte auf. Der Journalist war ein Starjournalist und an das unfreundliche Geräusch eines abgebrochenen Gesprächs gewöhnt. Er rief eine Sekunde später wieder an, versprach fünftausend Euro für das

Exklusivrecht und außer der Bildstrecke über die Vorfälle noch ein Ganzkörperfoto von Kuhala vor seiner Detektei. Die Menschen hätten das Recht, etwas über die Helden des Alltags zu erfahren, zu denen Kuhala zweifelsohne zähle, und sie hätten das Recht, an der immer wilder werdenden Alltagsdramatik teilzuhaben. Der Geschichte käme ein gesellschaftlicher Wert zu, bald wäre mit einer neuen Initiative zur Gesetzesverschärfung zu rechnen, um die Aktivitäten gewalttätiger Banden zu unterbinden. Kuhala sagte, die Menschen hätten kein Recht auf die Dramatik, die er erlebt habe, und wenn der Herr Redakteur mit einer Initiative rechnen müsse, dann mit der, dass Kuhala ihm die Nase platt schlage, sollte mit den Störanrufen nicht bald Schluss sein. Der Journalist sagte, er tue nur seine Arbeit, und hielt Kuhalas Strategie der Drohung für gefährlich, denn als Repräsentant der vierten Gewalt im Staat verfüge er über Waffen, die auch den härtesten Mann zum Einlenken brächten. Kuhala fragte, wer hier eigentlich wen bedrohe, und legte auf.

Wie war es möglich, dass der Redakteur einer Illustrierten aus Helsinki so schnell und mit so viel Hintergrundinformation ausgestattet bei ihm anrief? Sogar die Lokalzeitung hatte am Morgen nur eine einspaltige Meldung gebracht.

Er kratzte Kräuterfrischkäse aufs trockene Roggenbrot und versuchte zu essen. In letzter Zeit war so viel zu tun gewesen, dass er vergessen hatte, seinen Vorrat an Biohaferflocken aufzufüllen. Brei gab es deshalb nicht.

Wieder düdelte das Telefon. Diesmal war es der Redakteur eines Revolverblatts, und sein Unterweltbass samt Kumpelstil von wegen »wir trinken zusammen ein Bierchen, und du erzählst mir ein bisschen was« gingen Kuhala dermaßen auf die Nerven, dass er nicht antwortete, sondern das Handy komplett ausschaltete. Für das Katzengold der Prominenz konnte er sich nicht erwärmen. Wie sollte er in Ehebruchsfällen Beschattungen durchführen, wenn sein Gesicht landauf, landab bekannt war? Das war praxisnahes Denken. Oder sollte er nicht so kleinlich sein und das vor der Detektei aufgenommene Ganzkörperfoto an seine Fans verteilen?

Er lehnte sich in der Duschkabine an die Kacheln und drehte das Wasser von heiß auf kalt. Die Wunde am Ohr brannte, die Beule am Kopf war höchst empfindlich. Die stundenlange laute Session im Präsidium samt endlosem Wiederholen des Ereignisverlaufs bot einen guten Grund, eine Flasche Haddington House aufzumachen und am Regler für den ganzen Tag zu drehen, aber konnte er sich denn betrinken und Jeri anschließend etwas über sein schweres Los vorstammeln?

Bei den Geckos war das etwas anderes gewesen, deren psychotherapeutische Echsenhaftigkeit auf dem Ast im Terrarium konnte auch von den düstersten Zuständen ihres Herrchens nicht erschüttert werden. Aber ein Hund musste Gassi geführt werden, so einfach war das. Fragte sich nur, ob er sich traute, ans Tageslicht zu treten, jetzt, da über jedes einzelne verdammte Manöver, das er ausführte, eine Meldung auf lokaler oder sogar landesweiter Ebene zu erwarten war. Das sorgte nicht gerade für gute Laune. Er konnte so etwas nicht gebrauchen und hielt es nur für Pech, dass die Wichser, die sich ihm in den Weg gestellt hatten, sich zu Schreckenstaten hinreißen ließen, die die Presse inspirierten.

Nevakivi und die für den Fall gegründete Sonderkommission hatten Kuhala zunächst hart rangenommen, vor allem weil er den Tatort vor dem Eintreffen der Polizei verlassen hatte. Kuhala sagte, es sei gar nicht daran zu denken gewesen, den Jungen länger auf dem Waldweg festzuhalten, wo lauter Halbtote und ein ganz Toter herumlagen.

Und die Eltern? Kaarlos Mutter hatte in der Notrufzentrale angerufen, weshalb eine Suchaktion gestartet worden war. Erst als der Junge mit Kuhala in der Vaasankatu aufgetaucht war, hatte man die Operation abgeblasen. Die weinerliche Mutter und der außer Fassung geratene, von der Arbeit herbeigeeilte Vater hatten Kuhala alles Mögliche an den Kopf geworfen, von Kidnapping bis Pädophilie.

Es war nicht schön gewesen, sich das anzuhören, aber es war Kuhala gelungen, die Ruhe zu bewahren. Die Eltern beruhigten sich erst, als die Polizei und eine Mitarbeiterin des Krisenzentrums kamen. Die immer gierige, fröhliche Witwe roch das Tohuwabohu und tauchte wie aus dem Nichts im Treppenhaus auf, um ihren Kommentar zu den Rockern abzugeben, die in den Hof gefahren waren und nach Kuhala gefragt hatten. Der Junge habe in der Nähe gespielt, und ruckzuck sei er verschwunden gewesen.

Als er endlich zu Wort kam, erzählte Kuhala den Eltern des Jungen seine eigene Version, behielt jedoch die schlimmsten Einzelheiten für sich. Die würden später ohnehin ans Tageslicht kommen. Dann brachte man ihn auch schon ins Präsidium, wo Max, Perttu und Jeri, den man aus dem Haudegen geholt und in einen Polizeihundezwinger gesperrt hatte, bereits warteten.

Die Befragung von Kaarlo würden Fachleute übernehmen müssen. Vermutlich würde sich der Schock durch die

Ereignisse und dessen Nachwirkungen bei dem Jungen nicht so leicht in Luft auflösen. Kuhala wusste nicht, wie Kinder in Kaarlos Alter auf solche Vorfälle reagieren, aber für ein reines Abenteuer würde der Junge es gewiss nicht halten.

Eines war sicher: Über den MC Muddyfield würden so schwere Strafen verhängt werden, dass die Einwohner von Savipelto die Bande endgültig loswären. Auch die Demütigungen des Tankstellenbetreibers gehörten nun der Vergangenheit an. Bis zum letzten Mitglied würde man die Bande mit dem Flammenwerfer aus ihren Löchern treiben.

Alles andere war unsicher. Der oder die Mörder von Helena Jokela, von Sakari Antikainen und von dem Gefräßigen war oder waren noch immer auf freiem Fuß.

Kuhala föhnte sich vor dem Spiegel in der Küche die Haare und trank den Rest Saft direkt aus der Packung. Der Geckograbstein lag auf einer Plastiktüte auf der Spüle. Kane hatte das Namensschild mit Sekundenkleber befestigt, weil ihm nichts Besseres eingefallen war, und dann von der Polizei die Erlaubnis erhalten, zu den Ebergrabsteinverhandlungen nach Lahti zu fahren.

»Iss deine Pellets, Jeri, dann gehen wir Gassi. Das Morgenpipi ist das Wichtigste, weißt du das nicht?«

Der Hund saß an einer strategisch günstigen Stelle auf einem Teppichstreifen im Grenzgebiet von Flur und Küche. Von dort konnte er sein Herrchen im Auge behalten, das dazu neigte, alle naselang in Schwierigkeiten zu geraten. Die Unterbrechung des Knochenknabberns im Haudegen durch den brutalen Wurf des Grabsteins und der erneute Aufenthalt im Polizeikäfig hatten Jeri derart erschüttert, dass er sein Frühstück nicht anrührte und sich auch nicht zum Morgenspaziergang animieren ließ.

Kuhala schlüpfte in seine Zweitshorts und in ein halbärmeliges rotes Hemd, auf dessen Rücken die Flammen aus den Nüstern des feuerspeienden Drachen nach Hunderten Schleudergängen bereits so schwach geworden waren, dass sich der heilige Georg daran gefahrlos eine Zigarette hätte anstecken können.

Kuhala putzte sich mit der John-Lennon-Sonnenbrille auf der Nase die Zähne und gurgelte. Alle fünf Minuten musste er daran denken, wie knapp ihn der Querschläger aus der Pistole des Halstuchrockers verfehlt hatte. Die Polizei würde eine Zeichnung von der Flugbahn der Kugel anfertigen, und bald wäre in der Presse nur noch von der Wunderkugel die Rede.

Das linke Ohr dröhnte immer noch von dem Knall.

Kuhala legte Jeri das Geschirr an. Der Hund zeigte keine Anzeichen von Begeisterung, sondern buckelte und richtete die Schnauze nach unten wie ein Geier. Gleichzeitig spreizte er die Beine zur Allradbremse und richtete mit seinen Mandelaugen einen kummervoll feuchten Blick auf Kuhala.

»Bist du krank?«

Kuhala bückte sich, um seinen Freund zu streicheln. Dieser senkte den Kopf und starrte auf die Fußleiste, als hätte er gleich einen Termin in Fyrabuskes Krematorium.

»Nein, mein Junge, so geht das nicht«, sagte Kuhala. »Mein Job ist ein bisschen gefährlich, und manchmal wird es so hart, dass auch du in Schwierigkeiten gerätst. Aber von jetzt an werde ich dich immer zu Raatikainen bringen, wenn es eng zu werden droht. Dann kannst du im Schatten der Pflaumenbäume an einem Markknochen lutschen, während ich uns das Geld für die Napffüllungen verdiene. Was hältst du davon?«

Der Hund ließ sich den Vorschlag durch den Kopf gehen und war erst bereit rauszugehen, als Kuhala aus dem Hängeschrank über der Spüle einen getrockneten Schweinerüssel zum Vorschein brachte.

Als sie aus dem Haus traten, wurden Jeri aus einem vorübergleitenden Touristenbus wohlwollende Blicke zugeworfen.

Kuhala schaltete sein Handy ein und tippte den PIN-Code. Er hatte während seiner morgendlichen Verrichtungen sechs Anrufe und zwei SMS erhalten. Der hartnäckige Journalist der Familienillustrierten gab nicht auf, zwei Nummern waren unbekannt, und bevor Kuhala das Telefon wieder eingesteckt hatte, klingelte es so laut, dass er es beinahe fallen gelassen hätte.

Die Menge an technischen Kleingeräten sowie deren Kompliziertheit und Einfallsreichtum hatte im Lauf seines Lebens solche Ausmaße angenommen, dass er manchmal Lust hatte, allein deswegen die Handschuhe an den Nagel zu hängen. Sogar er, der als junger Bursche noch an den jungfräulichen Ufern der Hinterwaldgemeinde Havuvaara Barsche genarrt hatte, stand jetzt hier mitten in den Abgasen und befummelte ein Mobiltelefon, als wäre es eine Gebetskette. Was bedeutete GSM 900/1800/1900 m VGA-Kamera mit Zoom 4 ×, GPRS (Kategorie 10), MMS, WAP 1,2,1, 180 Grad Photocall, 4069 Farben? Was, um Himmels willen?

Wofür brauchte man den E6000EX-Hygienetrimmer? Schob man sich den über Nacht so tief dort rein, wo er auch hingehört?

Der Anrufer war Ratsku.

Er hatte sich nach Eero Meltaus erkundigt. Der Mann war Ende der Neunzigerjahre wegen undurchsichtiger finanzieller Transaktionen aus der Geschäftsführung einer Firma entlassen worden, die in Tikkakoski elektronische Komponenten herstellte. Die Staatsanwaltschaft hatte damals einen Prozess in Erwägung gezogen, dann aber doch Abstand davon genommen. Danach war die Laufbahn des Mannes mühsamer zu rekonstruieren gewesen, aber allem Anschein nach hatte er sich behaupten können. Wie waren sonst die neue Wohnung, das Boot am Päijänne und der zwei Jahre alte Zweieinhalb-Liter-Audi zu erklären?

»Woher weißt du so genau über seinen Besitz Bescheid?«

»Meltaus ist es gelungen, den Fiskus reinzulegen und es so aussehen zu lassen, als würde sich sein Importgeschäft wirklich lohnen.«

»Wieso? Warum sollte es sich denn nicht lohnen?«

»Die Firma ist winzig. Du musst schon verdammt viele Flaschen Parfum verkaufen, bis du an richtiges Geld kommst.«

»Parfum ist teuer«, meinte Kuhala.

»In Finnland werden keine teuren Parfums verkauft. Außerdem vertritt der Mann ganz sonderbare Marken. Aber jetzt kommt das Wichtigste: Die Polizei hat ihn vorletztes Jahr im Frühling wegen einer Drogengeschichte observiert.« Raatikainen machte eine Pause, um Kuhala Zeit zu geben, sich von der Überraschung zu erholen. Jeri markierte das Hundepinkelverbotsschild mit einem flüssigen Gruß. Dem Hund war heiß, und er wusste nicht, was der neue Tag bei seinem neuen Herrchen bringen würde.

»Keine Beweise, nichts«, fuhr Ratsku fort. »Der Mann ist ein zu großer Fisch, um sich schnappen zu lassen, oder er ist ein kleiner Fisch und weiß, wie er seine Spuren verwischt. Wahrscheinlich ist aber, dass er auf eigene Rechnung nach dem Lonely-Rider-Modell operiert. Über seine Abenteuer ist nicht viel in die Szene durchgesickert.«

»Verdammt noch mal, woher …«

»Es ist nicht wichtig, woher die Informationen stammen, sondern wie sie zu deinen Geschichten passen. Hab ich dich denn gefragt, wo du den Namen von Meltaus her hast?«

»Nein. Ich kann es dir trotzdem verraten. In Antikainens Garage gab es ein primitives Geheimfach, darin lag ein Notizbuch, und in dem standen die Namen von Make Honka alias der Gefräßige und Eero Meltaus samt Adresse«, berichtete Kuhala.

Am anderen Ende der Leitung ertönte ein Pfiff. Raatikainen erinnerte an seine Theorie von dem Schwund konfiszierter Drogen und meinte, Meltaus könnte ein guter Köder sein.

»Das habe ich auch schon gedacht. Apropos Köder. Je länger ich mit dem Kerl sprach, desto mehr Risse bekam sein Image vom harmlosen Angler. Er war nämlich gerade auf dem Sprung zum Spinnangeln. Um ein Haar hätte er sich den Haken in den Daumen gerammt, als ich log, ich hätte seinen Namen von Sakaris Witwe. Antikainen hatte ihm natürlich zugesichert, niemand würde seinen Namen erfahren. Der Gefräßige war ein Verbrecher, und Meltaus kam nur ins Notizbuch, weil er selbst ein Krimineller ist. Ein Drei-Mann-Miniatursyndikat. Und dann stirbt Antikainen. Verflucht.«

»Für Meltaus Kriminalität bräuchte man allerdings Beweise.«

»Ich habe vor, welche zu finden. Kann ich Jeri zu dir bringen?«

»Nur zu. Weiß die Polizei von dem Notizbuch?«

»Nein.«

Die Regenwaldschwüle des Morgens ließ das Hemd an der Haut kleben. Sie überquerten die Bahnlinie auf der Fußgängerbrücke und gingen zum Hafen. Der vorige Tag und die anschließende Ermittlungsarbeit im Präsidium bis spät in die Nacht hatten ihrem Schritt den Schwung genommen.

Jeri watete an der Rampe des Bootshafens ins Wasser und schwamm angeleint ein Stück. Kuhala ging nebenher und erinnerte sich an die Beschreibung des Passat-Fahrers, die er von Annukka bekommen hatte. Nichts daran stimmte mit Meltaus überein, der über fünfzehn Jahre älter war als der Mann, den die Augenzeugen gesehen hatten.

Plötzlich blieb er stehen. Jeri planschte auf der Stelle und stieß ein forderndes Knurren aus.

»Das reicht jetzt.«

Annukka meldete sich nicht, darum schickte ihr Kuhala eine SMS. Im Hafencafé trank er ein alkoholarmes Bier und bat um frisches Wasser für Jeri. Hinter dem Dunst flimmerte die Sonne, der gestrige Tumult auf dem Waldweg schien weit weg und unwirklich zu sein.

Bis zum Mittag würde eine Gewitterwolke aufziehen, die es in alttestamentarischem Maßstab krachen lassen würde. Die Spatzen auf den Rückenlehnen der Kunststoffbänke fingen Krümel im Flug auf, unten am Ufer bettelten übergewichtige Enten die Passanten an – die urbane Nahrungskette funktionierte. Kuhala ließ sein Handy nicht aus den Augen.

Wieder klingelte es. Er zuckte zusammen.

Der Redakteur des Revolverblatts schaffte es gerade noch, ein Treffen vorzuschlagen, bevor Kuhala auflegte. In der Zwischenzeit war Annukkas Mitteilung eingetroffen: »Du erinnerst dich richtig, der Passat-Fahrer hatte eine Mütze auf.« Kuhala bedankte sich und nannte Annukka das Licht seines Lebens. Jeri hatte sich unter dem Tisch zusammengekauert und wartete, dass die Ente noch zwei Schritte näher an die halbe Waffel, die mitten auf der Straße lag, heranwatschelte. Dann wäre der Moment zum Angriff gekommen.

31

28. Juni Die örtlichen Naturkatastrophen hatten ihr Werk erfüllt, auf allen vier Uhren des Stadtwaldgeländes rund um den Harjuberg hatten die Zeiger beschlossen, Sommerurlaub zu machen. Sie zeigten an, was ihnen gerade einfiel, gaben dadurch aber zu verstehen, dass an den von Sonne und Sommerwind verwöhnten Tagen auch der Mensch die Zeit oder ihr Vergehen nicht immer so ernst nehmen sollte. Hatte nicht Einstein gelehrt, dass die Zeit für jeden Beobachter eine eigene Größe darstellt?

Ein Hund auf dem menschenleeren Sportplatz der Parkschule machte Jeri munter und veranlasste ihn, durch den Fensterspalt Grüße zu schicken, die Kuhala beinahe das restliche Gehör im dröhnenden Ohr geraubt hätten. »Klappe zu! Stell dir mal vor, ich würde jedes Mal aufschreien, wenn ich eine Tussi mit hoher Oktanzahl sehe. Ich meine natürlich eine niedliche Braut … äh, eine Vertreterin des anderen Geschlechts.«

Das Lecken im Nacken war kameradschaftlich und versöhnlich.

Kuhala fuhr zum wer weiß wievielten Mal auf den Parkplatz des Campinggeländes und fragte nach dem jungen Mann mit der Mütze. Er hatte keine Lust, über die Anhöhe hinweg zum Ufer hinunterzugehen, um nachzuschauen, ob Bootsverleiher Karhunen und der Sandschnitzer auf ihren Posten waren und ob der Flugechsendrachen noch am Ast flatterte.

Einer jungen Frau gegenüber bedauerte er, den Jungen nicht nach seinem Namen gefragt zu haben. »Ich weiß nicht mal, ob er noch auf dem Gymnasium ist oder die Schule bereits hinter sich hat. Er hat aber genau dort gesessen, wo du jetzt sitzt, und ein andermal war er als Strandwache auf dem Steg. Manchmal hatte er ein gelbes T-Shirt mit dem Logo einer Band an. Und Jeans und Turnschuhe. Wahrscheinlich einer, der den Mädchen gefällt, man erkennt ihn auf jeden Fall an der Mütze«, erklärte Kuhala grinsend.

»Pekka ist rausgeschmissen worden.«

Die Antwort wurde von einem kecken Lächeln begleitet. Auf dem Tisch im Häuschen lag eine Karte mit den Radwegen von Jyväskylä, auf einer Ablage sah man eine Wasserflasche und einen Stapel Taschenwörterbücher.

»Und woher weißt du, dass wir denselben Kerl meinen?«

»Du hast ihn doch gerade beschrieben. Pekka. Auf dem T-Shirt ist das Logo von den Strokes.«

»Aha, danke. Ich hätte was Wichtiges mit ihm zu besprechen. Du hast nicht zufällig seine Adresse oder so?«

Sie ließ das Lächeln nicht von ihrem gebräunten Gesicht weichen, sondern bückte sich nach einem Papierstapel unter dem Tisch, auf dem ein Schichtplan zu liegen schien. »Im Frühling hat er noch bei seinen Eltern gewohnt, aber ... warte, hier. Puistotori 6. Das ist seine neue Adresse. Ich war bei der Einweihungsparty.«

»Da bin ich gerade vorbeigefahren. Na, hilft alles nichts. Dann muss ich wieder zurück. Der Nachname wäre auch nicht schlecht.«

»Koponen.«

»Kannst du aus dem Schichtplan ersehen, ob Pekka am 8. Juni Dienst hatte? Das müsste ein Dienstag gewesen sein.«

»Der zehnte, der ... hier ist der achte. Nein. Da hatte er frei, und an den beiden Tagen danach auch.«

»Danke. Ich bin dir wohl ein Eis schuldig.«

Das unermüdliche Lächeln der jungen Frau legte sich, ihr Blick ging von Kuhala zu den dicht an dicht stehenden Wohnmobilen, wo die Strandbälle der Sonnencremefirmen in die Luft gedroschen wurden.

»Hat er was getan?«

Kuhala drehte sich um. »Wieso?«

»Ich kenne dich vom Sehen. Du untersuchst die Mordfälle.«

Sie winkte Kuhala zu sich heran. »Es gibt keinen Typen, der netter ist als Pekka. Er hat nichts getan, und du bist mir nichts schuldig. Er hatte es manchmal ein bisschen schwer im Leben gehabt, und den Job hier hat er nicht ertragen. Das ist alles. Meinen Namen sagst du ihm nicht.«

»Ich kenne deinen Namen ja nicht mal. Dein Schild hängt so, dass man es nicht lesen kann.«

»Das Geld fürs Eis kannst du deinen eigenen Kindern geben«, sagte sie und richtete das Namensschild an ihrem Shirt.

Das Rot, das durch die Bräune drang, und der straff zusammengezogene Mund verhießen nichts Gutes. Die Umlaufbahn der Freundlichkeit wurde verlassen. Kuhala sagte, er habe mit seiner Eisofferte nicht die Absicht verfolgt, taktlos zu werden, weshalb er bereit sei, sie sofort zurückzuziehen. »Entschuldigung. Trotzdem muss ich den jungen Mann ein paar Dinge fragen. Ich meine es ja nicht böse, aber wer hatte es nicht manchmal schwer im Leben. Schönen Tag noch.«

Nach einigen Minuten Fahrt legte er die Parkscheibe aufs Armaturenbrett. Auf dem Tennisplatz schlug das As einer Aufschlagkanone gegen die Plane am Zaun, während der Gegner in die Luft drosch. Ein Spaten hatte den Plastiksack neben der Kabine aufgeschlitzt, eine rote Masse rann heraus, etwas weiter weg bespritzten sich Kinder am Springbrunnen gegenseitig mit Wasser.

Das fünfstöckige Haus verkörperte die graue, dickwandige Architektur von Mitte des vorigen Jahrhunderts, die weder Glaube in die Zukunft noch Respekt vor der Vergangenheit ausstrahlte, sondern vielleicht nur eines, nämlich dass das Stadtbild einen banalen Klotz schon vertragen konnte.

Kuhala nahm die Treppe und musste im zweiten Stock

eine Pause einlegen, weil er einen Druck in der Brust spürte. Das konnte nichts Organisches sein, nicht in dem Alter, auf keinen Fall, nicht bei seiner eisernen Physis. Er schob die Lennon-Brille in die Brusttasche und leckte einen Schweißtropfen von der Oberlippe. Der Grund für den Druck war schlimmer: Er hatte ein ureigenes Savipelto-Syndrom entwickelt und ging davon aus, dass sämtliche Türen vor seinen Augen explodierten.

Seine Finger schlangen sich um das schwarze Plastik des Geländers und trieften vor Schweiß, gleichzeitig wurde der Mund trocken. Kuhala machte kehrt. Er fluchte vor sich hin und begriff, dass er nicht oft so hin- und hersegeln konnte. Sollte er dem Kerl rufen, er solle in den Hof kommen, um dort mit ihm zu reden oder wenigstens beweisen, dass er keine Bombe an seine Türklingel angeschlossen hat? Der Teppichklopffahrplan an der Tür zum Lüftungsbalkon verschwamm vor Kuhalas Augen, außerdem hörte er keine Geräusche mehr. Er kniff die Augen zusammen und schüttelte den Kopf. Es war die reine Überanstrengung und würde durch Ruhe weggehen, aber es war mitten am Arbeitstag, und er hatte noch eine Menge zu tun. Sich im Treppenhaus hinzulegen, kam nicht infrage, bewegen konnte er sich auch nicht, und jetzt verzerrte sich auch noch die ganze verfluchte Umgebung, nicht nur der Teppichklopfplan.

Kuhala spürte den Handschuhgriff der Panik in seinem Inneren und war sicher, sterben zu müssen. Wie ein Ertrinkender griff er nach dem Geländer und machte einen vorsichtigen Schritt nach unten. Ein neues As der Aufschlagkanone ließ ihn zusammenfahren: Das Alltägliche, Langweilige, Ereignislose und Sichere lähmte die Panik, der Anfall verschwand so plötzlich, wie er gekommen war. Er drehte das Pappschild mit den Klopfzeiten um und nahm vier Stufen auf einmal, bis er das Stockwerk des jungen Mannes erreicht hatte. Das Klingeln war gar nicht so schlimm, mit mentalem Training würde man sich daran gewöhnen können. Man müsste nur fleißig bei den Leuten schellen, bei den Wenigsten würde einem etwas entgegenfliegen.

Vielleicht sollte er anfangen, den *Wachturm* auszutragen?

»Hallo?«

»Hallo, hoffentlich störe ich nicht«, sagte Kuhala.

Pekka Koponen sah aus, als wäre er gerade aufgewacht, und kein bisschen so, als wäre er über Kuhalas Kommen erstaunt. Vielleicht hatten die Verlockungen der Sommernacht den jungen Mann mitgerissen, und das hier gehörte noch zu seiner normalen Ruhezeit. Er hatte seine Mütze abgelegt und riss im Türspalt den Mund zu einem Gähnen auf, das die Kiefergelenke auf die Probe stellte.

»Kann ich kurz reinkommen? Du hast am See aufgehört?«

»Ja, ja. Komm nur rein. Ist ein bisschen unordentlich.«

»Macht nichts. Du bist in Hartola und Orivesi in einem roten Passat gesehen worden, am Tag nach dem Verschwinden von Kriminalhauptmeister Antikainen.«

An der linken Wand des Apartments stand eine orangefarbene Couch, unter dem Fenster thronte ein Einundzwanzig-Zoll-Fernseher. Rechts lag eine Bohemienmatratze mit einer zum Berg geknautschten Decke. Kuhala war noch immer nicht ganz in Form, er lehnte sich an den Türrahmen und ließ den Blick vom Nostalgie weckenden

Che-lebt-Poster zum Laptop auf dem Ecktisch und der Six-Pack-Pappe daneben schweifen.

Pekka hatte ihm den Rücken gekehrt und zog sich ein T-Shirt an. Er war auf der Hut, als lauschte er in sich hinein, um festzustellen, wie schwer die Neuigkeit die empfindliche Ökologie seiner jugendlichen Gedanken beschädigt hatte.

»Auf der Fahrt hattest du genau dieses Strokes-Shirt an.«

»Das müsste eigentlich gewaschen werden. Pfui Teufel.«

Der Junge drehte sich um und sah Kuhala an. »Na klar wusste ich, dass es rauskommt. Aber wer würde mir schon glauben?«

»Was glauben?«

»Dass ich nichts mit dem Mord zu tun habe.«

Kuhala räumte einige Sachen von der Couch und bat um ein Glas Wasser. Dann seufzte er und sagte zu dem jungen Mann, dieser sei ihm nun die beste Erklärung seines Lebens schuldig: Er müsse schlüssig darlegen, warum er mit dem gestohlenen Wagen eines ermordeten Polizisten durch das südliche Finnland gefahren sei und das Auto schließlich am Silja-Line-Terminal abgestellt habe. »Dort wurde es gefunden. Du musst dich jetzt selbst übertreffen, wenn du aus der Sache rauskommen willst.«

Er nahm das Glas Wasser entgegen.

»Eine Frau hat den Schlüssel zu unserem Häuschen an der Campingplatzeinfahrt gebracht. Ich hatte alleine Dienst, niemand hat sie gesehen. Der Schlüssel hatte keinen Anhänger. Es war bloß ein Autoschlüssel.«

»Was für eine Frau?«

»Sie kam zu Fuß von der Landspitze her, also von der Alvajärviseite, und sagte, sie hätte den Schlüssel neben dem Weg gefunden. Ich hab gesehen, dass es ein Passat-Schlüssel war, weil mein Vater so ein Auto hat. Sogar die gleiche Farbe. Die Frau dachte, es wäre ein Wohnmobilschlüssel, jedenfalls hat sie das gesagt.«

»Warum gab sie dir den Schlüssel?«

»Sie hatte es eilig und dachte oder bat sogar darum, dass ich ihn ans Fundbüro weitergebe. Sie hat auch gefragt, ob ihn einer unserer Gäste verloren hat. Am Abend, nach der Arbeit, probierte ich einfach mal aus, ob er an den Passat auf unserem Parkplatz passt. Und er passte. Ich hab mich verführen lassen. Ein Auto, das ich kannte, und vor mir ein freier Tag.«

»Du hast das Auto am Abend mitgenommen, bist aber erst am nächsten Tag damit gesehen worden?«

»Ich hab irgendwo in der Pampa auf der Rückbank geschlafen. Ich weiß nicht, was in mich gefahren ist, ich bin einfach los, obwohl ich zugeben muss, dass ich auch angefressen war, wegen eines Streits mit dem Chef. Es ging um den Dienstplan. Er hatte mich sowieso schon den ganzen Sommer auf dem Kieker, obwohl ich meine Arbeit gemacht hab wie alle anderen auch.«

Kuhala schaute Pekka an. Der junge Mann saß mit hängenden Schultern vor dem Computertisch, auf dem Gesicht Schatten von der Last der Jugend und einen Hauch von Erleichterung, dass er ein Geheimnis lüften konnte, das ihn bedrückt hatte.

Seine Erklärung stellte Kuhala nicht zufrieden. Er holte sich noch ein Glas Wasser und sah aus dem Fenster auf seinen Renault. Jeris Kopf hing aus dem hinteren Seitenfenster, das Tennismatch ging erbarmungslos weiter. »Du hast mir über den Passat das eine oder andere Märchen erzählt. Hast selbst damit angefangen. Warum warst du nicht einfach still und hast geleugnet, das Auto gesehen zu haben?«

»Ich konnte ja nicht wissen, ob die Frau den Schlüssel und den Passat vielleicht nicht doch zusammengebracht hatte. Ich musste mir eine Story ausdenken, ich war nervös.«

»Eine schlechte Story hast du dir ausgedacht.«

»Anscheinend.«

Pekka stand in seinem verschossenen Band-T-Shirt mit hängenden Armen vor Kuhala wie bei einer Standpauke vorm Schulrektor. Das mit drei kleinen Holzjalousien ausgestattete Fenster ging nach Süden, die Sonne schien direkt herein. In den Nachmittagsstunden musste es unerträglich heiß werden. Ein Auto aus bloßer Abenteuerlust zu stehlen wäre in einem unschuldigeren Zusammenhang bei Kuhala als Erklärung durchgegangen, aber hier war einem Menschen das Leben genommen worden. »Bist du alleine gefahren?«

»Ja.«

»Warum hast du das Auto auf dem Silja-Line-Parkplatz stehen lassen? Warum bist du nicht damit zurückgefahren?«

»Ich hab ja gesehen, dass es kein gewöhnlicher Passat war, sondern irgendwie umgebaut, mit besonderer Ausstattung. Da hatte ich Angst und dachte halt, ich lass ihn zur Täuschung dort stehen. Den Schlüssel hab ich am Marktplatz ins Hafenbecken geworfen, und dann bin ich mit dem Zug zurück nach Jyväskylä gefahren. Die Fahrkarte hab ich noch.«

»Du bist sicher nicht vorbestraft?«

»Nein«, sagte Pekka. »Aber jetzt kriege ich eine Strafe, oder?«

Kuhala zuckte mit den Schultern und meinte, die Spurensicherung habe aus dem Passat vermutlich so viele Proben für einen DNA-Test, Faserspuren und wer weiß was noch herausgeholt, dass es sich ein normaler Mensch nicht vorstellen könne. Bei Polizistenmorden werde nichts dem Zufall überlassen, und es sei nur eine Frage der Zeit, wann man zu Pekka käme, um ihn um eine Probe zu bitten. »Du arbeitest in der Nähe des Tatorts, da gehörst du auf jeden Fall zur Gruppe derjenigen, für die sich die Polizei interessiert. Ich weiß nicht, wie gut du deine Spuren abgewischt hast, aber es bleibt sowieso immer was übrig. Du hättest auch den Passat im Hafenbecken versenken müssen. Außerdem ist es ziemlich unvorsichtig, dieselben Klamotten zu tragen, in denen man dich am Steuer des Passats gesehen hat. Oder?«

»Darf ich Kaffee aufsetzen?«

»Wenn du mir eine Tasse mitkochst. Hast du die Schule eigentlich abgeschlossen?«

»Wieso gehört das jetzt hierher? Ich hab vor einem Jahr Abi gemacht und versucht, in alle möglichen Studienfächer reinzukommen, aber das ist schwer«, kam es aus der Küche.

An der mittleren Holzjalousie hingen das Schiffchen eines einfachen Soldaten der DDR-Volksarmee und ein rotes Höschen mit Spitzen, das kaum zur Ausrüstung weiblicher Soldaten des verblichenen Staates gehört hatte. In der Ecke hing ein Foto vom lachenden Pekka aus der unschuldigen Kindergartenzeit, als er noch mit Spielzeugautos durch die Gegend brummte, nicht mit gestohlenen echten. In der Küche fing es an zu gurgeln, das Grün der alten Birken am Rand des Tennisplatzes verdeckte die Sicht auf die Autoschlangen in der Puistokatu. Trotz der Hitze war die Lage der Wohnung für jemanden in Pekkas Alter erstklassig, falls man Röcken hinterher war, und auf einmal spürte Kuhala, dass er zum wer weiß wievielten Mal kein Glück hatte, dass die Geschichte des Jungen zu verrückt war, um die Geschichte eines Polizistenmörders zu sein.

Wie hätte es Pekka auch schaffen sollen, einen Antikainen umzuhauen, der doppelt so schwer war wie er?

»Schwarz, bitte. Weißt du, ich glaube kein bisschen an deine Erklärung«, sagte Kuhala und nahm die dampfende Tasse in Empfang.

»Aber sie ist wahr.«

»Das kann sein – wenn du mir die Frau zeigst, die den Schlüssel zur Rezeption gebracht hat. Und danach solltest du aufs Präsidium gehen und dort nach Kommissar Nevakivi fragen. Zieh die Kleider an, die du auch jetzt anhast. Ich kann deine Geschichte bestätigen, auch wenn ich nicht glaube, dass sich Nevakivi freuen wird, mich zu sehen. Aber die Frau – wie sah sie aus?«

Der junge Mann senkte den Blick und starrte in seinen Kaffee, als versuchte er, ein Bild der Frau auf die Oberfläche der heißen Flüssigkeit zu zaubern. Als Ersttäter bekäme er für die Fahrt mit dem Passat höchstens eine Bewährungsstrafe, trotz der Tatsache, dass hier ein Mordfall vorlag. Wenn es schlecht lief und wenn die Ermittler im Präsidium und die Leute von der Zentralkripo viel zu tun hätten, würden sie den Jungen in Haft halten, bis er dreißig wurde. So etwas konnte ein Leben für immer vergiften.

»Eine kleine, dicke Frau.«

»Damit grenzt du die Möglichkeiten auf zehntausend ein. Oder auf fünf, aber streng dich mal an. Es geht um ziemlich große Sachen.«

»Walking-Stöcke. Meistens rote Shorts. Und klein, so klein, dass sie mit dem Kinn kaum an die Luke reichte.«

»Wieso meistens?«

»Na, weil sie ein, zwei Mal die Woche mit den Stöcken auf der Saarijärventie an der Campingplatzeinfahrt vorbeiläuft. Ich hab sie jedenfalls oft gesehen. So eine, die immer was zu sagen hat. Man kennt die schon, die kommen zur Rezeption und beschweren sich, dass die Dusche nicht funktioniert oder Hundescheiße auf dem Rasen liegt.«

Kuhala stellte die Tasse auf die Spüle und kam wieder zurück. »Das ist eine kleine Stadt. Ich hätte selbst eine Kandidatin in petto, auf die deine Beschreibung passt. Sie war früher Bürokraft in einem Bergbaubetrieb, ist jetzt in Rente und trägt auch rote Sporthosen. Sie heißt Helmi, den Nachnamen kenne ich nicht. Falls es dieselbe Person ist, sind wir schon ziemlich weit gekommen. Kommst du bloß mit dem Kaffee aus?«

»Es war ja Zucker drin.«

Die ehemalige Bürokraft des Bergbauunternehmens kam mit einem geschälten Apfel an die Tür, auf dem Gesicht die Röte und die leichte Anschwellung nach dem Mittagsschlaf. Die Kiefer mahlten. Als sie Kuhala erkannte, hellte sich ihre Miene plötzlich auf, und sie vergrößerte den Türspalt. Sie trug einen bis zu den Knien reichenden sommerlichen Einteiler, der mit Schmetterlingen und Blumen bedruckt war. Durch die zwei Herzanstecker an der Brusttasche und die Ohrringe mit Rosenmotiv sah sie aus wie ein überaltertes Kind. »Ist der Schleicher gefunden worden?«

»Der Schleicher?«

»Mein ehemaliger Mann.«

»Ach so. Nein, wohl noch nicht, aber könnte ich mit dem jungen Mann hier mal kurz reinkommen?«

An der Garderobe hing eine respektable Kollektion Walkingstöcke, die neben dem Flurspiegel an der Wand befestigte Postkartenausstellung drohte sich nach dem nächsten Scheppern der Briefklappe ins Wohnzimmer auszudehnen. Die Frau führte ein aktives Rentnerdasein, und die halb leer gegessene Schachtel Marzipanpralinen auf dem Wohnzimmertisch verriet, dass sie versuchte, das Gleichgewicht des Schreckens aufrechtzuerhalten, indem sie zwischen Naschen und Walken abwechselte. Dieses Phänomen war auch Kuhala bekannt, auch wenn er statt Pralinen die Verlockungen von Imbissbuden favorisierte.

»Hier ist es ein bisschen unordentlich. Gehen wir auf die Terrasse.«

Schneewittchen und die sieben Zwerge, die zu einem Tanzkreis arrangiert worden waren, sowie das glänzende Engel-Abziehbild auf der Gießkanne schufen eine romantische Alternative zu den vielen Gärten, die Kuhala in letzter Zeit abgegrast hatte. Er fragte die Frau, ob sie den jungen Mann schon einmal gesehen habe. »Vielleicht könnten Sie sich miteinander bekannt machen.«

Pekka streckte die Hand aus und nannte seinen Namen. Er saß neben Kuhala, ohne zu wissen, wie er seine Beine platzieren sollte. Danach starrten beide Männer die Frau an, als warteten sie darauf, dass sie das Geheimnis des Universums lüfte, aber da bei ihr ein überdurchschnittlich starker Wunsch, Aufmerksamkeit zu erregen, in die Genfasern eingewebt war, wollte sie ihre Gäste nicht so leicht davonkommen lassen.

Eine Hand nachdenklich auf die Wange gelegt, die andere auf der Bauchwölbung ruhend, näherte sie sich Pekka, wobei sich ihre Augen verengten und die Nasenlöcher bebten. Kuhala spürte einen Ruck der Ungeduld in seinem Innern, beherrschte sich aber.

»Hat das mit den Mordfällen zu tun?«

»Nein. Kommt Ihnen der junge Mann bekannt vor?«

»Schon möglich. Andererseits bin ich nicht …«

»Sie erinnern sich nicht zufällig an den Schlüssel, den Sie kürzlich gefunden haben?«

»Ach ja, der Schlüssel, genau.«

Die Finger schnippten, der Mund blieb offen. Sie drehte sich langsam um, das Bodengitter unter ihren Füßen knirschte. »Du warst doch in dem Häuschen am Campingplatz, als ich den Schlüssel brachte. Was war das für einer? Bist du ohne Erlaubnis irgendwo rein?«

32

28. Juni Die alte Frau saß auf demselben Spitzelposten wie beim letzten Mal und wedelte mit dem Stierkampffächer vor der gepuderten Nase. Sie erkannte Kuhala schon von Weitem, sodass sie es schaffte, rechtzeitig die Mundwinkel nach unten zu biegen und den Nacken zu versteifen. Sie war die Grand old Lady der Huutokorventie, ihre Kombination aus weißem Wickelrock, weißer Bluse, weißen Pumps und weißem Sonnenhut mit gewellter Krempe erinnerte Kuhala auch an etwas Jenseitiges.

Vom Rand des Trimmpfads schallten die obszönen Kraftausdrücke von Jugendlichen herüber. Die Frau tat so, als hörte und merkte sie nichts. Sie trug Nylonstrumpfhosen an den für ihr Alter wohlproportionierten Beinen, deren anmutige Haltung den Lehren der Mannequinkurse entsprach. Wenn Bootsverleiher Karhunen eine Reinkarnation des Schauspielers Harald Madsen und Grabsteinvertreter Perttu Kane ein Windkraftwerk auf zwei Beinen war, so ging die alte Frau leicht als Marlene Dietrich durch.

Nevakivi hatte Kuhala aus dem Büro gejagt, bevor dieser in seinem Plädoyer für Pekka Koponen richtig in Fahrt gekommen war. Der junge Mann hatte gestanden, den Passat benutzt zu haben, und erzählte der Polizei das Gleiche, das er auch Kuhala erzählt hatte. Hinter Stapeln von Verhörprotokollen, Tatortanalysen und wer weiß was für Bergen von Papieren fuhr sich Nevakivi durch die Haare. Sein Gesicht glühte immer mehr, je weiter Pekka mit seiner Geschichte kam und sich herausstellte, dass Kuhala die ganze Zeit zwei Schritte voraus zu sein schien.

Inzwischen war es bereits Montagabend, und Kuhala

bildete sich über seine Fortschritte nicht allzu viel ein. Zuerst wurden seine Erwartungen hinsichtlich der Schuld von Kai Vikman enttäuscht (niemand erwähnte auch nur mit einem Wort einen Abschiedsbrief mit Schuldeingeständnis), dann wurde seine Schulderwartung bei Pekka Koponen enttäuscht (zum Glück).

»Wie geht es Ihrem Hund?«

Kuhala löste die Hand von der Haustürklinke und drehte sich um. Die Unterbrechung kam zur rechten Zeit, denn er merkte, dass er schon wieder mit seinem Treppenhausproblem zu kämpfen hatte.

»Jeri? Großartig. Ich hab ihn zu einem Freund gebracht.«

»Meltaus ist nicht zu Hause.«

»Ach ja? Sie scheinen Gedanken lesen zu können. Woher wussten Sie, dass ich zu ihm will?«

»Beim letzten Mal haben Sie so lange vor seiner Tür herumgestanden, dass es einem nicht verborgen bleiben konnte.«

Kuhala zog der Frau eine Grimasse und schob die Sonnenbrille auf die Stirn. »Da Sie schon so lange mit ihm in einem Haus wohnen, wissen Sie vielleicht auch, wo er hingegangen ist. Für die entsprechende Information wäre ich Ihnen sehr dankbar. Er ist nicht etwa zum See?«

Die Frau sagte, sie habe erst vor Kurzem einige Worte mit ihrem Nachbarn gewechselt. »Eero ist zu seinem Häuschen auf der Insel Majasaari gefahren. Ein wunderbarer Mann. Elegant, gesellig, und mein Gott, was hat er mir schon für atemberaubende Düfte geschenkt!«

Sie schien das Wortgefecht bei Kuhalas letztem Besuch ebenso gründlich vergessen zu haben wie ihre Hochnäsigkeit von vor wenigen Minuten. Nun redete sie freimütig mit Kuhala, wobei sie ihm zwischendurch kräftig geschminkte Blicke über den Fächer hinweg zuwarf, als hätte sie vierzig Jahre ihres Lebens zurückbekommen. »Eero bringt mir von seinen Auslandsreisen immer was Kleines mit. Zuletzt aus Holland. Er ist so aufmerksam, auch wenn es nur Proben sind. So pflegt man eine gute Nachbarschaft … Jetzt wollen Sie natürlich wissen, wie ich mich bei ihm revanchiere.«

Ihr Lachen begann mit einem lautlosen, den Oberkörper zum Vibrieren bringenden Anfall und verwandelte sich dann in ein Krähen, das ihr die Tränen in die Augen trieb. Kuhala nahm mit einem Lächeln Anteil, machte sich dann aber Sorgen und stellte sich schon darauf ein, Erste Hilfe leisten zu müssen, weil der Anfall einfach nicht aufhören wollte. Die Frau keuchte und rang nach Luft, der Fächer malte Halbkreise in die Luft, auf den Wangen vereinigten sich die Wimperntuscherinnsale. »Es ist nicht das, was Sie glauben …«

»Ich glaube gar nichts.«

»Und ich bin auch keine von den Omis, die Apfelkuchen backen.«

»Das wiederum glaube ich gern.«

»Eero bekommt von mir … Ei… Ei… Einrichtungstipps.«

»Herrschaftszeiten«, seufzte Kuhala. »Sagen Sie, gnädige Frau, wie komme ich denn zu seinem Häuschen? Es ist wichtig. Wenn es auf einer Insel steht, bräuchte ich ja wohl ein Boot.«

»Fahren Sie in Muurame ans Ufer. Dort gibt es einen Bootsverleih. So hat es jedenfalls in der Zeitung gestanden. Von da aus ist es nicht weit bis zur Majasaari-Insel.

Ich habe ein Schlauchboot auf dem Speicher, aber das dürfte Löcher haben. Ich habe es Anfang der Sechzigerjahre bei einem Preisausschreiben von *Reader's Digest* gewonnen, war damit aber nur einmal auf dem Wasser. Vor einigen Sommern habe ich Eero auch in seinem Häuschen besucht, es ist ein Haus aus Kiefernstämmen mit einem hellgrünen Dach. Damals brieten wir über dem offenen Feuer Pfannkuchen, wir Nachbarsleute, aber es war ganz und gar harmlos.«

Bis zum Ufer des Päijänne waren es mit dem Auto keine drei Kilometer. Kuhala stellte den Wagen ab und erkannte schon von Weitem den Sandbildhauer. Er legte gerade letzte Hand an eine menschlichen Figur an, weiter weg, bei den Bootstegen, versuchten sich die Abendschwimmer einen Weg zwischen den ausgelassenen Kindern zu bahnen, die um ein verankertes Floß herum planschten, von dem sie unter großem Hallo alle möglichen Clownssprünge vollführten. Die Sonne färbte die Betonpfeiler der Eisenbahnbrücke rot, der in der Ferne aufragende Abfahrtshang Riihivuori schimmerte im Abendgrün so matt und verlassen, als würden dort nie mehr Schneekanonen in Stellung gebracht werden.

»Hallo. Was ich nicht kapiere, ist, wie die Skulptur halten kann. Sie ist allerdings toll, das kann man nicht leugnen.«

Der Mann lächelte und feilte mit einer Art Spatel an der Schulter der Sandfrau. »Das Geheimnis liegt in der Zusammensetzung des Materials, aber wenn ich dir das verrate, kriege ich sofort einen Konkurrenten.«

»Wohl kaum. Hat Karhunen hier eine Filiale aufgemacht?«

»Ja. Und ich bin der Filialleiter. Ist aber eher ein Versuch. Karhunen meint, letzten Sommer hätte es eine gewisse Nachfrage gegeben. Willst du aufs Wasser?«

Der Bildhauer warf den Spatel in einen Werkzeugkasten aus Holz und wollte wissen, ob Kuhala schon mal gepaddelt sei. Die schimmernde Bronze seiner Bräune wäre für jede Sonnencremereklame gut genug gewesen. Kuhala gestand seine Unerfahrenheit ein, glaubte aber, es bei dem windstillen Wetter bis zur Insel Majasaari zu schaffen, notfalls indem er mit den Händen schaufelte. »Ich meine bloß, falls es mit dem Paddel zu kompliziert sein sollte.«

»So einfach geht das nicht. Du bekommst zum gleichen Preis einen fünfminütigen Schnellkurs dazu. Ich habe nämlich keine Lust, dich beim ersten Zug umkippen zu sehen. Wir nehmen das sichere Modell da drüben, und dann geht's los.«

Nach fünf Minuten Unterricht zahlte Kuhala die Leihgebühr für zwölf Stunden, weil er nicht genau wusste, wann er wieder da wäre, auch wenn er davon ausging, das Boot vor Mitternacht zurückzubringen. Der Sandschnitzer sagte, er schließe den Laden um neun. »Ich schließ die Boote mit einer Kette an und fahre in die Stadt. Wenn du vor morgen früh zurückkommst, legst du das Kanu einfach zu den anderen. Das klaut keiner. Hier wohnen anständige Leute.«

Wenig später näherte sich Kuhala bereits mit seiner tastenden Paddeltechnik der Eisenbahnbrücke, die über den schmalen Seeabschnitt führte, aber konnte er es sich denn leisten, vor den Augen des Sandbildhauers und der Kinder umzukippen? Die orangefarbene Rettungsweste und das rote Boot waren von Weitem zu sehen.

Er suchte nach dem passenden Rhythmus und bemühte sich, aufrecht zu sitzen. Am Ufer schwankten gemächlich die braunen Köpfe der Rohrkolben. Dann traf das Paddelblatt den Schwimmer einer Reuse, wodurch sich Kuhala veranlasst sah, seinen Kurs zu korrigieren. Dabei geriet das Boot dermaßen ins Wackeln, dass Kuhala eine Grobheit entschlüpfte, die durch den Halleffekt unter der Brücke unnötig laut verstärkt wurde.

Das Fluchen war sinnlos, wie immer. Die nahe Zukunft würde zeigen, ob dieser Fall als »Der große Wasser-Fall« in die Geschichte seiner Detektei eingehen würde oder als der große Reinfall.

Den nächsten Anlass zu Verwünschungen bot ein Wasserscooter, eine fast über der Oberfläche fliegende Höllenmaschine, die viel zu dicht vorbeiraste. Der Motorlärm übertraf leicht die Dezibel des MC Muddyfield. Man musste ihn überall hören, er zerstörte die Ruhe des Sommerabends auf so primitive Weise, dass Kuhala nahe daran war, alle Hoffnung fahren zu lassen und sich zu wünschen, dass bald Schluss war mit einer Menschheit, die Entwickler von Wasserscootern hervorbrachte. Das Kanu schaukelte, und Kuhala musste eine Zeit lang ernsthaft kämpfen, bevor er die Lage wieder unter Kontrolle hatte. Der Bug hatte sich in die Richtung gedreht, aus der er gekommen war, und das hatte nur insofern etwas Positives, als ihm der Anblick der Eisenbahnbrücke zu der Vorstellung verhalf, wie es wäre, den Raser gefesselt auf die Schienen zu legen und zu warten, bis der Pendolino kam.

Der Wasserscooter war jedoch bereits hinter der Insel Majasaari verschwunden und näherte sich vermutlich dem ehemaligen Lungensanatorium Kinkomaa. Nein. Bei dem

Tempo musste er bereits Ceausescu Beach zum Wackeln bringen.

Kuhala ging an der Südspitze von Majasaari an Land, trug das Boot über die Uferfelsen zu einer Art Lagune und ging zu Fuß weiter, verfolgt von dem Zorn der Möwen. Das Unwetter von vor zwei Wochen hatte eine Kiefer umgeworfen, es sah aus, als wäre sie samt Wurzeln mit einem Ruck herausgerissen worden, zwischen Grashöckern lagen abgebrochene Äste. Der Müll, den die Wellen angeschwemmt hatten, verriet, wie nahe die Zivilisation war.

Das Sommerhäuschen von Meltaus kam schneller, als Kuhala vermutet hatte. An der Erinnerung der alten Dame in der Huutokorventie war nichts auszusetzen. Sie hatte das Gebäude richtig beschrieben, entweder weil sie auch hier Einrichtungstipps gegeben hatte oder weil sie von der Einladung zu Pfannkuchen an offenem Feuer so gerührt gewesen war, dass sie alle Einzelheiten auf den ersten Blick gespeichert hatte.

Kuhala ging über das Grundstück. Am Steg schaukelte ein Wasserscooter, der ihm bekannt vorkam, die letzten Nachwellen bewegten noch immer das Schilf. Das konnte ja nicht anders sein, dachte Kuhala bei sich.

Meltaus stand breitbeinig nackt auf der Treppe, die zum Ufer hinabführte, das Mittsommerlicht am westlichen Himmel fleckte noch das Wasser draußen auf dem See, reichte jedoch nicht mehr bis zur Insel. Das hier war die Ostseite, das Ufer des Sonnenaufgangs, hier wohnten ehrliche und gute Menschen, die nichts zu verheimlichen hatten, weil sie ihren Morgenkaffee im warmen Glanz der frischen Sonnenstrahlen tranken.

Meltaus sprang ins Wasser und tauchte. Kuhala erreichte den Steg in dem Moment, in dem Meltaus in zwanzig Meter Entfernung wieder an die Oberfläche kam. Er prustete und kraulte einige Züge, bis er merkte, dass er einen ungebetenen Gast hatte, und anhielt. Er musste die Hand als Schirm über die Augen halten, die Miene auf seinem tropfnassen Gesicht blieb unerforschlich und vielleicht ein wenig abwesend, als hätte die Raserei von vorhin seine Sinne betäubt.

Der Wasserscooter roch nach Benzin, Plastik und Jahrmarkt der Eitelkeiten. Kuhala verabscheute das Ding dermaßen, dass er ihm am liebsten einen Tritt versetzt hätte. Er begnügte sich jedoch damit, Meltaus übertrieben munter einen Guten Abend zuzurufen.

Der Mann antwortete nicht, winkte nicht mal mit einer Hand. Er schwamm zur Treppe und erklomm den Steg. Dort wischte er sich die Tropfen von den Brusthaaren und zog Shorts an, der Traum vom einsamen Inselabend geriet ins Bröckeln. »Wo kommst du denn her?«

Kuhala breitete die Arme aus und blickte sich um, als fragte er sich das auch. Dann lächelte er und machte eine um Entschuldigung bittende Geste, wobei ihm die Sonnenbrille von der Stirn auf die Nase rutschte. »Ich wusste nicht, dass ich hier auf dein Häuschen stoße. Es war so, dass ein Wasserscooter versuchte, mir den Hintern aufzureißen, und das nahm ich so persönlich, dass ich ihm gefolgt bin.«

»Mit dem Paddelboot? Mit dem Paddelboot einem Wasserscooter hinterher?«

»Ich habe mich ein bisschen zu sehr geärgert, ich hätte einfach weiterpaddeln sollen. Aber weil das Motorgeräusch plötzlich abbrach und ich gerade an die Südspitze der Insel kam, dachte ich, ich guck mal, ob ich hier den Herd des Unheils finde. Du solltest mit dem Ding ein bisschen aufpassen. Von mir aus kannst du mit hundert Sachen gegen die Wand des Ärztezentrums von Muurame brettern, solange du guckst, dass niemand im Weg ist.«

Meltaus entspannte sich und nahm die Rüge zur Kenntnis, ohne ein Wort zu glauben. Das sprach er auch laut aus. Kuhala fragte, was er sonst für einen Grund gehabt haben sollte, auf die Insel zu kommen.

»Das würde ich auch gern wissen. Du hast mich neugierig gemacht«, gab Meltaus zurück.

Er ging an Kuhala vorbei, schnappte sich ein Handtuch von der zwischen zwei Erlen aufgespannten Wäscheleine und rieb sich damit energisch die Kopfhaut. Das Häuschen mit der gemütlichen Veranda aus Kiefernbalken und dem Tüpfelfarn auf den Felsen, zwischen denen niedliche Stauden gepflanzt worden waren, eignete sich gut als Versteck für einen, der allein sein wollte. An einem Pfosten des Federballnetzes hing ein Strohhut, eine Schubkarrenfuhre Torferde wartete auf ihren Verteiler.

»Hörst du manchmal Händel?«, fragte Kuhala.

»Nein. Ich würde wahrscheinlich sogar falsch raten, wenn ich sagen müsste, was er für ein Landsmann war.«

»Georg Friedrich Händel erblickte das Licht der Welt im selben Jahr wie Bach, 1685. Er gehörte zur ersten Garde der Barockkomponisten und verbrachte einen großen Teil seines Lebens in England, obwohl er in Deutschland geboren wurde. Man kennt ihn vor allem durch seine Oratorien, aber eines seiner berühmtesten Werke heißt *Water Music*. Das muss man nicht übersetzen. Es wurde in England komponiert, zu Ehren des damaligen Monarchen, wie immer er auch hieß. Die Komposition befindet sich zufällig in meiner bescheidenen Klassik-CD-Sammlung. Ich habe sie geschenkt bekommen.«

»Was redest du da für einen Mist?«

»Ich habe vor, die *Wassermusik* von Anfang bis Ende zu hören, sobald ich die Morde an Helena Jokela und Sakari Antikainen aufgeklärt habe. Und den Mord am Gefräßigen, an Make Honka. Ich bin in letzter Zeit durch so manche Welle gepflügt und zeitweise auch durch stille Gewässer. Aber an Wasser hat es nicht gemangelt. Wie gerade eben auch. Du brauchst gar nicht erst zu leugnen, dass du versucht hast, aus mir Fischfutter zu machen.«

Meltaus lachte gezwungen und sagte, es tue ihm leid. »Ich wurde geblendet. Zu hohes Tempo, zu viel Wasser …«

»Na eben, was habe ich gesagt«, unterbrach ihn Kuhala.

»Aber ich schwöre, dass ich nicht gewusst habe, wer da paddelt. Jetzt weiß ich es und bitte um Entschuldigung.«

Kuhala schob die Sonnenbrille wieder auf die Stirn und ging hinter Meltaus zum Häuschen, obwohl er keine Einladung erhalten hatte. Der Mann hatte keine Angst, seine Selbstsicherheit bekam nicht die geringsten Risse, geschweige denn dass er sich durch die Erwähnung der Namen Jokela und Antikainen oder des Gefräßigen hätte stören lassen. Für Kuhalas Geschmack spielte er seine Rolle ein bisschen zu gekonnt, aber sicher war er sich nicht.

Sie legten die knapp hundert Meter im Gänsemarsch zurück, Meltaus' Hauskrähe flatterte auf ihren Aussichtsast. Meltaus hängte das Handtuch übers Verandageländer und drehte sich um, seine Halsmuskeln spannten sich flüchtig an. »Bist du immer noch da? Ich dachte, ich hätte bereits ein Geständnis abgelegt, oder verlangst du eine Entschädigung? Rat mal, was für eine Platte ich auflegen werde, sobald ich dich los bin?«

»Na?«

»›Abend ist's geworden, ich sing einsam vor mich hin.‹ Meine Mutter hat mich damit immer in den Schlaf gesungen.«

Kuhala hob versöhnlich die Hand und sagte, er begebe sich sofort aufs Festland, nachdem Meltaus ihm die Frage beantwortet habe, warum sein Name mit dem Gefräßigen alias Make Honka im selben Notizbuch stehe. »Sonst stehen keine Namen drin. Der Gefräßige und Antikainen sind tot. Vor Kurzem hat dich die Polizei wegen einer Drogensache beschattet. Deine Parfumfirma ist bloß Kleinkram. Die wirft nicht so viel ab, dass man mit Wasserscootern oder im Audi durch die Gegend düsen kann.«

»Ich hab meinen Onkel beerbt. Ihm hat eine Diamantenmine in Uganda gehört.«

»Damit du hier einsam vor dich hin singen kannst.«

»Ich bekomme nachher noch weibliche Gesellschaft. Wir wollen zu zweit sein. Du kannst nichts beweisen von der Scheiße, die du redest. Aber mich kostet es nur einen Anruf, und das Polizeiboot kommt.«

»Das kannst du dann gleich besteigen. Du hast in deiner Hektik nämlich einen schweren Fehler begangen, als wir uns bei dir zu Hause trafen. Sakari war nie angeln. Das hat mir seine Frau gesagt. Er war allergisch gegen Fische und hielt sie für schleimige Kreaturen. Ein Jammer, dass er sich aus reiner Habgier mit so einer schleimigen Kreatur wie dich eingelassen und sich achtlos konfiszierte Drogen unter den Nagel gerissen hat, die du dann weiterverkauft hast.«

Die Krähe krächzte. Meltaus ging auf die Veranda und steckte sich ein Zigarillo an, in einem Bretterspalt brummte eine Wespe. »Ich verstehe immer noch nicht, worauf du mit dem Blödsinn hinauswillst. Ich hab noch nie von einem Gefräßigen gehört. Was kann ich dafür, dass ich mit Sakari beim Fischen war. Seine Frau ist nicht dabei gewesen. Da drüben am Schilf haben wir mit der Spinnangel Barsche rausgeholt, und auch wenn Sakari sie nicht gegessen hat, war er ganz scharf darauf, sie an Land zu ziehen. Mein Gott, sieh zu, dass du weggkommst mit deinem Paddelboot. Ich schicke dir eine Anzeige wegen Beleidigung hinterher, sobald mein Anwalt sie ausformuliert hat.«

Meltaus versprach, die Anzeige auf Hausfriedensbruch zu erweitern, falls Kuhala nicht kapierte, was für ihn das Beste war, und auf der Stelle ginge, um anderswo seine Phantasiespielchen zu treiben. Eigentlich solle man ja schon glauben, dass einer, der als Privatdetektiv tätig war, wenn auch nur in einem kleinen Kaff, kapierte, dass es sich nicht lohne, einen solchen Mist auszuspucken, wenn man keine Beweise habe.

»Die Rauschmittelvorwürfe unterschreibe ich insoweit, als einige der von mir importierten Parfums die Männer umhauen.«

»Du lügst. Ich werde dir ein paar Leute auf den Hals hetzen, die so unbequem sind, dass du dich immer an unser Treffen erinnern wirst – als einen der Wendepunkte deines Lebens.«

Meltaus reagierte auf die volle Breitseite dieser Drohung mit einem Lächeln und zog sich ein Hemd an. Der Schatten seines kräftigen Körpers schwankte auf der Wand der Veranda – als einer, der schon einige unangenehme Verhörzimmer abgeklappert hatte, ließ er Kuhalas Worte von seinem Stoneface-Panzer spurlos abprallen. Er drückte das Zigarillo in einer Sardinenbüchse aus und verschwand in seiner Unterkunft. Man hörte ihn gedämpft am Handy reden, gleich würde er mit einer Flinte zurückkehren und Kuhala mit einer Ladung Schrot das Licht auspusten.

Das Pfeifen eines rumpelnden Zuges auf der Brücke hallte über den See, der Himmel leuchtete in tiefem Abendblau. Kuhala kratzte sich an einem Insektenstich und überlegte kurz, wie viele Schmähungen über sein Amt als Kleinkaffdetektiv bereits von seinem Stoneface-Panzer abgeprallt waren, dann wandte er sich ab und verschwand auf demselben Weg, auf dem er gekommen war.

Er paddelte ans Westufer der Insel, zog das Boot ins Gebüsch, wo man es nicht sah, und kletterte den Hang zur Hinterseite von Meltaus' Häuschen hinauf. Die Blaubeeren an den Sträuchern waren noch unreif. Links sah man Geröll und dahinter eine Konstruktion in der Form eines Lappenzelts. Dafür, dass sich die Insel so nah an der Ortschaft Muurame und den protzigen Einfamilienhäusern von Paavalvuori befand, war der Sommerhausbestand bescheiden. Der mittlere Teil der Insel schien fast im Naturzustand belassen zu sein. Kuhala musste Zweigen ausweichen, die ihm ins Gesicht schlugen, und über morsche Baumstämme steigen, dabei verlor er zwischenzeitlich den vermoosten Pfad, der auch deshalb schwer auszumachen war, weil sich am westlichen Himmel inzwischen eine lila Bank aus Nachtwolken gesammelt hatte. War es möglich, sich auf der Insel zu verirren? Und bot sie raffinierte Verstecke für eine Ladung Amphetamin? Oder war sie so groß und dicht bewachsen, dass sie spielend Kuhalas sämtliche unbewiesenen Verdächtigungen über Meltaus' Gaunereien schluckte?

Auf einmal hörte man das schrille Startgeräusch eines Wasserscooters.

Es war bereits zehn Uhr vorbei. Vor den Lokalen in der Fußgängerzone wurden gerade eindrucksvoll kalte Vier-Deziliter-Biergläser geleert und die Gesicher der Sommerurlauberinnen von der im kalorienarmen Cider sprudelnden Freude über die Möglichkeiten des freien Lebens verklärt.

Kuhala rutschte mit seinen Sandalen auf einem Stein aus. Einen Moment lang tanzte er einen Geländetrepak, bevor er das Gleichgewicht wiederfand. Ein Ast schlug ihm in den Nacken und ritzte ein Zorro-Zeichen in die Haut. Das Knacken im Knie brachte ihm die endoskopische Operation in Erinnerung, für die er sich eigentlich anmelden wollte und für die man zwei Jahre Schlange stehen musste.

Im Fenster auf der Giebelseite von Eero Meltaus' Häuschen brannte eine batteriebetriebene Lampe. Man sah jemanden im Raum stehen, auf der Veranda wurde gelacht. Kuhala leckte sich das Salz aus den Mundwinkeln und wäre um ein Haar geflüchtet, als Meltaus' persönliche Krähe vom unteren Ast einer nahen Fichte aufflog, um vor dem Eindringling zu warnen.

»Maul halten. Oder willst du eine Kugel ins Gefieder haben?«

»Vögel haben einen Schnabel, du Depp.«

Beide Stimmen waren männlich. Dann hörte man einen dritten Mann, möglicherweise Meltaus, jemandem den Wortwechsel auf Englisch erläutern. Die weibliche Gesellschaft blieb stumm, falls es sie überhaupt gab. Es konnte sich um den Antrittsbesuch oder eine kleine Feier von Geschäftsleuten aus der Parfumbranche handeln, aber unter Umständen wurden auch andere Sektoren berührt. Kuhala erholte sich von der Soloeinlage der Krähe und huschte geduckt auf die Seite des Grundstücks, wo der Weg zum Geröll an der Südspitze abzweigte.

Er versuchte darauf zu achten, keine Zweige zu zerbrechen oder auf die Schnauze zu fallen. Seine erhebliche Körpergröße, die Last der Jahre und das Leben auf dem ebenen Asphalt der Stadt hatten seine Fähigkeit, sich lautlos im Gelände fortzubewegen, abgeschliffen, und wie intensiv kam ihm jetzt die Erinnerung an die Mohikanerspiele seiner Kindheit, als er und die anderen kleinen Kerle aus Havuvaara an Sommerabenden mit dem Grün am Waldrand verschmolzen waren, die aus Wacholder geschnitzten Bögen gespannt, die Pfeilspitzen mit Hundescheiße bestrichen.

Seine Behändigkeit war weg, bewaffnet war er auch nicht. Kuhala legte sich hinter einem Stein auf den Bauch und beruhigte seinen Atem. Die Ameise, die ihm in die Shorts spazierte, bekam bald Gesellschaft. Trost spendete allein der Mond über Säynätsalo, den der Backsteinschornstein der Sperrholzfabrik an den Himmel gespuckt zu haben schien. Seine blaugrüne Lichtbrücke leuchtete mystisch auf dem See, und als Kuhala hinter dem Stein den Kopf hob, bemerkte er neben dem Schilf das Wasserflugzeug, mit dem die Herrengesellschaft gekommen war.

Es waren vier Männer, der fünfte, der gerade mit einem Wasserscooter am Steg gebremst hatte, ging auf das Häuschen zu.

»Da war niemand. Er muss ans Festland gepaddelt sein. Wie hieß er noch?«

»Kuhala. Spielt den Privatdetektiv, eckt aber unvorsichtig überall an. Er hat keinerlei Beweise«, hörte man Meltaus sagen.

»Der Name kommt mir bekannt vor. Wurde er nicht im Zusammenhang mit dem Tod des Gefräßigen erwähnt?«, fragte der, der auf das Häuschen zuging.

»Der verdammte Kerl hatte die Stirn anzudeuten, ich hätte Make und Antikainen umgebracht. Und die Frau, die man unter der Brücke gefunden hat. Wie hieß sie noch gleich …«

»What are you talking about?«

Die tiefe, samtene Männerstimme artikulierte ihr Englisch mit slawischem Akzent und leicht gereizt, weil die Sprachmauer so unüberwindlich war. Meltaus berichtete seinem ausländischen Gast von den Morden, sein Englisch kam ohne Stammeln, er setzte die Sätze so schnell und gekonnt zusammen, dass reines Schulenglisch dafür nicht ausgereicht hätte. Er erklärte – zu Kuhalas Verdruss ohne konkrete Beispiele zu nennen –, kein Kind von Traurigkeit zu sein, aber dass man ihn des Mordes verdächtige, sei ebenso unglaubwürdig wie die Geschichte von der Auferstehung Elvis Presleys.

»Oder hat jemand von euch schon mal gesehen, wie ich mit irrem Glanz in den Augen Mordpläne in ein Rechenheft kritzle?«

»Nein. Aber den Glanz hast du von morgens bis abends.«

Das wurde nicht ins Englische übersetzt. Unmittelbar darauf gaben die Kronenkorken von Bierflaschen verlockende Zischgeräusche von sich.

Die lockeren Sprüche der Männer, die ständig aufkommenden Lacher und der Duft des Rindfleischs auf dem Grill deprimierten Kuhala dermaßen, dass er anfing, über seine Rückzugsmöglichkeiten nachzudenken. Hätte Meltaus Anfang Juni jemanden umgelegt, hätte er das Thema wohl kaum aufgegriffen und seinen Gästen gegenüber seine Unschuld verkündet, zumal die zum Teil nichts von den Verbrechen zu wissen schienen. Klar war auch, dass die Männer kein einziges Wort über ihre dubiosen Machenschaften hinausposaunen würden, sofern es welche gab. Gespräche dieser Art wurden anderswo geführt, das hier war Freizeit. Die Freizeit von Gangstern oder Parfumhändlern.

Nur die Tatsache, dass keiner gefragt hatte, wer Make und Antikainen waren, weckte sein Misstrauen.

»Bald können wir in die Sauna.«

»Mihail, this time sauna is so hot, that you should really take care of your balls.«

»Mind your own ones!«

Unter das Gelächter und Gerülpse mischte sich leiser Gesang, der im Lauf des Abends lauter und zur ureigenen Wassermusik der umliegenden Ufer werden würde.

Kuhala zerquetschte ein paar Ameisen an seinem Hintern und trat den geordneten Rückzug aus dem Grenzgürtel von Meltaus' Grundstück an, sobald die Männer sich in die Sauna zwängten, um das unter Männern mittleren Alters beliebte Ausscheidungsspiel aufzunehmen, bei dem es darum ging, so viel Wasser auf die Ofensteine zu gießen, bis die Herzschrittmacher aussetzten und der Letzte mit knallroter Haut von der Pritsche rutschte, um sich von den anderen wiederbeleben zu lassen.

Kuhala ging das Risiko ein, sich zwei Bierflaschen vom Verandageländer zu schnappen und mitzunehmen. Wenn er die intus hatte, wäre es vielleicht leichter zu ertragen, dass niemand Helena Jokela, den Gefräßigen und Antikainen umgebracht hatte.

Der Wald roch nach Sonne und Nadelbäumen, ein Elch, der vom Festland zur Insel geschwommen war, leckte an einem Findling, wobei seine Schnauze im träumerischen Licht der Sommernacht badete. Kuhala machte einen weiten Bogen um das Tier und bewunderte dessen stolze Erscheinung. Da er keine Lust hatte, im Dämmerlicht nach dem Kajak zu suchen, stolperte er über das Geröll zum Lappenzelt, um dort die Biere zu trinken.

Der Elch hörte Kuhalas Schnarchen und erstarrte verwundert. Dann drehte er den Kopf und richtete die Ohren in die Richtung, wo Meltaus und seine Begleiter feierten.

33

29. Juni Nach der Nacht auf einer Unterlage aus Filzresten im Lappenzelt taten Kuhala die Knochen weh, auch dann noch, als er vor Ratskus Gartentor stand. Zwar war er am Morgen am Inselufer eine Runde schwimmen gewesen, aber bei einer abbauenden sterblichen Hülle von knapp fünfzig Jahren schüttelte man Wehwehchen nicht so schnell ab, wie man es mit dreißig noch gekonnt hatte, falls man damals überhaupt welche gehabt hatte. Und seit wann pflegte er in Gedanken eigentlich Vokabeln wie »sterbliche Hülle«? Das war eine Pfarrerformulierung, die auf den Inhalt eines Sargs verwies.

Das Tor knarrte, Jeri kam mit flatterndem Bauchfell angerannt, sprang an seinem Herrchen hoch und wusch ihm mit einem gezielten Zungenschlag das ganze Gesicht. Ratsku harkte das Beet vor dem Haus, dabei trug er eine Biogärtnerkombination aus roter Baskenmütze und bunten Shorts mit dem Logo einer Arzneimittelfirma.

»Wie seid ihr klargekommen?«, fragte Kuhala, wobei er versuchte, die spielerischen Angriffe von allen Seiten abzuwehren.

Der Hund war außer Rand und Band. Raatikaines Frühpetersilie spross in schüchternem Grün, die Salate sahen schon etwas kräftiger aus. Ratsku bot an, Jeri zu kaufen, weil der am Abend zuvor einen Gauner, der über den Zaun klettern wollte, so scharf in die Flucht geschlagen hatte, dass der Typ wahrscheinlich den ganzen Weg in die Innenstadt gerannt war. »Hast du was auf die Nase bekommen? Oder ist was Schlimmeres passiert? Du siehst schlecht aus, wie wär's, wenn ich uns einen Kaffee koche?«

»Abgemacht. Eine Scheibe Brot würde mir auch guttun. Ich habe vor, deinen Rat zu befolgen und meine berühmten Mordermittlungen einzustellen. Nevakivi war die ganze Zeit schon derselben Meinung, und Annukka hat auch Andeutungen in die Richtung gemacht. Kann man nichts machen, aber unter uns gesagt geht es mir auf den Sack, andauernd mit dem Kopf gegen eine Wand zu rennen. Oder gegen eine Kiefer. Irgendwie bin ich ständig mit dem Kopf unter Wasser gewesen, und das führt über kurz oder lang zu Sauerstoffverlust.«

Kuhala berichtete von seinen bisherigen Heldentaten und zählte an den Fingern alle Täterkandidaten auf, die sich einer nach dem anderen als unschuldig erwiesen hatten. »Vikman ist tot, der Junge hat nur das Auto genommen, aber niemandem das Leben, Meltaus ist ein Ganove, aber kein Mörder. Der Täter ist der berühmte Unbekannte, der Fremde.«

»Geh noch mal in Ruhe alle durch. Einer hat dich angelogen. Ich hole was zu essen.«

Wenig später stellte Raatikainen ein Tablett unter den Pflaumenbäumen ab. Die Kaffeekanne dampfte, Butterkäse, dicke Wurstscheiben und rotbackige Tomaten ließen dem Hund wie Kuhala das Wasser im Mund zusammenlaufen, und als die erste Tasse getrunken war, schien das Leben wieder möglich zu sein. Jeri schnappte sich ein Stück Käse aus der Luft, im Radio auf der Fensterbank sang Diana Ross »Mac Arthur Park«.

Raatikainen sagte, er habe aus zuverlässigen Quellen gehört, dass Rauschmittel aus dem Zwischenlager der lokalen Polizei verschwunden waren und Antikainens Schuld so gut wie sicher feststand. Man versuche das Ganze dennoch so lange geheim zu halten, bis Antikainen ehrenvoll beerdigt und der Glanz seines Heiligenscheins ein wenig verblasst sei. »Ich weiß nicht, wie das mit der Geheimhaltung funktionieren soll. Stell dir mal vor: Sogar ich weiß davon, obwohl ich nicht mal mehr zum Personal gehöre. Ich wette, irgendeine Pressehyäne schmiedet gerade eine Sensationsgeschichte über Antikainen.«

»Ich wette nicht, ich kenne die Typen. Konfiszierte Drogenlieferungen werden nicht versiegelt?«

»Doch, aber eine Person, die schnell ist und eine passende Position innehat, kann es schaffen, zwischen Beschlagnahmung und Versiegelung im Lager zuzuschlagen. Antikainen war so eine Person.«

»Und dann hat einer, der noch habgieriger war, bei Antikainen zugeschlagen. Falls der ehemalige Söldner Vikman mit Helena Jokela rumgemacht hat und über den Gefräßigen auch mit Antikainen verlinkt ist, dann geht mir dieser verdammte Zusammenhang nicht in den Kopf.«

»Wieso mit dem Gefräßigen verlinkt?«

»Na, weil Vikman sich vom Tankstellenbetreiber in Savipelto den blauen Nissan Kombi geliehen hat, den zwei Brüder kurz vor der Explosion beim Gefräßigen gesehen haben. Oder es hat sich jemand als Vikman ausgegeben, weil es der Tankstellentyp nicht so genau mit der Überprüfung der Personalien nimmt. Die Verbindung ist jedenfalls da«, sinnierte Kuhala und goss sich Kaffee nach.

»Könnte es sein, dass es einen gibt, der die ganze Mischpoke kennt und hinter den Kulissen herumturnt?«

»Wie gesagt, ich habe nicht vor, weiter in diesem Misthaufen zu stochern, und werde mit meinem Hund in Sommerurlaub gehen. Ich dachte, ich schlage Annukka eine Reise auf die Ålandinseln vor. Dort gibt es schöne kleine Häuschen und gute Radwege.«

Kuhala dankte seinem Freund für die Bewirtung und sagte, er schicke eine Postkarte, wo immer er dann auch landen werde. Ratsku lachte und versprach Kuhala eine ordentliche Ladung Pflaumenwein, sobald er im Herbst die Ernte eingebracht und den Gärungsprozess in Gang gesetzt habe. »Beim Renovieren habe ich in der Dachkammer ein altes Rezeptbüchlein entdeckt, in dem steht, wie man Pflaumenwein auf italienische Art herstellt.«

Vor der Hauptpost hatte es einen Unfall gegeben, die Beteiligten standen auf der Verkehrsinsel und starrten mit hängenden Köpfen aufs eingedrückte Blech und auf die Bremsspuren, als wühlten sie in den Falten ihrer Gehirne nach der ungerechten Ereigniskette aus Ursache und Wirkung, die sie vom Frühstückstisch mitten in die Tragödie eines Verkehrsunfalls geführt hatte. Wo habe ich einen Fehler gemacht? Warum gerade ich?

Jeri drückte die feuchte Schnauze an die Seitenscheibe und beobachtete neugierig die Folgen des Zusammenpralls, vor dem Hotel nebenan wurde gegafft, die inoffizielle Sachverständigenschaft näherte sich von allen Seiten, jede Unterbrechung der Routine sorgte für Belebung.

»Zum Glück scheint niemand verletzt zu sein«, sagte Kuhala und wendete um hundertachtzig Grad, um zu seiner Wohnung in der Hannikaisenkatu zu kommen.

Polizeiautos kamen ihm entgegen; es würde nicht mehr lange dauern, dann hätten sich die Unfallbeteiligten von ihrem ersten Schreck erholt und würden dazu übergehen, sich gegenseitig mit Vorwürfen einzudecken. Unüberlegte Formulierungen würden ihnen herausrutschen, die Kontrolle würde versagen. Warum hatte er, Kuhala, im Zusammenhang mit den Mordfällen nie gehört, wie jemandem etwas Unüberlegtes über die Lippen kam, an das man sich hätte klammern können? Oder hatte er die Fähigkeit verloren, genau hinzuhören? Welkte nach all den Jahren seine Sensibilität?

Die Gesamtsumme der Rechnungen, die er auf der Fußmatte fand, kletterte auf über fünfhundert Euro, die Essensreste im Kühlschrank müffelten, ein schwarzer Ärmel hing über dem Rand des Wäschekorbs und symbolisierte Kuhalas Stimmung. Er gab dem Hund Futter und frisches Wasser und tänzelte dann um den Sandsack herum, dass der Fußboden dröhnte.

Nach dem Duschen steckte er die Wäsche in die Maschine, stellte das Wasser sparende Programm ein und machte sich eine halbe Packung Fischstäbchen aus der Tiefkühltruhe. Sie schmeckten wässrig und ranzig, er bekam sie nur mithilfe von trockenem Brot, Wasser und extremer Selbstdisziplin herunter. Auf der Packung stand »Euroshopper«. Draußen rauschte der Verkehr und gab den Rhythmus vor, in dem Jeri an diesem letzten Dienstag im Juni nach Flöhen in seinem Fell schnappte.

Die Alltagspoesie der Atmosphäre wirkte so frappierend auf Kuhala mit seinem Sodbrennen, dass er ein passendes Lied zu dem Feeling gesungen hätte, wäre die Gitarre nicht im Büro gewesen.

Als die Waschmaschine geschleudert hatte und die Wäsche an der Leine hing, schlug Kuhala seinem Hund einen Besuch bei den feudalen Reihendomizilen in Viitaniemi vor. »Ich dachte, ich kündige einen Auftrag.«

Sie gingen zu Fuß über die Anhöhe des Stadtwalds, wo einige Teenager Zwölf-Flaschen-Bierpackungen aufrissen und mit jeder Geste zu verstehen gaben, dass die ganze Welt sie am Arsch lecken könne, weil sie schon ahnten, von ihr enttäuscht zu werden, bevor sie noch richtig Bekanntschaft mit ihr geschlossen hatten.

Am Ziel angekommen, band Kuhala die Hundeleine an

einer der Hoflampen mit Messinghut an und warnte Jeri davor, auf die Gartengnome zu pinkeln, was der Hund natürlich als Allererstes tat, sobald Kuhala ihm den Rücken gekehrt hatte.

Rechtsanwalt Jokela gönnte Kuhala ein hastiges Lächeln, als wäre sein Lächelvorrat kurz vor dem Versiegen und mit Nachschub nicht unbedingt zu rechnen. Der graue Alltagsanzug, die Krawatte und die strahlend polierten Lederpantoffeln bildeten die Garderobe zur Abendstunde. »Ich habe inzwischen bereits ein bisschen auf Sie gewartet. Insbesondere auf die Information, in welchem Stadium sich die Ermittlungen befinden. Der verdammte Vikman ist ja einfach gestorben.«

Sie stiegen in das Zimmer mit dem Seepanorama hinauf. Hinter dem Vorhang zeichnete sich klobig das Fernglas ab, nichts hatte sich seit Kuhalas erstem Besuch verändert. Er setzte sich auf dieselbe Stelle an der Ecke der Ledercouch und roch den synthetischen Duft des Möbelwachses, ohne sich recht vorstellen zu können, was Jokela in seiner Freizeit so trieb. Erst jetzt registrierte er den Trauerflor an der Anzugjacke.

Jokela stemmte die Hände in die Hüften, ging ans Fenster und wippte auf den Ballen. Dann drehte er sich um und sagte, die Beisetzung finde am ersten Samstag im Juli statt. »Mein Leben ist vollkommen durcheinander, ich werde mich davon nicht so schnell erholen. Nach meinen Informationen hat Vikman nicht gestanden, aber ein Selbstmord ist so viel wie ein Geständnis. Der Mann ertrug nicht, was er getan hatte. Hoffentlich wird er es in der Hölle unbequemer haben als der Durchschnitt derjenigen, die dorthin geraten.«

Er rückte den Tagesbefehl vom 11. Juni 1941 gerade,

trat ein paar Schritte zurück, um seine Maßnahme zu begutachten, und ließ mit einem solch trockenen Pflichtgefühl einzelne Sätze aus dem Mundwinkel fallen, als ginge ihn die ganze Tragödie gar nichts an. Das war ein Versuch, Abstand zu gewinnen, Verdrängung der Trauer, aber wer hätte das in seiner Lage nicht getan?

Von der Couch aus konnte man den Campingplatz, die Saarijärventie und den Badestrand sehen – alles Orte, die Kuhala in den letzten Tagen intensiver erlebt hatte, als es einem einzelnen Mann zuträglich war. »Ich kann über Vikmans Schuld weder dies noch das sagen, aber ich bin in meinen Ermittlungen in ein Stadium geraten, in dem ich nicht mehr weitermachen kann.«

»Präzisieren Sie das!«

Kuhala tat, wie ihm geheißen, wobei er seine Schilderung in dem Kernpunkt verdichtete, es sei nicht mehr genügend Strom in seinem Privatdetektivgenerator. »Es tut mir leid.«

»Ich verstehe. Immerhin hatten Sie eine spannende Zeit. Schicken Sie mir die Rechnung, ich zahle für Ihre Mühe, und falls sich noch etwas ergibt, zögern Sie nicht, Kontakt aufzunehmen. Das Ganze liegt jetzt bei der Polizei, auch wenn mir der Stil dieser Kerle nicht gefällt.«

»Wieso?«

»Drei Mal hat mich dieser Nevakivi antanzen lassen. Der Mann hat die Zwangsvorstellung, Helenas Ableben würde mir riesige Einkünfte bescheren. Das ist eine Lüge.«

Jokela sagte, er habe so oft nachweisen müssen, was er am Abend des Ablebens seiner Frau getan habe, dass er nicht mehr gewusst habe, ob die Ermittler tatsächlich ihren Realitätssinn verloren oder ob sich an ihrem Hinweistelefon rachsüchtige Gespenster der Vergangenheit das Maul zerrissen hatten.

»An wen denken Sie da?«, fragte Kuhala.

»In meinem Beruf stößt man unweigerlich auf Interessenskonflikte. In solchen Auseinandersetzungen bin ich immer gut gewesen, und das sorgt für Bitterkeit. Stellen Sie sich vor, jemand hat zu verstehen gegeben, ich hätte Helena misshandelt, aber das ist unverschämtes Gerede.«

Jokela biss die Zähne zusammen und sagte, er und seine Frau seien gelegentlich auf eine Art aneinandergeraten, die nicht unbedingt die zivilisierteste gewesen sei, aber wenn man einmal richtig schreie, sorge das für saubere Luft. »Ich bin kein gewalttätiger Mensch. Helena hatte Temperament, und wenn sie hin und wieder mit etwas, das ihr gerade in die Hände fiel, nach mir warf, gab ich mich damit zufrieden, auszuweichen.«

Kuhala nickte. Die böswilligen Gerüchte des Nachbarn ließ er unerwähnt, weil er selbst nicht daran glaubte. Das Eifersuchtsmotiv lag auf der Hand, und um es abzuklären, musste Nevakivi reichlich Ressourcen verbraten haben, aber es blieben noch genug Fragen offen. Eine lautete, warum um Himmels willen Jokela seine Frau so unbequem unter der Brücke hätte ermorden sollen und wie er es überhaupt geschafft haben sollte, die Leiche an eine so schwierige Stelle zu bringen. Auch wenn sich Jokela fit hielt, so war er doch nicht mehr der Jüngste. Außerdem wurden Verbrechen aus Leidenschaft in der Regel zu Hause verübt. Sie wurden nicht geplant, sie waren die Resultate blindwütiger Attacken.

Dass der Rechtsanwalt mit Verständnis auf den Abbruch der Ermittlungen reagierte, war insofern überraschend, als er vor Mittsommer Kuhalas Urlaubsankündigung äußerst gereizt zur Kenntnis genommen hatte. Vielleicht war er so sehr von Vikmans Schuld überzeugt, dass er keine weiteren Erkenntnisse mehr brauchte.

»Das muss eine schwere Zeit für Sie sein. Ich hoffe, dass Sie damit fertigwerden und wage es, Ihnen trotz allem einen guten Sommer zu wünschen«, sagte Kuhala und stand auf, um Jokela die Hand zu drücken.

»Ich schätze Ihre Arbeit. Und ja, ich werde schon irgendwie …«, stammelte Jokela, als er Kuhala nach unten begleitete.

Er öffnete die Haustür und erinnerte Kuhala noch einmal daran, die Rechnung zu schicken. Jeri richtete eine Harndusche auf das Gesicht eines Gnoms und wedelte als Bitte um Verzeihung mit dem Schwanz, als er merkte, dass er vom Hausherrn in flagranti erwischt wurde.

Am selben Abend saß Kuhala in seinem Büro, vor sich die Flasche Haddington House, eine Schüssel mit Eiswürfeln und ein Glas. Er zupfte auf der Gitarre und sang John Lennons »Help«, nachdem er geduldig nach einer Tonart gesucht hatte, die sich für seine Stimme eignete. Es war das erste Mal, dass er etwas transponierte, er musste sich konzentrieren, und das lenkte ihn von den Enttäuschungen seines Brotberufs ab.

Er warf wehmütige Blicke auf den Whisky, Jeri wiederum saß vor dem Geckoterrarium und richtete von dort aus vorwurfsvolle Blicke auf ihn. Kuhala hatte Inkeris und Hytönens Zweihundertzwanzig-Euro-Grabsteinbrocken ins Terrarium gelegt, wo er auf den Tag wartete, an dem Kuhala den Nerv hätte, ihn zu dem kleinen Grabhügel auf Fyrabuskes Tierfriedhof zu bringen.

Der Elefant der Selbstkritik stieß mit seinem Rüssel die Tür zu Kuhalas Porzellanladen auf. Nicht mehr lange, und er wäre so angefressen, dass er es ohne einen Doppelten nicht mehr aushielte. Danach würde er einen zweiten Doppelten zu sich nehmen, fünf Schweigeminuten für seine verlorene Kompetenz einlegen und sich dann so viele Doppelte hinter die Binde gießen, bis ihm der Kopf vom Hals und rumpelnd auf den Boden fiel. Na klar war das selbstzerstörerisch, aber es lagen auch reinigende Nuancen darin.

»I know that I just need you like I never done before …«

Kuhala stellte die Gitarre in die Ecke zurück und griff entschlossen nach der Whiskyflasche. Die schwappende dunkle, sonnendurchglühte Flüssigkeit verkündete die frohe Botschaft vom allerliebsten betäubenden Rausch. Jeri legte den Kopf schief und stieß ein warnendes Knurren aus.

Kuhala ließ die Flasche los und schaute auf den Hund, der dem Blick nicht auswich. Schließlich sagte Kuhala: »Also gut, nicht mit Gewalt. Wie wäre es, wenn wir noch einen kleinen Abendausflug nach Keltinmäki machen? Mir ist da ein Gedanke gekommen, nur einer. Du bist schon ein klasse Kerlchen.«

Auf den Straßen war es bereits still. Die Birken beim Krankenhaus trugen schwer an ihren dunkelgrünen Ästen, ein einsamer Rollerskater rollte mit stromlinienförmigem Helm und in Eiposition nach Savela hinunter, sein nackter Oberkörper glänzte von Schweiß. Kurz vor der Senke würde er ein irrsinniges Tempo draufhaben, Gott mochte den Fußgänger schützen, der nicht rechtzeitig auswich.

In Keltinmäki knallte der Wirt eine alkoholfreie Alternative vor Kuhala auf den Tresen und ließ sich erst mithilfe von fünf Euro Schmiergeld erweichen, sich zu erinnern, in welchem Haus Kai Vikman gefunden worden war. Er rieb sich den Bart, seine von Schatten gerahmten Augen funkelten argwöhnisch. »Sieben. Das ist da drüben, das sechsstöckige Haus. Eingang B oder C. Das musst du selber rausfinden.«

»Danke.«

Kuhala kippte sein kühles Alkoholfreies und überquerte schräg die Straße. Dabei schlug das Handy in der Tasche seiner Shorts Alarm. Es war Tatu. Kuhala blieb am Rand des Schattens stehen, den der Wohnblock warf. Sein Sohn fragte mit vorgeblicher Munterkeit, wie es ihm gehe, aber Kuhala hörte die Sorge aus dem Unterton heraus. Nach einigen lässigen Sätzen entlud sie sich dann auch kurz. »Du hast ziemlich schlecht ausgesehen, da am Ufer beim Johannisfeuer.«

»Ich? Na, wer tut das nicht, wenn er ohne seinen Schatz auskommen muss?«

»Hast du also keine …«

»Doch, doch. Aber sie konnte nicht kommen. Vergiss nicht, mein Junge, die Ärzte haben mir erlaubt, die Klinik zu verlassen, weil der Bums keine bleibenden Schäden hinterlassen hat. Die wissen, was los ist. Mir geht's gut, du brauchst dir keine Sorgen zu machen. Aber es ist trotzdem immer schön, deine Stimme zu hören.«

Tatu lachte. »Ebenfalls … Ach ja, mir ist da noch was zu dem einen Typen eingefallen.«

»Zu wem?«, fragte Kuhala.

»Zu dem, den ich irgendwoher kannte.«

»Da macht bei mir nichts klick.«

»Na, der, der am Strand die Figuren aus Lehm gemacht hat. Oder war es aus Sand? Er war im Gymnasium zwei Klassen über mir. Vielleicht auch drei. An seinen Namen kann ich mich nicht erinnern, aber er wurde mitten im letzten Schuljahr auf die Straße gesetzt, weil er beim Dealen auf dem Schulgelände erwischt wurde. Und ich hab das Gefühl, als wäre das Ganze vertuscht worden. Sein Vater ist irgendwie reich oder so. Aber mach's gut! Du kommst doch diesen Sommer noch nach Helsinki?«

Kuhala versprach es. Seine Gestalt verschwand im Schatten des Wohnblocks.

34

29. Juni Die Frau, die im Hinterhof im Schatten einer Eberesche auf einer Bank saß, häkelte und hatte in Gedanken versunken die von Hitze und Schwangerschaft geschwollenen Unterschenkel übereinandergelegt. Die Bauchwölbung signalisierte die letzten Wochen der guten Hoffnung. Die Pimpfe im Sandkasten betteten eine Wespe zur Ruhe, der alte Mann, der zur Mülltonne schlurfte, blieb stehen. Er hielt eine Biomülltüte im Arm, die er selbst aus einer Zeitung gefaltet hatte, und musterte Kuhala misstrauisch, als vermute er, dieser sei gekommen, um zu prüfen, ob der Inhalt der Tüte auch den Vorschriften entsprach.

Ein weißer protestantischer Müllpolizist mittleren Alters.

Die Frau hörte auf zu häkeln, die Kinder drehten sich mitten in ihrer Zeremonie um. Kuhala versuchte seine

Körpergröße und die Reaktionen auf seine Unbekanntheit mit einem Lächeln zu mildern, er war sicher, dass die am Rand des Sandkastens auf einem Birkenblatttotenbett liegende Wespe aus purem Schreck aufleben und davonbrummen würde.

»Guten Tag. Entschuldigen Sie die Störung, aber in diesem Haus hat es neulich einen unschönen Vorfall gegeben. Sie wissen es sicher, ein Mann wurde tot aufgefunden. Was war das wohl für eine Wohnung? Ich soll dort mit der Renovierung anfangen und müsste mal kurz rein. Leider habe ich die genaue Adresse verloren, so was passiert mir immer.«

Die Frau deutete nach oben. »Eingang B, oberster Stock. Die Tür, an der kein Name steht.«

Der alte Mann rückte sein Hörgerät zurecht, mit der Folge, dass die Biomülltüte am Saum aufriss und eine hübsche Menge Bananenschalen, Hühnerknochen, schlecht gewordener Brei und – wie um der Sache den letzten Schliff zu geben – ein schwarzer Regen aus Kaffeesatz zu Boden ging. Kuhala war sicher, auf dem Zeitungsfetzen, den der Mann noch in den Fingern hielt, das Bild des Gefräßigen zu erkennen.

Die Kinder stimmten einen Choral an.

Kuhala hörte ihn noch an der Aufzugtür, an deren Griff ein Stück Pappe hing. »AUSSER BETRIEB!« stand darauf. Er schluckte und holte tief Luft.

Der Weg in den sechsten Stock führte an so vielen Wohnungstüren vorbei, dass er es nie schaffen würde. Seine Nerven würden versagen wie die Biomülltüte des alten Mannes, sein erbärmliches Schauerstück würde ihn schon im ersten Stock umwerfen, und dann würde er dort wimmernd auf den Knien warten, bis man ihn ins Krankenhaus brachte, zu Zwangsjacke und bitteren Tagesrationen von Beruhigungsmitteln.

»Scheiße!«

Er hängte sich das Schild vom Aufzuggriff um den Hals, stand eine Weile im Dämmerlicht und verfluchte seinen Entschluss, nicht bei der Whiskyflasche im Büro geblieben zu sein. Zu Fuß nach oben zu gehen war ausgeschlossen, das Haus wieder zu verlassen wäre eine Schande, aber am meisten hasste er sein unentschlossenes Herumstehen, weil er damit sein Krankheitsbild akzeptierte wie sonst ein Idiot.

Er betrat den Lift und war von seinem Gesicht überrascht, das nicht verschwitzt oder verschreckt aussah, auch nicht durchgedreht. Es hatte einen Hauch von Furchen und die eine oder andere Ecke und Kante, dies jedoch garantiert aufgrund von Lebenserfahrung, und in den Augen lag vor Initiativkraft strotzende Aufgewecktheit in Hülle und Fülle. Die leichte Bräune verbesserte den Gesamteindruck noch, das Schild um den Hals bewies Humor. Nicht einmal der Teufel selbst hätte geahnt, dass sich der Besitzer einer solchen Gesichtsapparatur nicht traute, die Treppen eines miesen, banalen Hauses hochzusteigen.

»Scheiße noch mal«, sagte Kuhala halb laut.

Er holte Atem und legte den Finger auf einen Knopf, der schon einiges mitgemacht hatte. Es brannte ein gelbes Licht, die maximal zugelassene Last wurde schriftlich mitgeteilt. Der Rechtschreibfehler in der Schmähung neben dem Schild war im Nachhinein in mehrfachen Variationen verbessert worden.

Kuhala drückte und hörte ein Geräusch. Der Lift wurde nach oben gezogen. Er hatte das Gefühl, auf dem Weg zum Mond zu sein, und als der Fahrstuhl langsamer wurde und man einen schabenden Laut aus dem Schacht hörte, begleitet von kurzem mechanischen Knacksen, kam es ihm vor, als wäre er vom Weg abgekommen und ins äußerste Universum abgedriftet, in den kalten Raum zwischen den Sternen, von Pegasus zu Perseus. Bald drang der Geruch eines überhitzten Elektrogeräts in den Lift, als würde gleich der Trafo explodieren und das Stahlseil reißen.

Vierter Stock, fünfter Stock.

»Nun mach schon!«

Kuhala mochte nicht mehr in sein Gesicht sehen und erwog schon, den Alarmknopf zu drücken, weil die Kabine zitterte, als würde auf ihrem Dach ein Rudel Gibbons tanzen. Er konnte jederzeit das Schild unters Hemd stecken und behaupten, es hätte keines an der Tür gehangen. Es war unverzeihlich, der Gefährlichkeit des Fahrstuhls mit einem Pappschild zu begegnen, anstatt die Tür abzuschließen. Wer konnte sagen, dass Sehbehinderte, Analphabeten, Ausländer, die die Sprache nicht beherrschten, Abenteuerlustige oder Wahnsinnige wie er die Botschaft des Schildes richtig verstanden?

Drang da Rauch aus einem Bodenschlitz? Fünfeinhalb Stockwerke waren absolviert, die erste Strophe des Sandkastenchorals vertrocknete auf Kuhalas Lippen, als er auf alle viere ging und schnupperte. Rauch war es nicht, bildete er sich das Zittern bloß ein?

Ruckend erreichte der Lift die Gipfelhöhe, und Kuhala stieg aus. Er klemmte das Pappschild in die Tür, damit niemand von unten die gleiche Fahrt antrat.

Die absolvierte Prüfung hatte ihn so abgehärtet, dass er nicht die gleichen Zwangsbewegungen machte wie in den Treppenhäusern zuvor, die Choreografie der Bombenphobie, sondern die Herausforderung mit Elan annahm und die Klingel drückte. Die Tür ging fast sofort auf.

»Es ist ja doch jemand da. Ich war mir ziemlich sicher, dass ich mich wieder mal umsonst auf den Weg gemacht habe«, sagte Kuhala. »Könnte ich ein paar Worte mit dir wechseln?«

»Kuhala? Wir sind uns ziemlich oft über den Weg gelaufen, haben uns aber nie vorgestellt. Ich bin Ville Parkkinen. Wie hast du den Weg hierher gefunden?«

Der Sandbildhauer berührte seinen kahl geschorenen Kopf, als wollte er prüfen, ob er noch an Ort und Stelle war, der kleine Brillie im Eckzahn verschwand unter der Oberlippe, weil das Lächeln seines Besitzers schmäler wurde. Die tiefe Stimme, der ruhige Blick, die Muskeln, die sich unter der gebräunten Haut wölbten, und die geschmeidigen Bewegungen strahlten eine derartige jugendliche Kraft aus, dass Kuhala die bemitleidenswerte Blutarmut seiner Aufzugspiegelei von eben eingestehen musste. Er war ein Veteran, wenn hier jemand auf der Hut sein musste, dann er.

»Sag du zuerst, wie es dir gelungen ist, den Flugechsendrachen hierher zu kriegen. Der hing doch zuletzt noch am Tuomiojärvi an einem Ast, und zwar verdammt weit oben.«

»Ich bin hochgeklettert. Sieht gut aus, was? Niemand hat ihn vermisst, und weil ich hier ein bisschen einrichten musste, dachte ich, ich fang damit an.«

Der Drachen war an der Deckenlampe festgeknotet

und starrte Kuhala blutrünstig an. Bis auf Isomatte und Schlafsack war die Einzimmerwohnung leer. Kuhala blieb im Türrahmen stehen, die Flügel des Drachen raschelten. Der Sandbildhauer nahm sich eine Dattel aus einer Schüssel auf der Fensterbank und knabberte sie energisch. Neben wohltuender Stille gab der Augenblick beiden Männern Zeit, eine Strategie zu zimmern, falls die plötzlich gebraucht würde.

»Kommst du, um die Büste zu bestellen, von der du gesprochen hast?«

»Du arbeitest mit Sand. Das wäre der Mühe nicht wert. Es ist ein bisschen was anderes. Bist du der Sohn des alten Parkkinen, der in Viitaniemi wohnt? Des Nachbarn von Eero Jokela?«

»Wieso?«

»Ich hab das Gefühl, bei deinem Vater im Flur einmal diesen Holzwerkzeugkasten da gesehen zu haben. Du warst wahrscheinlich im Obergeschoss, und dein Vater hat mir aus irgendeinem Grund den Weg zur Treppe versperrt, obwohl ich da gar nicht hinwollte.«

»Das ist mein Vater.«

»Kanntest du Helena Jokela?«

»Ja.«

»Hat dein Vater dir diese Wohnung hier gekauft?«

»Nein.«

»Zufällig habe ich gestern in Muurame am Strand einen Blick auf den Werkzeugkasten geworfen. Es stand Parkkinen drauf und diese Adresse in Keltinmäki, aber ich traute mich nicht, die Nummer genau zu lesen, weil das aufdringlich gewirkt hätte. Darum musste ich draußen fragen. In letzter Zeit war ich sowieso gezwungen gewesen, die eine oder andere Frage zu stellen. Und Schlussfolgerungen zu ziehen. Bis jetzt sind alle gründlich danebengegangen.«

»Eine Dattel?«

Kuhala schüttelte den Kopf, der Drache zitterte, in einer unteren Etage fiel eine Tür zu. »Vor zwei Minuten habe ich einen telefonischen Hinweis erhalten. Bist du derjenige, den der ermordete Kriminalhauptmeister Antikainen vor drei oder vier Jahren so richtig in Schwierigkeiten gebracht hat? Er hat dich beim Dealen erwischt, und das in der Abiturklasse. Da stürzte das auf schnellen Gewinn gebaute Kartenhaus deines Lebens zum ersten Mal ein.«

»Leck mich.«

»Ts, ts, ts. Was jetzt kommt, ist ziemlich über den Daumen gepeilt, aber korrigiere mich, wenn ich mich irre. Das mit den Sandskulpturen ist für dich bloß Trickserei. Du hast dir in den letzten Wochen Lebenslänglich eingehandelt.«

»Wo soll ich anfangen?«

Ville Parkkinen ging vor dem Heizkörper in die Hocke und starrte auf seinen Arm, als suchte er nach einer geeigneten Stelle für die Spritze. Ein Augenwinkel zuckte. Dann ging eine Grimasse über sein Gesicht, die eventuell als Lächeln gedacht war. Er, Kai Vikman und Make Honka beziehungsweise der Gefräßige hatten eine Art Tuomiojärvi-Liga gebildet, die dank Antikainen über die einzigartige Möglichkeit verfügte, an Drogen heranzukommen, die von der Polizei beschlagnahmt worden waren. »Alles wurde sorgfältig eingefädelt. Aber ich brauchte alles für mich, weil bei mir die ganze Zeit die schlechteste Konjunktur herrschte. Ich schulde Typen Geld, denen das Foltern genauso viele Schwierigkeiten macht wie das Aufschrauben einer Flasche Weinbrand. Darum musste ich das Paket selbst abholen, anstatt es dem Gefräßigen zu überlassen. Ich bot an, es zu machen, für Make war das okay, weil wir ein flexibles Team waren.«

»Warum hast du Antikainen umgebracht?«

»Er hat damals mein Leben zerstört. Und dann steht er auf der Halbinsel plötzlich wie auf Bestellung vor mir. Make hatte mir ja nicht gesagt, wer der Bulle ist.«

»Hat dich Antikainen erkannt?«

»Vielleicht kurz vorm letzten Atemzug.«

»Und Make, der Gefräßige?«

»Was soll mit dem sein? Er versuchte mich umzubringen, als ich zu ihm kam und ihm sagte, Antikainen wäre nicht aufgetaucht. Er glaubte mir nicht, nannte mich Verräter. Wir gerieten aneinander, und ich tat ihm dann wahrscheinlich ziemlich weh. Er lag in seiner Wohnung auf dem Boden, und etwas später hab ich ihn dann in die Luft gejagt.«

»Warum musstest du den blauen Nissan ausleihen?«

»Ich kann ja wohl schlecht mit meinem eigenen Auto Verbrechen begehen.«

»Wie hast du den Tankstellenbetreiber dazu gebracht, dir zu glauben, dass du Vikman bist?«

»Einfache Maskerade.«

»Und Vikman selbst?«

»Der war ein Wrack. Hat es selbst in die Hand genommen.«

»In dieser Wohnung.«

»Ja.«

»Hast du die mit Drogengeschäften finanziert?«

»Das kannst du selbst herausfinden.«

Kuhala ließ den Sandschnitzer nicht aus den Augen und trat von einem Bein aufs andere. Sie plauderten über die Morde wie über alltägliche Neuigkeiten, aber je weiter die Geschichte vorankam, desto mehr senkten beide die Stimmen, als es normales Schwadronieren verlangte. Wenn das so weiterging, würden sie bald flüstern, und schon kühlte Spannung Kuhalas Nacken. Ville Parkkinen hätte sich innerhalb von drei Sekunden auf ihn gestürzt und würde nicht zögern, ihn aus dem Fenster zu kippen, wenn er die Überhand gewänne.

»Hast du den Stoff, den du von Antikainen bekommen hast, an einen Mann namens Meltaus verkauft?«

»Woher weißt du das, verdammt noch mal?«

Kuhala sagte, er sei in letzter Zeit so hart rangenommen worden, dass er keine Lust habe, die Dinge mehr als unbedingt nötig in die Länge zu ziehen. »Da wirft man dann schon mal die eine oder andere Vermutung ein. Schön, wenn sie zutreffen, allmählich kommt ein bisschen Ordnung in das Durcheinander. Bald fängt ein neuer Monat an, es wäre echt prima, Sommerurlaub zu nehmen.«

Der Sandbildhauer stand auf und ließ die Arme herabhängen – was hatte er damit für kreative Sachen zustande gebracht. Kuhala fragte nach Helena Jokela. »Mit ihr fing ja eigentlich alles an. Hattet ihr ein Verhältnis?«

Der Sandschnitzer nickte. Die Frau war am Sonntagabend spät zum Campingplatzufer gepaddelt und hatte Modell gestanden. Um ihn zu ärgern, habe sie gesagt, sie komme gerade von Vikman. »Das war ihre Art, und ich wusste ja, dass sie wer weiß wie viele Männer hatte. Ich repräsentierte in ihrer Sammlung die jugendliche Garde, den virilen Nachbarsjungen. Dann meinte sie plötzlich, sie hätte durch Vikman von unserem Projekt gehört. Kai hatte sich verquatscht, und wenn eine Schlange wie Helena so eine Information hat, ist das verdammt übel.«

»Wieso?«

»Sie war eine von der geschwätzigen Sorte. Der hätte zum Beispiel aus Versehen was rausrutschen können. Manche Frauen verbreiten gern Sensationen, weil sie sich interessant machen wollen. Konnte ich mir so ein Risiko leisten? Und es war ja auch keine Liebe.«

Helena Jokela hatte gesagt, sie wolle noch zum Alvajärvi, weil es so ein schöner Abend sei. Gesellschaft hatte sie keine gewollt, worauf der Sandbildhauer mit dem Fahrrad zur Brücke gefahren war und die Frau dort umgebracht hatte. »Ich bin in einem Affentempo hingefahren und hab mir Helenas Boot für das Treffen mit Antikainen am nächsten Morgen geliehen. Mehr brauch ich nicht zu sagen, der Fall ist ja klar. Du kennst die groben Züge, ich bin der Böse. Pfui. Es ist allerdings so, dass du nichts beweisen kannst, weshalb du von mir aus gleich in den Urlaub verschwinden kannst.«

Kuhala lächelte. Er sagte, er halte den Vorschlag nicht für sonderlich rühmenswert, sondern eher für verantwortungslose Angeberei und auch für ein bisschen voreilig. »Deine Bombe hat mich zum Invaliden gemacht. Ich traue mich seitdem nicht mehr, normale Treppenhäuser zu betreten. Wenn es zu einer Gerichtsverhandlung kommt, werde ich Schadensersatz verlangen. Bei meiner Arbeit bin ich gezwungen, zu den Leuten zu gehen. Du hättest sehen sollen, was es mich gekostet hat, mich hierherzuschleppen.

Hast du die Bombe nach Anleitungen aus dem Internet gebaut?«

»Geh! Du kannst nichts beweisen. Oder soll ich die Bullen rufen? Was du machst, ist Hausfriedensbruch.«

Kuhala griff in die Brusttasche und zog den durchsichtigen Plastikbeutel mit dem Eisdorn heraus. »Eines noch. Du hast mich damit angegriffen, weil du, mit einem Wort gesagt, ein verdammter Blödmann bist und geglaubt hast, ich wäre dir auf die Spur gekommen, weil ich wie ein Schwachsinniger am Tuomiojärvi herumgeturnt bin. An dem Tag hat es geregnet, ich habe mich unter der Brücke mit einem Gestörten unterhalten, aber das war nicht der Mörder. Den Eisdorn habe ich, so wie er war, eingesteckt.«

»Das Wasser hat ihn abgewaschen. Und alle haben so einen.«

»Nur dein Eisdornpärchen hat ein vergoldetes Plastikband. Ich war bei meiner Eisdornhändlerin, und sie hat mir am Computer ein Farbbild von dem besagten Modell gezeigt. Das Originalband ist rot. Und gestern habe ich an deinem Werkzeugkasten nicht nur Namen und Adresse gelesen, sondern darin auch den verlassenen anderen Eisdorn gesehen.«

»Red nicht so einen verdammten Scheiß.«

»Zeig doch mal, ob da genauso ein Band dran ist. Ich bin nämlich noch nicht dazu gekommen, das zu checken. Falls ja – wollen wir wetten, dass die Fasern zusammenpassen? Das verbessert deine Lage nicht gerade.«

»Ein verdammtes Band bedeutet gar nichts.«

»Na, dann eben nicht …«

Ville Parkkinen schob sich eine Dattel in den Mund und schmatzte. Plötzlich bückte er sich über den Werkzeugkasten und kramte darin. Sein Gesicht war unter der Bräune blass geworden und ernst. Schließlich fand er, was er suchte.

»Na also«, sagte Kuhala. »Was hab ich gesagt, das gleiche Band. Gib her!«

»Hol's dir!«

»Helena Jokela wurde mit einer Stichwaffe im Brustbereich verletzt. Die Spuren habe ich selbst gesehen. Die Ermittler dürften herausfinden, ob die Wunden von deinem Eisdorn stammen. Die moderne Technik ist erstaunlich.«

»Warum sollte ich eine Mordwaffe aufbewahren?«

»Weil du so ein lässiger Typ bist? Oder weil du Übermenschsymptome hast? Von wegen, mir kann keiner was.«

Der Sandbildhauer grinste Kuhala einen schlaffen Applaus lang an, dann hob er den Eisdorn und stocherte damit verlangsamt herum, als wollte er seine Atemluft perforieren. »Komm und hol dir deinen Trumpf!«

»Zweikampf, oder wie? Das lassen wir besser bleiben. Leg das Ding weg!« Kuhala wich in die Diele zurück und sah seine schwere Gestalt im Spiegel. Er würde es nicht schaffen, sich umzudrehen und die Tür zu öffnen, er würde so viele Stiche in den Rücken bekommen, dass er es nicht überlebte. Er musste die Hand zum Schutz heben.

Ein Räuspern im Treppenhaus ließ den Sandschnitzer auf der Stelle erstarren, und seine zum Zustoßen bereite Hand sank herab, als es an der Tür klingelte. »Mach auf, und du bist tot.«

Mit dem trottelhaften Gesichtsausdruck eines ungebetenen und zu allem Überfluss auch noch in Lebensgefahr geratenen Gastes stand Kuhala in der Diele und war nicht in der Lage, sich zu rühren. Es kam kein zweites Klingeln, der Hausierer schien sich davonzumachen.

Plötzlich rappelte das Schloss, und die Tür ging auf. Kuhala wich zur Seite. Der Besuch war Ville Parkkinens Vater, eskortiert von Kriminalkommissar Nevakivi. Ville Parkkinen ließ den Eisdorn fallen, sank auf die Knie und von dort auf die Seite. Er fiel in die Embryonalstellung zurück, in die Zeit seiner Unschuld.

»Kuhala, verdammt«, stöhnte Nevakivi.

Kuhala zuckte mit den Schultern und vertrieb den Kälteschauer. »Der junge Mann hat ein Geständnis abgelegt.« Er hätte gern gefragt, wie Nevakivi Ville Parkkinen auf die Spur gekommen war, begnügte sich aber damit, dem Kommissar den Plastikbeutel mit dem Eisdorn auszuhändigen. »Man hat versucht, mich damit abzustechen. Das Gegenstück liegt da drüben auf dem Fußboden, und Helena Jokela ist mit einem von beiden erstochen worden. Ihr müsst das untersuchen.«

»Eines Tages bist du … kriege ich dich«, zischte Nevakivi und schnappte sich den Plastikbeutel.

»Alles klar.«

Die Polizei war dem Sandbildhauer auf die Schliche gekommen, nachdem sie herausgefunden hatte, dass Antikainen ihn seinerzeit verhaftet hatte. So musste es gewesen sein, aber der schwerfällige Polizeiapparat war zum zweiten Platz verurteilt, wenn er es mit den flinken Bewegungen eines begabten Privatdetektivs, der sich im Hexenkessel turbulenter Ereignisse wohlfühlte, aufnehmen musste.

Kuhala stieg die Treppe hinunter und beeilte sich, zu seinem Wagen zu kommen. Er wurde von dem Hund mit einem vertraulichen Lecken bedacht und versprach ihm, die Tage der Markknochen und des Faulenzens lägen näher, als er glaube. »Ich schreibe nur ein paar Rechnungen.«

Am selben Abend stiegen Kuhala und Jeri auf dem Parkplatz von Fyrabuskes Tierfriedhof aus dem Wagen und schritten würdevoll am Verwaltungsgebäude vorbei. Der Betreiber selbst winkte ihnen vom Fenster aus zu, aus dem Schornstein des Krematoriums ringelte sich die Seele eines Kunden zum Himmel. Kuhala fand das Grab der Geckos und stellte den Grabstein auf den Hügel. Dann traten der Hund und er einen Schritt zurück. Kuhala senkte den Kopf, Jeri stieß ein wehmütiges Jaulen aus.

Markku Ropponen

Reusenkadaver und andere Unannehmlichkeiten

Kriminalroman. Aus dem Finnischen von Stefan Moster. 336 Seiten. Piper Taschenbuch

Die Sonne geht nicht unter in Jyväskylä. Hell leuchtet sie auch auf die finsteren Verbrechen, mit denen sich Privatermittler Otto Kuhala ausgerechnet zum Mittsommerfest beschäftigen muss. Eine rote Frauensandale – mit dem dazugehörigen Fuß – steht am Anfang seiner abenteuerlichen Ermittlungen, bei denen ihm glücklicherweise die reizende Kommissarin Annukka Schützenhilfe leistet. Aber die Unterwelt von Jyväskylä lässt sich nur äußerst ungern in die Karten schauen …

»Ein temporeicher, packender und mit wunderbar trockenem Humor versetzter Krimi, dessen Protagonist das Potenzial zur künftigen Kultfigur aufweist. Herrlich.«
Schweizer Familie

05/2715/01/L

Håkan Östlundh

Nordwind

Kriminalroman. Aus dem Schwedischen von Katrin Frey. 384 Seiten. Piper Taschenbuch

Ausgestochene Augen auf einem Foto der Familie Andersson & Kjellander? Wahrscheinlich ein übler Scherz oder die hysterische Einbildung einer Mutter, der die Einöde auf der winzigen Insel Fårö zusetzt. Doch als die kleine Ellen spurlos verschwindet, sind Kriminalinspektor Broman und Kollegin Sara alarmiert. Eine Eifersuchtstat? Dann geschieht das Schreckliche: Jemand dringt in das Haus ein und erschlägt Mutter und Sohn …

»›Nordwind‹ geht einem unter die Haut.«
Gotlands Tidningar

»Eine spannende und unheimliche Geschichte.«
Hallandsposten

05/2714/01/R

Johan Theorin

Öland

Kriminalroman. Aus dem Schwedischen von Kerstin Schöps. 448 Seiten. Piper Taschenbuch

An einem Spätsommertag verschwindet ein kleiner Junge im dichten Nebel der Insel Öland – und wird nie wieder gesehen. Zwanzig Jahre später erhält seine Mutter einen Anruf von ihrem Vater: Es gebe ein neues Beweisstück, und er bittet sie, nach Öland zurückzukehren und die Suche wieder aufzunehmen. Dort geht das Gerücht, der unheilbringende Nils Kant sei der Mörder. Dabei war dieser längst unter der Erde, als der Junge verschwand. Oder geistert er womöglich noch immer über die weite Kalkebene von Öland?

05/2510/01/L

Johan Theorin

Nebelsturm

Kriminalroman. Aus dem Schwedischen von Kerstin Schöps. 464 Seiten. Piper Taschenbuch

Ein dunkler, rauer Winter auf der schwedischen Insel Öland. Auf dem verlassenen Anwesen Åludden, einem mystischen, beladenen Ort, zieht die junge Familie Westin ein. Die tragische Nachricht vom Ertrinken der Tochter Livia scheint die schlimmsten Befürchtungen zu bestätigen …

»Man sollte immer vorsichtig sein, wenn irgendwas zum nächsten großen Ding ausgerufen wird, aber bei Johan Theorin sind alle Lobeshymnen angebracht.«
Brigitte

Ausgezeichnet von der Schwedischen Krimi-Akademie als bester Kriminalroman des Jahres und prämiert mit dem Dagger Award für den besten internationalen Kriminalroman

05/2643/01/R